독한 사랑

일러두기

1. 이 책은 에밀 졸라의 단편 〈Nantas〉, 〈Madame Neigeon〉, 〈Une victime de la réclame〉, 〈Une cage de bêtes féroces〉, 〈Madame Sourdis〉, 〈Les épaules de la marquise〉, 〈À quoi rêvent les pauvres filles〉, 〈Un mariage d'amour〉, 〈Comment on se marie〉, 〈Comment on meurt〉를 우리말로 옮긴 것이다.
2. 번역 대본으로는 《Émile Zola-Contes et nouvelles》(Paris: Gallimard, [Bibliothèque de la Pléiade], 1976)를 사용했다.
3. 이 책의 각주는 모두 옮긴이 주다.

에밀 졸라 단편선
독한 사랑

에밀 졸라 | 박명숙 옮김

Émile Zola

BOOKERS
CLASSIC

그래, 그런 거였다.
그녀는 어쩌면 나와
사랑을 속삭이고
싶어 하는지도 몰랐다.

차례

낭타 7

네종 부인 64

광고의 피해자 119

우리를 탈출한 맹수들 125

수르디 부인 136

후작 부인의 어깨 197

가난한 소녀들은 무슨 꿈을 꿀까 205

독한 사랑 209

결혼의 방식: 귀족, 부르주아, 상인, 서민 220

죽음의 방식: 귀족, 부르주아, 상인, 서민, 농민 269

옮긴이 후기: 꼭꼭 숨겨져 있던 에밀 졸라의 보석 같은 단편들 329

에밀 졸라 연보 344

1장

 마르세유에서 파리로 온 이후로 낭타가 살던 방은 릴가(街)의 어느 집 꼭대기 층에 있었다. 참사원[1] 회원인 당빌리에 남작의 저택 옆에 있는 그 집 역시 남작의 소유였는데, 남작은 예전에 공유지였던 땅에 건물을 지었다. 낭타가 몸을 기울이면 근사한 나무들이 그늘을 드리우는 저택 정원의 한구석이 보였다. 나무들의 초록색 꼭대기 너머로는 파리의 풍경들이 언뜻언뜻 눈에 들어왔다. 센강의 일부와 튈르리궁,[2] 루브르궁, 길게 이어지는 센강의 강변도로, 바다처럼 출렁이는 지붕들 그리고 아득히 먼 페르라셰즈 묘지까지도.

 낭타의 비좁은 다락방에는 슬레이트를 깎아 만든 창문이 하나 있었다. 가구라고는 침대와 탁자, 의자 하나뿐이었다. 그는 괜찮은 일자리를 구할 때까지만 임시로 머물리라 마음먹고는 값싼 숙소를 찾아 그곳에 살게 되었다. 더러운 벽지, 시커먼 천장,

---

1 Conseil d'État. 정부의 권한에 속하는 중요 정책에 관한 법안을 입안하거나 정책을 심의하는, 정부의 최고 정책 심의 회의를 가리킨다. 황제가 직접 구성원들을 임명하거나 해임할 수 있다.
2 프랑스 제2제정의 나폴레옹 3세 황제가 거주하던 궁전. 1871년 파리 코뮌의 시가전(市街戰)에서 태반이 불타 없어져 현재는 정원만 남아 있다.

벽난로조차 없는 작고 초라하고 텅 빈 방은 조금도 그의 자존심을 상하게 하지 못했다. 루브르궁과 튈르리궁을 마주 보며 잠들 때마다 그는 화려하고 거대한 도시 앞에서 다음 날 공격을 앞두고 길가의 어느 초라한 여인숙에서 잠을 청하는 장군에 자신을 비유하곤 했다.

지금까지의 낭타의 삶은 간단하게 요약될 수 있다. 마르세유에서 석공의 아들로 태어난 그는 자기 아들을 무슈[3]로 만들고 싶어 했던 어머니의 야심 찬 애정 덕분에 그곳에서 고등학교를 다닐 수 있었다.[4] 그의 부모는 그가 바칼로레아를 치를 수 있게 하기 위해 피땀 흘려 일해야 했다. 그러다 어머니가 세상을 떠나자 낭타는 한 상인의 가게에서 일하는 것을 받아들여야 했다. 그렇게 그는 십이 년간이나 단조로워 미칠 지경인 삶을 이어 갔다. 아들로서의 의무감이 그를 붙잡지 않았더라면 그는 아마 수십 번도 더 마르세유에서 도망쳤을 터였다. 그의 아버지가 비계(飛階)에서 떨어져 불구가 되었던 것이다. 이제 낭타는 집안을 오롯이 홀로 책임져야 했다. 그러던 어느 날 저녁 집에 돌아온 그는 죽어 있는 아

---

[3] monsieur. 여기서 무슈는 남성의 이름이나 직함 앞에 붙이는 경칭(영어의 미스터에 해당)이 아닌, 노동자 계층과 대조되는 부르주아를 의미한다.

[4] 프랑스의 교육제도는 1년간의 예비과정을 포함한 5년간의 초등교육 및 중학교(콜레주) 4년과 고등학교(리세) 3년의 중등교육으로 이루어져 있다. 리세의 마지막 학년인 테르미날(terminale)을 마치면 프랑스의 후기 중등교육 종료를 증명하는 국가시험이자 대학 입학 자격시험인 바칼로레아를 치르게 된다. 이후 대학과 특수대학으로 이루어진 고등교육 과정으로 진입할 수 있다.

버지를 발견했다. 아버지 옆에는 아직 온기가 느껴지는 파이프 담배가 놓여 있었다. 그로부터 사흘 뒤 낭타는 집에 있던 낡은 옷 네 벌을 팔아 마련한 200프랑을 손에 쥐고 파리로 떠났다.

낭타에게는 그의 어머니에게서 물려받은, 성공에 대한 끈질긴 야심이 있었다. 그는 즉각적인 결정과 냉철한 의지가 돋보이는 청년이었다. 아주 어렸을 때부터 그는 자신이 힘이라고 말하곤 했다. 그가 평소 가장 좋아하는 말인 "나는 힘이다"를 자신도 모르게 큰 소리로 반복해 말할 때마다 사람들은 그를 보고 웃었다. 어깨가 찢어지고 소매가 손목 위까지 올라간 얇은 프록코트를 입은 그가 그런 우스꽝스러운 말을 하다니! 그는 이렇게 차츰 힘을 하나의 종교로 삼았고, 어쨌거나 강한 자가 승리한다고 믿으며 세상에서 오로지 힘만을 보았다. 그에 따르면 무언가를 원하고, 그것을 할 수 있는 것만으로 충분했다. 그 외에는 아무것도 중요하지 않았다.

어느 일요일, 햇볕이 뜨거운 마르세유의 교외에서 홀로 산책을 하던 그는 문득 자신에게 남다른 재능이 있음을 느꼈다. 그의 깊은 곳에는 그를 앞으로 내던지게 하는 본능적인 충동 같은 것이 존재했다. 그는 불구인 아버지와 감자를 먹으러 집으로 돌아오면서 다짐했다. 자신이 비록 서른 살의 나이에도 아직 아무것도 이루지 못했지만 언젠가는 이 사회에서 반드시 자신의 몫을 해내겠노라고. 그것은 하찮은 욕심이나 쾌락에 대한 천박한 욕구가 아니라, 자신의 지성과 의지에 대한 분명한 인식이었다. 아직 제자리를 찾지 못한 그것들은 자연스러운 논리적 필요에 따라 차분히 제자리를 찾아 올라갈 것이었다.

 파리의 거리에 발을 내딛자마자 낭타는 손만 뻗으면 자신에게 걸맞은 일자리를 찾을 수 있을 거라고 믿었다. 그리하여 파리에 도착한 바로 그날부터 일자리를 찾아 나섰다. 마르세유에서 받아 온 추천장을 해당 주소로 가져갔고, 도움을 기대하며 몇몇 동향인들의 문을 두드리기도 했다. 그러나 한 달이 지나도 아무런 성과가 없었다. 누군가는 시기가 나쁘다고 했고, 또 누군가는 지키지 못할 약속을 하기도 했다. 그사이 그의 빈약한 지갑은 비어 갔고, 그에게 남은 것은 20프랑 남짓뿐이었다. 그는 이 20프랑으로 한 달을 더 버텨야 했다. 맨 빵만을 먹고, 아침부터 저녁까지 파리를 누비고 다니다가, 늘 빈손으로, 기진맥진한 채 불도 없는 어두운 집으로 돌아와 잠드는 식이었다. 그러나 그는 절망하지 않았다. 다만 그의 안에서 은근한 분노가 치밀어 올랐다. 운명이 그에게는 비논리적이고 부당한 것 같았다.

 어느 날 밤 낭타는 아무것도 먹지 못한 채 집으로 돌아왔다. 전날 마지막 남은 빵 조각을 먹어 치웠던 것이다. 이제 그는 수중에 동전 한 푼 없었고, 20수[5]라도 빌릴 수 있는 친구가 아무도 없

---

5 1수(sou)는 5상팀과 맞먹으므로 20수는 100상팀인 1프랑에 해당한다.

었다. 게다가 온종일 비가 내렸다. 차갑고 칙칙하기로 이름난 파리의 비였다. 거리에는 진흙이 강물처럼 흘러갔다.[6] 뼛속까지 흠뻑 젖은 낭타는 베르시로 갔다가 다시 몽마르트르로 향했다. 그곳에 가면 일자리를 구할 수 있을 거라고 누군가가 알려 주었기 때문이었다. 하지만 베르시에서는 이미 채용이 끝났고, 몽마르트르에서는 그의 필체가 충분히 좋지 않다는 이유로 퇴짜를 맞았다. 이 두 군데는 그에게 남은 마지막 희망이었다. 그는 어떤 일이든 기꺼이 수락했을 터였다. 첫 번째 온 기회에서 자신의 운명을 만들어 갈 수 있다는 확신이 있었기 때문이었다. 그가 파리에서 바란 것은, 먹을 빵과 최소한의 생활비 그리고 조금씩 돌을 쌓아 올릴 수 있는 어떤 기반이었다.

그는 몹시 상심한 채 몽마르트르에서 릴가를 향해 천천히 걸어갔다. 그사이 비가 그쳤고, 분주한 사람들이 보도에서 그를 밀치며 지나갔다. 그는 환전소 앞에서 잠시 걸음을 멈추었다. 5프랑만 있으면 언젠가 이 세상의 주인이 될 수도 있을 터였다. 그 5프랑으로 그는 일주일을 살 수 있고, 일주일이면 많은 것을 할 수 있다. 그가 이런 꿈을 꾸고 있을 때 마차 하나가 흙탕물을 튀기며 지나갔다. 그는 흙탕물 한 줄기가 따귀를 때린 이마를 닦아야

---

[6] 19세기 프랑스 도시의 거리 대부분은 포장이 안 돼 있어서 비만 오면 진흙탕으로 변하곤 했다. 하지만 주요 도로들에는 포석이 깔려 있었고, 그 가운데에 오물을 처리하기 위한 도랑이 나 있었다.

했다. 이제 그는 이를 악문 채 더 빨리 걸어갔다. 누구든 자기 앞을 가로막는 사람은 주먹으로 한 대 치리라 굳게 다짐하면서. 그렇게라도 그는 운명의 어리석음에 복수하고 싶었다. 리슐리외가(街)에서는 승합마차 한 대가 그를 깔아뭉갤 뻔했다. 그는 카루젤 광장 한가운데 서서 시샘 어린 눈으로 튈르리궁을 흘겨보았다. 생페르 다리[7] 위에서는 잘 차려입은 어린 소녀 때문에 길을 비켜 줘야 했다. 그는 사냥개 무리에게 쫓기는 멧돼지처럼 사나운 눈빛으로 아이를 좇았다. 그에게 이 일은 더없는 모욕으로 느껴졌다. 어린아이까지도 그가 가는 길을 가로막다니! 마침내 부상당한 짐승이 죽으러 자기 굴로 돌아가듯 자기 방으로 도피한 그는 지칠 대로 지쳐 의자에 털썩 주저앉았다. 온통 진흙이 묻어 뻣뻣해진 바지와 보도 위의 흥건한 물이 그대로 스며든 낡은 구두가 그제야 눈에 들어왔다.

이젠 정말 끝이었다. 낭타는 어떻게 죽을 것인지를 자문했다. 그의 자존심은 아직 죽지 않았고, 그는 자신의 자살이 파리를 벌주는 것이라고 생각했다. 자신이 강하다는 것을 믿고, 자기 안에 강력한 힘이 있음을 느끼면서도, 그런 자신을 알아보고 자신에게 필요한 5프랑이라도 내줄 수 있는 사람을 어디에서도 만날

---

[7] Pont des Saints-Pères. 센강을 가로지르는 다리 중 하나로 1834년에 개통되었다. 처음에는 루브르 다리, 생페르 다리로 불리다가 이후 카루젤 다리(Pont du Carrousel)로 명칭이 바뀌었다.

수 없다니! 이보다 기막히고 어이없는 일이 또 있을까! 그런 생각이 들자 그의 존재 전체가 분노로 들고일어났다. 하지만 그의 눈길이 쓸모없는 그의 팔로 향하자 엄청난 회한이 몰려왔다. 세상의 어떤 일도 그를 두렵게 하지 못했고, 그는 작은 손가락 끝으로 세상이라도 들어 올렸을 터였다. 그런데 그는 초라한 방구석에 버려진 채, 이토록 무기력하게, 우리에 갇힌 사자처럼 고통스러워하고 있었다. 하지만 그는 이내 마음의 평정을 되찾고 죽음을 더욱더 위대한 것으로 느끼게 되었다. 낭타는 어렸을 때 한 발명가의 이야기를 들은 적이 있었다. 놀라운 기계를 발명한 그는 사람들의 무관심에 절망해 어느 날 그것을 망치로 부숴 버렸다. 그렇다! 낭타는 바로 그런 남자였다. 그의 안에는 새로운 힘, 보기 드문 지성과 의지의 메커니즘이 내재해 있지만, 그는 길바닥에 머리를 부서뜨림으로써 그 기계를 파괴할 것이었다.

당빌리에 저택의 커다란 나무들 뒤로 해가 지고 있었다. 노래진 잎들을 금빛 햇살로 밝히는 가을날의 해였다. 낭타는 태양의 작별 인사에 이끌리듯 자리에서 일어났다. 죽음을 앞둔 그에게는 빛이 필요했다. 그는 잠시 몸을 앞으로 숙였다. 그는 종종 무성한 잎들 사이나 오솔길 모퉁이에서 큰 키에 금발인 젊은 여성이 여왕처럼 당당하게 걷는 모습을 언뜻언뜻 보곤 했다. 그는 공상적 성향의 남자가 아니었다. 그의 나이에는 다락방에 사는 여느 청년들처럼, 열정과 막대한 재산을 가진 지체 높은 여성이 자신을 구원하러 올 거라는 망상에 빠지는 일은 더 이상 없었다. 그런데 자살을 앞둔 이 최후의 순간에 그는 느닷없이 그토록 오만해 보이는 아름다운 금발 여성을 떠올리면서 그녀의 이름이 뭔지 궁금해하고 있었던 것이다. 하지만 동시에 그는 주먹을 불끈 쥐었다. 반쯤 열린 창문들 사이로 절제된 부의 면모가 엿보이는 저택의 거주자들에게는 증오심밖에 느껴지지 않았기 때문이었다. 그는 분노를 폭발시키며 중얼거렸다.

"아! 누군가가 내게 미래의 운명을 위한 100수를 준다면 나를 팔 수도 있을 텐데, 기꺼이 나를 팔 텐데!"

그는 잠시 자신을 파는 생각에 사로잡혔다. 어딘가에 의지와 힘을 담보로 돈을 빌려주는 전당포가 있다면 그는 아무 망설임 없이 자신을 담보로 잡힐 것이었다. 그는 다음과 같은 시장을 상상해 보았다. 그곳에서는 정치가가 도구로 사용하기 위해 그를 사거나, 은행가가 수시로 그의 지성을 이용하고자 그를 샀다. 그리고 그는 명예 따위는 우습게 여기며 그런 제안을 받아들였다. 그러면서 자신에게 힘이 있는 한 언젠가는 성공할 수 있으리라 믿었다. 하지만 그는 쓴웃음을 지으며 다시 생각했다. 나를 팔 수 있는 방법이 있긴 한 걸까? 한탕을 노리는 수많은 백수건달들이 구매자를 만나 보지도 못한 채 굶어 죽지 않는가 말이다. 그는 자신이 비겁해질까 봐 두려웠다. 그래서 그런 것들은 심심풀이로 생각해 본 것으로 여기기로 했다. 그는 다시 의자에 앉아 밤이 더 깊어지면 창문에서 몸을 던지리라 다짐했다.

그사이 극도로 피곤해진 그는 의자에 앉은 채 잠이 들었다. 그러다 갑자기 어떤 목소리에 화들짝 놀라 잠에서 깨어났다. 그의 건물 관리인이 어떤 여성을 데리고 온 것이었다.

"무슈, 제가 허락을 맡지 않고 부인을 모시고 와서……."

설명을 하려던 관리인은 방에 불이 없는 것을 보고는 얼른 내려가 촛불을 가지고 왔다. 관리인의 상냥하고 공손한 태도로 보아 그녀는 자신이 데려온 여성을 잘 아는 듯 보였다. 관리인은 물러나면서 말했다.

"자, 이제 두 분 편하게 말씀 나누셔도 됩니다. 듣는 사람이 아무도 없으니까요."

소스라치며 잠에서 깨어난 낭타는 놀란 얼굴로 여성을 바라보았다. 그녀는 모자에 달린 베일을 걷었다. 마흔다섯 살쯤 돼 보이는 여성은 작은 키에 살집이 좋았고, 새하얗고 포동포동한 얼굴은 나이 든 독신자(篤信者)를 연상시켰다. 낭타는 처음 보는 얼굴이었다. 그가 눈빛으로 질문을 던지면서 하나밖에 없는 의자를 권하자 그녀는 자신을 소개했다.

"나는 마드무아젤[8] 쉬앵이라고 합니다…… 당신과 중요한

---

[8] Mademoiselle. 미혼 여성에 대한 경칭으로 우리말의 '양' 또는 '아가씨'에 해당한다.

일에 관해 이야기하러 왔습니다."

그는 침대 가에 앉아야 했다. 마드무아젤 쉬앵이라는 이름은 금시초문이었다. 그는 여성이 먼저 설명할 때까지 기다리기로 했다. 하지만 그녀는 서두르지 않았다. 조그만 방을 곁눈질로 살펴본 뒤 어떻게 이야기를 꺼내야 할지 몰라 머뭇거리는 듯했다. 마침내 그녀는 간간이 미소를 지어 가며 아주 부드러운 목소리로 조심스러운 이야기를 시작했다.

"무슈, 난 친구로 여기 온 것입니다…… 당신에 대해 아주 감동적인 이야기를 전해 들었거든요. 오, 그렇다고 당신을 몰래 엿본 것은 아닙니다. 나는 당신한테 도움이 되기를 바랄 뿐입니다. 나는 당신이 지금까지 얼마나 힘들게 살아왔는지 잘 압니다. 일자리를 찾기 위해 얼마나 힘들게 싸워 왔고, 유감스럽게도 그 많은 노력의 결과가 어떤지도 잘 알고 있지요…… 무슈, 이렇게 불쑥 당신의 삶에 끼어드는 것에 대해 다시 한번 사과의 말씀을 드립니다. 분명히 말씀드리지만 이것은 오로지 연민에서 비롯된……."

호기심이 발동한 낭타는 그녀의 말을 가로막지 않았다. 필시 건물 관리인이 이 모든 정보를 알려 주었을 터였다. 마드무아젤 쉬앵은 점점 더 그에 대한 찬사와 사탕발림을 덧붙이면서 이야기를 계속했다. "무슈, 당신은 전도가 유망한 젊은이입니다. 그간 당신의 숱한 시도를 지켜보면서 당신이 불행 속에서도 얼마나 놀라운 의지를 보여 주었는지를 알고 커다란 감명을 받았습니다. 결론적으로, 당신은 누군가가 손을 내밀어 주기만 한다면 반드시 크게 성공하리라고 판단했지요."

그녀는 다시 이야기를 멈추었다. 그가 무슨 말인가를 해 주길 기다리는 듯했다. 낭타는 그녀가 자신에게 일자리를 제안하러 온 거라고 생각하면서 무엇이든 받아들이겠노라고 대답했다. 그러자 이제 어색함이 가셨다고 생각한 여성은 그에게 단도직입적으로 물었다.

"혹시 결혼을 하시는 데 무슨 문제가 있을까요?"

"결혼이라고요!" 낭타가 소리쳤다. "오, 맙소사! 누가 나 같은 사람하고 결혼을 하려고 하겠어요? …… 내가 먹여 살리기도 힘들다는 걸 이해하는 가난한 집 딸이면 모를까."

"아뇨, 그 반대로 아주 아름답고 아주 부유한 여성입니다. 게다가 인맥도 화려해서 무슈를 단번에 가장 높은 곳까지 오르게 할 수도 있지요."

낭타는 더 이상 웃지 않았다.

"그러면 거래 조건은 뭔가요?" 그는 본능적으로 목소리를 낮추면서 물었다.

"여성이 임신을 한 터라 아이를 친자로 인정해야 합니다." 마드무아젤 쉬앵은 좀 더 빨리 일을 진행시키기 위해 번지르르한 말들 대신 직설적으로 말하는 것을 택했다.

낭타의 첫 번째 반응은 중매인을 문밖으로 내쫓는 것이었다.

"어떻게 나한테 그런 파렴치한 일을 제안할 수가!"

"오, 파렴치한 일이라니요, 천만에요." 마드무아젤 쉬엥은 다시 상냥한 목소리로 소리쳤다. "그런 천박한 말은 부디 삼가 주세요. 진실을 말하자면, 무슈, 당신은 한 가족을 절망으로부터 구하는 거랍니다. 여성의 아버지는 아무것도 모르고, 여성은 아직 임신한 게 전혀 티가 안 납니다. 남편감을 아이의 아버지로 소개하면서 그녀를 되도록 빨리 결혼시킬 생각을 한 건 바로 나랍니다. 내가 여성의 아버지를 잘 아는데, 이런 이야기를 들으면 그분은 놀라서 죽을지도 몰라요. 결혼만이 그 충격을 완화할 수 있을 거고요. 남성이 자기 잘못을 보상하려는 것으로 비칠 테니까요…… 그런데 불행하게도 그녀를 유혹한 남성이 유부남이라…… 오, 무슈, 세상에는 도덕관념이 없는 남자들이 너무나 많답니다……."

그녀는 이야기를 더 길게 할 수도 있었다. 하지만 낭타는 더 이상 그녀의 말을 듣고 있지 않았다. 무엇 때문에 그녀의 제안을 거절한단 말인가? 그는 조금 전까지만 해도 자신을 팔 생각을 하지 않았던가? 그렇다, 그녀는 그를 사러 온 것이었다. 말하자면 이것은 일종의 주고받기였다. 그는 자기 이름을 팔고, 그 대가로 그들은 그에게 필요한 기반을 제공하는 것이었다. 이는 다른 계약과 하나도 다를 게 없는 계약일 뿐이었다. 그는 파리의 진창에 더럽혀진 자신의 바지를 내려다보았다. 그리고 전날부터 아무것도 먹지 못했음을 깨달았다. 지난 두 달간 일자리를 찾아다니며 당한 모욕들에 대한 분노가 한꺼번에 치밀어 오르는 듯했다. 마침내 그는 그를 거부하고 자살로 내몰았던 이 세상에 발을 내딛게 된 것이었다!

"하겠습니다." 낭타가 거칠게 말했다.

그는 마드무아젤 쉬앵에게 좀 더 분명한 설명을 요구했다. 중매에 대한 대가로 바라는 게 무엇인지? 그녀는 아무것도 바라지 않는다고 항변했다. 그러다 마침내 낭타가 받게 될 지참금에서 20,000프랑을 떼어줄 것을 요구했다. 하지만 그가 흥정하기를 거부하자 그녀는 장황한 이야기를 늘어놓았다.

"무슈, 당신을 제일 먼저 떠올린 것은 나였어요. 내가 남편감으로 당신을 점찍었다고 하자 상대 여성도 전혀 반대하지 않았고요. 이건 아주 좋은 거래입니다. 나중에 나한테 고마워할 거라고요. 나는 얼마든지 귀족 남성을 선택할 수도 있었어요. 고맙다고 내 손에 키스할 사람도 알고 있거든요. 하지만 난 가엾은 처자가 사는 세상 바깥에서 고르기를 원했어요. 그게 더 낭만적으로 보이잖아요…… 그리고 난 당신이 마음에 들어요. 당신은 다정하면서도 의지가 강해 보이거든요. 그래요, 당신은 반드시 성공할 거예요. 그때 날 잊으면 안 돼요. 난 당신을 위해 뭐든지 할 수 있답니다."

그때까지 그녀는 문제의 여성의 이름을 말하지 않았다. 낭타의 질문에 그녀는 자리에서 일어나 자신을 정식으로 소개했다.

"마드무아젤 쉬앵입니다…… 나는 남작 부인이 돌아가신 후부터 당빌리에 남작 집에서 가정 교사로 일하고 있어요. 남작의 따님인 마드무아젤 플라비를 키운 것도 납니다…… 그래요, 마드무아젤 플라비가 내가 말한 여성입니다."

그녀는 탁자 위에 500프랑짜리 지폐가 든 봉투를 살며시 내려놓고 방을 나갔다. 처음에 드는 비용을 위해 그녀가 주는 선금인 셈이었다. 혼자 있게 된 낭타는 창가로 향했다. 칠흑같이 캄캄한 밤이었다. 짙은 어둠 속에서 커다란 덩어리 같은 나무들만을 알아볼 수 있을 뿐이었다. 그런 가운데 저택의 어두운 정면의 창문 하나가 빛나고 있었다. 그러니까 키가 큰 금발 여성이 그녀란 말인가! 그에게 한 번도 눈길을 주지 않은 채 여왕처럼 당당하게 걷던 여성이 바로 그녀란 말인가! 하지만 그에게는 그녀든 다른 어떤 여성이든 그런 건 중요하지 않았다! 그가 맺은 계약에서 '여성'은 고려 대상이 아니었다. 낭타는 고개를 들어 어둠 속에서 웅성거리는 파리를 바라보았다. 가스등의 춤추는 듯한 불빛이 센강의 강변도로와 파리의 거리들, 센강 좌안(左岸)의 사거리들을 환히 밝히고 있었다. 낭타는 이제 친근하게 느껴지는 파리를 향해 우쭐해 하며 소리쳤다.

"파리, 넌 이제 내 거야!"

2장

당빌리에 남작은 집무실로 사용하는 살롱에 머물고 있었다. 높다란 천장에 벽이 가죽으로 도배된 방에는 옛날 가구들 말고는 장식이 별로 없었다. 이틀 전부터 그는 플라비의 부끄러운 행위에 대해 마드무아젤 쉬앵이 들려준 이야기를 듣고 엄청난 충격에 빠져 있었다. 그녀가 아무리 사실을 최대한 완화해서 들려주어도 그를 충격에서 헤어나게 하진 못했다. 오직 그의 딸을 유혹한 남자가 잘못을 최대한 바로잡겠다고 한 사실만이 그를 아직 버티게 하고 있었다. 그날 아침, 남작은 그에게서 딸을 앗아간, 아직 한 번도 본 적이 없는 남자의 방문을 기다리고 있었다. 그는 초인종을 울렸다.

"조제프, 웬 젊은이가 찾아오면 데리고 와요. 그리고 오늘은 다른 사람은 들이지 말아요."

그는 벽난로 가에서 씁쓸하게 생각했다. 석공의 아들에 내세울 것 하나 없는 가난뱅이 남자라니! 마드무아젤 쉬앵은 그를 전도유망한 젊은이로 소개했다. 하지만 지금까지 어떤 오점도 없는 가문에 이 얼마나 수치스러운 일이란 말인가! 플라비는 자신의 가정 교사가 비난받지 않도록 목소리를 높이며 스스로를 탓했다. 그렇게 힘겹게 해명을 한 뒤로 그녀는 방에서만 머물렀고, 남작은 그녀를 다시 보고 싶어 하지 않았다. 그는 자신의 딸을 용서하기 전에 이 끔찍한 일을 직접 해결하고 싶어 했다. 그는 모든 준비를 마친 터였다. 하지만 그사이 그는 머리가 하얗게 셌고, 노년으로 인한 몸의 떨림이 머리마저 어지럽게 했다.

"무슈 낭타가 오셨습니다." 조제프가 낭타의 도착을 알렸다.

남작은 자리에서 일어나지 않았다. 단지 고개를 돌려 다가오고 있는 낭타를 응시했을 뿐이었다. 낭타는 영리하게도 새 옷을 차려입고 싶은 욕구를 억누를 줄 알았다. 그는 아직 깨끗하지만 몹시 낡은 프록코트와 검은색 바지를 샀다. 사기꾼 냄새를 풍기지 않으면서 가난하지만 깔끔한 대학생처럼 보이게 하기 위해서였다. 낭타는 방 한가운데 멈춰 선 채 비굴해 보이지 않도록 애쓰면서 기다렸다.

"당신이 그 사람이었군요, 무슈." 남작은 말을 더듬었다. 감정이 복받쳐 이야기를 계속하기가 힘들었던 그는 자신이 과격한 말을 쏟아 낼까 봐 두려웠다. 그래서 잠시 침묵을 지키다가 단지 이렇게만 말했다.

"무슈, 당신은 큰 잘못을 저지른 거요."

낭타가 변명을 하려고 하자 그는 더 힘주어 반복했다.

"큰 잘못을 저질렀단 말이오······ 하지만 난 아무것도 알고 싶지 않으니 나한테 변명할 생각일랑 하지 마시오. 내 딸이 기꺼이 당신 품속으로 뛰어들었다고 해도 달라질 건 없소. 당신 죄는 똑같으니까······ 한 가문에 이런 식으로 멋대로 들어오는 건 도둑놈들이나 하는 짓이란 말이오."

낭타는 다시 고개를 숙였다.

"이런 식으로 지참금을 쉽게 차지한 걸 보면 딸과 아버지를 한꺼번에 낚으려는 음모가 분명하오."

"아니, 잠깐만요, 무슈." 그 말에 분개한 낭타가 그의 말을 가로막았다.

그러나 남작은 거친 몸짓으로 쏘아붙였다.

"뭐요? 당신이 대체 무슨 할 말이 있다고…… 당신은 여기서 말할 자격이 없소. 난 당신한테 내가 해야 할 말과 당신이 들어야 할 말을 하는 거요. 당신은 지금 죄인으로 여기 온 것이기 때문이오…… 당신은 내게 모욕을 주었소. 이 집을 보시오. 우리 가문은 삼백 년이 넘도록 어떤 오점도 없이 살아왔소. 수백 년 넘게 이어 온 영예와 존엄과 존중으로 이루어진 전통이 느껴지지 않소? 그런데 당신이 이 모든 걸 짓밟은 거요. 난 충격으로 쓰러질 뻔했소. 갑자기 십 년이나 늙어 버린 것처럼 이렇게 손까지 떨고 있단 말이오…… 그러니 아무 말 말고 내 말을 더 들으시오."

낭타는 얼굴이 창백해졌다. 그는 몹시 힘겨운 역할을 받아들였던 것이다. 그는 맹목적인 열정을 구실로 삼고자 했다.

"제가 정신이 나갔던 것 같습니다." 그는 소설을 지어내면서 나직하게 말했다. "마드무아젤 플라비를 보고는 그만……."

딸의 이름이 나오자 남작은 자리에서 일어나 엄청나게 크게 소리쳤다.

"닥치시오! 난 아무것도 알고 싶지 않다고 말했을 텐데. 내 딸이 당신한테로 갔든, 당신이 내 딸을 유혹했든, 그런 건 아무래도 상관없소. 난 딸한테 아무것도 묻지 않았고, 당신한테도 그럴 거요. 그러니 그런 이야기는 둘이서만 하시오. 난 그런 더러운 일에 끼어들고 싶지 않으니까."

그는 진이 빠진 듯 몸을 떨며 다시 자리에 앉았다. 낭타는 뛰어난 자제력에도 불구하고 몹시 당황하며 고개를 숙였다. 잠시 침묵이 흐른 뒤 남작은 사업가처럼 메마른 목소리로 다시 말했다.

"미안합니다, 무슈. 냉정을 잃지 말자고 다짐했었는데. 사실 이 일에서 주도권을 쥔 것은 내가 아니라 당신인데 말이오. 난 당신 처분에 맡길 수밖에요. 당신은 불가피해진 계약을 맺으러 이곳에 왔으니, 이제 계약을 하도록 합시다, 무슈."

그때부터 그는 마지못해 맡은 수치스러운 소송을 합의로 잘 해결하려는 소송대리인처럼 이야기했다.

"마드무아젤 플라비 당빌리에는 어머니가 돌아가시면서 20만 프랑의 유산을 상속받았고, 그 돈은 결혼하는 날부터 사용할 수 있습니다." 그는 차분하게 말을 이었다. "이 돈에는 이미 많은 이자가 붙었습니다. 나는 그녀의 후견인의 지위 또한 당신에게 넘기고자 합니다."

남작은 서류를 열어 숫자들을 읽어 내려갔다. 낭타가 그러지 못하게 하려고 했지만 허사였다. 이제 낭타는 그토록 공정하고 곧은 남작을 보며 감동을 받았다. 심지어 남작이 평정심을 되찾은 이후로는 그가 위대해 보이기까지 했다. 남작은 결론짓듯 말했다.

"오늘 아침에 내 공증인이 작성한 계약서에서 당신에게 20만 프랑을 지참금으로 양도했음을 확인했습니다. 당신이 무일푼이란 것을 잘 압니다. 당신은 이제 결혼 다음 날 내 은행가에게서 20만 프랑을 받게 될 것입니다."

"하지만 무슈." 낭타가 항변하듯 말했다. "저는 당신 돈을 원하는 게 아닙니다. 전 다만 따님하고……."

남작은 그의 말을 가로막고 다시 말했다.

"당신은 거부할 권리가 없어요. 내 딸은 자신보다 가난한 남자와 결혼할 수 없기 때문입니다. 나는 그 아이의 몫인 지참금을 당신한테 주는 것뿐입니다. 당신은 어쩌면 더 많은 것을 기대했을지 모르지만, 난 사람들이 생각하는 것만큼 부자가 아닙니다, 무슈."

그의 잔인한 마지막 말에 낭타가 아무 대꾸를 하지 않자 남작은 면담을 끝내고 초인종을 울려 하인을 불렀다.

"조제프, 마드무아젤한테 당장 여기로 오라고 해요."

그는 자리에서 일어나 아무 말 없이 천천히 집무실을 오갔다. 낭타는 그대로 꼼짝 않고 서 있었다. 그는 노인을 속이고 있었다.

아무것도 모르는 노인 앞에서 낭타는 자신이 작고 무력하게 느껴졌다. 잠시 후 플라비가 안으로 들어오자 남작이 말했다.

"왔구나, 이 사람과 이야기하라고 불렀다. 결혼은 빠를수록 좋겠지."

그는 결혼이 기정사실인 듯 두 사람만 남겨 둔 채 그곳을 떠났다. 문이 다시 닫히자 무거운 침묵이 이어졌다. 낭타와 플라비는 서로를 마주보았다. 그들은 아직까지 한 번도 서로를 본 적이 없었다. 낭타는 창백하고 고고한 얼굴의 그녀가 무척 아름답다고 생각했다. 그녀는 커다란 회색빛 눈으로 그를 뚫어지게 바라보았다. 어쩌면 방에 틀어박혀 있던 사흘간 내내 울었는지도 몰랐다. 그리고 차가운 그녀의 뺨이 그 눈물을 식혀 주었을 터였다. 먼저 입을 연 것은 그녀였다.

"그래, 계약은 잘 마무리하셨나요, 무슈?"

"네, 부인." 낭타는 짧게 대답했다. 그녀는 자신도 모르게 입을 비죽거리며 그에게서 어떤 천박함을 찾기라도 하듯 한참 동안 그를 바라보았다.

"잘됐군요." 그녀가 다시 말했다. "그런 거래에 응할 사람이 아무도 없을까 봐 걱정했는데."

낭타는 그녀의 목소리에서 그를 압도하는 경멸을 느낄 수 있었다. 하지만 그는 고개를 꼿꼿이 쳐들었다. 낭타는 자신이 속여야 했던 그녀의 아버지 앞에서는 두려워 떨었지만, 자신의 공모자인 그의 딸 앞에서는 당당하고 솔직해지고자 했다.

"부인, 미안하지만 뭔가 착각하고 계신 것 같군요." 그는 깍듯이 예의를 차리며 차분히 말했다. "당신이 방금 아주 정확하게 '거래'라고 하신 것에서 비롯된 우리 상황에 대해서 말이죠. 오늘부터 나는 우리가 동등한 관계임을 분명히 하고자 합니다……"

"아, 그런가요?" 플라비는 경멸적인 미소를 지으며 그의 말을 가로막았다.

"그렇습니다, 우린 완벽하게 동등한 관계입니다…… 당신은 내가 감히 판단할 수 없는 잘못을 감추기 위해 어떤 이름이 필요했고, 난 내 이름을 당신에게 주었습니다. 그리고 나는 내 야망을 이루기 위한 자본과 사회적 배경이 필요했고, 당신은 내게 그것들을 제공했지요. 우리는 오늘부터 서로에 대한 기여도가 같은 동업자들인 셈입니다. 따라서 우린 서로에게 제공한 도움에 대해 서로 고마워하면 되는 것입니다."

플라비는 더 이상 웃지 않았다. 그녀의 이마에는 자존심이 상했음을 드러내는 굵은 주름이 생겨나 있었다. 그러나 그녀는 아무 대꾸도 하지 않았다. 잠시 침묵을 지키던 그녀가 다시 물었다.

"내 조건은 알고 있나요?"

"아뇨, 부인." 여전히 침착함을 잃지 않은 낭타가 말했다. "알려 주시면 군말 없이 따르도록 하죠."

그러자 플라비는 조금도 망설이거나 얼굴을 붉히지 않고 자신의 생각을 분명하게 밝혔다.

"당신은 내겐 언제까지나 이름만 남편일 뿐이에요. 우리의 삶은 철저하게 구분되고 분리될 거고요. 당신은 나에 대한 모든 권리를 포기해야 하고, 난 당신에 대해 어떤 의무도 지지 않을 거예요."

그녀가 문장을 끝맺을 때마다 낭타는 고갯짓으로 동의를 표했다. 그거야말로 그가 바라던 것이었기 때문이었다. 그는 덧붙여 말했다.

"혹시라도 내게 다정함까지 요구한다면 난 그토록 까다로운 조건에 좌절하고 말았을 겁니다. 하지만 우린 진부하기 짝이 없는 달콤한 말들을 서로에게 할 필요가 없으니 이 얼마나 다행인지요. 또한 우리 각자의 상황을 직시하는 용기를 지닌 당신을 보니 참으로 마음이 놓입니다. 우리가 걷게 될 길은 꽃길이 아닐 테니까요…… 내가 당신한테 바라는 것은 딱 한 가지뿐입니다. 내가 당신에게 부여하는 자유를 남용해 나의 개입이 필요하게 만들지만 말아 달라는 것입니다."

"이보세요!" 자존심이 상한 플라비가 거세게 외쳤다.

하지만 낭타는 공손하게 고개를 숙이고는 제발 마음 상해하지 말라고 애원했다. 그들은 둘 다 미묘한 입장에 놓인 터라 에두른 이야기쯤은 너그러이 봐줘야 했다. 그러지 않으면 서로 잘 지내기란 불가능할 것이기 때문이었다. 그는 더 길게 이야기하는 것을 피했다. 마드무아젤 쉬앵을 두 번째로 만났을 때 그녀는 플라비의 과오에 대해 들려주었다. 플라비를 유혹한 사람은 무슈 데 퐁데트라는 남자인데, 그는 그녀의 수도원 시절 친구의 남편이었다. 시골의 그들 집에서 한 달간 머물 때 그녀는 어느 날 밤, 어찌 된 일인지, 자신이 어떻게 그것을 허용했는지도 모르는 채 그의 품에 안기게 되었다. 마드무아젤 쉬앵의 말에 의하면 그것은 강간과 다를 바 없었다.

낭타는 갑자기 다정한 태도를 보였다. 자신의 강함을 스스로 잘 아는 모든 이들처럼 그는 좋은 사람이고 싶어 했다.

"우리 이러지 말죠, 부인." 그가 큰 소리로 말했다. "우린 아직 서로를 잘 알지 못합니다. 하지만 보자마자 이렇게 서로를 미워하는 건 옳지 못한 일입니다. 어쩌면 우린 아주 잘 지낼지도 모르잖아요…… 당신이 나를 경멸하는 건 잘 알지만, 그건 당신이 나에 대해 아무것도 알지 못하기 때문입니다."

그는 열에 들뜬 듯 마르세유에서의 야망에 부푼 삶과, 파리에서 두 달을 보내는 동안 수많은 노력이 수포로 돌아가 분노한 것에 대해 이야기했다. 그는 그가 사회적 관습이라고 부르는 것들, 대부분의 사람들이 그 속에서 허우적거리는 관습이란 것에 경멸을 드러냈다. 사람들 위에 우뚝 설 수만 있다면 그들의 평가가 무슨 상관이란 말인가! 중요한 것은 그들보다 잘난 사람이 되는 것이었다. 강력한 힘은 모든 것을 용인하게 만드는 법이다. 그는 자신이 만들어 갈 지고한 삶을 대략적으로 그려 보였다. 그는 어떤 장애물도 두렵지 않았다. 강력한 힘을 이길 것은 아무것도 없었다. 그는 강할 것이고, 따라서 행복할 것이었다.

"내가 시시하게 그깟 돈 따위에 이끌린다고 생각진 말아 주십시오." 그가 덧붙여 말했다. "나는 당신 재산 때문에 나 자신을 파는 게 아닙니다. 내게 당신 돈은 아주 높이 올라가는 데 필요한 수단일 뿐이니까요…… 아, 당신이 내 안에서 끓고 있는 게 뭔지 안다면, 내가 언제나 똑같은 꿈을 꾸며 밤새도록 뒤척이다가 다음 날 현실에 분노하는 날이 얼마나 많은지를 안다면, 아마도 당신은 내 팔짱을 낀 채 내게 잘난 사람이 될 수 있는 수단을 제공했음을 자랑스러워할지도 모릅니다!"

그녀는 꼿꼿이 선 채 그의 말을 듣고 있었다. 그녀의 얼굴엔 미동조차 없었다. 그는 사흘 전부터 답을 찾지 못한 채 계속 되풀이하던 질문을 스스로에게 던지고 있었다. 마드무아젤 쉬앵이 자신의 이름을 말했을 때 그녀의 계획에 그렇게 빨리 동의한 걸 보면 플라비가 자신을 창가에서 보았던 것은 아닐까? 자신이 만약 가정 교사가 제안한 거래를 화를 내며 거절했더라면 그녀가 소설 속에서처럼 자신을 사랑하게 되지 않았을까? 그는 이런 엉뚱한 생각까지 하기에 이르렀다.

그는 입을 다물었고, 플라비는 그 자리에 얼어붙은 듯했다. 그리고 마치 그의 속내 이야기를 듣지 못한 것처럼 차갑게 반복해 말했다.

"그러니까 이름뿐인 남편, 철저히 구분된 삶, 완전한 자유, 이 세 가지에 이의 없으신 거죠?"

낭타는 마치 계약을 체결하는 사업가처럼 즉시 다시 공손한 태도로 짧게 대답했다.

"물론입니다, 부인."

그는 스스로에게 불만스러워하며 자리에서 물러났다. 어쩌자고 그녀를 납득시키겠다는 바보 같은 생각을 했단 말인가? 그녀는 매우 아름다운 여성이었다. 그들 사이에는 아무런 공통점이 없는 게 나았다. 그렇지 않다면 그녀가 그의 삶에 방해가 될지도 모르기 때문이었다.

3장

그 후 십 년이 흘렀다. 어느 날 아침, 낭타는 오래전 처음으로 당빌리에 남작을 만났던 집무실에 있었다. 당시 남작은 냉담하게 그를 대했었다. 이제 집무실은 그의 것이었다. 자신의 딸과 사위와 화해한 남작은 그들에게 저택을 물려주고 자신은 정원의 또 다른 끝에 위치한 본가(街)의 조그만 집만을 자기 것으로 남겨두었다. 십 년 만에 낭타는 재정과 산업 분야에서 가장 높은 지위

중 하나에 올랐다. 또한 철도와 관련된 모든 사업에 관여했고, 제2제정 초기에 성행한 땅 투기에 뛰어듦으로써 빠르게 막대한 부를 쌓아 나갔다. 그러나 그의 야심은 거기에 그치지 않았다. 그는 정치판에서 중요한 역할을 맡고 싶어 했다. 그리고 그가 농장들을 소유하고 있는 데파르트망[9]에서 국회의원으로 선출되는 데 성공했다. 이제 국회에 입성한 그는 미래의 재무 장관을 자처했다. 그는 전문적인 지식과 유창한 언변 덕분에 점차 더 중요한 자리를 차지하게 되었다. 게다가 그는 영리하게도 제국에 절대적인 충성심을 보여 주면서 국가 재정과 관련한 개인적인 이론들로 세상을 놀라게 했다. 그는 그것들이 황제[10]의 관심을 끌 것임을 미리부터 예상하고 있었다.

그날 아침, 낭타는 일에 치여 정신없는 시간을 보내고 있었다. 그가 저택 아래층에 마련한 커다란 사무실들은 넘쳐 나는 활기로 온통 부산스러운 모습이었다. 그가 고용한 일꾼 중 몇몇은 창구 뒤에 서서 업무를 보았고, 또 다른 이들은 덜거덕거리는 문소리를 내면서 끊임없이 오갔다. 탁자들 위에는 풀어헤친 자루들에서 낭랑한 소리와 함께 금화가 쏟아져 내렸고, 여닫는 금전등록기의 음악 소리가 울려 퍼지면서 물결처럼 거리를 잠기게 했

---

9 행정 구역의 하나로 우리나라의 도(道)에 해당한다.
10 프랑스 제2제정의 나폴레옹 3세 황제를 가리킨다.

다. 대기실 역시 몰려든 사람들로 발 디딜 틈이 없었다. 청탁을 위해 찾아온 사람들과 사업가들, 정치인들을 비롯한 파리의 명사들이 강력한 힘 앞에 무릎을 꿇고 있었다. 종종 높은 지위의 인물들이 그곳에서 한 시간씩이나 초조하게 기다리기도 했다. 책상에 앉아 지방과 외국과 연락을 주고받는 낭타는 손만 뻗으면 세상을 거머쥘 수도 있었다. 그는 자신이 왕국들과 제국들을 움직이는 거대한 기계의 효율적인 모터인 것처럼 느껴졌다.

낭타는 그의 집무실 문을 지키는 문지기를 호출했다. 그의 얼굴에 수심이 엿보였다.

"제르맹, 부인이 돌아오셨다고 하던가?" 그가 물었다.

문지기가 잘 모르겠다고 하자 낭타는 플라비의 하녀를 내려오라고 전하게 했다. 하지만 제르맹은 곧바로 물러나지 않고 조그맣게 말했다.

"그런데 말입니다, 무슈, 국회의장께서 아까부터 뵙기를 청하는데요."

"이런! 얼른 들어오시게 해. 그리고 내가 지시한 것을 하도록 하게."

전날, 예산의 중요한 문제에 관한 낭타의 연설이 엄청난 반향을 불러일으켰고, 국회는 문제의 조항을 위원회로 다시 돌려보내 그가 지적한 대로 수정하게 했다. 회의가 끝나자, 재무 장관이 곧 물러날 것이라는 소문이 퍼져 나갔고, 관련 부서에서는 벌써부터 젊은 국회의원인 낭타를 그의 후임으로 지목했다. 하지만 낭타는 어깨를 으쓱하면서, 아직 아무것도 정해지지 않았고, 황제와는 특별한 사항들에 관해 잠깐 이야기를 나누었을 뿐이라고 말했다. 그러나 국회의장의 방문은 의미심장한 것이었다. 낭타는 그의 얼굴에 그늘을 드리웠던 걱정을 떨쳐 버리고 자리에서 일어나 국회의장과 악수를 했다.

"오, 공작님. 기다리시게 해서 죄송합니다. 와 계신 줄 몰랐습니다…… 이렇게 찾아와 주시다니, 너무나 큰 영광입니다."

그들은 잠시 친근하게 두서없는 이야기를 주고받았다. 그러다 의장은, 구체적인 이야기는 하지 않으면서, 황제가 낭타의 의중을 떠보기 위해 자신을 보냈음을 넌지시 말했다. 그가 재무 장관직을 맡을 것인지? 그렇다면 어떤 정책을 펼치고자 하는지? 그러자 냉정하기로 소문난 낭타는 자신의 수락 조건을 이야기했다. 무표정해 보이는 그의 겉모습 뒤로 승리에 대한 야망이 들끓고 있었다. 마침내 그는 마지막 단계를 올라가 정상을 차지하려 하고 있었다. 이제 한 걸음만 더 가면 모든 사람을 그의 발아래에 둘 수 있게 되는 것이었다. 국회의장이 그와 함께 논의한 정책을 전달하러 곧장 황제에게 갈 거라는 말로 대화를 끝내려는 찰나 아파트에 면한 조그만 문이 열리면서 플라비의 하녀가 모습을 드러냈다.

갑자기 얼굴이 새하얘진 낭타는 하던 말을 미처 끝맺지 못했다. 그는 "죄송합니다, 공작님……"이라고 중얼거리면서 하녀에게 달려갔다.

낭타는 조그맣게 그녀에게 물었다. 부인은 일찍 집을 나섰는지? 어디로 간다고 말을 했는지? 언제 돌아오기로 했는지? 하지만 자신이 난처해지는 것을 원하지 않는 영리한 하녀는 그의 질문에 모호하게 대답했다. 이런 질문들이 별 소용 없음을 깨달은 낭타는 간단하게 이야기했다.

"부인이 돌아오시면 내가 할 말이 있다고 전해요."

그의 그런 모습에 놀란 공작은 창가로 가 뜰을 바라보았다. 낭타는 다시 공작에게 와 결례를 사과했다. 하지만 그는 침착함을 잃고 말을 더듬었고, 적절하지 않은 말들로 공작을 놀라게 했다.

"내가 일을 망쳤어." 국회의장이 떠나자 그는 큰 소리로 혼잣말을 했다. "장관직도 물 건너간 거야."

그는 계속 불편한 상태로 있으면서 불현듯 화가 치밀곤 했다. 그러면서도 그는 여러 사람을 만났다. 어떤 기술자는 그에게 광산 개발에서 발생할 엄청난 이익에 대한 보고서를 제출하고자 했다. 한 외교관은 이웃 나라의 어떤 권력자가 파리에서 채권을 발행하고 싶어 한다는 이야기를 전해 주었다. 그 밖에도 많은 사람이 줄지어 그에게 이십여 건의 중요한 사업에 대해 보고했다. 마지막으로 낭타는 그를 찾아온 의회의 동료들을 맞이했다. 모두들 전날의 그의 연설에 대해 과도한 찬사를 쏟아 냈다. 그는 안락의자에 깊숙이 앉은 채 그런 찬사들을 들으면서도 미소조차 짓지 않았다. 이웃한 사무실에서는 금화 소리가 계속 울려 퍼졌고, 마치 거기서 그 금화들을 찍어 내듯 공장 같은 소란스러움이 벽들을 울리게 했다. 그가 펜을 들어 공문을 보내기만 하면 유럽의 시장들을 즐겁게 하거나 좌절하게 할 수도 있었다. 혹은 아까 제안받은 채권 발행을 지지하거나 거절함으로써 전쟁을 막거나 앞당길 수도 있었다. 심지어 프랑스의 국가 예산이 그의 손안에서 좌지우지되었고, 그런 과정을 통해 그는 자신이 제국에 호의적인지 아닌지를 곧 알게 될 터였다. 이것은 그의 승리였다. 그의 인물됨은 지나치게 부풀려졌고, 세상은 그런 그를 중심축으로 하여 돌아갔다. 하지만 그는 스스로에게 약속했던 그런 승리를 전혀 즐기지 못하고 있었다. 그는 권태로움을 느꼈고, 다른 데 정신이 팔린 듯 작은 소리에도 소스라치게 놀랐다. 충족된 야망의 열기가 그의 뺨을 달아오르게 할 때면 그는 느닷없이 차가운 손길이 그의 목덜미를 스치는 것처럼 얼굴이 창백해지곤 했다.

두 시간이 지났지만 플라비는 여전히 나타나지 않았다. 낭타는 제르맹을 불러 당빌리에 남작이 집에 있으면 그를 모셔 올 것을 지시했다. 그날은 더 이상 방문객을 받지 않겠다고 알린 낭타는 홀로 있으면서 집무실을 오갔다. 불안감이 점점 더 커져 갔다. 아내는 누군가와 함께 있는 게 분명했다. 육 개월 전에 홀아비가 된 무슈 데 퐁데트와 다시 만나고 있는 것이었다. 물론 낭타는 질투를 하지 않으려고 애썼다. 지난 십 년간 그는 그녀와 맺은 계약을 충실하게 지켜 왔다. 그는 다만 우스꽝스러운 남편만은 되지 않기를 바랐다. 그는 자기 아내가 자신을 조롱거리로 만들면서 자신의 지위와 평판을 위태롭게 하는 것을 결코 허용하지 않을 것이었다. 그는 온몸에서 힘이 빠져나가는 것 같았다. 단지 남편으로서 존중받고 싶다는 생각이 그를 온통 사로잡았다. 그는 지금까지 이런 감정을 느껴 본 적이 없었다. 자신의 운을 걸고 그녀와 위험하기 짝이 없는 도박을 하기로 했을 때도 이렇게까지 혼란스럽지는 않았다.

그때 모자와 장갑을 벗은 것 말고는 여전히 외출복 차림인 플라비가 안으로 들어섰다. 낭타는 떨리는 목소리로 그녀에게 자신이 그녀의 방으로 올라가겠노라고 말했다. 그녀가 준비가 되면 알려 주기만 하면 될 터였다. 하지만 플라비는 그 자리에 선 채로 마치 바쁜 고객인 양 손짓으로 빨리 말할 것을 재촉했다.

"부인, 아무래도 우리 사이에 어떤 해명이 필요한 것 같군요……." 그가 말했다. "오늘 아침에는 어딜 갔던 거요?"

남편의 떨리는 목소리와 직설적인 질문은 그녀를 몹시 놀라게 했다.

"그야 물론 내가 가고 싶은 데를 갔죠." 그녀는 차갑게 대답했다.

"그게 바로 앞으로는 해서는 안 되는 것이오." 낭타는 얼굴이 창백해지면서 다시 말했다. "내가 말한 것을 잊지는 않았겠지요. 당신이 내가 허용한 자유를 남용해 내 이름을 더럽히는 것을 결코 용인하지 않을 것이라고 한 말 말이오."

플라비는 지극히 경멸적인 미소를 지어 보였다.

"당신 이름을 더럽힌다고 하셨나요, 무슈? 하지만 그건 나와는 상관없는 일인데요. 이름을 더럽히고 말고 할 것도 없죠."

그러자 낭타는 분노를 참지 못하고 플라비를 한 대 치고 싶어 하듯 그녀에게 다가가면서 더듬거렸다.

"나쁜 여자 같으니라고, 당신은 지금 무슈 데 퐁데트를 몰래 만나고 온 거잖소…… 당신에게 정부가 있다는 걸 이미 알고 있소."

"천만에요." 플라비는 그의 위협 앞에서도 물러서지 않고 말했다. "난 그 사람을 다시 만난 적이 없어요…… 하지만 내가 누군가를 만난다고 해도 당신이 날 비난할 수는 없을 텐데요. 그게 당신이랑 무슨 상관이죠? 우리가 거래한 것을 잊었나요?"

그는 잠시 그녀를 노려보았다. 그리고 오랫동안 억눌러 왔던 애정을 외침 속에 쏟아 내고 흐느껴 울면서 그녀의 발아래에 주저앉았다.

"오, 플라비, 당신을 사랑하오!"

꼿꼿이 서 있던 그녀는 얼른 옆으로 비켜섰다. 그가 그녀의 옷자락을 스쳤기 때문이었다. 불행한 남자는 두 팔을 내민 채 무릎으로 기어서 그녀를 쫓아갔다.

"당신을 사랑하오, 플라비, 당신을 미치도록 사랑하오…… 어떻게 이리됐는지 나도 모르겠소. 이미 수년 전부터 그랬소. 이젠 나도 어쩔 수가 없소. 오, 물론 그러지 않으려고 했소. 이러면 안 된다고 생각했으니까. 난 우리가 처음 나눈 대화를 잊지 않고 있소…… 하지만 지금 난 너무나 고통스럽소. 그래서 당신한테 이 사실을 털어놓지 않으면……."

그는 한참 동안 이야기를 계속했다. 그의 모든 믿음이 무너져 내렸다. 힘을 전적으로 믿으면서 의지만이 세상을 들어 올릴 수 있는 유일한 지렛대임을 주장했던 남자가 한 여인 앞에서, 어린아이처럼 맥없이, 무력하게 무너져 내렸던 것이다. 자신이 꿈꾸었던 모든 부를 이루고 높은 지위에까지 오른 그는 그녀가 이마 위의 키스로 그를 다시 일으켜 준다면 기꺼이 그 모든 것을 내던졌을 터였다. 그녀는 그의 승리를 망치고 있었다. 그의 귀에는 그의 사무실에 울려 퍼지는 금화 소리도 더 이상 들리지 않았다. 그에게 인사를 하러 온 수많은 아첨꾼들도 염두에 없었고, 어쩌면 이 순간 황제가 그를 권력에의 길로 부르고 있을지 모른다는 것도 생각지 않았다. 그런 것들은 더 이상 존재하지 않았다. 그는 모든 것을 가졌지만, 그가 원하는 것은 오직 플라비뿐이었다. 플라비가 그를 거부한다면 그에게는 아무것도 없는 것과 마찬가지였다.

"내가 한 것은 모두가 당신을 위한 것이었소……." 그는 이야기를 계속했다. "그래요, 처음에는 당신 때문이 아니었소. 나는 내

자존심을 만족시키기 위해 일을 한 거요. 그러다가 언젠가부터 당신은 내 모든 생각과 내 모든 노력의 유일한 목적이 되었소. 난 늘 스스로에게 말했소. 당신에게 걸맞은 남자가 되려면 최대한 높이 올라가야 한다고. 그래서 내가 이룬 것을 당신 발아래에 쌓아놓는 날, 당신이 내게 마음을 열기를 바랐소. 그런데 지금 내 꼴이 어떤지 보시오. 아직도 나를 받아 줄 수 없는 거요? 더 이상 나를 경멸하지 마시오, 제발 부탁이오!"

그러자 지금까지 아무 말이 없던 그녀가 이윽고 차분히 말했다.

"일어나세요, 무슈. 누가 들어오면 어떡하려고 이러세요."

하지만 그는 여전히 엎드린 채 그녀에게 애원했다. 무슈 데 퐁데트에게 질투심을 느끼지 않았더라면 그는 더 기다릴 수도 있었을 터였다. 그는 마치 고통스러운 고문을 당하는 것 같았다. 이제 그는 매우 공손하게 말했다.

"당신은 여전히 나를 경멸하는군요. 하지만 더 기다려 주시오. 당신의 사랑을 아무에게도 주지 말고 말이오. 난 반드시 놀라운 일들을 해내어 당신 마음을 얻고 말 거요. 조금 전에 당신한테 무례하게 굴었던 걸 용서하시오. 내가 제정신이 아니었던 것 같소…… 제발 언젠가는 당신이 나를 사랑하게 될 거라는 희망을 갖게 해 주시오!"

"그럴 일은 결코 없을 거예요!" 그녀는 힘주어 말했다.

그가 여전히 절망으로 바닥에 엎드려 있자 플라비는 그곳을 떠나려고 했다. 하지만 격한 분노에 사로잡힌 낭타는 벌떡 일어나 그녀의 양 손목을 붙잡았다. 온 세상이 그의 발아래에 있는데 한 여자가 이처럼 그에게 맞서다니! 그는 모든 것을 할 수 있었다. 여러 나라들에 파장을 불러일으키고, 프랑스를 그의 마음대로 좌지우지할 수 있었다. 그런데 정작 자기 아내의 사랑을 얻을 수 없다니! 그토록 강하고, 그토록 강력하며, 자신의 사소한 바람조차 법이 되게 하는 그가! 이제 그에게는 단 한 가지 소망밖에는 없었다. 그리고 그 소망은 결코 이루어지지 않을 것이었다. 어린 아이처럼 연약한 한 존재가 그를 거부하기 때문이었다! 그는 그녀의 두 팔을 움켜쥔 채 거친 목소리로 반복해 말했다.

"내가 원하오…… 내가 원한단 말이오……."

"나는, 원하지 않아요." 얼굴이 창백해진 플라비가 더없이 단호하게 말했다.

그들이 실랑이를 벌이고 있을 때 당빌리에 남작이 문을 열고 안으로 들어섰다. 그를 본 낭타는 플라비를 놔주면서 소리쳤.

"무슈, 따님이 방금 정부를 만나고 온 걸 아십니까? …… 따님한테 아내는 남편의 이름을 존중해야 한다고 말해 주십시오. 아무리 남편을 사랑하지 않고, 스스로의 명예를 지켜야 한다는 생각조차 하지 않을 때라도 말입니다."

그사이 많이 늙은 남작은 격렬한 말들이 오가는 광경을 문간에서 지켜보았다. 그것은 그에게는 너무 놀랍고 고통스러운 일이었다. 그는 그들 부부가 화목하게 잘 지내는 것으로 믿고 있었다. 두 사람이 서로에게 깍듯하게 구는 것을 보면서도 예의상 그러는 것으로 생각했던 것이다. 그와 그의 사위는 서로 다른 세대였다. 남작은 재정가인 사위의 저돌적인 추진력이 못마땅할 때도 있었고, 그가 무모하게 벌이는 사업들을 비난할 때도 있었지만, 그의 강한 의지와 영리함은 인정하지 않을 수 없었다. 그런데 느닷없이 자신이 전혀 짐작지도 못했던 비극을 목격하게 되었던 것이다.

낭타가 플라비에게 정부가 있다고 비난하자 남작은 근엄한 노인다운 걸음으로 앞으로 걸어왔다. 그는 결혼한 딸을 아직도 열 살 때의 그녀에게 그랬듯 엄격하게 대했다.

"정말입니다. 따님은 지금 정부의 집에서 오는 길이라고요." 낭타가 거듭 말했다. "그런데 보십시오. 내 앞에서 이렇게 당당한 게 말이 됩니까?"

플라비는 그의 말을 무시하듯 고개를 돌려 그의 거친 손짓에 구겨진 소맷부리 장식을 매만졌다. 그녀는 조금도 얼굴을 붉히지 않았고, 그것을 본 남작이 그녀에게 따지듯 말했다.

"얘야, 어째서 아니라고 말을 못 하는 거니? 네 남편 말이 사실인 거냐? 늙은 아버지에게 마지막으로 이런 고통을 안겨 주기로 작정한 거니? …… 네 남편을 모욕하는 건 나를 모욕하는 것이나 마찬가지다. 한 집안에서 한 사람의 잘못은 다른 가족까지 더럽히기 때문이지."

그러자 플라비는 짜증스럽다는 몸짓을 해 보였다. 저렇게 한참이나 자신을 나무랄 게 뭐람! 그녀는 잠시 더 그의 심문을 견뎠다. 아버지에게 해명을 함으로써 또 다른 수치를 안겨 주고 싶지 않았기 때문이었다. 하지만 플라비가 아무 말 없이 자신을 도발하는 듯한 모습에 남작이 화를 내자 그녀는 더 참지 못하고 입을 열었다.

"아버지, 저 남자가 자기 역할을 하게 그냥 놔두세요…… 아버진 제 남편이 어떤 사람인지 모르시잖아요. 아버지를 존중해서 아무 말 안 하는 것이니 제발 말하라고 저를 다그치지 말아 주세요."

"저 사람은 네 남편이고, 네 아이의 아버지다." 남작이 다시 말했다.

플라비는 꼿꼿이 세운 몸을 가볍게 떨었다.

"아뇨, 아니에요, 저 사람은 내 아이의 아버지가 아니에요…… 이젠 모든 걸 말씀드릴게요. 심지어 저 사람은 나를 유혹한 남자도 아니에요. 차라리 나를 좋아하기라도 했다면 적어도 조금의 변명은 되겠죠. 하지만 저 사람은 단지 자신을 팔아서 다른 사람의 잘못을 덮는 데 동의한 것뿐이라고요."

남작은 낭타를 돌아보았다. 얼굴에서 핏기가 가신 낭타는 뒷걸음질을 쳤다.

"이제 아시겠어요, 아버지?" 플라비는 더욱더 힘주어 말했다. "저 사람은 돈 때문에 자신을 판 거라고요, 단지 돈 때문에요…… 나는 남편을 좋아한 적이 없어요. 저 사람도 내 손가락 하나 건드린 적이 없다고요…… 아버지에게 커다란 고통을 안겨 드리고 싶지 않았어요. 그래서 저 사람을 사서 아버지에게 거짓말을 한 거라고요…… 저 사람을 보세요. 그럼 내 말이 진실인지 아닌지를 아실 거예요."

낭타는 두 손으로 얼굴을 감쌌다.

"그런데 이제 와서 내가 자기를 사랑해 주길 바라다니요. 심지어 무릎을 꿇고 울기까지 했다니까요. 아마도 연극을 하는 거겠지만요. 지금까지 속여서 죄송해요, 아버지. 하지만 그렇다고 내가 이 남자에게 속한 건 아니잖아요? …… 이제 모든 걸 아셨으니 절 데리고 가 주세요. 이 남잔 조금 전에 나한테 폭력까지 가했다고요. 여기서 잠시도 더 같이 있고 싶지 않아요."

남작은 구부러진 몸을 다시 세웠다. 그리고 아무 말 없이 자기 딸에게 팔을 내밀었다. 두 사람이 방을 가로지르는 동안 낭타는 그들을 붙들려는 어떤 시도도 하지 않았다. 문간에 이른 남작은 단지 이렇게만 말했을 뿐이었다.

"잘 있으시오, 무슈."

그리고 문이 다시 닫혔다. 홀로 남은 낭타는 짓눌린 마음으로 미친 듯이 텅 빈 주위를 둘러보았다. 그때 제르맹이 들어와 책상 위에 편지 하나를 놓고 가자 그는 기계적으로 그것을 열어 죽 읽어 보았다. 자필로 쓴 편지에서 황제는 매우 다정하게 그를 재무 장관에 임명한다고 말하고 있었다. 낭타는 그 내용만을 겨우 이해했을 뿐이었다. 그의 오랜 야망의 실현도 그에게는 어떤 감동도 안겨 주지 못했다. 옆방의 창구들에서는 금화 소리가 점점 더 크게 들려왔다. 낭타의 저택이 요란한 소리와 함께 세상을 움직이게 하는 시각이었다. 그리고 그는, 그의 작품인 이 거대한 작업장 한가운데서, 그가 쟁취한 권력의 정점에서, 황제의 편지를 멍하니 응시하면서 어린아이의 불평 같은 탄식을 쏟아 냈다. 그것은 그의 삶 전체에 대한 부정이나 마찬가지였다.

"나는 행복하지 않아…… 나는 행복하지 않아……."

그는 책상 위로 고개를 떨군 채 흐느꼈다. 그의 뜨거운 눈물에 그를 장관으로 임명한다는 편지의 글씨가 점점 흐릿해졌다.

4장

일 년 육 개월 전에 재무 장관에 오른 낭타는 초인적인 의지로 일을 해 나가며 자신을 잊으려는 듯 보였다. 그의 집무실에서 과격한 장면을 연출한 다음 날 그는 당빌리에 남작과 면담을 했다. 플라비는 자기 아버지의 충고에 따라 부부의 거처로 돌아가는 데 동의했다. 그러나 부부는 사람들 앞에서 연극을 할 때를 제외하고는 더 이상 서로에게 말을 걸지 않았다. 낭타는 자신의 저택에서만 머물기로 마음먹었다. 저녁이면 비서들을 데리고 와서 집에서 일들을 처리하곤 했다.

    이 무렵이 그가 생애 최고의 업적을 이룬 시기였다. 어떤 목소리가 그에게 고귀하고 창조적인 영감들을 속삭이곤 했다. 또한 그가 지나갈 때마다 사람들 사이에서 공감과 감탄의 중얼거림이 일었다. 하지만 그는 그러한 찬사들에 무관심했다. 그는 마치 보답에 대한 아무 기대도 없이, 불가능한 것을 시도하는 것만이 유일한 목적인 양 일을 해 나가는 듯 보였다. 조금씩 더 높이 올라갈 때마다 그는 플라비의 얼굴을 떠올렸다. 마침내 그녀가 감동을 받았을까? 이제는 과거에 자신이 저지른 잘못을 용서하고 자신의 눈부신 성취만을 생각하지 않을까? 그는 여전히 그 여인의 말 없는 얼굴에서 어떤 마음의 동요도 읽을 수 없었다. 그럴 때마다 그는 '그래! 그녀가 보기엔 아직 부족한 거야. 더 높이, 계속 올라가야만 해'라고 생각하면서 다시 일에 몰두하곤 했다. 그는 자신의 운을 쟁취했듯이 행복을 쟁취하고자 했다. 그는 자신의 힘에 대한 믿음을 회복했고, 세상에 또 다른 수단이 있음을 인정하지 않았다. 인류의 근간을 이루는 것은 삶에 대한 의지이기 때문이었다. 때로 절망감에 사로잡힐 때면 그는 아무도 자신의 육체적인 나약함을 눈치채지 못하도록 방 안에 틀어박히곤 했다. 그가 자신과 싸운다는 사실은 그의 눈을 깊숙이 들여다보아야만 짐작할 수 있었다. 그의 검은 눈에서는 강렬한 불꽃이 이글거렸다.

이제는 질투심이 그를 집어삼켰다. 플라비에게 끝내 사랑받지 못한다는 사실은 그에겐 끔찍한 형벌과도 같았다. 그녀가 다른 남자에게 자신을 허락할 수도 있다고 생각할 때마다 극심한 분노가 치밀어 올랐다. 그녀는 자신이 자유롭다는 것을 보여 주기 위해 무슈 데 퐁데트와 함께 나다니는 것도 마다하지 않을 터였다. 따라서 낭타는 그녀에게 신경을 쓰지 않는 척하면서도 그녀가 조금만 안 보이면 불안해서 어쩔 줄 몰라 했다. 남들한테 웃음거리가 되는 게 두렵지 않았더라면 그가 거리에서 직접 그녀를 미행했을지도 몰랐다. 그 때문에 낭타는 자신이 믿을 수 있는 사람을 그녀 곁에 두고자 했다. 그에 대한 충성심은 돈으로 사면 그만이었다.

마드무아젤 쉬엥은 여전히 그들과 함께 지냈다. 남작이 그녀에게 익숙해져 있기 때문이었다. 다른 한편으로는 그녀가 너무 많은 것을 알고 있는 터라 쉽게 내보낼 수가 없었다. 그녀는 한때 낭타가 결혼 다음 날 자신에게 준 20,000프랑을 가지고 물러나려는 계획을 세운 적이 있었다. 그러나 그들 부부의 상황을 이용해 어부지리를 얻을 수 있을지도 모른다는 생각이 들었다. 그래서 그곳에 좀 더 머물면서 새로운 기회를 기다리기로 마음먹었다. 고향인 로앵빌에서 그녀가 젊었을 때부터 동경해 오던 공증인의 집을 사려면 아직 20,000프랑쯤이 부족했기 때문이었다.

낭타는 이 중년의 여인이 별로 불편하게 느껴지지 않았다. 독실한 신자인 그녀의 얼굴은 더 이상 그에게 속내를 숨길 수 없었다. 어느 날 아침 낭타는 그녀를 자신의 집무실로 불러 자기 아내의 일거수일투족을 자신에게 보고해 줄 것을 제안했다. 그러자 마드무아젤 쉬앵은 자기가 그런 일을 할 사람으로 보이냐면서 화를 내는 척했다.

"이봐요, 마드무아젤." 그가 짜증스레 말했다. "난 바쁜 사람이오. 다들 날 기다리고 있단 말이오. 그러니 제발 짧게 이야기하자고요."

하지만 마드무아젤 쉬앵은 격식을 차려 이야기하지 않으면 아무것도 못 들은 척하겠다고 했다. 그녀의 원칙에 따르면, 세상에 그 자체로 나쁜 것은 없으며, 그것을 어떻게 표현하느냐에 따라 좋은 것 또는 나쁜 것이 될 수 있다는 것이다.

"알겠소! 다시 이야기하리다." 낭타가 이어 말했다. "마드무아젤, 이건 좋은 일에 관한 것입니다…… 난 아내에게 나한테 말 못 할 어떤 고민거리가 있는 건 아닌지 걱정이 됩니다. 몇 주 전부터 아내가 우울한 얼굴을 하고 있기 때문이에요. 그래서 당신을 떠올린 겁니다. 그에 관한 정보를 얻기 위해서 말이죠."

"오, 그런 거라면 날 믿으셔도 됩니다." 마드무아젤 쉬앵은 갑자기 어머니처럼 다정하게 말했다. "나는 부인을 위해서라면 뭐든지 할 수 있습니다. 부인의 명예와 무슈의 명예를 위해서요…… 내일부터 부인을 잘 살펴보도록 하지요."

낭타는 그녀의 노고에 보답할 것을 약속했다. 그 말에 마드무아젤 쉬앵은 처음에는 화를 냈다. 그리고 교묘하게 그로 하여금 사례금의 정확한 액수를 정하게 했다. 그녀가 부인의 좋거나 나쁜 행위에 대한 명확한 증거를 제시하면 그는 10,000프랑을 그녀에게 주어야 할 터였다. 그들은 조금씩 세부적인 사항들을 합의해 나갔다.

　그때부터 낭타는 덜 괴로워했다. 그로부터 석 달이 흘렀고, 그는 예산 책정에 관한 일로 바쁜 나날을 보내고 있었다. 그는 황제의 지지와 함께 재무 시스템에 중대한 변화를 도입한 터였다. 그리고 그 일로 의회에서 맹렬한 공격을 받으리라는 것을 알고 있었다. 그 때문에 그는 수많은 참고 자료를 준비해야 했다. 게다가 종종 밤샘을 하느라 정신이 없었고, 그 덕분에 좀 더 인내심을 가질 수 있었다. 그러다 마드무아젤 쉬앵을 보게 되면 간단하게 묻기만 했다. 그사이 뭘 알아낸 게 있는지? 부인이 외출을 자주 하는지? 그녀가 특별히 자주 가는 집들이 있는지? 마드무아젤 쉬앵은 상세한 일기를 적고 있었다. 하지만 아직 별로 중요하지 않은 정보만을 수집한 터였다. 그녀가 때로 눈을 깜빡이면서 어쩌면 곧 새로운 사실을 알게 될지도 모른다고 거듭 말하는 동안 낭타는 안도의 숨을 내쉬곤 했다.

　사실인즉슨 마드무아젤 쉬앵은 이 일에 대해 곰곰 생각해 보았다. 10,000프랑으로는 자신이 원하는 바를 이룰 수 없었다. 공증인의 집을 사려면 20,000프랑이 필요했다. 처음에 그녀는 무슈 낭타에게 자신을 판 뒤 그의 아내로 하여금 자신을 사게 하면 어떨까 하는 생각을 했었다. 하지만 그녀는 플라비를 잘 알았다. 그랬다가는 말을 꺼내기가 무섭게 쫓겨나고 말 터였다. 사실 마드무아젤 쉬엥은 오래전부터, 낭타가 그녀에게 이 일을 맡기기 전부터 자발적으로 부인을 감시하고 있었다. 주인들의 악덕은 하인들에겐 한몫 잡을 수 있는 기회가 된다고 생각했기 때문이었다. 그런데 정직성이 자존심에 근거할수록 더욱더 탄탄해진다는 사실이 그녀의 발목을 잡았다. 플라비는 자신의 지난 과오 때문에 모든 남자에게 악감정을 품고 있었다. 그 때문에 좌절감을 느끼던 마드무아젤 쉬엥은 어느 날 우연히 무슈 데 퐁데트를 만났다. 그는 반색하면서 그녀에게 그녀의 주인에 대해 많은 것을 물었다. 마드무아젤 쉬엥은 그가 플라비를 품에 안았던 순간을 잊지 못해 여전히 그녀를 간절히 원하고 있음을 깨달았다. 좋은 아이디어가 떠올랐다. 그녀의 남편과 정부에게 동시에 정보를 제공한다면 그거야말로 일거양득의 기회가 될 터였다.

 게다가 모든 게 착착 맞아떨어졌다. 플라비에게 거부당하고 이제 아무 희망이 없는 무슈 데 퐁데트는 과거에 자기가 차지했던 여인을 또다시 가지기 위해서라면 자신의 전 재산이라도 내놓을 기세였다. 먼저 마드무아젤 쉬엥에게 그 가능성을 타진한 것도 그였다. 그녀를 만난 그는 절망을 가장한 채 그녀가 자신을 돕지 않으면 스스로 목숨을 끊을 거라고 엄포를 놓았다. 마드무아젤 쉬앵은 그로부터 일주일간 커다란 심적 갈등과 양심의 가책에 시달리다가 마침내 무슈 데 퐁데트와 합의했다. 어느 날 밤 그녀가 그를 플라비의 방에 숨겨 주면 그가 10,000프랑을 지급한다는 내용이었다.

그리고 그날 아침 마드무아젤 쉬앵은 낭타를 보러 갔다.

"뭘 좀 알아냈소?" 그는 낯빛이 창백해지면서 물었다.

마드무아젤 쉬앵은 처음에는 모호한 말로 얼버무렸다. 그리고 부인에게 누군가가 있는 게 분명하고, 심지어 그와 몰래 만날 약속까지 했다고 덧붙여 말했다.

"본론만 얘기하시오, 본론만." 낭타는 성난 얼굴로 짜증스레 소리쳤다.

마드무아젤 쉬앵은 마침내 무슈 데 퐁데트의 이름을 말했다.

"오늘 밤 그 남자가 부인의 방에 숨어들 거예요."

"알겠소, 고맙소." 낭타가 더듬거리며 말했다.

그는 그녀에게 얼른 나가라는 손짓을 했다. 그녀 앞에서 정신을 잃을까 봐 두려웠기 때문이었다. 그가 서둘러 자신을 내보내려 하자 마드무아젤 쉬앵은 내심 기뻐했다. 그가 한참 동안 꼬치꼬치 캐물을 거라고 예상했기 때문이었다. 심지어 말이 꼬이는 일이 없도록 대답까지 준비해 간 터였다. 그녀는 정중하게 인사를 한 뒤 난감해하는 얼굴로 자리를 떴다.

낭타는 자리에서 일어났다. 그리고 혼자 있게 되자 큰 소리로 혼잣말을 했다.

"오늘 밤…… 그녀의 방에서……."

그는 머리가 지끈거리는 듯 두 손으로 머리를 감쌌다. 부부의 거처에서 정부와의 밀회를 꿈꾸다니, 어떻게 이렇게 파렴치하게 굴 수가 있단 말인가! 이렇게 가만히 앉아서 모욕을 당할 수는 없었다. 그는 투지로 불타오르며 두 주먹을 꽉 쥐었고, 맹렬한 분노로 인해 모살(謀殺)을 꿈꾸었다. 하지만 그는 끝내야 할 일이 있었다. 그 때문에 세 번이나 책상 앞에 앉았다가 다시 벌떡 일어나곤 했다. 그럴 때마다 뒤에서 무언가가 그를 떠미는 것 같았다. 당장이라도 아내의 방으로 뛰어올라가 더러운 계집이라고 쏘아붙이고 싶었다. 그는 밀고 당기는 자신과의 싸움 끝에 마침내 흥분을 가라앉힐 수 있었다. 그리고 오늘 밤 그들을 목 졸라 죽이리라 맹세하고는 다시 일을 하기 시작했다. 이는 지금까지 그가 스스로에 대해 거둔 가장 큰 승리였다.

그날 오후 낭타는 황제에게 예산의 마지막 세부 계획안을 제출하러 갔다. 황제가 몇 가지 이의를 제기하자 낭타는 그 어느 때보다 명료한 정신으로 그에 대해 황제와 토론했다. 그러다 그는 계획안의 한 부분을 모두 수정하기로 약속해야 했고, 최종안은 다음 날 제출하기로 했다.

"폐하, 밤을 새워서라도 반드시 마치겠습니다." 낭타가 말했다.

그리고 돌아오면서 그는 생각했다. '오늘 자정에 그들을 죽이고 말 거야. 그런 다음 새벽까지 이 일을 마무리하면 돼.'

그날 저녁, 식사 자리에서 당빌리에 남작은 정계를 떠들썩하게 한 문제의 예산 책정에 관한 이야기를 꺼냈다. 그가 자기 사위가 추진하는 재정에 관한 정책들에 모두 동의하는 것은 아니었다. 하지만 그것들이 매우 광범위하고 뛰어난 것임은 인정하지 않을 수 없었다. 남작의 질문에 대답하는 동안 낭타는 여러 차례 그를 뚫어져라 바라보는 아내의 눈길을 느꼈다. 그녀는 눈빛을 조금도 누그러뜨리지 않은 채 단지 그의 말을 들으면서 그의 표정 뒤에 숨긴 것을 간파하려고 애쓰는 듯 보였다. 낭타에게는 그녀의 그런 행동이 자신의 비밀이 드러날까 봐 두려워하는 것으로 비쳤다. 그는 자신의 속내가 드러나지 않도록 애써 느긋한 척했다. 그리고 큰 소리로 이야기하면서 자기 장인으로 하여금 자신이 한 것을 납득하게 했다. 당빌리에 남작은 그의 지혜와 통찰력에 감탄한 듯 고개를 끄덕였다. 그러는 동안 플라비는 계속 낭타를 응시하고 있었다. 그러면서 아주 잠깐 눈빛이 흔들렸을 뿐이었다.

낭타는 자정이 될 때까지 집무실에서 일했다. 그리고 점차 일에 대한 열정으로 불타오르면서 더 이상 다른 것은 생각지 않게 되었다. 이 순간에는 그가 서서히 수많은 장애물을 극복해 나가면서 톱니바퀴 하나에 이르기까지 모든 것을 구축해 온 금융 시스템만이 존재할 뿐이었다. 그러다 괘종시계가 자정을 알리자 그는 본능적으로 고개를 들었다. 저택에는 무거운 침묵이 흐르고 있었다. 그는 불현듯 기억을 떠올렸다. 이 어둠과 이 침묵의 깊숙한 곳에서 간통이 행해지고 있었다. 그는 안락의자에서 쉽게 몸을 일으키지 못했다. 잠시 망설이던 그는 마지못해 펜을 내려놓았다. 그리고 이제는 더 이상 찾기 힘든 과거의 의지에 순응하듯 몇 걸음을 떼었다. 그러자 몸속에서 올라온 열기에 얼굴이 붉어지면서 눈에서 불꽃이 튀었다. 그는 아내의 방으로 올라갔다.

그날 저녁 플라비는 하녀를 일찍 물러나게 했다. 혼자 있고 싶었기 때문이었다. 그녀는 자정이 될 때까지 침실 앞쪽에 있는 작은 살롱에 머물렀다. 거기서 이인용 소파에 누워 책을 보려고 했지만 자꾸만 책이 손에서 미끄러져 내렸다. 그녀는 생각에 잠긴 듯 허공을 응시했다. 아까보다 더 온화해 보이는 얼굴에 간간이 옅은 미소가 스쳐 지나갔다.

그녀는 소스라치며 소파에서 일어났다. 누군가가 문을 두드렸기 때문이었다.

"누구세요?"

"열어요, 얼른." 낭타가 대답했다.

플라비는 너무 놀라 기계적으로 문을 열었다. 남편이 이런 식으로 그녀를 찾아온 건 처음이었다. 그는 씩씩거리며 안으로 들어섰다. 치밀어 오르는 분노를 주체하지 못하는 모습이었다. 충계참에서 그를 기다리던 마드무아젤 쉬앵이 무슈 데 퐁데트가 두 시간 전부터 부인과 함께 있다고 그에게 귀띔해 준 터였다. 낭타는 이제 인정사정 봐주지 않을 것이었다.

"부인, 당신 방에 남자가 숨어 있다는 걸 알고 있소." 그가 말했다.

플라비는 다른 생각에 잠긴 듯 곧바로 대답하지 않았다. 그리고 뒤늦게 이해하고는 조그맣게 말했다.

"미쳤군요, 어떻게 그런 말을."

낭타는 멈춰 서서 그녀에게 따지기도 전에 성큼성큼 침실로 향했다. 그러자 플라비는 화들짝 놀라며 문 앞을 가로막고 소리쳤다.

"안 돼요…… 여긴 내 방이에요. 아무도 들어갈 수 없어요!"

그녀는 곧추선 채 몸을 떨면서 문 앞을 지켰다. 그들은 잠시 아무 말 없이 꼼짝 않고 선 채 서로의 눈을 응시했다. 그는 안으로 들어가기 위해 목과 두 손을 앞으로 내밀고 금방이라도 그녀를 덮칠 기세였다.

"비켜서시오." 그는 거친 소리로 나직이 말했다. "내가 당신보다 힘이 세다는 걸 모르오? 그렇게 막아서도 소용없어요."

"아뇨, 당신은 절대 못 들어가요, 내가 원하지 않는다고요."

그는 정신 나간 듯이 거듭 소리쳤다.

"저기 남자가 있소, 남자가 있단 말이오……."

플라비는 그의 말을 애써 부인하지 않으면서 어깨를 으쓱해 보였다. 그리고 그가 한 걸음 더 앞으로 나서자 큰 소리로 말했다.

"좋아요! 내 방에 남자가 있다고 쳐요. 하지만 그게 당신이랑 무슨 상관이죠? 각자 자유롭게 살기로 하지 않았나요?"

낭타는 따귀처럼 그를 후려치는 '자유롭게'라는 말 앞에서 뒷걸음질을 했다. 그랬다, 그녀는 자유로운 몸이었다. 그는 어깨가 서늘해지는 것을 느꼈다. 그녀는 자신보다 우위에 있었고, 그는 아프고 비논리적인 어린아이 같은 장면을 연출하고 있었다. 그는 계약을 준수하지 않았고, 그의 어리석은 열정으로 인해 혐오스러운 사람이 되고 말았다. 어째서 그냥 집무실에서 일이나 하고 있지 않았을까? 그는 극심한 고통으로 인해 두 뺨에서 피가 빠져나간 듯 얼굴이 새하얘졌다. 그가 너무나 혼란스러워하는 것을 본 플라비는 눈빛이 누그러지면서 문에서 비켜났다.

"직접 확인하세요." 그녀는 단지 그렇게만 말했다.

그녀가 한 손에 등잔불을 들고 방으로 들어가는 동안 낭타는 문간에 서 있었다. 그는 그럴 필요가 없으며, 자신은 아무것도 보고 싶지 않다고 손짓으로 말했다. 하지만 이젠 그녀가 그러기를 고집했다. 침대 앞에 다다른 그녀가 커튼을 들어 올리자 그 뒤에 숨어 있던 무슈 데 퐁데트가 보였다. 경악한 플라비는 겁에 질려 소리쳤다.

"정말이네요, 정말로 남자가 있었어요……" 그녀는 당황하며 더듬거렸다. "난 몰랐어요, 정말이에요, 맹세할 수 있어요!"

애써 흥분을 가라앉힌 플라비는 조금 전 스스로를 옹호하려고 했던 자신의 행동을 후회하는 듯 보였다.

"무슈, 당신 말이 맞았어요. 미안합니다." 그녀는 차가운 목소리를 되찾으려고 애쓰면서 낭타에게 말했다.

그 광경을 지켜보던 무슈 데 퐁데트는 자신이 우스꽝스럽다고 느꼈다. 바보 같은 얼굴을 하고 있던 그는 차라리 그녀의 남편이 불같이 화를 내 주기를 바랐다. 하지만 낭타는 아무 말도 하지 않았다. 다만 얼굴이 몹시 창백해졌을 뿐이었다. 무슈 데 퐁데트에게서 플라비에게로 시선을 옮긴 그는 그녀에게 고개를 숙이며 이렇게만 말했다.

"미안합니다, 부인, 당신은 자유입니다."

그리고 뒤로 돌아 그 자리를 떠났다. 그의 안에서 무언가가 깨져 버린 듯했다. 오직 근육과 뼈의 메커니즘만이 아직 작동하고 있을 뿐이었다. 집무실로 돌아간 그는 곧장 리볼버 권총을 숨겨 놓은 서랍으로 향했다. 권총을 살핀 그는 스스로에게 공식적으로 약속하듯 큰 소리로 말했다.

"그래, 이제 그만하자. 조금 있다가 모든 걸 끝내는 거야."

그는 꺼져 가던 등불을 다시 밝힌 뒤 책상에 앉아 차분하게 아까 하던 일을 계속했다. 그는 무거운 침묵이 흐르는 가운데 거침없이 문장들을 써 내려갔고, 서류들이 하나씩 착착 쌓여 갔다. 무슈 데 퐁데트를 내쫓은 플라비는 두 시간 뒤 맨발로 내려와 낭타의 집무실 문에 귀를 갖다 댔다. 안에서는 펜이 사각거리는 소리만이 들려왔다. 그녀는 몸을 숙여 열쇠 구멍으로 방 안을 들여다보았다. 낭타는 여전히 차분하게 무언가를 쓰고 있었고, 편안해 보이는 그의 얼굴에는 일에 대한 만족감이 가득했다. 그리고 등불의 빛이 그의 옆에 놓인 권총의 총신을 환히 밝히고 있었다.

5장

저택 정원과 이웃한 집은 이제 낭타의 소유였다. 그는 장인에게서 그 집을 샀다. 무슨 이유에서인지 그는 처음 파리에 왔을 때 두 달간 가난과 싸웠던 비좁은 다락방을 세내지 못하게 했다. 크게 성공한 뒤로도 그는 때때로 그곳에 올라가 몇 시간씩 혼자 있고 싶다는 생각이 들곤 했다. 그가 고통받았던 곳도 그곳이었고, 성공을 꿈꾸었던 곳도 그곳이었다. 그는 어떤 장애물에 부딪힐 때도 그곳에서 숙고하고 인생의 중대한 결정들을 내리기를 좋아했다. 그곳에서 그는 다시 예전의 그로 돌아갔다. 따라서 모든 것을 끝내야겠다고 생각한 그가 이 다락방에서 죽기로 결심한 것은 당연한 일이었다.

낭타는 아침 여덟 시경에야 일을 마칠 수 있었다. 피로 때문에 잠들 것을 염려한 그는 물을 흠뻑 적셔 세수를 했다. 그리고 직원들을 차례로 불러 지시를 내렸다. 낭타는 자신의 비서가 오자 그에게 각별히 당부했다. 자신이 수정한 예산안을 즉시 튈르리궁으로 가지고 가야 하며, 황제가 새롭게 이의를 제기하면 그에 대한 설명을 해야 할 터였다. 이제 낭타는 이만하면 충분하다고 생각했다. 그는 모든 것을 잘 마무리했고, 파산으로 미쳐 버린 사람처럼 떠나지는 않을 것이었다. 마침내 그는 그 누구도 아닌 자신의 것이 될 수 있었다. 사람들에게 이기주의자나 비겁자라는 비난을 받지 않고 자기 자신을 마음대로 할 수 있게 된 것이었다.

괘종시계가 아홉 시를 알렸다. 이제 때가 된 것이었다. 권총을 집어 들고 집무실을 나서려던 그는 마지막 씁쓸함을 맛보아야 했다. 마드무아젤 쉬엥이 약속한 10,000프랑을 받기 위해 나타났던 것이다. 그는 그녀에게 돈을 지불했고, 그녀의 가식적인 친밀함을 견뎌야 했다. 마드무아젤 쉬엥은 마치 어머니처럼 굴면서 과제를 잘 해낸 어린 학생처럼 그를 치켜세웠다. 그가 만약 자살하기를 여전히 망설였다면, 마드무아젤 쉬엥과의 수치스러운 공모가 그 결심을 굳히게 했을 터였다. 그는 서둘러 다락방으로 올라갔고, 급한 마음에 문에 열쇠를 그대로 꽂아 두었다.

다락방은 예전 그대로였다. 벽지는 여전히 똑같이 찢어져 있었고, 침대, 탁자, 의자도, 변함없이 그 자리에서, 과거의 가난의 냄새를 풍기고 있었다. 그는 오래전의 치열했던 싸움을 떠올리게 하는 그곳의 공기를 잠시 들이마셨다. 창가로 다가가자 예전처럼 파리가 언뜻언뜻 보였고, 저택의 나무들, 센강과 강변도로, 우안(右岸)의 한쪽 풍경이 눈에 들어왔다. 수많은 건물들이 흘러가는 듯한 물결을 이루면서 위로 솟았다가 멀리 페르라셰즈 묘지까지 이어지며 한데 뒤섞였다.

    그는 삐걱거리는 탁자 위, 손이 닿는 곳에 권총을 내려놓았다. 이젠 더 이상 서두르지 않아도 되었다. 이곳엔 아무도 오지 않을 터이니 그는 여유 있게 죽을 수 있었다. 그는 다음과 같은 생각을 떠올리며 혼잣말로 중얼거렸다. 지금 그는 예전과 똑같은 상황에 처해 있었다. 그때처럼 스스로 목숨을 끊겠다는 생각으로 똑같은 장소로 돌아와 있는 것이었다. 오래전 어느 날 밤 그는 이곳에서 머리를 깨뜨려 죽고자 했다. 당시에는 너무 가난해서 권총을 살 돈조차 없었기 때문이었다. 그에게는 거리의 포석밖에는 없었지만 어쨌거나 죽을 수는 있었다. 그러니까 인생에서 속이지 않고, 언제나 확실하고 언제라도 준비가 돼 있는 것은 죽음밖에는 없단 말인가? 그가 보기에 믿을 만한 것은 죽음밖엔 없었다. 아무리 노력을 해도 다른 모든 것은 끊임없이 무너져 내렸고, 죽음만이 유일한 확실성으로 남아 있었다. 그는 십 년을 더 살았음을 후회했다. 많은 재물을 모으고 권력의 정점에 이르기까지 그가 해 온 인생의 경험들이 하찮게만 보였다. 어차피 의지와 힘이 모든 걸 해결해 줄 수 없다면, 수없이 의지를 펼쳐 보이고 힘을 과시하는 게 무슨 소용이란 말인가? 그가 무너지는 데는 사랑의 정념 하나면 충분했다. 그는 어리석게도 플라비와 사랑에 빠졌고, 그가 쌓아 올린 금자탑은 어린아이가 훅 불면 날아가고 말 모래성처럼 무너져 내렸다. 이보다 비참한 일이 또 있을까? 모든 게 자업자득이었다. 그는 과일 서리를 하려다가 나뭇가지가 부러져 다치는 벌을 받는 악동과 다를 바 없었다. 아니, 인생이란 게 본디 어리석은 것이었다. 잘난 사람들도 결국에는 어리석은 자들처럼 시시하게 끝나게 돼 있었다.

낭타는 탁자 위에 놓아둔 권총을 집어 천천히 자신에게 겨누었다. 이 최후의 순간에 마지막 한 가지 회한이 잠시 그의 마음을 약해지게 했다. 플라비가 그를 이해해 주었더라면 그는 얼마나 대단한 것들을 이룰 수 있었을 것인가! 그녀가 그의 목에 매달려 "당신을 사랑해요!"라고 외친다면, 바로 그날 그는 세상을 들어 올릴 지렛대를 발견할 수 있을 터였다. 그의 마지막 생각은 힘에 대한 깊은 경멸이었다. 그에게 모든 것을 주었어야 할 힘이 플라비를 주지는 못했기 때문이었다.

그는 권총을 들어 올렸다. 황홀한 아침이었다. 활짝 열린 창문으로 들어온 햇빛이 다락방에 생기를 돌게 했다. 멀리서는 파리가 거대한 도시로서의 활동을 시작하고 있었다. 낭타는 자신의 관자놀이에 총신을 갖다 댔다.

그때 문이 세차게 열리면서 플라비가 들어왔다. 그녀가 재빨리 총의 방향을 바꾼 덕에 총알이 천장에 가서 박혔다. 두 사람은 서로를 바라보았다. 플라비는 너무 숨이 차고 목이 메어 말이 나오지 않았다. 마침내 그녀는 처음으로 낭타에게 말을 놓으면서, 그가 오래도록 기다려 왔던 말, 그를 살게 할 수 있는 단 하나의 말을 그에게 속삭였다.

"당신을 사랑해!" 그녀는 흐느끼면서 그의 목에 매달렸다. 그리고 자존심까지 내던지면서 이렇게 고백했다.

"당신을 사랑해. 당신은 강한 남자니까!"

네종 부인

1장

    일주일 전 내 아버지 무슈 드 보쥴라드는 나에게 르 보케를 떠나는 것을 허락했다. 르 보케는 바스노르망디[11]에 있는 오래되고 우울한 성으로 나는 그곳에서 태어났다. 내 아버지는 지금 시대에 대해 이상한 생각을 가지고 있었다. 마치 반세기쯤 뒤처진 듯했다. 어쨌거나 나는 지금 파리에 살고 있다. 파리를 잘 모르는 나는 길을 헤매느라 두 번이나 도시를 가로질러야 했다. 다행히 나는 많이 촌스러운 편은 아니었다. 나는 파리에서 캉 고등학교의 동급생이었던 펠릭스 뷔댕을 다시 만났는데, 그는 내가 매력이 넘쳐서 파리 여성들이 나를 무척 좋아할 거라고 주장했다. 나는 그 말에 웃음을 터뜨렸다. 그런 뒤 그가 없을 때 우연히 거울 앞에 서게 되어, 새하얀 이와 검은 눈이 돋보이게 웃으면서, 키가 168센티미터쯤 되는 나를 아래위로 훑어보았다. 그리고 어깨를 으쓱하면서 생각했다. 난 그의 말을 곧이곧대로 믿을 만큼 바보는 아니라고.

---

11   Basse-Normandie. 프랑스 북부에 위치한 레지옹으로 중심 도시는 캉이다. 2016년 1월 1일을 기해 시행된 레지옹 개편에 따라 바스노르망디와 오트노르망디가 노르망디로 합병되었다.

어제는 처음으로 파리의 살롱[12]에서 저녁 시간을 보냈다. 나의 고모님인 P. 백작 부인이 나를 만찬에 초대했던 것이다. 그것은 고모님이 마지막으로 주관하는 토요일 만찬이었다. 백작 부인은 나를 무슈 네종에게 소개해 주고 싶어 했다. 그는 우리 고메르빌 아롱디스망[13]을 대표하는 국회의원이자 얼마 전에 정무 차관으로 임명된 인물이었다. 그가 곧 장관이 될 거라는 소문도 들려왔다. 내 아버지보다 훨씬 관대한 편인 고모님은 내 나이의 젊은이가, 아무리 공화주의자일지라도 자기 고향을 모른 척해서는 안 된다고 힘주어 말했다. 그녀는 나를 어딘가에 끼워 넣고 싶어 했다.

"고집쟁이 네 아버지는 내가 알아서 설득하마." 그녀가 말했다. "사랑하는 조르주, 내게 모든 걸 맡기렴."

나는 저녁 일곱 시 정각에 백작 부인의 집에 도착했다. 하지만 파리에서는 늦게 저녁을 먹는 듯했다. 손님들이 하나둘씩 느지막이 나타나기 시작하더니 일곱 시 반에도 모두가 참석하지 않았다. 백작 부인은 실망한 얼굴로 무슈 네종은 오지 못했다고 알려 주었다. 그는 국회의 어떤 복잡한 문제 때문에 베르사유에 붙들려 있다고 했다. 하지만 고모님은 그가 만찬 중에 잠깐이라도

---

[12] salon. 본래는 응접실을 뜻하지만, 의미의 확장으로 귀족이나 상류층의 접대실 혹은 응접실에서 열리는 사교적인 모임을 가리키는 경우가 많다.

[13] arrondissement. 프랑스의 행정 구역은 큰 순서대로 레지옹, 데파르트망, 아롱디스망, 캉통으로 구분된다. 아롱디스망은 프랑스 내의 시의 구, 군에 해당하며, 파리에는 스무 개의 아롱디스망이 있다.

얼굴을 비치지 않을까 기대하고 있었다. 그리고 그 공백을 메우기 위해 우리 데파르트망의 또 다른 국회의원인 고슈로를 초대했다. 우리 고향에서는 그를 '거대한 고슈로'라고 불렀고, 나는 그와 사냥을 한 번 한 적이 있었다. 고슈로는 땅딸하고 경쾌한 사람으로, 얼마 전부터는 위엄 있게 보이기 위해 구레나룻을 길렀다. 그는 파리에서 가난한 소송대리인의 아들로 태어났다. 하지만 그에게는 우리 고향에 사는, 부자인 데다 막강한 영향력을 지닌 백부가 있었다. 그리고 어떤 식으로 한 건지는 모르겠지만 그는 그 백부에게서 국회의원 입후보 자격을 물려받았다. 게다가 나는 그가 결혼을 했는지도 몰랐다. 고모님은 나를 젊은 금발 여성의 옆자리에 앉게 했다. 거대한 고슈로는 예쁘고 세련되게 생긴 그녀를 큰 소리로 베르트라고 불렀다.

마침내 모두가 모였다. 석양이 비치는 살롱은 아직 환했고, 우린 커튼이 처져 있고 샹들리에와 등잔으로 밝혀진 어떤 방으로 자리를 옮겼다. 분위기가 묘했다. 그 때문인지 사람들은 석양 때문에 음울하게 느껴지던, 겨울철의 최근 만찬들을 화제에 올렸다. 고모님은 그런 이야기를 아주 싫어했다. 초대에 가기 위해 해 질 무렵 마차로 파리를 가로지를 때면 우수에 젖은 풍경이 사람들을 사로잡곤 했다. 그런 이야기가 길게 이어지는 동안 나는 아무 말도 하지 않았다. 나를 태운 삯마차가 삼십 분간 심하게 덜컹거렸지만 난 그런 느낌을 전혀 받지 못했다. 오히려 그날 처음으로 켜진 가스등이 파리를 밝히자 나는 그 불이 타오르게 할 온갖 즐거움에 대한 엄청난 욕구로 가슴이 부풀어 올랐다.

앙트레가 등장하자 목소리들이 커졌고, 사람들은 정치에 관해 이야기하기 시작했다. 나는 고모님이 정치에 관한 견해를 내놓는 것을 보고는 깜짝 놀랐다. 게다가 다른 여성들도 정치에 정통했고, 남자들을 이름으로 불렀으며, 정세를 판단하고 자신들의 입장을 정했다. 나의 맞은편에서는 고슈로가 자리를 넓게 차지하고 앉아 끊임없이 먹고 마시면서 큰 소리로 떠들어 대고 있었다. 하지만 나는 이런 것들에 전혀 관심이 없었고 사람들의 말소리가 잘 들리지도 않았다. 그러다 보니 내 옆에 앉은 여성에게만 신경을 쓰게 되었다. 나는 그녀를 마담 고슈로 대신 간단하게 베르트라고 불렀다. 그녀는 정말 아름다웠다. 특히 귀가 매력적이었다. 조그맣고 둥근 귀 뒤로 곱슬곱슬한 금빛 머리카락이 보였다. 금발의 여성에게서 흔히 보이듯 보송보송하게 솜털이 난 베르트의 목덜미는 너무나 매혹적이었다. 그녀가 어깨를 움직일 때마다 사각으로 파인 그녀의 코르셋이 살짝살짝 벌어졌고, 나는 암고양이를 연상시키면서 그녀의 목에서 허리까지 이어지는 유연한 움직임을 눈으로 좇았다. 다소 예리해 보이는 그녀의 옆모습은 덜 마음에 들었다. 그녀는 다른 이들보다 더 격렬하게 정치에 대해 논했다.

"부인, 포도주를 좀 드시겠습니까? …… 소금 드릴까요, 부인?"

나는 그녀가 원할 것을 앞서 예상하고 그녀의 몸짓과 시선을 해석하면서 최대한 예의 바르게 행동했다. 그녀는 식탁에 앉자마자 내 속마음을 가늠하려는 듯 나를 뚫어져라 응시했다.

"정치 이야기 재미없지 않나요?" 그녀가 물었다. "난 지겨워 죽겠어요. 하지만 어쩌겠어요? 무슨 이야기든 해야 하니까요. 요즘 사교 모임에서는 정치 이야기밖에 안 한답니다."

그녀는 이제 다른 주제로 건너뛰었다.

"고메르빌은 볼 만한가요? 남편이 지난여름에 날 자기 백부님 집으로 데려가려고 했답니다. 하지만 난 겁이 나서 아프다고 핑계를 댔지 뭐예요."

"고메르빌은 아주 비옥한 곳이랍니다. 아름다운 들판이 많죠." 내가 대답했다.

"그렇군요! 내가 고정관념이 있나 봐요." 그녀는 웃으면서 다시 말했다. "시골은 끔찍하다고 생각했거든요. 밋밋하기 짝이 없는 풍경에, 군데군데 똑같은 포플러나무들이 죽 늘어서 있고, 보이는 거라곤 여기도 밭, 저기도 밭뿐이라고 말이죠."

나는 항변하고자 했지만 그녀는 이미 다른 누군가와 이야기를 나누고 있었다. 그녀는 오른편에 앉은, 새하얀 턱수염이 난 근엄한 남자와 고등교육에 관한 법에 대해 설전을 벌였다. 그다음에는 연극에 관해 이야기했다. 그녀가 식탁 끝에서 누군가가 던진 질문에 답하기 위해 몸을 숙이자, 고양이의 그것 같은 그녀의 목덜미가 부드럽게 물결치면서 나를 떨리게 했다. 르 보케에서 나는 외로움 때문에 어떤 조급함이 느껴질 때면 금발의 연인을 꿈꾸곤 했다. 그녀는 느릿한 몸짓에 고귀한 모습의 여성으로 나타났다. 하지만 베르트의 뾰족한 얼굴과 곱슬곱슬한 금발은 내 꿈에 혼란을 가져왔다. 식탁에는 벌써 채소 요리가 놓여 있었고, 나는 마음속으로 황당한 상상을 하면서 세세한 부분을 만들어 나갔다. 그곳에는 그녀와 나 둘뿐이었다. 나는 그녀의 목덜미에 키스했고, 그녀는 웃으며 나를 돌아보았다. 그리고 우린 아주 먼 곳으로 함께 떠났다. 이제 디저트가 나왔다. 그때 그녀가 내게 바짝 달라붙으면서 나직하게 말했다.

"사탕 접시 좀 주실래요, 저기 당신 앞에 있는 거요."

그녀의 눈빛이 나를 부드럽게 어루만지는 듯했고, 내 옷소매를 지그시 누르는 그녀의 맨팔이 나를 감미롭게 덮혀 주었다.

"나는 달콤한 걸 좋아해요, 당신은요?" 그녀는 설탕에 절인 과일을 깨물고는 물었다.

이처럼 단순한 말이 내 마음을 움직여 나로 하여금 사랑에 빠졌다고 믿게 했다. 고개를 들자 고슈로가 보였다. 그는 내가 자기 아내와 속삭이는 것을 지켜보고 있었다. 고슈로는 즐거운 얼굴로 나를 부추기듯 미소를 지어 보였다. 남편의 미소는 나를 안도하게 했다.

그사이 만찬이 끝나가고 있었다. 내가 보기에 파리에서의 만찬이 캉에서의 만찬보다 더 품격이 있는 것은 아니었다. 나를 놀라게 한 것은 베르트뿐이었다. 고모님은 덥다고 투덜거렸다. 사람들은 처음의 대화로 되돌아가 이제 곧 봄이 올 거라고 하면서, 진정으로 잘 먹는 것은 겨울 동안뿐이라고 결론지었다. 그리고 다 함께 작은 살롱으로 커피를 마시러 갔다.

점차 더 많은 사람이 모여들어 살롱 세 군데와 식당이 가득 찼다. 나는 한구석으로 피신해 있었는데, 고모님이 옆으로 지나가면서 재빨리 말했다.

"가지 말고 기다려, 조르주…… 그의 아내가 도착했어. 그가 반드시 그녀를 데리러 오겠다고 했거든. 그 사람이 오면 네게 소개해 줄게."

고모님은 여전히 무슈 네종 이야기를 하고 있었다. 하지만 난 그녀의 말은 듣는 둥 마는 둥 했고, 내 앞에서 빠르게 이야기를 주고받는 두 젊은이의 말을 엿들으면서 놀라움을 감추지 못했다. 그들은 커다란 살롱의 문간에서 발돋움을 했고, 나의 캉 고등학교 동급생이었던 펠릭스 뷔댕이 안으로 들어서며 고슈로 부인에게 인사를 건네자 둘 중 더 작은 남자가 다른 남자에게 물었다.

"저 친구 아직도 저 여자랑 만나는 거야?"

"그런 것 같더라고." 둘 중 더 큰 남자가 대답했다. "저러는 게 어디 한두 번이어야지. 이번에도 겨울이 지나면 끝나지 않을까. 저 여잔 한 남자를 오래 만나는 법이 없거든."

나는 그 때문에 마음이 몹시 아프거나 하지는 않았다. 단지 자존심에 조금 생채기가 났을 뿐이었다. 어째서 그녀는 내게 그렇게 다정한 목소리로 자신은 달콤한 걸 좋아한다고 했을까? 물론 난 그녀를 두고 펠릭스와 경쟁할 생각은 추호도 없었다. 한참을 생각한 끝에 나는 두 젊은이가 고슈로 부인을 험담하는 거라고 확신했다. 나는 고모님을 잘 알고 있었다. 그녀는 매우 엄격해서 평판이 나쁜 여자들이 자기 집에 드나들게 놔둘 리가 없었다. 그런 생각을 하고 있을 때 고슈로가 서둘러 펠릭스에게 와 악수를 청했다. 그리고 친구처럼 그의 어깨를 가볍게 두드리면서 다정한 눈빛으로 그를 바라보았다.

"아, 자네 여기 있었군." 나를 알아본 펠릭스가 말했다. "안 그래도 자넬 찾고 있었거든…… 어때, 내가 안내를 좀 해 줄까 하는데."

우린 둘 다 살롱 문간에 서 있었다. 나는 그에게 고슈로 부인에 대해 묻고 싶었다. 하지만 어떻게 사심을 드러내지 않고 물어볼 수 있는지를 알지 못했다. 나는 기회를 노리면서 아무 관심도 없는 다른 사람들에 대해 그에게 물었다. 펠릭스는 사람들 이름과 함께 세세한 정보를 알려 주었다. 파리 출신인 펠릭스는 그의 아버지가 칼바도스의 도지사를 지냈던 이 년간만 캉 고등학교에 다녔다. 그의 말에는 거침이 없었다. 내가 거기 있던 몇몇 여자들에 대해 정보를 묻자 그는 씩 웃으면서 아랫입술을 깨물었다.

"네종 부인을 보고 있는 건가?" 느닷없이 그가 물었다.

그때 고슈로 부인을 보고 있던 나는 멍청하게도 그에게 되

물었다.

"네종 부인? 그게 누군데?"

"저기 벽난로 가까이 서 있는 갈색 머리 여자 말일세. 가슴을 드러낸 금발 여성이랑 이야기하고 있는."

과연 즐겁게 웃고 있는 고슈로 부인 옆에 내가 보지 못했던 한 여성이 서 있었다.

"아, 저 여자가 네종 부인이로군." 나는 그녀의 이름을 반복해 말했다.

그리고 그녀를 잘 살펴보았다. 그녀의 머리가 갈색인 것은 유감이었다. 그녀 역시 매력적으로 보였기 때문이었다. 베르트보다 키가 약간 작은 그녀는 갈색 머리를 화관처럼 땋아 올렸다. 눈은 예리하면서도 다정해 보였다. 작은 코에 섬세한 입, 보조개가 팬 뺨은 격렬하면서 동시에 신중한 성격을 짐작게 했다. 이것이 그녀에 대한 나의 첫인상이었다. 하지만 그녀를 자꾸 볼수록 나의 판단이 흔들렸다. 그녀는 더 크게 웃는 그녀의 친구보다 더 자유분방해 보였다.

"자네 혹시 네종을 알고 있나?" 펠릭스가 내게 물었다.

"아니, 전혀. 안 그래도 고모님이 소개해 주신다고 하셨어."

"오, 바보 같고 무능하기 짝이 없는 사람이라네." 그는 이야기를 계속했다. "잘나가는 것 같지만 형편없는 정치꾼에다 의원내각제에 필요한 자리를 메워 주는 사람일 뿐이지. 도무지 자기 생각이라곤 없는 데다 모든 부서의 장들이 함께 부려 먹을 수 있다 보니 모순되는 성향들을 동시에 지니게 되었다고 할까."

"그럼 그의 부인은?" 내가 물었다.

"그의 부인이라! 지금 보고 있지 않은가. 매력적인 여자이지…… 네종한테서 뭔가를 얻어 내고 싶으면 그의 부인에게 잘 보이는 게 좋을 거야."

펠릭스는 그 이상은 말하고 싶어 하지 않는 척했다. 하지만 그가 흘리듯 한 말에 의하면, 오늘날 네종이 출세한 것은 모두가 그의 부인 덕이며, 집안이 잘되도록 꾸준히 신경 쓰는 것도 그녀였다. 그녀는 파리의 명사들 가운데서 정부(情夫)를 만들곤 했다.

"그럼 금발 여자는?" 내가 불쑥 물었다.

"금발 여성은 고슈로 부인이야." 펠릭스는 차분히 대답했다.

"저 여잔 정숙한 편인가?"

"아마도 그럴걸."

그는 잠시 어두운 얼굴을 했다가 다시 미소를 지었다. 나는 그의 얼굴에서 우쭐해하는 속내가 드러나는 것 같아 기분이 언짢았다. 두 여자는 우리가 자기들 이야기를 하는 것을 눈치챈 듯 우리에게 억지웃음을 지어 보였다. 그러다 어떤 여자가 펠릭스를 데려가는 바람에 나는 혼자 있게 되었다. 나는 저녁 내내 두 여자를 서로 비교해 보면서 시간을 보냈다. 왜인지는 잘 모르겠지만 나는 속이 쓰렸고 그러면서도 그들에게 끌렸다. 한편으로는 아직 잘 모르는 세계에 발을 내디디면서 어떤 바보짓을 저지르지나 않을까 나 자신이 걱정되기도 했다.

"정말 짜증 나는 인간이야, 네종은 오지 않는데." 여전히 문간에 서 있는 나를 발견한 고모님이 말했다. "게다가 이런 일이 처음도 아니고…… 그래도 아직 자정밖에 안 됐고 그의 부인이 여전히 기다리고 있으니 좀 더 두고 보자고."

나는 식당을 지나 살롱의 또 다른 문 쪽으로 갔다. 그렇게 해서 그 여성들의 뒤편에 서 있게 되었다. 내가 막 거기에 이르렀을 때 자기 친구를 루이즈라고 부르는 베르트의 목소리가 들려왔다. 루이즈라니, 참으로 어여쁜 이름이 아닌가. 루이즈는 깃을 세운 드레스를 입고 있었는데, 깃의 주름 장식으로 인해 빽빽하게 틀어 올린 머리 아래로 새하얀 목덜미를 언뜻 볼 수 있을 뿐이었다. 이처럼 은밀하게 드러난 새하얀 살결은, 짧은 순간, 베르트의 맨살이 드러난 등보다 훨씬 도발적으로 느껴졌다. 하지만 난 더 이상 내가 어떤 걸 선호하는지 알 수 없었고, 두 여자 모두 똑같이 아름다워 보였다. 혼란스러운 나의 상태로 볼 때 누굴 선택한다는 것은 불가능했다.

그사이 고모님은 사방으로 날 찾아다녔다. 시각은 벌써 한 시를 가리키고 있었다.

"언제 여기로 온 거야?" 그녀가 말했다. "오늘은 틀렸어, 그 남잔 안 오는 것 같아. 그 네종이란 사람 매일 밤 혼자 프랑스를 구하는 모양이야…… 하지만 그의 부인한테는 아직 널 소개해 줄 수 있어. 그녀가 가 버리기 전에 말이지. 부탁인데, 상냥하게 굴렴. 중요한 사람이니까."

고모님은 내 대답을 듣지도 않고 나를 네종 부인 앞으로 데리고 가서는 내 이름을 말하고 간단히 나에 관해 이야기했다. 나는 서툴게 몇 마디만을 했을 뿐이었다. 루이즈는 미소를 띤 채 내가 말하기를 기다렸다. 그리고 내가 말문이 막힌 걸 보자 아무 말 없이 고개를 숙여 인사했다. 고슈로 부인은 나를 비웃는 듯 보였다. 두 여성은 자리에서 일어나 다른 데로 가 버렸다. 곧이어 휴대품 보관소가 있는 대기실에서 그들이 미친 듯이 웃는 소리가 들려왔다. 이처럼 거침없는 태도와 남자 같은 행동, 대담한 우아함에 놀라는 사람은 나뿐인 듯했다. 그곳에 있던 남자들은 그들이 지나가도록 길을 비켜 주고 사교계의 동료로서 더없이 공손하게 인사를 건넴으로써 나를 당혹스럽게 했다.

펠릭스는 내게 자기 마차를 같이 타고 가기를 권했다. 하지만 나는 핑계를 대고 그 자리를 빠져나왔다. 나는 혼자 있고 싶었다. 나는 거리의 적막과 고독 속에서 걷는 게 좋아 삯마차를 타지 않았다. 마치 큰 병을 예고하듯 온몸이 뜨거워졌다. 어떤 열정이 내 안에서 솟아나는 것일까? 낯선 기후 때문에 병을 앓는 여행객처럼 나는 파리의 풍토로 인한 몸살을 호되게 앓으려 하고 있었다.

2장

그날 오후 나는 바로 그날 시작하는 살롱전[14]에서 그 여성들을 다시 만났다. 솔직히 말하면 나는 거기서 그들을 만날 줄 알고 있었다. 한 가지 더 고백하자면, 내가 네 시간 동안 그 앞을 서성였던 수많은 그림의 가치를 누가 묻는다면 나는 엄청나게 당황했을 터였다. 펠릭스는 어제 정오경 나를 데리러 오겠다고 했다. 우린 샹젤리제의 한 레스토랑에서 점심을 먹고 살롱전에 가기로 돼 있었다.

나는 백작 부인의 만찬에 참석한 뒤 많은 생각을 했지만 어떤 명확한 결론에 이르지는 못했다. 참으로 이상한 세계였다, 이 파리 사교계라는 곳은! 그토록 예의를 지키면서 동시에 그토록 타락한 모습을 보여 주다니! 나는 절대 엄격한 도덕주의자가 아니었지만, 고모님 집의 살롱 구석에서 남자들끼리 주고받던 엄청난 말에 마음이 몹시 불편했다. 나직이 주고받던 그들의 말을 곧이곧대로 믿자면 그곳에 있던 여성들의 절반 이상이 창녀처럼 군다는 것이다. 그들은 세련된 대화와 정중한 예절로 포장한 채 어머니와 딸을 포함한 모든 여성을 발가벗기는 상스러운 평가를 일

---

14 미술 단체의 정기적인 전시회. 주로 프랑스 파리에서 개최되는 전시회를 가리킨다.

삼았다. 행실이 나쁜 여성과 정숙한 여성을 모두 똑같이 헐뜯기를 서슴지 않은 것이다. 이처럼 위험천만한 이야기들이 난무하고 한 여자의 도덕성을 제멋대로 평가하는 분위기 속에서 진실이 무엇인지 어떻게 알 수 있을까? 나는 처음에는, 아버지의 말과는 달리, 고모님이 행실 나쁜 사람들을 집에 받아들이기 때문이라고 생각했다. 그러나 펠릭스는 파리의 살롱 대부분이 그렇다고 주장했다. 엄격한 집안의 여주인들조차 그 집이 텅 비는 것을 방지하기 위해 애써 너그러운 모습을 보여야 한다는 것이다. 시간이 지나면서 내가 처음에 가졌던 반감은 차츰 줄어들었고, 나 역시 이처럼 손쉬운 즐거움과 그토록 혼란스러운 매력과 함께 제공되는 쾌락을 이용하고자 하는 관능적인 욕구만을 느끼게 되었다.

    나흘 전부터 나는 라피트가(街)의 조그만 아파트에서 잠을 깰 때마다 루이즈와 베르트(이들을 친근한 이름으로 부르기로 했다)를 떠올렸다. 그리고 내 안에서 신기한 현상이 일어나 그 둘을 혼동하기에 이르렀다. 이제 난 펠릭스가 베르트의 연인임을 확신했다. 하지만 그 때문에 상처를 받지는 않았다. 오히려 나도 사랑받을 수 있다는 자신감이 생기면서 용기를 낼 수 있었다. 나는 두 여자를 한데 묶어서 생각했다. 그들이 다른 남자들의 연인이 되었다면 나의 연인이 되지 말란 법도 없지 않은가? 매일 아침 잠에서 깰 때마다 나는 그처럼 달콤한 꿈속에 잠기곤 했다. 미지근한 이불의 온기를 즐기면서 침대에서 빈둥거렸고, 기분 좋게 나른한 몸을 수십 번씩 뒤척였다. 그러면서 나는 어떤 분명한 결론을 짓기를 피했다. 내 마음대로 계속 바꾸는 결말의 모호함 속에서 머무는 게 더 즐겁기 때문이었다. 이처럼 나는 언젠가 베르트나 루이즈를 내게 보내 줄 상황들에 대해 많은 상상을 하면서도 두 여자 중 누가 나의 연인이 될지는 알고 싶어 하지 않았다. 그러다 마침내 그들 중 한 사람의 연인이 되기 위해서는 내가 선택하기만 하면 된다는 굳은 확신과 함께 자리에서 일어났다.

우리가 살롱전의 첫 번째 전시실에 들어갔을 때 난 그곳을 가득 메운 인파에 깜짝 놀랐다.

"맙소사! 우리가 좀 늦게 왔나 봐. 사람들을 밀치고 나아가야 할 것 같아."

그곳에는 예술가, 부르주아, 사교계 사람 등 다양한 부류들이 뒤섞여 있었다. 솔질도 제대로 안 된 짤막한 외투들과 어두운색의 프록코트들 가운데서 밝은색 옷차림들, 부드러운 실크로 만들어지고 생생한 빛깔의 장식이 달린, 파리 여성들의 경쾌하고 화사한 드레스들이 눈에 들어왔다. 무엇보다 나를 매료시킨 것은 빽빽한 구경꾼들을 헤치고 나아가는 여성들의 차분한 당당함이었다. 그들은 옷자락이 끌리는 것도 개의치 않았고, 그들의 드레스를 장식한 물결치는 레이스는 언제나 스스로 길을 만들어 나갔다. 그들은 마치 자신들의 살롱을 가로지를 때처럼 그림에서 그림으로 걸음을 옮겨 갔다. 이처럼 북적거리는 무리 속에서 여신 같은 평정심을 유지하는 것은 파리의 여성들밖에는 없었다. 마치 들려오는 말이나 다른 이들과의 접촉이 그들에게까지 전해져 그들을 더럽히는 일이 결코 없는 듯했다. 나는 잠시 어떤 여인을 눈으로 좇았다. 펠릭스는 나에게 그녀가 A 공작 부인이라고 알려 주었다. 그녀는 16~18세쯤 돼 보이는 두 딸을 동반하고 있었다. 세 여자가 〈레다〉 그림을 조용히 응시하는 동안 그들 뒤에서는 일단의 젊은 화가들이 매우 분방한 말들로 그림의 감상평을 쏟아 냈다.

 펠릭스는 커다란 사각의 방들이 일렬로 늘어선 왼쪽 전시실로 들어갔다. 그곳은 다른 데보다 덜 붐볐다. 유리 천장에서 새하얀 빛이 쏟아져 내렸고, 천으로 된 차일이 강렬한 빛을 부드럽게 걸러 주었다. 그 가운데 수많은 사람의 발걸음이 일으킨 먼지가 희미한 연기처럼 머리들의 물결 위로 떠다니는 게 보였다. 벽 사방에 걸린 그림들이 강렬한 색채들을 뿜어내는 탓에 단조롭게 느껴지는 전시실의 전반적인 색조와 환한 채광 아래에서 여자들이 아름답게 보이기란 무척 어려웠을 터였다. 그곳에서는 붉은색, 노란색, 푸른색 등이 서로 어울리지 않게 뒤죽박죽으로 뒤섞여 있었고, 액자들의 화려한 금빛 속에 다채로운 색깔들이 넘쳐 났다. 그사이 실내는 열기가 고조되어 더워지기 시작했다. 반질반질하고 창백한 대머리의 남성들이 손에 모자를 든 채 헐떡이며 전시실을 오갔다. 관람객들은 죄다 고개를 쳐들고 있었고, 어떤 그림들 앞은 사람들로 미어터졌다. 방문객들은 전시장인 궁전을 가로

질러 사방으로 흩어졌고, 마치 물결처럼 서로를 떠밀면서 나아갔다. 또한 마룻바닥을 울리는 발걸음 소리가 은근하고 둔탁한 파도 소리 같은 군중의 외침과 더불어 끊임없이 울려 퍼졌다.

"오, 저게 바로 그 유명한 문제의 작품인가 보군." 펠릭스가 소리쳤다.

다섯 줄로 늘어선 사람들이 예의 그 화제작을 감탄하며 바라보고 있었다. 그중에는 코안경을 쓴 여인들과 나직하게 악평을 하는 예술가들, 메모를 하는 키 크고 마른 신사도 있었다. 하지만 난 그런 것들을 건성으로 바라보고 있었다. 바로 옆 전시실에서 그림 앞에 세워진 차단봉(遮斷棒)에 몸을 기대고 있는 두 여자가 눈에 띄었기 때문이었다. 그들은 조그만 그림을 호기심 어린 눈으로 살피고 있었다. 처음에는 그들이 언뜻 눈에 들어온 것뿐이었다. 모자들 뒤의 장식 리본 아래로 빽빽하게 땋아 늘인 갈색 머리와 헝클어진 금발 머리가 보이더니 양털처럼 구불구불한 머리들 속에 잠겨 이내 시야에서 사라져 버렸다. 하지만 난 그 두 사람이 분명 그들임을 확신했다. 잠시 후 끊임없이 움직이는 머리들 사이로 몇 걸음을 더 간 그들의 금발 머리와 땋아 늘인 갈색 머리가 번갈아 보였다. 나는 펠릭스에게는 아무 말도 하지 않은 채 그를 옆 전시실로 이끌었다. 나 대신 그가 그들을 처음으로 마주치게 하기 위해서였다. 어쩌면 그도 나처럼 그들을 보았던 것은 아닐까? 그럴지도 몰랐다. 그는 살짝 비웃듯 나를 흘끗 쳐다보았다. "오, 이렇게 기분 좋은 우연이!" 그는 그들에게 큰 소리로 인사를 했다.

두 여자는 뒤를 돌아보며 미소를 지어 보였다. 나는 이 두 번째 만남이 선사하는 한 방을 기대하고 있었다. 그리고 그 한 방은 결정적이었다. 고슈로 부인에게서는 친구를 다시 만난 듯한 느낌만을 받은 반면, 네종 부인은 단순히 검은 눈으로 날 바라보는 것만으로 내 마음을 사로잡았다. 나는 첫눈에 그녀에게 반했다. 그녀는 등나무 가지로 감싼 조그맣고 노란 모자를 쓰고 있었다. 노르스름한 새틴 장식이 달린 연보랏빛 드레스를 입고 있었고, 옷차림이 무척 화려하면서도 부드러움을 느끼게 했다. 사실 나는 잠시 뒤에야 그녀를 좀 더 자세히 살펴볼 수 있었다. 처음에 봤을 때 그녀는 햇빛 속에서 눈부시게 등장했다. 마치 그녀 주위로 빛을 뿜어내기라도 하는 것처럼.

그 사이 펠릭스는 그들과 이야기를 하고 있었다.

"그렇죠? 별것 없네요." 그가 말했다. "아직 눈에 띄는 게 없어요."

"맞아요!" 베르트가 맞장구를 쳤다. "해마다 똑같다니까요."

그녀는 그림 앞의 줄을 향해 돌아서며 말했다.

"루이즈가 찾아낸 이 작은 그림을 좀 보세요. 드레스를 어쩜 이렇게 근사하게 그렸는지! 엘리제궁의 지난번 무도회 때 드 로슈타유 부인이 입었던 것과 똑같아요."

"맞아. 그런데 그 드레스에서는 덧옷 위의 주름 장식이 네모

나게 아래로 늘어져 있었어." 루이즈가 조그맣게 말했다.

그들은 또다시 작은 그림을 자세히 살폈다. 그림은 규방의 벽난로 앞에 서서 편지를 읽고 있는 귀족 여성을 묘사하고 있었다. 그림은 대단치 않아 보였지만 어쩐지 난 화가에게 진한 연민이 느껴졌다.

"이이는 또 어딜 간 거야?" 베르트가 갑자기 주위를 둘러보며 말했다. "열 걸음을 갈 때마다 어디로 사라지곤 한다니까."

그녀는 자기 남편에 대해 말하고 있었다.

"무슈 고슈로는 저기 있어요." 사람들을 다 보고 있던 펠릭스가 차분하게 대답했다. "호밀빵 십자가에 못 박힌 커다란 설탕 예수를 구경하고 계시네요."

과연 베르트의 남편은 평온하고 무심한 얼굴로 뒷짐을 진 채 혼자 전시실들을 돌아보고 있었다. 우리를 알아본 그는 다가와 악수를 했다. 그리고 평소처럼 경쾌하게 말했다.

"그대들도 보셨나요? 저기 대단히 놀라운 신앙심으로 표현한 그리스도가 있다오."

여자들은 다시 걷기 시작했고, 우리는 고슈로와 함께 그들 뒤를 따라갔다. 남편의 존재가 우리에게 그들과 함께 가는 것을 허락했던 것이다. 일행은 무슈 네종에 관해 이야기했다. 어쩌면 그도 올지도 몰랐다. 아주 중요한 문제에 관한 정부의 입장을 밝히는 위원회가 예상보다 일찍 끝난다면 말이다. 고슈로는 나를 붙들고 우정을 남발했다. 나는 그런 그가 몹시 불편했다. 대답을 해야 했기 때문이었다. 펠릭스는 그런 나를 보고 씩 웃으면서 팔꿈치로 나를 쿡쿡 찔렀다. 하지만 난 그가 왜 그러는지 알지 못했다. 그는 내가 고슈로와 함께 있는 것을 이용해 두 여자를 데리고 앞으로 나아갔다. 그들이 하는 이야기가 드문드문 들려왔다.

"그래서 오늘 바리에테[15]에 가는 거예요?"

"네, 특별석을 예약해 뒀어요. 연극이 아주 재미있다고 하더라고요…… 루이즈, 너도 같이 갈래? 부탁이야, 꼭 같이 가!"

그리고 잠시 뒤에는 이런 말들이 오갔다.

"이제 시즌이 끝났네요. 이 전시회가 파리에서의 마지막 볼거리인 것 같아요."

"경마가 있잖아요."

"오, 그렇네요! 메종라피트[16] 경마장에 꼭 가 보고 싶어요. 아주 볼 만하다고 하더라고요."

그사이 고슈로는 내게 르 보케에 관한 이야기를 했다. 그는 르 보케가 근사한 성이라고 찬사를 늘어놓으면서 내 아버지가 그

---

15 Le théâtre des Variétés. 바리에테 극장을 가리킨다. 파리 2구의 몽마르트르로(路)에 위치한 극장으로 1807년에 개관했으며, 지금까지 공연을 하는 가장 오래된 극장 중 하나다. 1974년 역사 유적으로 지정되었다.
16 Maisons-Laffitte. 프랑스의 일드프랑스 이블린 데파르트망에 위치한 코뮌으로, 파리에서 북서쪽으로 십팔 킬로미터 떨어져 있다. '말의 도시'라는 별칭으로 불린다. 17세기 건축물인 메종라피트성(城)과 메종라피트 경마장으로 유명하다.

가치를 두 배로 높여 놓았다고 힘주어 말했다. 그는 아첨을 하는 데 이골이 난 듯 보였다. 하지만 내 귀에는 그의 말이 전혀 들리지 않았다. 루이즈가 그림 앞에서 갑자기 멈춰 서면서 긴 옷자락으로 나를 스칠 때마다 나는 정신이 혼미해졌다. 그녀의 갈색 머리 아래로 보이는 새하얀 목은 어린아이의 목처럼 가냘팠다. 루이즈는 약간 남자처럼 걸었는데 그게 살짝 내 신경을 거슬렀다. 사람들은 그녀에게 자주 인사를 건넸고, 그녀는 웃음으로 답했다. 그녀는 터져 나오는 경쾌함과 스커트를 찰랑이는 몸짓으로 남자들의 마음을 사로잡았다. 그녀가 두세 번 정도 뒤로 돌아 나를 빤히 처다본 적도 있었다. 나는 마치 꿈속을 걷는 듯했다. 고슈로가 떠드는 소리 때문에 정신이 없는 데다 양쪽으로 길게 이어지는 수많은 그림 탓에 눈이 아파 와 그녀를 얼마나 오래 따라갔는지 가늠하기 힘들었다. 단지 관람이 끝나 갈 무렵에는 다들 전시실들의 먼지를 씹는 듯했고, 여자들은 여전히 미소 지으며 생생해 보이는 반면, 나는 피곤해 죽을 지경이었다는 것만 기억났다.

여섯 시가 되자 펠릭스는 저녁을 먹자며 나를 데리고 갔다. 그는 디저트를 먹으며 내게 불쑥 말했다.

"고맙네."

"뭐가 말인가?" 나는 깜짝 놀라 물었다.

"고슈로 부인을 어떻게 해 보려고 하지 않은 것 말이야. 내가 보기에 자넨 갈색 머리 여성이 더 마음에 드는 것 같던데, 그런가?"

내가 쑥스러워하며 얼굴을 붉히자 그는 서둘러 덧붙여 말했다.

"자네보고 솔직히 말하라는 건 아니네. 그 반대로, 자네도 봤겠지만, 난 그런 데 개입하는 걸 자제하는 편이거든. 난 누구나 인생에 대해 스스로 알아 가야 한다고 생각해서 말이지."

그는 더 이상 웃지 않았고 다정하면서도 진지하게 이야기했다.

"그럼 그녀가 나를 좋아할 수도 있을 거라고 생각하나?" 나는 루이즈의 이름을 말하지 않고 물었다.

"이런, 내가 그걸 어떻게 알겠나!" 그가 대답했다. "그냥 자네가 하고 싶은 대로 하면 되는 거야. 그럼 앞으로 어떤 일이 일어날지 알게 되겠지."

나는 그의 말을 일종의 격려로 받아들였다. 펠릭스는 또다시 비아냥거리는 듯한 표정을 지었다. 그리고 농담을 하듯 경쾌하게 고슈로는 내가 자기 아내와 사랑에 빠지는 걸 보고 싶어 할 거라고 주장했다.

"자넨 그 사람을 잘 몰라. 그래서 그가 왜 자네한테 그토록 매달리는지 이해하지 못할 거야. 그의 백부는 자네 구역에서 영향력이 줄어들고 있어. 그가 만약 다시 선거에 나서야 한다면 무엇보다 자네 부친에게 기대하는 게 훨씬 쉬울 거란 말이지⋯⋯ 그래서 난 자네가 그에게 유용한 사람이 될까 봐 겁이 났던 거야. 이해가 좀 되나? 이제 난 더 이상 그 사람한테 쓸모가 없거든."

"그런 어이없는 말이 어디 있나!" 나는 큰 소리로 말했다.

"왜 어이가 없다는 거지?" 그가 너무나 차분하게 되묻는 바람에 난 그가 나를 놀리는 건지 아닌지 갈피를 잡을 수 없었다. "아내한테 친구들이 있으면 그들은 부부에게도 유용한 법이라네."

식사를 마치고 나오면서 펠릭스는 바리에테 극장에 가자고 했다. 난 그저께 이미 그 연극을 봤지만 너무나 보고 싶어 하는 척 거짓말을 했다. 아, 정말로 너무나 황홀한 밤이었! 두 여성은 우리 좌석 바로 옆의 특별석에 앉아 있었다. 고개를 돌리기만 하면 나는 루이즈가 배우들의 농담에 즐거워하는 얼굴을 자세히 지켜볼 수 있었다. 이틀 전까지만 해도 나는 그런 농담들이 적절치 않다고 생각했을 터였다. 하지만 이젠 그런 것들이 전혀 거슬리지 않았고, 오히려 그로 인해 즐거움을 맛보았다. 그것들이 나와 루이즈 사이에서 일종의 사랑스러운 공모자 역할을 하는 것 같았기 때문이었다. 연극은 무척 외설스러웠고, 루이즈는 특히 아슬아슬한 이야기가 나오는 부분에서 많이 웃었다. 특별석에 자리했다는 사실만으로 그녀에겐 일종의 방탕함이 허락된 것이나 마찬가지였다. 웃다가 나와 눈이 마주칠 때에도 그녀는 고개를 숙이지 않았다. 세상에서 이보다 더 세련된 유혹은 없을 듯했다. 이렇게 외설스러운 분위기 속에서 보낸 세 시간은 내가 바라는 것을 훨씬 빨리 이루게 해 줄 거라는 생각이 들게 했다. 게다가 모든 관객이 즐거워했고, 심지어 이 층 정면 관람석에 앉은 여성들 대부분은 부채로 얼굴을 가릴 생각도 하지 않았다.

    우리는 막간을 이용해 두 여성에게 인사를 하러 갔다. 고슈로가 막 나간 터라 우리는 자리에 앉을 수 있었다. 특별석은 어두컴컴했고, 나는 나와 가까이 있는 루이즈를 느낄 수 있었다. 그녀가 움직일 때마다 그녀의 스커트가 벌어지면서 내 무릎을 감쌌다, 나는 그 스치는 느낌을 우리를 서로에게 이어 줄 조용한 첫 번째 고백으로 받아들였다.

3장

    그로부터 열흘이 흘렀다. 그사이 펠릭스가 어디론가 사라져 버리는 바람에 난 네종 부인에게 다가갈 수 있는 어떤 핑계도 찾을 수 없었다. 그녀와 관련해 내가 할 수 있는 거라곤 그녀의 남편 이름이 나와 있는 대여섯 종류의 주요 신문을 사는 것뿐이었다. 그가 의회의 중요한 토론에서 연설을 했는데 이는 많은 사람들의 관심을 끌었다. 다른 때 같았으면 난 그의 연설이 따분하기 짝이 없다고 생각했을 터였다. 하지만 지금은 무척 흥미롭게 생각되었고, 그 장황한 말들 뒤로 루이즈의 땋아 내린 갈색 머리와 뽀얀 목덜미를 떠올렸다. 나는 심지어 잘 알지도 못하는 어떤 신사와 무슈 네종의 연설 주제에 관해 격렬한 토론을 벌이면서 그가 무능하다는 주장을 반박하기까지 했다. 언론의 악의적인 공격에는 몹시 흥분하며 화를 냈다. 어쩌면 그는 정말로 멍청한지도 몰랐다. 하지만 그 사실은 그의 아내의 총명함을 더 돋보이게 하는 게 아닐까. 사람들 말대로 그녀가 그에게 행운을 가져다주는 요정이라면 말이다.

초조함과 헛된 걸음으로 보낸 열흘간 나는 기분 좋은 뜻밖의 만남을 기대하며 대여섯 차례 고모님 댁으로 갔다. 사실 지난번에 고모님을 방문했을 때 그녀를 크게 실망시킨 탓에 난 금세 다시 찾아갈 엄두를 내지 못했었다. 고모님은 무슈 네종의 덕으로 외교 분야에서 내게 좋은 자리를 찾아 줄 생각을 했었다. 그런데 내가 그와 다른 정치적 견해를 내세우며 그것을 거부하자 그녀는 몹시 놀랐다. 최악은, 내가 루이즈를 좋아하기 전에 그녀의 남편 덕을 보는 것을 꺼리지 않고 고모님의 제안을 수락했던 것이었다. 따라서 내가 또다시 변덕을 부리자 고모님은 그런 나를 이해하지 못하면서 어린아이같이 군다고 나무랐다. 그녀는 나처럼 신중한 정통주의자[17]들이 해외에서 공화국을 대표하는 게 아닌지 물었다. 사실인즉슨 외교는 정통주의자들의 도피처였다. 그들은

---

17 프랑스 혁명과 나폴레옹 전쟁으로 생긴 유럽 여러 나라의 변화를 일소하고 혁명 이전의 구체제(앙시앵레짐)로 돌아가고자 하는 정통 귀족의 사상을 '정통주의'라고 부르며, 정통주의자는 이를 따르는 이들을 가리킨다. 정통주의는 빈회의(1814~1815)의 지도 이념 중 하나로, 프랑스에서는 오를레앙파에 대항하여 루이 14세의 직계, 즉 부르봉 왕정의 복고를 꾀하는 움직임이 일었다.

대사관을 가득 채우면서 공화파들이 부러워하는 높은 지위를 차지한 채 자신들의 대의에 유용한 일을 하고 있었다. 나는 우스꽝스러운 엄격주의 뒤로 숨으면서 나의 변덕에 타당한 이유를 대느라 쩔쩔맸다. 급기야 고모님은 나를 미친 사람으로 취급했다. 그녀가 더 화를 냈던 이유는 이미 그 일을 무슈 네종에게 말했기 때문이었다. 아무래도 상관없었다! 루이즈는 내가 내각에서 한 자리를 차지하기 위해 그녀에게 잘 보이려고 하는 게 아니라고 믿을 테니까 말이다.

내가 지난 열흘간 어떤 묘한 감정들에 사로잡혔었는지를 말하면 모두가 웃을 터였다. 무엇보다 나는 루이즈의 스커트가 내 무릎을 스칠 때 내가 몹시 혼란스러워했음을 그녀가 알아차렸다고 믿었다. 그리고 그 순간 즉시 뒤로 물러나지 않았던 걸로 보아 그녀도 내가 싫지는 않은 거라고 결론지었다. 나는 이것을 허용된 교태보다 한 단계 더 나아간 관능적이고 적극적인 몸짓으로 여겼다. 그녀는 나의 솔직하고도 진심 어린 일종의 고백에 답한 것이 아닐까. 대부분의 남자가 솔직히 털어놓는다면, 그들은 그때그때 상황만 다를 뿐 여자들은 다 똑같다고 말할 터였다. 사랑에 빠진 여자들은 스스로를 허락하거나 상대가 자신을 취하는 것을 허락한다는 것이었다. 나는 지금 결혼한 여성들, 예법을 지켜야 하는 세속적인 여자들에 관해 이야기하는 것이다. 그들을 원하는 남자들은 여자들이 교육과 세련된 화려함의 겉모습 뒤로 스스로를 허락하는 것인지 아닌지를 금세 알 수 있다. 내가 이런 말들을 하는 이유는, 연인으로서의 이기심이 발동해, 루이즈와 나의 관계가 자연스러운 것이라고 스스로에게 설득하기 위함이었다.

그런데 몇 시간 뒤 나는 의문이 들어 정반대되는 추론을 하기 시작했다. 오직 거리의 여자들만이 그처럼 스스로를 허락할 수 있을 것이었다. 그녀와 같은 여성이 내 품속으로 뛰어들 거라고 생각하다니, 나는 바보가 분명했다. 아무리 경솔한 여자라 할지라도 그럴 리가 없지 않은가 말이다. 네종 부인은 나한테 관심이 없었다. 그녀에겐 아마도 정부들이 있을 터였다. 또한 그 관계들은 분명 더 계산적이고 더 복잡할 것이었다. 내가 꿈꾸던 여성, 즉 자신의 쾌락을 적극적으로 찾아 나서는 본능적인 여성과 루이즈처럼 영리하고 내숭스러운 파리 여성과의 사이에는 커다란 차이가 있는 게 분명했다.

이제 그녀는 나를 완전히 벗어났다. 나는 그녀를 더 이상 알지 못했고, 내가 단 오 분간 칸막이 좌석의 어둠 속에서 그녀를 그토록 가까이 느꼈던 것이 사실이었는지도 더 이상 확신하지 못했다. 나는 너무 의기소침해져서 르 보케로 돌아가 칩거할 생각을 잠시 하기도 했다.

그러다 그저께 문득 어떤 아이디어가 떠올랐다. 왜 그런 생각을 진작 못했는지 의아했다. 그것은 의회의 회의를 관람하러 가는 것이었다. 어쩌면 무슈 네종이 연설을 할지도 몰랐고, 그러면 그의 아내가 거기 있을 수도 있지 않을까. 그런데 아무래도 아직은 그 망할 남자를 만날 때가 아닌 듯했다. 연설을 하기로 되어 있던 그가 회의에 참석조차 하지 못했던 것이다. 들리는 바에 의하면 그는 상원의 무슨 위원회에 붙들려 있다고 했다. 그 대신 계단석 구석에 앉아 있던 나는 맞은편 계단석 맨 앞줄에 앉은 고슈로 부인을 발견하고는 기분이 이상했다. 그녀는 나를 알아보고는 내게 미소를 지어 보였다. 안타깝게도 루이즈는 그녀와 함께 있지 않았다. 나의 기쁨은 금세 사라졌다. 나는 그곳을 나오면서 복도에서 고슈로 부인을 우연히 마주친 척 했다. 그녀는 내게 친근하게 굴었다. 펠릭스가 나에 대해 무슨 이야기를 한 게 분명했다.

"그동안 파리에 안 계셨던 거예요?" 그녀가 내게 물었다.

나는 그녀의 질문에 화가 나 아무 말도 하지 못했다. 내가 그동안 얼마나 맹렬하게 파리를 헤매고 다녔었는데!

"어디에서도 뵐 수 없더라고요. 지난번에 청사(廳舍)에서 열린 연회는 정말로 근사했어요. 게다가 너무나 멋진 말 그림 전시회까지 열리고 있어서……."

내가 계속 낙담한 얼굴을 하고 있자 그녀는 웃음을 터뜨렸다.

"어쨌거나 내일 다시 보겠네요." 그녀는 멀어지면서 말했다. "거기 오실 거죠, 그렇죠?"

나는 그럴 거라고 대답했다. 멍청하게도 나는 또다시 그녀의 웃음소리를 듣게 될까 봐 두려워 거기가 어딘지 물어볼 엄두도 내지 못했다. 그녀는 뒤돌아 야릇한 표정으로 나를 바라보았다.

"꼭 오세요." 그녀는 내게 기분 좋은 놀라움을 준비해 둔 친구처럼 은밀하고 나직하게 거듭 말했다.

나는 얼른 뒤따라가 그녀에게 묻고 싶은 마음이 굴뚝 같았다. 그러나 그녀는 이미 또 다른 복도로 돌아가 버렸고, 난 나의 무지를 고백하는 것을 가로막는 어리석은 자존심 때문에 그 자리에 멈춰 서고 말았다. 물론 난 거기에 갈 준비가 돼 있었다. 하지만 거기가 대체 어디란 말인가? 이 만남의 막연함은 나를 미치게 했고, 모두가 아는 것을 나만 모른다는 사실에 부끄러움마저 느껴졌다. 그날 저녁 나는 펠릭스 집으로 달려갔다. 그에게서 교묘하게 내게 필요한 정보를 알아내기 위해서였다. 하지만 펠릭스는 집에 없었다. 절망한 나는 신문들을 찾아보기 시작했다. 다음 날을 위한 정보들 가운데서 고맙게도 그녀가 만나자고 한 장소를 알아내기 위해 가장 많이 팔리고 사교계 소식을 가장 많이 전하는 신문들을 골랐다. 그러나 그럴수록 나의 혼란은 더 커져 갔다. 신문은 온갖 종류의 행사들 소식을 전하고 있었다. 과거 대가들의 그림 전시회, 귀족들의 자선 바자회, 생클로틸드에서 열리는 음악 미사, 공연의 마지막 총연습, 두 개의 콘서트와 종신 서원, 곳곳에서 열리는 경마 등등. 그런데 막 파리에 와 자신이 서툰 것을 알고 있는 촌뜨기가 그 수많은 행사 가운데서 어떻게 그 한 곳을 알아낼 수 있단 말인가? 나는 그곳 중 한 곳에는 반드시 가야 했다. 하지만 대체 어디로 가야 한단 말인가? 마침내 나는 틀릴 경우 온종일 초조하게 기다려야 할지도 모르는 위험을 감수하고라도 한 군데를 고르기로 했다. 언젠가 그들이 메종라피트 경마장에 대해 이야기하는 것을 들은 기억이 나면서 어떤 영감이 떠올랐다. 나는 메종라피트의 경마장에 가기로 마음먹었다. 그렇게 결정하고 나자 좀 더 차분해질 수 있었다.

내가 찾아간 파리의 교외는 너무나 매력적인 곳이었다! 메종라피트에 대해 아무것도 아는 것이 없었던 나는 센강 가의 언덕 위에 경쾌한 집들이 보이는 그곳에 단번에 매료되었다. 때는 5월 초였고, 포플러나무와 느릅나무의 연초록빛 가운데 새하얀 사과꽃들이 커다랗게 송이 지어 피어 있었다.

나는 처음에는 낯선 그곳에서 누구에게도 길을 묻지 못한 채 담장과 산울타리 사이를 헤매고 있었다. 나는 많은 사람들이 나와 같은 기차를 타는 것을 보면서 기뻐했다. 하지만 그들은 그곳에 없었다. 메종라피트에서 지나가는 사람들을 지켜볼수록 점점 더 초조해졌다. 마침내 나는 집들을 벗어나 센강 가에 난 길로 정처 없이 걸었다. 그러다 한 가시덤불 수풀 가까이에서 깜짝 놀라 걸음을 멈추었다. 오십 보쯤 앞에서 한 무리의 사람들이 나를 향해 천천히 걸어오고 있었는데 그중에 루이즈와 베르트가 보였다. 언제나 같이 다니는 고슈로와 펠릭스는 몇 걸음 뒤에서 그들을 따라오고 있었다. 그러니까 내가 제대로 알아맞힌 것이었다. 나는 그런 나 자신이 자랑스러웠다. 하지만 그 순간 너무 당황한 나머지 어린애같이 유치하게 굴고 말았다. 나는 왠지 모를 수치심에 사로잡혀 가시덤불 뒤로 몸을 감추었다. 나 자신이 우스워 보일까 봐 두려웠기 때문이었다. 루이즈가 지나갈 때는 그녀의 드레스 자락이 덤불숲을 스쳤다. 나는 나의 이런 짓이 얼마나 어리석은지를 즉시 깨달았다. 그래서 서둘러 들판을 가로질러 갔다. 그리고 산책하는 사람들이 길모퉁이에 이르렀을 때, 혼자 있다고 믿으면서 야외에서 꿈속에 잠긴 사람인 양 최대한 자연스럽게 모습을 드러냈다.

"아니 이게 누구야, 당신이군요!" 고슈로가 소리쳤다.

나는 몹시 놀라는 척하면서 인사를 했다. 모두들 소리치면서 반갑게 악수를 청했다. 그러나 펠릭스는 야릇한 표정으로 웃었고, 베르트는 내게 눈을 찡긋해 보임으로써 우리 사이에 일종의 공모 의식을 느끼게 했다. 사람들은 다시 걷기 시작했고, 나는 잠깐 동안 뒤쪽에서 그녀와 함께 있을 수 있었다.

"정말로 오셨네요." 그녀가 나직하면서도 경쾌하게 말했다.

그리고 미처 대답할 시간도 주지 않고 내게 농담을 하면서 아직도 그렇게 어린아이 같아서 좋겠다고 덧붙였다. 나는 베르트가 나의 지지자인 것처럼 느꼈다. 그녀는 자신의 친구를 내 품안으로 던져 넣는 데서 개인적인 희열을 맛보는 듯했다. 우리가 이야기를 하던 중에 앞서가던 펠릭스가 뒤를 돌아보며 물었다.

"뭐가 그렇게 재미있어요?"

"무슈 드 보쥴라드가 영국인 가족과 함께 여행했던 이야기를 해 주고 있답니다." 그녀는 차분하게 대답했다.

고슈로는 다시 펠릭스의 팔짱을 끼고는 자기 아내와 나의 대면을 방해하지 않으려는 듯 그를 데리고 갔다. 나는 루이즈와 베르트 사이에서 홀로 남게 되었고, 센강 가의 그늘진 길에서 한 시간 남짓 감미로운 순간을 만끽했다. 루이즈는 밝은색 실크 드레스를 입고 있었고, 분홍색 안감이 달린 그녀의 양산은 그녀의 얼굴을 그늘 한 점 없이 섬세하고 따뜻한 빛 속에 잠기게 했다. 전원 풍경이 그녀를 더 자유분방하게 만든 듯 그녀는 평소보다 더 크게 말하면서 나를 똑바로 바라보았다. 또한 그녀를 대담한 대화로 이끄는 베르트에게 또박또박 자기 생각을 말했고, 나는 시간이 좀 더 지난 뒤에야 그런 그녀가 놀랍다는 생각을 했다.

"네종 부인에게 팔을 좀 내주시죠." 베르트가 약간 짜증스레 말했다. "신사답지 못하시군요. 친구가 피곤해하는 게 보이지 않으시나요."

내가 루이즈에게 팔을 내밀자 그녀는 즉시 내 팔에 기댔다. 베르트가 자기 남편과 펠릭스에게 가 버려 우린 그들과 사십 보 넘게 떨어진 채 단둘이 남게 되었다. 이제 언덕의 오르막길이 나와 우린 그 길을 아주 천천히 올라갔다. 아래쪽에서는 초록색 벨벳 카펫처럼 펼쳐진 초원 사이로 센강이 흘러갔다. 강에는 두 개의 다리가 가로지르는 가늘고 긴 섬이 있었고, 다리들 위로는 기차들이 아득한 천둥소리를 내며 지나갔다. 강의 반대편 쪽으로는 거대한 평원과 경작지들이 발레리앵산(山)까지 펼쳐져 있었고, 멀리 하늘가에서는 금빛 가루처럼 반짝이는 햇빛 속에 회색빛 건물들이 언뜻언뜻 보였다. 무엇보다 눈물 나게 감동적인 것은 양쪽 길가의 풀숲에서 올라와 우리 주위로 퍼져 나가는 봄의 향기였다.

"곧 르 보케로 돌아가시나요?" 루이즈가 불쑥 물었다.

나는 그녀가 덧붙일 말을 예상하지 못하고 바보같이 아니라고 대답했다.

"아, 정말 유감이네요. 우린 다음주에 레 뮈로 떠난답니다. 당신 집에서 팔 킬로미터 정도 떨어진 곳에 남편 소유의 성이 있거든요. 그이가 당신을 그곳으로 초대할 생각인 것 같았어요."

나는 더듬거리면서 어쩌면 아버지가 예상보다 빨리 나를 부를지도 모른다고 말했다. 그녀의 팔이 점점 더 세게 내 팔에 기대오는 듯했다. 그러니까 그녀가 지금 내게 다시 만나기를 청하고 있는 것이란 말인가? 이토록 자유분방하고 이토록 세련된 파리 여성에 대해 내가 가졌던 달콤한 생각 속에서 나는 즉시 한 편의 소설을, 시골이 선사해 주는 인연과 어느 봄날 무성한 나무들 아래에서 보내는 사랑의 순간들로 이루어진 이야기를 써 내려갔다. 그래, 그런 거였다. 그녀는 어쩌면 내게서 시골 귀족의 매력을 발견하고, 거기서, 내가 사는 곳에서 나와 사랑을 속삭이고 싶어 하는지도 몰랐다.

"그런데 당신한테 하나 따질 게 있어요." 루이즈가 어머니처럼 다정하게 다시 말했다.

"저한테요?" 내가 조그맣게 물었다.

"네, 백작 부인께서 당신 이야기를 해 주셨거든요. 당신이 우리 도움을 받고 싶어 하지 않는다고 하시더군요. 그래서 마음이 많이 상했어요. 말해 보세요, 어째서 우리 도움을 거절하시는 거예요?"

나는 또다시 얼굴을 붉혔다. 그리고 하마터면 이렇게 소리치며 속마음을 고백할 뻔했다. '왜냐하면 당신을 사랑하기 때문입니다.' 하지만 그녀는 다 이해한다는 듯한 몸짓과 함께 웃으며 덧붙여 말했다.

"자존심 때문에 그런 거라면, 혹시 서로 도움을 주고받기를 원한다면 우린 기꺼이 그곳에서의 당신의 지지를 받아들일 거예요. 혹시 아시는지 모르겠지만 지금 참사관 자리가 비어 있거든요. 그래서 남편이 후보로 나섰지만 선거에 질까 봐 걱정을 많이 하고 있어요. 만약 선거에 지게 되면 그의 처지에 아주 안 좋은 영향을 미치게 될 거라서요⋯⋯ 당신이 우리를 좀 도와주실 수 있나요?"

이보다 유혹적인 제안은 없을 터였다. 이 선거 이야기는 우리가 시골에서 다시 만나기 위해 영리한 그녀가 생각해 낸 기막힌 핑계인 듯 보였다.

"물론이죠, 기꺼이 돕겠습니다!" 나는 경쾌하게 대답했다.

"남편이 선출되도록 해 주신다면 그이도 기꺼이 당신을 도울 거예요, 어때요?"

"좋습니다."

"그럼 됐네요."

그녀는 작은 손을 내게 내밀었고 나는 가볍게 손뼉을 쳤다. 우리는 서로 농담을 주고받았다. 진정 너무나 황홀한 시간이었다. 이제 더 이상 나무들이 보이지 않는 길에는 언덕 꼭대기로부터 햇볕이 내리쬐었고, 우린 둘 다 말없이 뜨거운 대기 속을 걸어갔다. 그런데 저 망할 고슈로가 와서 뜨거운 하늘 아래 전율하게 하는 정적을 깨뜨려 버렸다. 우리가 참사관 이야기를 하는 것을 들은 그는 나를 놔주려고 하지 않았다. 그는 내게 자기 백부의 이야기를 하면서 어떻게든 내 아버지에게 자신을 소개하고 싶어 했다. 마침내 우리는 경마장에 도착했다. 다들 경마가 너무 멋지다며 좋아했다. 하지만 나는 내내 루이즈 뒤에서 그녀의 가냘픈 목덜미만을 바라보았다. 갑작스럽게 소나기가 내린 귀갓길은 또 얼마나 즐거웠는지! 시골의 초록빛은 비에 젖어 한층 더 부드러워졌고, 사랑의 향기로 감싸인 나뭇잎과 대지에서는 달콤한 냄새가 풍겼다. 루이즈는 봄날의 관능에 사로잡힌 듯 나른한 얼굴로 눈을 반쯤 감고 있었다.

"우리의 약속을 잊지 마세요." 그녀는 기차역에 이르러 자신을 기다리고 있던 마차에 오르면서 내게 속삭였다. "레 뮈로에서 보름 후에 보는 거예요, 그렇죠?"

나는 그녀가 내민 손을 꽉 쥐었다. 그러면서 너무 세게 쥔 것은 아닌지 걱정이 되었다. 언짢은 듯 꼭 다문 그녀의 입술과 더불어 그토록 굳은 표정의 그녀를 처음 보았기 때문이었다. 하지만 베르트는 여전히 더 대담하게 굴라고 나를 부추겼고, 펠릭스는 예의 그 수수께끼 같은 미소를 지어 보였다. 그런데 고슈로가 내 어깨를 두드리면서 이렇게 소리치는 게 아닌가.

"보름 후에 레 뮈로에서 봅시다, 무슈 드 보쥴라드…… 우리 모두 갈 거니까요."

이런 젠장!

4장

나는 레 뮈로에서 막 돌아왔다. 지금 나는 모순적인 생각들로 머리가 터져 나갈 지경이다. 내가 루이즈 곁에서 보낸 날들에 관해 이야기하는 것은, 스스로 내 생각들의 옳고 그름을 따져 보고 싶었기 때문이다.

레 뮈로는 르 보케와 팔 킬로미터밖에 떨어져 있지 않았지만 나는 그곳에 대해 아는 것이 별로 없었다. 우리는 고메르빌 쪽으로 사냥을 하러 다녔고, 르 베아주의 작은 강을 건너려면 꽤 멀리 돌아가야 하는 터라 지금까지 그곳에 간 것은 열 번도 채 되지 않았다. 커다란 호두나무들이 양쪽으로 늘어선 오르막길이 있는 그곳의 언덕은 정말 아름다웠다. 언덕 꼭대기에 올랐다가 다시 다른 편으로 내려가다 보면 작은 계곡 입구에 있는 레 뮈로가 보였고, 언덕의 경사면은 점점 좁아져 조그만 협곡을 이루었다. 17세기에 지어진 사각의 성은 별로 대단하지는 않았지만 거기에 딸린 공원은 무척 근사했다. 잔디밭이 너르게 펼쳐져 있었고 그 끝은 숲의 언저리로 이어졌는데, 숲의 입구뿐만 아니라 오솔길까지도 나뭇가지들이 뒤엉켜 있었다.

내가 말을 타고 그곳에 이르자 두 마리의 커다란 개가 요란하게 짖고 자꾸만 뛰어오르면서 나를 맞아 주었다. 그리고 가로수 길 끝에 새하얀 무언가가 보였다. 루이즈였다. 밝은색 드레스와 밀짚모자 차림의 그녀는 나를 맞으러 내려오지 않고 현관으로 오르는 커다란 계단 위에서 꼼짝 않고 선 채 미소 짓고 있었다. 기껏해야 아홉 시밖에 안 된 시각이었다.

"오, 정말 멋지시네요!" 그녀가 나를 향해 소리쳤다. "무엇보다 부지런하시고요! …… 보시다시피 이 성에서 지금 깨어 있는 사람은 나밖에 없답니다."

나는 파리 여성의 아름다운 용기를 칭찬했다. 하지만 그녀는 웃으면서 덧붙여 말했다.

"여기 온 지 아직 닷새밖에 안 되긴 했지만 말이죠. 처음 며칠간은 아침에 암탉하고 같이 일어날 뻔했다니까요. 하지만 다음 주부터는 아마도 차츰 평소의 게으른 습관이 나오면서 파리에서처럼 열 시나 되어야 일어나지 않을까 싶어요…… 그래도 오늘 아침에는 아직 시골 사람이랍니다."

그녀가 그토록 매력적이었던 적은 없었다. 그녀는 서둘러 방을 나서느라 머리를 대충 땋고 아무 가운이나 걸친 듯했다. 아직 잠이 덜 깬 듯 촉촉한 눈과 상큼한 맨얼굴은 그녀를 어린아이처럼 느끼게 했다. 그녀의 목덜미에서는 조그만 머리카락들이 나풀거렸다. 가운의 널따란 소매가 벌어지자 팔꿈치까지 드러난 그녀의 맨팔이 보였다.

"내가 어딜 가려던 참인지 아세요?" 그녀가 다시 말했다. "저기 아치 위로 피어난 나팔꽃을 보러 가려고 했어요. 여기 정원사가 그러는데 햇빛에 꽃잎이 닫히기 전이 제일 예쁘대요. 어제는 너무 늦어서 못 봤기 때문에 오늘은 꼭 보고 싶은데…… 같이 가 주실래요?"

난 그녀에게 팔을 내밀고 싶은 마음이 굴뚝 같았지만 이내 그러는 게 웃기다는 생각이 들었다. 그녀는 기숙사를 빠져나온 학생처럼 정신없이 뛰어갔다. 그리고 아치에 이르자 감탄사를 연발했다. 나팔꽃이 위에서부터 커튼처럼 늘어진 가운데, 방울방울 이슬이 맺힌 작은 종들이 생생한 분홍색에서 보라색과 담청색에 이르는 섬세한 색조를 뿜내며 비처럼 쏟아져 내리고 있었다. 마치 일본의 화보집에서나 볼 수 있을 더없이 우아하고 기묘한 상상 속 풍경 같았다.

"아침 일찍 일어나니까 이런 보상을 받을 수 있는 것 아니겠어요?" 루이즈가 경쾌하게 말했다.

그녀는 아치 아래에 앉았고, 나는 내게 자리를 내주기 위해 스커트를 뒤로 물리는 그녀를 보고 그녀 옆에 앉기로 했다. 그와 동시에 나는 격한 감정을 억눌러야 했다. 그녀의 허리를 감싸안고 목덜미에 키스를 퍼붓고 싶은 생각이 간절했기 때문이었다. 그건 마치 하녀를 범하는 사내의 난폭한 행위처럼 여겨질 터였다. 나는 그런 생각에 사로잡혀 육체적 욕구를 느끼는 바람에 달리 다른 할 일을 찾지 못했다. 루이즈가 내 안에서 일어나고 있는 것을 알아차렸는지 아닌지는 알 길이 없었다. 그녀는 다만 자리에서 일어나지 않은 채 굳은 얼굴을 하고 있었을 뿐이었다.

"이제 일 이야기를 좀 할까요?" 그녀가 말했다.

나는 귀가 윙윙거리면서도 그녀의 말을 들으려고 애썼다. 아치 아래는 어두컴컴했고 한기마저 느껴졌다. 햇빛이 나팔꽃 잎들 사이로 가느다란 금빛 불꽃을 쏘아 보내는 듯했다. 그리고 루이즈의 새하얀 가운 위에는 금빛 날벌레들이 내려와 앉은 듯 보였다.

"우리가 어디까지 이야기했죠?" 그녀가 공모자 같은 얼굴로 물었다.

나는 그녀에게 내 아버지가 이상하게도 생각이 변한 것 같다고 했다. 그는 지난 십 년간 새로운 것을 배척하면서 공화국을 위해 일할 생각일랑 절대 하지 말라고 했었다. 그런데 이번에는 내가 오자마자 내 나이의 청년이라면 누구나 자기 조국에 대한 의무를 다해야 한다고 넌지시 이야기하는 게 아닌가. 나는 아버지가 변한 데에는 고모님의 영향이 클 거라고 짐작했다. 고모님이 그에게 여자들에 관한 이야기를 흘린 게 분명했다. 루이즈는 웃으면서 내 이야기를 듣고 있었다. 그리고 내 말이 끝나자 그제야 이렇게 말했다.

"실은 사흘 전에 이웃 성에서 부친이신 무슈 드 보쥴라드를 만났어요. 성을 구경하러 갔다가 우연히 말이죠…… 우린 이런저런 이야기를 나누었답니다."

그리고 재빨리 덧붙여 말했다.

"일요일에 참사관 선거가 있는 거 아시죠? 그러니 즉시 선거 운동에 나서야 해요…… 부친이 도와주신다면 남편은 분명 이길 수 있을 거예요."

"무슈 네죵이 여기 계신가요?" 나는 잠시 머뭇거리다가 물었다.

"네, 엊저녁에 도착했어요…… 하지만 오늘 아침에는 만나지 못할 거예요. 고메르빌 쪽으로 다시 떠났거든요. 이 지역에서 커다란 영향력을 지닌 한 친구의 집에서 점심을 먹기로 했답니다."

그녀는 자리에서 일어났지만 나는 잠시 머뭇거리면서 그녀의 목덜미에 키스하지 않은 것을 몹시 후회했다. 다시는 이토록 은밀하고 어두컴컴한 곳을 발견하지 못할 터였다. 그것도 이른 아침에, 침대에서 막 나온 그녀가 옷을 대충 걸친 상태로 함께 있을 수 있는 곳을. 하지만 이젠 너무 늦어 버렸다. 축축한 땅에서 그녀 앞에 무릎을 꿇었다가는 그녀에게 웃음거리만 될 터였다. 나는 그녀를 향한 사랑의 고백을 좀 더 유리한 순간으로 미루기로 했다.

게다가 뚱뚱한 고슈로가 오솔길 끝에 서 있는 게 보였다. 루이즈와 내가 조그만 나무들 사이에서 나오는 것을 본 그는 히죽히죽 웃었다. 그리고 그토록 아침 일찍 일어난 용기에 감탄했다고 했다. 그는 이제야 겨우 일어나 내려온 터였다.

"베르트는요? 잘 잤나요?" 루이즈가 그에게 물었다.

"글쎄요. 나도 아직 못 봤거든요." 고슈로가 대답했다.

내가 놀란 얼굴을 하자 그는 아침에 듣기로는 베르트가 전날부터 두통이 있는 것 같더라고 설명했다. 그들 부부는 각방을 썼다. 그게 더 편리하기 때문이었다, 시골에서는 특히 더. 그는 웃음을 거두고 차분히 결론짓듯 말했다.

"내 아내는 혼자 자는 걸 좋아한답니다."

우린 공원을 굽어보는 테라스를 가로질러 갔다. 나는 사람들이 성에서의 삶에 대해 들려주는 외설적인 이야기들을 자연스레 떠올렸다. 나는 우아한 방탕함을 위한 은밀한 곳을 떠올렸다. 문을 살짝 열어 놓은 방으로 연인을 만나러 가기 위해 긴 복도를 촛불도 없이 맨발로 걸어가는 정부라니! 이는 방탕한 파리 여성들의 커다란 즐거움 중 하나일 것이었다. 시골이 제공하는 자유를 마음껏 누림으로써 위태로운 연인과의 관계에 새로운 활력을 부여할 수도 있을 테고 말이다. 베르트와 내 친구 펠릭스가 늦잠을 잤음에도 몹시 피곤해 보이는 얼굴로 힘없이 현관에서 나오는 것을 보면서 문득 나의 상상이 현실이 될 수도 있을 거라는 확신이 들었다.

"머리 아픈 건 좀 괜찮아?" 루이즈가 자신의 친구에게 다정하게 물었다.

"응, 괜찮아. 고마워. 낯선 환경 때문에 좀 예민해져서 그런 것 같아…… 게다가 이른 아침부터 새들이 어찌나 울어대는지!"

나는 펠릭스와 악수를 했다. 잘은 모르지만, 고슈로가 등을 구부린 채 기분 좋게 휘파람을 부는 동안 두 여자가 서로를 향해 미소 짓는 것을 보면서 루이즈가 자기네 성에서 일어나는 일을 알고 있을 거라는 생각이 들었다. 그녀도 밤중에 사람들이 긴 복도를 오가는 소리와 천천히 조심스레 문이 여닫히는 소리, 규방에서 새어 나와 벽들을 타고 전해지는 사랑의 속삭임을 들었을 터였다. 아! 어째서 난 아치 아래에서 그녀의 목덜미에 키스하지 않았을까! 그런 것들을 허용하는 그녀라면 절대 화내지 않았을 텐데. 나는 벌써부터 밤에 그녀의 방으로 올라가려면 성의 어느 문으로 들어가야 할지를 궁리했다. 성의 현관 왼쪽에 나지막한 창문이 하나 있는데 거기가 좋을 듯했다.

    우리는 열한 시에 점심을 먹었다. 식사를 한 뒤 고슈로는 낮잠을 잔다며 어디론가 가 버렸다. 그는 내게 다음번 선거에서 재선되지 못할까 봐 걱정된다고 솔직히 털어놓았다. 그리고 주민들의 공감을 얻기 위해 지역구에서 삼 주간 머물 생각이라고 덧붙여 말했다. 그는 자신의 백부 집에서 지내다가 레 뮈로에서 며칠 더 머물고 싶어 했다. 그가 네종 부부와도 친하게 지낸다는 것을 지역 주민들에게 과시함으로써 조금이라도 표를 더 확보할 수 있지 않을까 해서였다. 나는 그가 내 아버지 집으로도 초대받기를 절실히 바라고 있음을 간파했다. 하지만 고슈로가 보기에 유감스럽게도 금발 여성은 내 취향이 아니었다.

    나는 두 여성과 펠릭스와 함께 아주 즐거운 오후를 보냈다. 초여름 햇살이 내리쬐는 가운데 우아하고 자유로운 파리 여성들과 성에서 보내는 나날은 너무나 매력적이었다. 마치 잔디밭 위에서 확장되고 계속 이어지는 듯한 살롱에서 시간을 보내는 것 같았다. 이는 다소 비좁은 공간에 모여 시간을 보내면서, 벽에 붙어 서 있는 검은 의상들 사이에서 가슴을 드러낸 여인들이 부채로 몸을 가리는 겨울의 살롱이 아니라, 휴가를 만끽하는 여름의 살롱이었다. 이곳에서는 환한 색 옷을 입은 여인들이 오솔길에서 자유롭게 뛰놀았고, 짧은 웃옷 차림의 남자들이 아이처럼 천진한 모습을 드러냈다. 그런 가운데 세속의 에티켓을 내던지고 틀에 박힌 지루한 대화를 배제하는 친근함을 느낄 수 있었다. 솔직히 말하면 지방의 독신자(篤信者)들 가운데서 자라난 나로서는 이 여인들의 자유분방한 행동거지에 계속 놀라지 않을 수 없었다. 우리가 점심 식사 후에 테라스에서 커피를 마실 때 루이즈는 담배를 피웠다. 베르트는 속어들을 자연스레 내뱉었다. 그리고 잠시 후 두 사람은 요란하게 스커트를 스치는 소리와 함께 어디론가 가 버렸다. 멀리서 그들이 깔깔대고 웃으면서 서로를 부르는 소리가 들려왔고, 말괄량이 같은 여자들의 모습은 나를 더욱더 혼란스럽게 했다. 이런 말을 하면 바보같이 보일지 모르지만, 내가 알지 못했던 이런 삶의 방식들은 나로 하여금 머지않은 야밤에 루이즈와 밀회를 할 수 있을 거라는 기대를 품게 했다. 펠릭스는 평온하게 시가를 피우고 있었다. 나는 그가 때때로 비웃는 듯한 얼굴로 나를 흘끔거리는 것을 알 수 있었다.

오후 네 시 반이 되자 나는 그만 가겠다고 했다. 그러자 루이즈가 즉시 소리쳤다.

"안 돼요, 안 돼. 가지 마세요. 저녁까지 드시고 가야 해요…… 남편이 곧 올 거거든요. 드디어 그이를 만날 수 있다고요.

남편한테 당신을 소개해 드릴게요."

난 그녀에게 내 아버지가 나를 기다리고 있다고 설명했다. 르보케에서 있을 만찬에 내가 반드시 참석해야만 했다. 난 웃으며 덧붙여 말했다.

"선거를 위한 만찬이에요. 부군을 위해 내가 할 일이 있을 것 같군요."

"아, 그렇다면 얼른 가세요……." 그녀가 말했다. "잊지 마세요. 일이 잘되면 반드시 보상이 있을 거라는 걸."

그 말을 하는 그녀의 뺨이 붉어진 듯했다. 그녀가 말하는 보상이란 것이 내 아버지가 내게 받아들이라고 압박을 가하는 외무부의 자리만을 말하는 것일까? 나는 그녀의 말에 좀 더 은밀한 의미를 부여해도 괜찮으리라 믿었다. 어쩌면 내가 너무 오만한 표정을 짓고 있었기 때문인지 루이즈는 몹시 못마땅한 듯 또다시 굳은 얼굴로 입술을 깨물었다.

사실 난 그녀의 갑작스러운 표정 변화에 대해 깊이 생각할 겨를이 없었다. 내가 떠나려고 할 때 조그만 마차 하나가 계단 앞에 멈춰 섰다. 나는 루이즈의 남편이 벌써 돌아온 줄로 생각했다. 하지만 마차에는 하녀를 동반한 다섯 살가량의 어린 소녀와 네 살쯤 돼 보이는 어린 소년만이 타고 있었다. 아이들은 웃으며 두 팔을 내밀었다. 그리고 무사히 땅으로 뛰어내리자마자 달려가 루이즈의 스커트 속으로 파고들었다. 그녀는 그들의 머리에 키스를 했다.

"이 예쁜 아이들은 누구 아이들인가요?" 내가 물었다.

"당연히 내 아이들이죠." 루이즈는 놀란 얼굴로 대답했다.

루이즈의 아이들이라고! 이 단순한 말이 내게 가한 충격은 엄청났다. 느닷없이 그녀가 내게서 벗어나는 것 같았고, 저 조그만 아이들이 가냘픈 손으로, 내가 뛰어넘을 수 없는 깊은 구덩이를 그녀와 나 사이에 파 놓은 듯했다. 뭐라고! 그녀에게 아이들이 있었다니, 그런데 난 그 사실을 알지 못했다니! 난 나도 모르게 거칠게 소리쳤다.

"아이들이 있었군요!"

"보시다시피요." 그녀는 차분하게 말했다. "아이들은 오늘 아침에 여기서 팔 킬로미터 떨어진 곳에 사시는 대모님을 보러 갔다가 오는 길이에요. 아이들하고 인사하시겠어요? 무슈 뤼시앵, 마드무아젤 마르그리트입니다."

아이들은 나에게 생긋 웃어 보였다. 아마도 내가 넋 나간 사람처럼 보였을 터였다. 어떻게 이런 일이! 나는 루이즈가 엄마라는 사실을 받아들일 수 없었다. 그 사실은 나의 모든 생각을 뒤집어 놓았다. 나는 머릿속에서 윙윙거리는 소리를 들으며 그곳을 떠났고, 지금도 여전히 어떻게 생각해야 할지 혼란스럽다. 나팔꽃 아치 아래에 있는 루이즈를 생각하면 그 즉시 뤼시앵과 마르그리트의 머리에 키스하는 그녀가 떠올랐다. 아, 파리 여성들은 나 같은 촌뜨기에게는 도무지 감당이 안 되는 것 같다. 일단 자야 할 것 같다. 그리고 내일 다시 생각해 봐야겠다.

5장

이제 이 연애 사건은 결말에 다다랐다. 아아, 참으로 씁쓸한 경험이었지! 하지만 나는 되도록 냉정하게 그 일을 돌아보려고 한다.

일요일에 무슈 네종은 참사관으로 선출되었다. 개표를 해 보니 우리의 지지가 없었다면 그는 낙선했을 게 분명한 것으로 드러났다. 무슈 네종을 만나 본 내 부친은 그처럼 하찮은 사람은 선거에서 이기기 힘들다고 넌지시 말했었다. 게다가 그의 상대는 급진파 후보였다. 저녁 식사를 마친 아버지는 노파심에서 내게 이런 말을 했다.

"사실 이런 일은 해서는 안 되는 거야. 하지만 다들 그러더군. 내가 하는 건 다 널 위한 거라고…… 어쨌거나 넌 네가 해야 할 일을 하렴. 난 이제 상관하고 싶지 않구나. 뭐가 뭔지도 모르겠고."

난 월요일과 화요일에는 레 뮈로에 갈까 말까 망설였다. 그토록 빨리 보상을 바라고 찾아간다는 게 좀 노골적으로 보일 것 같았기 때문이었다. 이제 아이들은 별로 불편하게 느껴지지 않았다. 곰곰 생각해 보니 루이즈는 전형적인 어머니상과는 거리가 먼 여자였다. 우리 고향에서도 파리 여성들은 아이들 때문에 자신의 즐거움을 포기하는 법이 없으며, 자유를 즐기기 위해 하인들에게 아이들을 맡긴다고 이야기하지 않는가? 따라서 어제, 수요일에는 나의 망설임과 신중함이 모두 사라져 버렸다. 초조해진 나는 아침 여덟 시부터 전쟁을 하러 나섰다.

내 계획은 처음처럼 레 뮈로에 도착하는 것이었다. 아침에 잠에서 막 깨어 혼자 있는 루이즈를 만났던 그날처럼. 그러나 내가 말에서 내렸을 때 하인은 부인이 아직 방에서 나오지 않았다고 말했다. 게다가 그녀에게 알리러 가겠다는 말도 하지 않았다. 나는 기다리겠다고 대답했다.

나는 무려 두 시간이나 그녀를 기다렸다. 그 사이 화단을 몇 바퀴나 돌았는지 기억도 나지 않았다. 가끔 고개를 들어 이 층 창문을 쳐다보았지만 덧창은 굳게 닫힌 그대로였다. 나는 길어진 산책에 지치고 짜증이 나 나팔꽃 아치 아래로 가서 앉았다. 그날 아침은 날이 흐렸고, 햇빛도 금빛 가루처럼 나뭇잎들 사이로 미끄러져 들어오지 않았다. 푸른 초목 아래는 마치 밤중처럼 어두컴컴했다. 나는 곰곰 생각한 끝에 모든 것을 걸기로 했다. 또다시 머뭇거린다면 루이즈가 내 여자가 되는 일은 결코 없을 거라는 생각이 들었다. 나는 용기를 내기로 했고, 그녀가 다정하고 상냥하게 나를 대했던 기억을 떠올렸다. 내 계획은 단순했고, 나는 그것을 자꾸만 곱씹었다. 그녀와 혼자 있게 되자마자 그녀의 두 손을 잡고, 그녀가 벌컥 화를 내지 않도록 혼란스러운 척해야 했다.

그리고 그녀의 목덜미에 키스를 하면 그다음은 일사천리로 진행될 터였다. 계획이 완벽해지도록 열 번도 더 다듬고 있을 때 루이즈가 불쑥 나타났다.

"대체 어디 숨어 있는 거예요?" 그녀는 어둠 속에서 나를 찾으며 경쾌하게 말했다. "아, 거기 계셨네요! 십 분이나 찾아다녔잖아요…… 기다리게 해서 미안해요."

나는 약간 목이 멘 채, 그녀를 생각하면 기다림이 조금도 지루하지 않다고 대답했다.

"내가 미리 얘기했었지요." 그녀는 나의 재미없는 말에는 아무 관심 없다는 듯 이어 말했다. "난 첫 주에만 시골 사람이라고요. 이젠 다시 파리 사람이 되어서 침대를 벗어나기가 쉽지 않네요."

루이즈는 초록빛 어둠 속에서 자신을 위태롭게 하지 않으려는 듯 아치 입구에 계속 서 있었다.

"뭐 하세요? 왜 안 오세요?" 급기야 그녀가 물었다. "우리 할 이야기가 있잖아요."

"여기가 좋은데요." 난 떨리는 목소리로 말했다. "이 벤치에 앉아서 얘기하면 되잖아요."

그녀는 잠시 더 머뭇거리다가 의연하게 말했다.

"좋으실 대로요. 그런데 여기 왜 이렇게 어둡죠? 말은 색깔이 없긴 하지만요."

그녀는 내 옆에 앉았다. 나는 정신이 아득해졌다. 이제 때가 된 것이었다! 일 분을 더 기다린 뒤 나는 그녀의 두 손을 잡을 생각이었다. 그녀는 여전히 편안한 얼굴로 평소처럼 밝은 목소리로 이야기를 계속했다. 마치 아무런 감정의 동요도 느끼지 않는 것처럼.

"상투적인 말로 당신에게 감사를 표하고 싶지는 않아요. 당신은 우리에게 큰 도움을 주었고, 당신이 없었다면 우린 선거에 졌을 거예요……."

나는 너무 흥분해서 그녀의 말을 가로막을 수가 없었다. 그리고 몸을 떨면서 더 대담하게 굴도록 스스로를 부추겼다.

"게다가 우리 사이엔 말이 필요 없죠." 그녀가 다시 말했다. "우린 서로에게 도움을 주기로 약속을 했으니까요……."

그녀가 그 말을 하면서 웃어 보이는 순간 나는 마음을 굳혔다. 나는 그녀의 두 손을 잡았고, 그녀는 손을 빼지 않았다. 내 손으로 감싼 그녀의 손이 아주 작고 따뜻하게 느껴졌다. 그녀는 스스럼없이 다정하게 내게 손을 내맡긴 채 다시 말했다.

"안 그래요? 그러니 이젠 내가 약속을 지킬 차례예요."

나는 좀 더 과감해지기로 마음먹고 키스를 하기 위해 그녀의 두 손을 끌어당겼다. 우리 머리 위로 구름이 지나간 듯 그늘이 더욱 짙어졌고, 나뭇잎으로 뒤덮인 동굴에서 풍기는 강렬한 풀 내음이 나를 취하게 했다. 하지만 내 입술이 그녀의 입술에 가 닿기도 전에 그녀는 내가 예상하지 못했던 신경질적인 힘으로 내게서 벗어났다. 그리고 이번에는 그녀가 내 두 손목을 거칠게 움켜쥐었다. 그녀는 화를 내지 않으면서 여전히 차분한 목소리로, 하지만 약간 꾸짖는 듯한 말투로 내게 말했다.

"이보세요, 유치한 짓은 그만두시죠. 이런 게 바로 내가 염려했던 겁니다. 이처럼 으슥한 곳에서 당신을 붙잡고 있는 동안 당신한테 한 가지 가르쳐 줘도 되겠지요?"

그녀는 어린 자식을 꾸짖는 어머니처럼 인자하면서도 엄격하게 말했다.

"나는 당신을 처음 봤을 때부터 이런 걸 예상하고 있었어요. 사람들이 나에 대해 해괴망측한 이야기를 많이 했을 거예요, 그렇죠? …… 그래서 당신은 어떤 기대를 했을 거고요. 하지만 난 당신을 용서할 거예요. 당신은 우리가 사는 세상이 어떤 곳인지 알지 못했을 테니까. 늑대가 우글거리는 이곳에 대한 막연한 생각만 가지고 파리에 왔겠죠. 게다가 당신이 착각한 데는 내 잘못도 없지 않다고 생각할 거예요. 내가 당신을 멈추게 했어야 했고, 당신은 내 말 한마디에 물러났을 거라고 말이죠. 그래요, 그건 사실이에요. 나는 그런 말을 하지 않은 채 당신이 마음대로 하게 놔뒀어요. 그래서 당신은 아마 나를 남자들에게 교태나 부리는 헤픈 여자쯤으로 생각했을 거예요…… 그런데 내가 왜 당신한테 그런 말을 하지 않은 줄 알아요?"

당황한 나는 말을 더듬었다. 이 놀라운 광경에 몸이 마비되는 것 같았다. 그녀는 내 손목을 더 세게 움켜쥐고는 나를 흔들었다. 그녀가 나와 아주 가까이에서 말하는 바람에 난 내 얼굴에 와닿는 그녀의 숨결을 느낄 수 있었다.

"내가 그런 말을 하지 않은 건 당신이 내 흥미를 끌었기 때문이었어요. 난 이 일에서 당신이 무언가를 깨닫기를 바란 거예요…… 아직도 내가 무슨 말을 하는지 잘 모르는 눈치군요. 하지만 잘 생각해 보면 알 수 있을 거예요. 사람들은 우리에 대해 터무니없는 말들을 많이 하죠. 어쩌면 우리가 그런 말을 들을 만한 행동을 하는지도 모르고요. 하지만 그런 비난을 받아도 싼 듯 보이는 여자들 중에는 전혀 그렇지 않은 정숙(貞淑)한 여자들도 있는 거라고요. 그런 걸 구분하는 게 쉽지 않을 수도 있지만, 곰곰 생각해 보면 알 수 있을 거예요."

"이제 절 좀 놔주세요." 나는 어쩔 줄 몰라 하며 조그맣게 말했다.

"안 돼요, 놔주지 않을 거예요…… 내가 놔주기를 바란다면 먼저 나한테 용서를 구하세요."

나는 그녀가 농담처럼 이야기하면서도 몹시 분노하고 있음을 느낄 수 있었다. 내가 가한 모욕에 마음을 다친 그녀의 눈가에 눈물이 그렁그렁 맺혔다. 그토록 매력적이면서도 그토록 강인한 여성에 대한 존중과 진정한 존경의 마음이 내 안에서 커져 갔다. 자기 남편의 어리석음을 꿋꿋하게 짊어지는 여전사 같은 우아함,

교태와 엄격함이 공존하는 매력, 험담에 개의치 않고 가벼워 보이는 겉모습 뒤로 가정에서 가장의 역할을 수행하는 모습 등은 그녀를 매우 복잡한 인물로 느끼게 하면서 나를 감탄으로 가득 채웠다.

"미안합니다!" 나는 공손하게 말했다.

그제야 그녀는 나를 놓아주었다. 나는 즉시 일어났고, 그녀는 어둠도, 나뭇잎들이 풍기는 혼란스러운 내음도 더 이상 두렵지 않다는 듯 여전히 차분하게 벤치에서 더 머물렀다. 그리고 마침내 평소의 경쾌한 목소리로 다시 말했다.

"이제 우리의 약속에 대해 이야기할 차례군요. 난 신의를 지키는 사람이니까 당신에게 빚을 갚으려고 해요…… 자, 받으세요. 당신을 대사관 서기로 임명한다는 임명장이에요. 엊저녁에 도착했답니다."

그녀가 내미는 봉투를 받기를 머뭇거리는 나를 보며 루이즈는 약간 비아냥거리듯 소리쳤다.

"이제 당신은 내 남편한테 신세를 진 거예요."

이게 나의 첫 번째 연애 사건의 결말이었다. 아치에서 나온 우리는 펠릭스가 테라스에서 고슈로와 베르트와 함께 있는 것을 발견했다. 펠릭스는 임명장을 손에 든 나를 보고는 입을 비죽거렸다. 어쩌면 그는 이 모든 것을 알고 있으면서 나를 비웃는 것인지도 몰랐다. 나는 그를 옆으로 데리고 가서는 내가 그처럼 한심한 실수를 저지르게 놔둔 데 대한 원망의 말을 쏟아 냈다. 그러자 그는 경험만이 젊음을 완성시킬 수 있는 거라고 대답했다. 내가 우리 앞에서 걸어가는 베르트를 몸짓으로 가리키며 그녀는 어떤지를 묻자, 그는 대답 대신 명백한 의미가 담긴 듯한 어깻짓을 해 보였다. 이게 다였다. 나는 이처럼 호된 경험을 했음에도 여전히 그 세계의 이상한 도덕률을 이해할 수 없다. 스스로 정숙하다고 자처하는 여인들이 어째서 그토록 가벼이 행동하는지 그 이유를 모르겠다.

내게 결정타를 가한 것은, 내 아버지가 고슈로 부부를 사흘 예정으로 르 보케에 초대했다는 사실을 고슈로를 통해 알게 된 것이었다. 펠릭스는 미소를 지으며 자신은 다음 날 파리로 돌아간다고 우리에게 알렸다.

나는 아버지와 점심을 먹기로 약속했다는 핑계를 대고는 서둘러 그곳을 빠져나왔다. 가로수 길 끝에 이르렀을 때 한 남자가 이륜마차를 타고 오는 게 보였다. 무슈 네종이 분명했다. 맙소사! 그와 다시 길이 엇갈렸더라면 좋았을 것을. 일요일에는 고슈로 부부가 르 보케에 오기로 돼 있다. 아, 짜증 나!

광고의 피해자

나는 작년에 세상을 떠난 한 선량한 젊은이와 잘 알고 지냈는데 그의 삶은 고난의 연속이었다고 할 수 있다.

클로드는 철들 무렵부터 이런 생각에 매달렸다. '나의 인생 계획은 이미 다 정해져 있다. 나는 내 나이에 맞는 혜택을 무조건 받아들이기만 하면 된다. 세상의 진보에 발맞춰 나아가면서 행복하게 살려면 아침저녁으로 신문과 광고를 읽고 그 훌륭한 길잡이들이 내게 충고하는 대로 하면 될 것이다. 그것들 속에 진정한 지혜가 있고, 그것들을 따라 사는 것만이 유일하게 행복해질 수 있는 길이기 때문이다.' 그때부터 클로드는 신문 광고와 광고 포스터를 자기 인생의 규범으로 삼았다. 그것들은 확실한 그의 안내자가 되어 주었고, 모든 일에서 그가 결정하는 것을 도왔다. 그는 광고가 커다란 목소리로 그에게 추천하지 않는 것은 아무것도 사지 않았고, 아무것도 하려고 하지 않았다.

그렇게 해서 그 가엾은 젊은이는 진정한 지옥 속에서 살게 되었다.

1장

클로드는 집을 짓기 위한 땅을 구입했다. 그런데 그것은 다른 데서 가져온 흙으로 메꾼 토지여서 필로티[18] 위에만 집을 지을 수 있었다. 새로운 시스템에 따라 지어진 집은 바람이 세게 불 때마다 흔들렸고, 폭풍우가 몰아치자 산산조각이 났다.

실내에서는 벽난로에 설치된 기발한 연기 제거 장치가 사람들을 질식시키는 연기를 뿜어냈다. 그런데도 전기 경보기는 아무 소리를 내지 않았다. 훌륭한 모델에 따라 설치한 화장실은 엄청나게 고약한 냄새를 풍겼다. 특별한 기법으로 만들어진 가구들은 제대로 열리지도 닫히지도 않았다.

게다가 자동 피아노는 형편없는 배럴 오르간[19]에 지나지 않았고, 자물쇠를 비틀어 열 수 없다는 내연성 금고는 어느 아름다운 겨울날 밤 도둑들이 유유히 등에 지고 달아났다.

2장

불행한 클로드는 단지 그의 소유물뿐만 아니라 그 자신과 관련해서도 고통받았다.

어느 날 그가 입고 있던 옷이 길 한복판에서 갑자기 찢어지는 일이 발생했다. 재고 정리라는 명목으로 파격적인 할인 판매

---

18   건축물의 일 층은 기둥만 서는 공간으로 두고 이 층 이상에 집을 짓는 방식이다. 본래는 건축의 기초를 받치는 말뚝이라는 뜻이다.
19   자동 장치에 의해 연주자 없이 특정한 악곡을 연주하는 오르간을 가리킨다.

를 하는 데서 구매한 옷이었다.

　언젠가 난 우연히 그를 만났는데 그의 머리가 몽땅 벗어져 있었다. 그는 어느 날 문득 금발 머리를 검은 머리로 바꾸어야겠다는 생각이 들었다고 했다. 언제나처럼 진보에 대한 애정에서 우러나온 결정이었다. 그가 사용한 염색약은 그의 금발 머리를 몽땅 빠지게 했는데 그는 이를 몹시 반겼다. 이제 예전 금발보다 두 배나 숱이 많은 검은 머리를 나게 할 포마드를 사용할 수 있게 되었기 때문이었다.

　그동안 그가 상습적으로 복용한 엉터리 약들에 대해서는 자세히 이야기하지 않겠다. 건장한 편이었던 그는 점점 말라 가면서 숨까지 헐떡였다. 그는 광고로 인해 조금씩 죽어 갔다. 자신이 병들었다고 생각한 그는 광고에서 말하는 효과적인 처방들을 시도했다. 그리고 약효가 더욱 커지도록 모든 처방을 동시에 썼다. 그러면서 여러 약마다 똑같이 쏟아지는 찬사 앞에서 혼란스러워했다.

3장

　광고는 그의 지성마저도 존중하지 않았다. 그는 신문들이 추천하는 책들로 서재를 가득 채웠다. 게다가 아주 기발한 분류법을 채택했다. 신문의 유료 기사에서 얼마나 찬사를 받았느냐에 따라 책들을 나눈 것이다.

그렇게 그가 사는 시대의 모든 어리석음과 모든 부끄러움이 차곡차곡 쌓여 갔다. 이보다 낯 뜨거운 광경도 없을 터였다. 한술 더 떠서 클로드는 그 책들을 사도록 부추긴 광고를 책의 뒤표지에 붙여 놓기까지 했다.

그리하여 책을 펼 때면 그는 자신이 어떤 찬사를 쏟아 내야 할지를 미리부터 알고 있었다. 그는 정해진 틀대로 웃거나 울었다.

이런 식으로 그는 완전한 바보가 되어 갔다.

4장

이 비극의 마지막 장(章)은 참으로 가슴 아픈 이야기이다.

어떤 최면술사가 모든 병을 낫게 한다는 기사를 읽은 클로드는 자신이 걸리지도 않은 병들에 대해 그에게 상담을 받았다. 최면술사는 친절하게도 그에게 기껏해야 열여섯 살쯤으로 보이게 해 주겠다는 제안을 해 왔다. 단지 어떤 물약을 마신 뒤 욕조에 몸을 담그고 있기만 하면 되는 일이었다.

그의 말대로 클로드는 물약을 마시고 욕조에 몸을 담갔다. 그리고 너무나 갑자기 젊어지는 바람에 삼십 분 뒤 물에 빠져 죽은 채로 발견되었다.

그는 죽은 뒤에도 여전히 광고의 피해자였다. 살아생전에 그는 어떤 잡화상이 특허를 낸, 즉석에서 방부 처리가 되는 관과 함께 묻히고 싶다는 유언을 남긴 바 있었다. 그러나 무덤에서 관은 둘로 쪼개져 버렸고, 불쌍한 그의 시신은 진흙탕 속으로 미끄러져 관의 부서진 판자들과 뒤죽박죽으로 함께 묻혔다.

게다가 딱딱한 판지와 인조 대리석으로 만들어진 그의 무덤은 첫해 겨울비에 흠뻑 젖어 이름 없는 쓰레기 더미로 전락하고 말았다.

우리를 탈출한
맹수들

1장

어느 날 아침, 파리 식물원[20]의 사자와 하이에나가 허술하게 닫힌 우리 문을 열고 탈출하는 데 성공했다.

새하얀 아침이었고, 희부연 하늘가에서 투명한 햇빛이 경쾌하게 빛나고 있었다. 커다란 밤나무들 아래에서는 기지개를 켜는 봄의 따사로운 싱그러움이 몸속으로 스며드는 듯했다. 막 아침을 배부르게 먹은 두 정직한 동물은 천천히 식물원을 산책하다가 가끔씩 멈춰 서서는 자기 몸을 핥거나 아침나절의 온화한 기운을 즐겼다.

두 동물은 산책로 안쪽에서 만나 의례적인 인사를 나눈 뒤 함께 걸으면서 다정하게 이야기를 나누었다. 그들은 식물원 안에서만 머무는 게 지겨웠고 그곳이 너무 좁게 느껴졌다. 그래서 어떻게 하면 하루를 재미있게 보낼 수 있을지를 궁리했다.

"난 말이지 오래전부터 꼭 해 보고 싶은 게 있어." 사자가 말

---

[20] Jardin des Plantes. 파리 5구에 있는 프랑스 대표 식물원으로 1626년에 처음 문을 열었다. 식물원과 동물원을 겸하는 커다란 공원이자, 국립 자연사 박물관(Muséum national d'histoire naturelle)과 진화과학 박물관(Grande galerie de l'Évolution)이 위치하고 있는 곳이다.

했다. "벌써 수년 동안 인간들이 멍청한 얼굴로 우리 안에 있는 나를 구경해 왔잖아. 그래서 난 결심했지. 기회가 생기면 그들 우리 속에 있는 인간들을 구경하겠다고. 그들처럼 멍청하게 보일지라도 말이지…… 어때? 나랑 같이 인간들의 우리를 구경하러 가지 않을래?"

그때 막 깨어나는 파리가 힘차게 포효하기 시작하자 하이에나는 걸음을 멈추고 불안한 듯 그 소리에 귀를 기울였다. 도시의 아우성이 은근하게 위협적으로 점차 커져 갔다. 마차 소리와 거리의 소음, 인간들의 흐느낌과 웃음소리가 뒤섞인 커다란 소리는 분노의 함성과 죽어 가는 이의 거친 숨결을 닮아 있었다.

"맙소사! 인간들이 우리 안에서 서로를 죽이는 게 분명해." 하이에나가 중얼거렸다. "인간들이 얼마나 화가 나 있고 얼마나 비통하게 울어대는지 너도 들리지?"

"정말 엄청 시끄럽네." 사자가 대답했다. "조련사가 그들을 몹시 괴롭히는 모양이야."

소리가 점점 커지자 하이에나는 잔뜩 겁을 집어먹으며 말했다.

"저기로 가는 게 정말로 잘하는 일일까?"

"까짓것, 설마 우리를 잡아먹기야 하겠어?" 사자가 말했다. "어서 가보자고. 인간들이 서로를 얼마나 잔인하게 물어뜯는지 보러 가잔 말이야. 무척 좋은 구경이 될 거야."

2장

거리로 나선 그들은 조심스레 집들을 따라 걸어갔다. 사거리에 이르러서는 엄청난 인파에 휩쓸렸다. 그들은 흥미로운 구경거리를 기대하며 사람들이 떠미는 대로 앞으로 나아갔다.

그들의 발길이 멈춘 곳은 구경꾼들로 인산인해를 이루는 커다란 광장이었다. 광장 가운데에는 붉은 나무틀 같은 게 놓여 있었다. 사람들은 하나같이 쾌락을 탐하듯 이글거리는 눈빛으로 그 나무틀을 응시하고 있었다.

"저건 아마도 맛난 음식을 차려 내는 식탁일 거야." 사자가 하이에나에게 속삭였다. "벌써부터 입맛을 다시는 사람들 좀 보라고. 그런데 식탁이 너무 작은 것 같긴 하네."

그의 말이 끝나자마자 구경꾼들은 만족스럽다는 듯 신음 소리를 뱉어 냈다. 사자는 음식이 도착한 모양이라고 했다. 조금 전에 마차 한 대가 전속력으로 그의 앞을 지나쳐 갔기 때문이었다. 사람들은 마차에서 한 남자를 끌어내 나무틀에 오르게 한 뒤 노련하게 그의 머리를 잘랐다. 그런 다음 시신을 또 다른 마차에 싣고 재빨리 그곳을 떠났다. 아마도 배가 고파서 울부짖는 듯한 탐욕스러운 군중을 뒤로한 채로.

"아니, 왜 저걸 먹지 않는 거야?" 실망한 사자가 외쳤다.

하이에나는 무서워서 온몸의 털이 곤두서는 것 같았다.

"대체 나를 어떤 무서운 야만인들 가운데로 데리고 온 거야?" 하이에나가 말했다. "배가 안 고픈데도 같은 인간을 죽이다니…… 제발 여기를 빨리 벗어나자고."

3장

광장을 벗어난 그들은 외곽 도로로 접어들었다가 센강의 강변도로를 따라 천천히 걸어갔다. 시테섬[21]에 이르자 노트르담 성당 뒤편으로 길고 나지막한 건물 하나가 보였는데 그 안으로 행인들이 드나들고 있었다. 사람들은 마치 신기한 구경거리가 있는 장터의 가건물에서 나올 때처럼 감탄한 얼굴을 하고 나왔다. 게다가 그곳을 들어갈 때도 나올 때도 돈을 내지 않았다. 사자와 하이에나는 사람들을 따라 안으로 들어갔다. 커다란 돌바닥 위에 여기저기 상처가 난 시신들이 일렬로 눕혀져 있었다. 사람들은 호기심 어린 눈빛으로 말없이 시신들을 구경했다.[22]

---

21 Île de la Cité. 센강에 있는 두 개의 자연 섬(시테섬과 생루이섬) 가운데 하나로 파리의 모태가 된 곳이다. 과거에는 '뤼테스'라는 이름으로 불렸으며, 행정 구역상으로는 파리 1구와 4구에 속한다.

22 19세기 파리에서 시체 공시소는 가장 악명 높은 '명소' 중 하나였다. 대중에게 공개된 시신들을 보기 위해 매일 수많은 사람들이 노트르담 성당 가까이 있던 시체 공시소를 방문했다. 경찰이 신원 확인차 주로 익사자들이나 살해된 시신들을 전시했는데, 단순히 진귀한 구경거리를 즐기러 그곳을 방문하는 사람들도 많았다.

"거봐, 내가 뭐랬어!" 하이에나가 나직이 말했다. "인간들은 먹으려고 죽이는 게 아니라니까. 음식을 그냥 썩게 놔두잖아."

다시 거리로 나선 그들은 푸줏간의 진열대 앞을 지나게 되었다. 쇠갈고리에 걸린 고기는 온통 핏빛이었다. 푸줏간의 벽들 앞에는 고깃덩어리들이 쌓여 있었고, 그 피가 가느다란 개울을 이루며 대리석 판들 위로 흘러내렸다. 푸줏간 전체가 음산하게 불타고 있었다.

"잘 봐, 넌 인간들이 고기를 안 먹는다고 했지." 사자가 말했다. "저만큼이면 식물원의 우리 식구들이 일주일 동안 실컷 먹고도 남을 거야…… 저건 사람 고기가 아니잖아, 안 그래?"

아까 말한 것처럼 하이에나는 아침을 배불리 먹은 상태였다.

"웩, 역겨워 죽겠군." 그는 고개를 돌리며 말했다. "쌓아 놓은 고기들을 보니 토할 것 같아."

4장

"그런데 저거 봤어?" 길을 가던 중에 하이에나가 물었다. "저 두꺼운 문들과 커다란 자물쇠들 말이야. 인간들이 서로를 잡아먹지 못하도록 자기들 사이에 쇠와 나무로 저런 걸 만들어 놓은 거라고. 게다가 길모퉁이마다 허리에 칼을 차고 공공질서를 지키게 하는 사람들도 있고 말이지. 인간이란 동물이 대체 얼마나 야만적이길래 저러느냔 말이지!"

그때 삯마차 한 대가 지나가다가 어린아이를 치어 그 피가 사자의 얼굴에까지 튀어 올랐다.

"악, 이게 뭐야?" 사자는 발로 얼굴을 닦으며 소리쳤다. "도무지 마음 놓고 걸을 수가 없잖아. 인간의 우리에서는 피가 비 오듯 쏟아지는군."

"맙소사, 피를 최대한 짜내려고 저렇게 굴러가는 기계를 만든 것 같아. 저토록 잔인하게 눌러서 피를 뽑아내다니!" 하이에나가 덧붙여 말했다. "조금 전부터 거리마다 고약한 악취가 풍기는 동굴들이 있는 걸 봤어. 그 안에서 인간들이 커다란 잔에 피로 보이는 벌건 음료를 담아 마시더라고. 아마도 스스로에게 살육의 충동을 불러일으키려는 거겠지. 어떤 동굴들에서는 그걸 마신 인간들이 서로 주먹다짐까지 하더라니까."

"이제 알겠어." 사자가 다시 말했다. "인간들의 우리를 가로지르는 커다란 개울이 왜 있는지를. 인간들의 불결함을 씻어 내고 사방에 흩어진 피를 쓸어 가기 위한 거야. 인간들이 페스트에 걸릴까 봐 두려워서 그 개울을 자기들 우리 안으로 끌어들인 거라고. 거기다가 자기들이 죽인 인간들을 던져 넣기도 하고 말이지……"

"더 이상 저 다리들을 건너지 말자." 하이에나가 사자의 말을 가로막고 몸을 떨면서 말했다……. "넌 안 피곤해? 이제 그만 우리 집으로 돌아가는 게 좋겠어."

5장

사자는 아직 더 많은 곳을 보고 싶어 했고, 하이에나는 점점 더 겁이 났지만 어쩔 수 없이 그를 따라다녔다. 혼자서는 돌아갈 엄두가 나지 않았기 때문이었다.

그들이 증권거래소 앞을 지날 때 하이에나는 안에는 들어가지 말자고 사정사정했다. 그 동굴에서는 엄청난 신음 소리와 울부짖는 소리가 들려왔다. 하이에나는 온몸의 털이 곤두선 채 문간에서 벌벌 떨었다.

"가자, 얼른 가자고." 그는 사자를 잡아당기면서 말했다. "여긴 대학살이 자행되는 곳이 분명해. 희생자들의 저 신음 소리와 도살자들의 희열에 찬 고함이 들리지 않아? 이 도살장에서 이 지역의 모든 푸줏간에 고기를 공급하는 게 분명하다고. 제발 부탁이야, 얼른 여기를 떠나자."

점차 두려움을 느낀 사자는 꼬리를 두 다리 사이에 감춘 채 재빨리 멀어져 갔다. 그가 더 일찍 도망가지 않은 것은 용맹한 동물이라는 자신의 명성을 지키고 싶었기 때문이었다. 하지만 사실은 그도 자신의 경솔함을 탓하고 있었다. 아침에 파리가 포효하는 소리를 듣고 이토록 무시무시한 우리 속으로 뛰어드는 것을 삼갔어야 했다.

공포에 휩싸인 하이에나는 이빨을 딱딱 부딪쳤다. 두 동물은 집으로 돌아가는 길을 찾기 위해 조심스레 앞으로 나아갔다. 그러면서 매 순간 스쳐 지나가는 인간들이 송곳니로 자신들의 목덜미를 물까 봐 두려움에 떨었다.

6장

그런데 갑자기 우리 사방에서 둔탁한 함성이 들려왔다. 상점들은 문을 닫았고, 조종(弔鐘)이 헐떡거리는 불안한 소리로 탄식했다.

무장을 한 일단의 사람들이 거리를 점령한 채 포석을 뜯어내고 서둘러 바리케이드를 쳤다. 도시는 더 이상 함성을 지르지 않았고, 도시 전체에 무겁고 음산한 침묵이 감돌고 있었다. 인간 짐승들은 조용히 기다리다가 언제라도 덤벼들 기세로 집들을 따라 기어갔다.

그리고 이내 그들의 공격이 시작되었다. 묵직한 대포 소리와 총소리가 한꺼번에 터져 나왔다. 피가 흐르는 가운데 죽은 자들이 개울에 얼굴을 박으며 쓰러졌고, 부상자들은 비명을 질렀다. 인간의 우리에서는 두 진영이 생겨났고, 인간 짐승들은 자기들끼리 죽이는 것을 얼마간 즐기고 있었다.

무슨 일이 일어나고 있는지를 뒤늦게 이해한 사자가 소리쳤다.

"맙소사! 얼른 이 싸움판에서 벗어나자고! 바보같이 이렇게 무서운 육식 동물들을 구경하려고 한 벌을 받는 것 같아. 저들에 비하면 우린 얼마나 순한 거냐고! 그래도 우린 우리들끼리 잡아먹지는 않잖아."

그는 하이에나를 향해 이어 말했다.

"얼른 도망치자. 용감한 척하지도 말자고. 난 무서워서 뼛속까지 얼어붙을 것 같아. 이 야만적인 곳에서 재빨리 벗어나는 게 상책이야."

그리하여 그들은 걸음아 날 살려라 하고 도망쳤다. 두려움이 커질수록 그들의 걸음은 더욱더 빨라졌고, 하루 동안의 끔찍한 기억들이 채찍질을 하듯 그들을 자꾸만 더 멀리 달아나게 했다.

마침내 식물원에 도착한 그들은 숨을 헐떡이며 겁먹은 얼굴로 뒤를 돌아보았다. 그리고 비로소 안도하며 우리의 문을 꼭꼭 닫아건 뒤 구석으로 달려가 몸을 숨겼다. 거기서 그들은 자신들이 무사히 돌아온 것을 자축했다.

"이젠 여기서 나가 인간들의 우리에서 어슬렁거리는 일은 결코 없을 거야! 평화와 행복은 여기처럼 안전하고 문명화된 안식처에서만 누릴 수 있는 거라고."

7장

그 일이 있은 뒤 우리의 창살들을 하나씩 꼼꼼히 살펴보는 하이에나를 보고 사자가 물었다.

"뭘 그렇게 보는 거야?"

"이 창살들이 튼튼한지 보는 거야." 하이에나가 대답했다. "무서운 인간들로부터 우리를 안전하게 지켜줄 수 있을지를 말이야."

수르디 부인

1장

페르디낭 수르디는 매주 토요일마다 정기적으로 모랑 영감의 화방에 물감과 붓을 사러 갔다. 조그만 메르쾨르 광장에 면해 있는 화방은 어둡고 습한 일 층에 자리하고 있었다. 예전에 수도원이었던 공립중학교에서는 메르쾨르 광장이 내려다보였다. 릴에서 왔다고 알려진 페르디낭은 일 년 전부터 중학교에서 '자습감독' 일을 맡고 있으면서 그림에 심취해 있었다. 일과 후에는 방 안에 틀어박힌 채 아무에게도 보여 주지 않는 습작에 몰두했다.

그는 모랑 영감의 딸인 마드무아젤 아델과 종종 마주쳤다. 그녀 역시 섬세한 수채화를 그렸는데, 이 사실은 메르쾨르[23] 주민들 사이에서 자주 화제가 되곤 했다. 페르디낭은 아델에게 그때그때 자신에게 필요한 것을 주문했다.

"흰색 물감 세 개와 노란 황토색 한 개, 에메랄드그린 두 개요."

아버지가 하는 일을 잘 알고 있는 아델은 그에게 물건을 내

23　프랑스 중부의 코레즈 데파르트망에 속한 코뮌(commune). 코뮌은 프랑스의 최소 행정 구역이다.

주면서 매번 똑같이 물었다.

"다른 건요?"

"오늘은 이게 답니다, 마드무아젤."

페르디낭은 주머니에 조그만 꾸러미를 넣은 뒤 가난한 사람이 망신당할 것을 두려워하듯 주뼛주뼛 돈을 내곤 했다. 그렇게 일 년간 특별할 것 없는 나날이 이어졌다.

모랑 영감의 단골은 열두 명 정도였다. 팔천 명의 주민이 사는 마을 메르쾨르는 무두질 공장으로 명성이 높았지만 미술은 근근이 명맥을 잇는 처지였다. 화방을 드나드는 사람으로는 우선 병든 새 같은 옆모습에 마른 폴란드인이 흐릿한 눈으로 지켜보는 가운데 서툴게 그림을 그리는 개구쟁이 네다섯 명이 있었다. 그리고 공증인 레베크의 딸들이 '유화'를 시도했는데 이는 사람들의 빈축을 샀다. 중요한 고객이라곤 딱 한 사람, 저명한 화가 렌캥밖에는 없었다. 메르쾨르 출신인 렌캥은 파리에서 커다란 성공을 거두었고, 우승 메달에다 얼마 전에는 훈장까지 받은 터였다. 그는 밀려드는 주문으로 정신을 못 차릴 지경이었다. 날씨가 좋을 때 그가 한 달간 메르쾨르에서 지내러 올 즈음이면 중학교 앞 광장의 조그만 가게는 갑자기 분주해지곤 했다. 모랑 영감은 일부러 파리에 물감을 주문했고, 화방의 일을 손수 했다. 그는 친근한 차림으로 방문하는 렌캥을 환대하면서 화가의 새로운 승리에 대해 존중 어린 질문을 하곤 했다. 뚱뚱하고 사람 좋은 화가는 마침내 모랑 영감의 저녁 식사 초대에 응했다. 그는 어린 아델이 그린 수채화를 보고는 색감이 약간 흐릿하지만 장미처럼 상큼하다고 평가했다. "타피스리[24]를 짜는 것만큼이나 그림도 잘 그리는구나." 그는 아델의 귀를 꼬집으며 말했다. "나쁘지 않아. 그림에서 자신만의 스타일을 이루겠다는 고집스러움과 어떤 담담함이 느껴지고 말이지…… 이대로 계속 그리렴. 네 안에 있는 걸 억누르지 말고 네가 느끼는 대로 그려 보라고."

사실 모랑 영감은 장사로 먹고살지 않았다. 그에게 그림은 오래된 열정이자 이루지 못한 꿈으로, 이제는 그의 딸에게서 그 싹이 자라나고 있었다. 화방 건물도 그의 소유였고, 여러 대에 걸쳐 물려받은 부 덕분에 그는 이미 부자였다. 거기에 더해 일 년에 6,000~8,000프랑의 연금까지 받고 있었다. 그러나 그는 일 층의 조그만 살롱을 화방으로 운영하면서 그 창문을 진열창으로 사용했다. 비좁은 진열대에는 물감, 먹, 붓 등이 놓였고, 때때로 폴란드인이 그린 조그만 성화들 사이에 아델의 수채화가 보였다. 물건을 사러 오는 사람이 하나도 없을 때도 많았지만, 모랑 영감은 기름 냄새를 맡으며 행복해했다. 와병 중인 늙고 쇠약한 모랑 부인이 화방을 그만두는 게 어떻겠냐고 할 때마다 그는 마치 완수

---

[24] 여러 가지 색실로 그림을 짜 넣은 직물. 벽걸이나 가리개 등의 실내 장식품으로 쓰인다.

해야 할 어떤 임무를 띤 사람처럼 화를 내곤 했다. 반동적 성향의 부르주아에 엄격한 독신자(篤信者)인 그는 꽃피우지 못한 예술적 본능으로 인해 얼마 되지 않는 그림들 사이에서 꼼짝도 하지 않았다. 자신이 그만두면 주민들은 어디서 그림물감을 산단 말인가? 사실 아무도 사지 않았지만 언제라도 필요한 사람이 있을 수 있었다. 따라서 그는 결코 그만두지 않을 것이었다.

    마드무아젤 아델은 이런 분위기 속에서 자라났다. 막 스물두 살이 된 그녀는 키가 작고 약간 다부진 체격에 상냥해 보이는 둥근 얼굴과 가느다란 눈매를 지녔다. 하지만 창백하고 노르스름한 낯빛 때문에 아름답다는 말을 듣지는 못했다. 자기 나이보다 더 들어 보이는 그녀는 아직 결혼을 못해 신경질적이 된 나이 든 가정 교사처럼 낯빛이 지쳐 보였다. 하지만 아델은 결혼을 원하지 않았다. 혼처들이 나서긴 했지만 그녀는 매번 거절했다. 사람들은 그녀가 눈이 너무 높다면서, 아마도 왕자가 나타나기를 기다리나 보다고 수군거렸다. 심지어 자유분방한 노총각 렌캥이 그녀에게 아버지처럼 친근하게 구는 것을 두고 추잡한 소문이 나돌기도 했다. 하지만 폐쇄적인 성격에 말이 없고 신중한 아델은 그런 험담에 개의치 않는 듯 보였다. 그녀는 중학교 앞 광장의 침침하고 축축한 분위기에 젖은 채 아무런 불평불만 없이 살아갔다. 어릴 적부터 지금까지 언제나 똑같은 이끼 낀 포석과 아무도 지나가지 않는 어둠침침한 사거리를 응시하면서. 오직 하루에 두 번, 중학교 문 앞에서 장난꾸러기들이 서로 떠밀면서 노는 걸 지켜보는 것만이 그녀의 유일한 소일거리였다. 하지만 아델은 지루하다고 느낀 적이 한 번도 없었다. 마치 조금도 어긋남이 없이 오래전부터 정해진 인생 계획을 따라가는 듯했다. 그녀는 사실 강인한 의지와 커다란 야심, 그리고 그 어떤 것에도 흔들리지 않는 인내심을 지닌 여성이었다. 그 때문에 사람들은 그녀의 진정한 모습을 알지 못했다. 못했고, 그녀를 단순한 노처녀로만 취급하기에 이르렀다. 아델은 언제나 변함없이 수채화에만 전념하는 듯했다. 하지만 유명한 렌캥이 와서 파리 소식을 들려줄 때면 그녀는 창백한 얼굴로 말없이 그의 말에 귀 기울였고, 그녀의 가느다란 검은 눈에서는 불꽃이 이는 듯했다.

"넌 왜 살롱전에 네 수채화를 보내지 않는 거니?" 오래된 친구로서 그녀에게 말을 놓는 화가가 물었다. "내가 뽑히게 해 줄 수 있는데."

아델은 어깨를 으쓱하면서 진정으로 겸손하게, 하지만 일말의 쓸쓸함을 곁들여 말했다.

"뭐 하러 그래요. 여자가 그린 그림을 알아주기나 하나요."

페르디낭 수르디의 등장은 모랑 영감에겐 매우 중요한 사건이었다. 단골이 하나 더 늘었을 뿐만 아니라, 그는 아주 진지한 고객이었기 때문이다. 지금까지 메르쾨르에서 그보다 물감을 많이 소비하는 사람은 없었다. 처음 한 달 동안 모랑은 청년에게 지대한 관심을 보였다. 그는 지난 오십 년간 그의 문 앞을 지나간 자습 감독들을 우습게 여겼었다. 그들 대부분이 초라한 옷차림에다 게을러 보였기 때문이었다. 그런데 그런 이들 중에 이토록 그림에 열정을 지닌 사람이 있었다니, 이는 놀라운 일이 아닐 수 없었다. 들리는 말에 의하면 그는 명문가의 자제였지만 집안이 망하고 부모가 죽는 바람에 굶어 죽지 않으려면 뭐든지 해야만 했다. 그러나 그는 그림 습작을 계속했고, 자유로운 몸이 되어 파리로 가 성공하기를 꿈꾸었다. 그렇게 일 년이 지나갔다. 생계의 필요 때문에 메르쾨르를 떠나지 못한 페르디낭은 거의 체념한 듯 보였다. 그리고 모랑 영감은 그를 습관적으로만 바라볼 뿐 더 이상 주목하지 않게 되었다.

그런데 어느 날 저녁 모랑 영감은 딸의 질문에 화들짝 놀랐다. 아델은 등잔불 아래에서 그림을 그리고 있었다. 라파엘이라는 사람이 찍은 사진을 치밀하고 정확하게 모사하던 그녀는 한참 동안 말이 없다가 고개를 들지 않고 불쑥 물었다.

"아빠, 어째서 무슈 수르디에게 그림을 보여 달라고 하시지 않는 거예요? …… 진열창에 전시해 놓으면 좋을 것 같은데요."

"오, 맞아! 정말 그러면 좋겠구나." 모랑 영감이 소리쳤다. "정말 좋은 생각이야…… 그 친구가 뭘 그리는지 알아볼 생각을 못 했네. 그 친구가 너한테 그림을 보여 준 적이 있니?"

"아뇨. 그냥 문득 생각이 나서 해 본 말이에요……." 아델이 대답했다. "그러면 적어도 그 사람이 무슨 색을 사용하는지 정도는 알 수 있지 않겠어요?"

급기야 페르디낭은 아델의 관심을 끌기에 이르렀다. 그녀는 금발 청년의 아름다움에 깊이 매료되었다. 짧게 깎은 그의 머리는 긴 턱수염과 대조를 이루었고, 가늘고 얇은 금빛 수염 사이로 발그레한 피부가 드러났다. 그의 파란 눈은 더없이 순해 보이는 반면, 작고 부드러운 손과 우수에 젖은 듯한 다정한 얼굴은 나른하게 관능적인 기질을 짐작게 했다. 그런데 요사이 그는 의지의 위기를 겪고 있는 게 분명했다. 최근 삼 주간 그는 전혀 모습을 보이지 않았다. 그림을 내팽개친 것은 물론이고, 메르쾨르가 수치스럽게 여기는 어떤 곳에서 한심하게 놀았다는 소문이 퍼져 나갔다. 이틀 밤을 밖에서 보낸 그는 다음 날 저녁 술에 잔뜩 취해 집으로 돌아왔다. 학교는 잠시 그를 내보낼 생각까지 했다. 하지만 술을 마시지 않을 때는 너무도 매력적으로 구는 터라 그의 방탕한 생활에도 불구하고 그를 데리고 있기로 했다. 모랑 영감은 그의 딸 앞에서는 이런 이야기를 하는 것을 피했다. 결국 자습 감독이라는 자들은 모두가 똑같았다. 그들에게서는 도덕관념이라곤 도무지 찾아볼 수가 없었다. 모랑 영감은 페르디낭 앞에서 분개한 부르주아의 경멸적인 태도를 취하면서도 예술가로서의 그에 대한 은밀한 애정만은 잃지 않았다.

아델 역시 하녀의 수다 덕분에 페르디낭의 방탕한 행각에 대해 알게 되었다. 그리고 그녀 역시 침묵을 지켰다. 그러나 아델은 그런 일들에 대해 곰곰 생각해 보았고, 청년에게 몹시 화가 났다. 그래서 삼 주 동안 그에게 물건을 파는 것을 피했다. 그녀는 그가 화방으로 오는 것을 볼 때마다 그 즉시 자리를 떠나곤 했다. 그에게 부쩍 관심이 생긴 것도 바로 그 무렵이었다. 그녀 안에서 그에 관한 막연한 상상들이 생겨나기 시작했고, 그는 그녀에게 흥미로운 사람이 되었다. 그가 화방 앞을 지나갈 때면 아델은 눈으로 그를 쫓았다. 그리고 아침부터 저녁까지 생각에 잠긴 채 수채화를 그려 나갔다.

"참, 그 사람이 그림을 가져다주기로 했나요?" 일요일에 아델이 자기 아버지에게 물었다.

그녀는 그 전날 수를 써서 페르디낭이 화방에 왔을 때 자기 아버지가 그곳에 있게끔 했다.

"그래." 모랑 영감이 말했다. "그런데 어찌나 사양을 하던지…… 괜히 한 번 그래 보는 건지 정말로 겸손해서 그런 건지는 잘 모르겠지만, 자기 그림은 보여 줄 만한 게 못 된다고 그러더라고…… 어쨌든 내일 그림을 가져오기로 했다."

다음 날 저녁, 메르쾨르의 오래된 성의 폐허에서 산책과 스케치를 하고 돌아온 아델은 화방 한가운데에 액자 없이 화판틀에 놓인 그림 앞에서 걸음을 멈췄다. 그녀는 그림에 마음을 빼앗긴 듯 한참 동안 아무 말이 없었다. 그것은 페르디낭의 그림이었다.

바닥이 드러난 커다란 도랑에는 파란 하늘을 수평으로 나누는 너른 초록 비탈이 있었다. 거기서 한 무리의 중학생들이 산책을 하면서 뛰노는 가운데 '자습 감독'이 풀밭에 누워 책을 읽고 있었다. 야외에서 그린 그림이 분명했다. 아델은 색깔의 미묘한 떨림과 그림의 대담함에 놀라고 당황하기까지 했다. 그녀 자신은 결코 그렇게 하지 못할 터였다. 평소 그녀는 놀라운 솜씨로 렌캥의 복잡한 기교와 자신이 좋아하는 화가들의 방식을 익혀 자기 작품에서 그것들을 그대로 보여 주곤 했다. 그런데 그녀가 알지 못하는 이 새로운 기법에서는 그녀를 놀라게 하는 독창적인 터치가 엿보였다.

"그래, 어떤 것 같으냐?" 그녀 뒤에서 그녀의 결정을 기다리던 모랑 영감이 물었다.

아델은 넋이 나간 듯 여전히 그림을 응시하고 있었다. 그리고 마침내 머뭇거리며 나직이 말했다.

"굉장히 흥미롭고…… 너무나 아름다워요…….."

그녀는 진지한 얼굴로 여러 차례 그림 앞으로 되돌아왔다. 다음 날 그녀가 또다시 그림을 살펴보고 있을 때 마침 메르쾨르에 와 있던 렌캥이 화방 안으로 들어오며 조그맣게 감탄사를 질렀다.

"아니, 이게 뭐지?"

그는 몹시 놀라며 그림을 바라보았다. 그리고 의자를 끌어당겨 그 앞에 앉아 찬찬히 그림을 살펴보기 시작했다. 그는 이내 흥분을 감추지 못하고 소리쳤다.

"정말 특이하군! …… 아주 사실적이면서 이토록 섬세한 색조라니…… 초록을 바탕으로 뚜렷이 드러나는 셔츠의 하얀색을 좀 보렴…… 게다가 아주 독창적이야! 빛깔의 조화가 놀랍지 않니! …… 말해 보렴, 애야, 이걸 네가 그린 건 아니지?"

마치 찬사가 자신을 향한 듯 얼굴을 붉히며 그의 말을 듣고 있던 아델이 서둘러 대답했다.

"오, 물론 아니에요. 중학교에서 일하는 젊은 남자분이 그린 거예요."

"그렇구나. 그런데 어쩐지 네 그림하고 비슷한 데가 있어." 화가가 이어 말했다. "네 그림에 좀 더 힘을 더한 것 같다고 할까…… 그래, 그 청년의 작품이란 말이지. 아무튼 그에겐 재능이 있어, 아주 많이. 이런 그림이라면 살롱전에서 큰 성공을 거둘 수 있을 거야."

그날 저녁 렌캥은 모랑 가족과 저녁을 먹었다. 그가 메르쾨르에 올 때마다 그들에게 베푸는 일종의 호의였다. 그는 저녁 식사 내내 그림에 대해 이야기하면서 여러 차례 페르디낭 수르디를 언급했다. 그리고 청년을 만나 격려해 줄 것을 다짐했다. 아델은 그가 파리와 그곳에서의 삶과 성공에 관해 이야기하는 것을 말없이 듣고 있었다. 깊은 생각에 잠긴 젊은 여성의 파리한 이마 위에 굵은 주름이 생겨났다. 마치 어떤 생각이 그곳으로 들어가 깊숙이

자리를 잡은 것 같았다. 다시는 밖으로 나오지 못하도록. 페르디낭의 그림은 액자에 넣어져 진열창에 전시되었다. 르베크의 딸들도 그것을 보러 왔고, 그림이 완벽하지 않다고 평가했다. 불안해진 폴란드인 화가는 예의 그 그림이 라파엘로의 전통을 부인하는 새로운 학파에 속하는 것이라는 소문을 온 도시에 퍼뜨리고 다녔다. 그러나 페르디낭의 그림은 대성공을 거두었다. 사람들은 그림이 매우 아름답다고 칭찬했고, 그림의 모델이 된 학생들을 보러 가족들이 줄지어 찾아왔다. 하지만 그 때문에 학교에서의 페르디낭의 처지가 더 나아진 것은 아니었다. 다른 교사들은 자신에게 감독을 맡긴 아이들을 모델로 삼은 그를 비도덕적이라며 비난했고, 그의 주위에 나도는 소문에 분노했다. 그럼에도 학교에서는 그를 내쫓지 않았고, 그에게 앞으로는 더욱 신중히 행동하겠다는 다짐을 받아냈다. 렝캥이 그를 칭찬하기 위해 찾아갔을 때 그는 절망감에 빠져 울다시피 하면서 그림을 그만두겠다고 했다.

"다른 사람들 말에 신경 쓸 것 없어요." 렝캥은 다소 투박하지만 따뜻하게 말했다. "당신이 가진 재능으로 그 사람들 코를 납작하게 해 주면 됩니다…… 걱정하지 말아요, 당신의 날이 꼭 올 테니까. 성공한 다른 이들처럼 반드시 가난에서 벗어날 수 있을 겁니다. 나 역시 석공들 밑에서 일하던 시절이 있었습니다…… 그러니 때를 기다리면서 그림에 정진하세요. 그러면 되는 겁니다."

그때부터 페르디낭의 새로운 삶이 시작되었다. 그는 조금씩 모랑 가족과 친분을 쌓아 갔다. 아델은 그의 그림 〈산책〉을 모사하기 시작했다. 그녀는 자신의 수채화를 내버려두고 과감하게 유화를 시도했다. 렝캥은 아델에 관해 아주 정확한 지적을 한 바 있었다. 그녀는 예술가로서의 남성적인 힘은 없지만 젊은 화가로서의 매력을 지녔다. 적어도 그녀에게는 자신만의 스타일과, 더 나아가 어려움에 대처하는 능숙함과 유연함이 있었다. 느릿하고 꼼꼼하게 행해진 모사는 두 사람을 더 가까워지게 했다. 말하자면 아델은 페르디낭을 해체한 뒤 그의 방식을 이내 자기 것으로 만들었다. 그리하여 그는 말 그대로 자신이 해석되고 복제됨으로써 여성적인 신중함을 곁들인 또 다른 자신으로 재탄생하는 것에 놀라움을 금치 못했다. 그것은 개성은 없지만 너무나 매력적인 또 다른 그였다. 메르쾨르에서 아델의 모작은 페르디낭의 진품보다 더 큰 성공을 거두었다. 다만 사람들은 몹쓸 이야기들을 수군거리기 시작했다.

하지만 페르디낭은 그런 것들에 전혀 신경 쓰지 않았다. 사실 그는 아델에게 조금도 관심이 없었다. 그는 자신의 습관적인 욕구를 다른 데서 충분히 충족하고 있는 터라, 누런 얼굴에 통통한 몸집이 전혀 매력적으로 느껴지지 않는 자그마한 부르주아 여성에게 끌릴 리가 만무했다. 그는 그녀를 단지 같은 예술가이자 한 사람의 동료로 여길 뿐이었다. 그들의 대화도 그림에 관한 것이 다였다. 그럴 때마다 그는 열을 올리면서 파리에 관한 자신의 꿈을 큰 소리로 이야기했고, 그를 메르쾨르에서 오도 가도 못 하게 하는 가난한 처지를 한탄하곤 했다. 아, 먹고살 수만 있다면 당장이라도 학교를 때려치울 텐데! 그는 자신의 성공을 자신하고 있었다. 이 한심한 돈 문제와 생계의 어려움은 그를 분노케 했다. 아델은 매우 진지한 얼굴로 그의 말을 듣고 있었다. 그녀 역시 그 문제를 고려하면서 그의 성공 가능성을 점치는 듯했다. 그리고 더 이상의 다른 말은 없이 그에게 희망을 잃지 말라고만 이야기했다.

그러던 어느 날 아침, 느닷없이 모랑 영감이 화방에서 죽은 채로 발견되었다. 상자에서 물감과 붓을 꺼내던 중에 뇌졸중이 그를 쓰러뜨린 것이었다. 그 후 보름이 지났고, 그동안 페르디낭은 모랑 영감의 아내와 딸의 고통을 상기시키는 것을 피했다. 그가 다시 화방에 나타났을 때 달라진 것은 아무것도 없었다. 아델은 검은 옷차림으로 그림을 그리고 있었고, 모랑 부인은 자기 방에서 졸고 있었다. 그리고 예전과 똑같은 일상이 이어졌고, 예술과 파리에서 성공하는 꿈에 관한 이야기도 되풀이되었다. 다만 두 젊은이는 예전보다 더 큰 친밀감을 느끼고 있었다. 그러나 그들의 순수하게 지적인 우정에서는 그들을 혼란스럽게 하는 다정한 몸짓이나 애정 어린 말 같은 것은 찾아볼 수 없었다.

그러던 어느 날 저녁, 평소보다 진지해 보이는 아델이 투명한 시선으로 한참 동안 페르디낭을 쳐다보더니 또박또박 자신의 생각을 말했다. 아마도 오랫동안 고민을 한 끝에 결심을 굳힌 듯했다.

"있잖아요, 당신한테 할 말이 있어요." 그녀가 말했다. "오래전부터 이 이야기를 하고 싶었는데…… 이제 난 혼자예요. 어머닌 걱정 안 해도 돼요. 미안해요, 이렇게 불쑥 말해서……."

페르디낭은 놀란 얼굴로 그녀의 말을 기다렸다. 아델은 아주 단순하고도 거침없이 그의 현 상황과 그가 끊임없이 쏟아 내는 불평불만에 대해 이야기했다. 그에게 부족한 것은 돈뿐이었다. 파리에서 마음 편히 그림에 전념할 수 있게 해 줄 생활비만 확보된다면 그는 몇 년 안에 이름을 날릴 수 있을 터였다.

"그러니까 내가 당신을 돕게 해 줘요." 그녀는 결론짓듯 말했다. "아버지는 내게 5,000프랑의 연금을 남기셨고, 난 그 돈을 즉시 마음대로 쓸 수 있어요. 어머니도 충분한 돈을 받으셨고요. 어머닌 제가 없어도 괜찮아요."

하지만 페르디낭은 그녀의 제안을 단호히 거절했다. 그는 그런 희생을 용납할 수 없으며, 절대 그녀의 재산을 축낼 수 없었다. 페르디낭이 자신의 말을 제대로 이해하지 못한 것을 본 아델은 그를 똑바로 응시하며 천천히 다시 말했다.

"우린 함께 파리로 가는 거예요. 우리가 미래의 주인이 되는 거라고요……."

그가 여전히 놀란 얼굴을 하고 있자 그녀는 미소를 지으며 그에게 손을 내밀었다. 그리고 좋은 동료처럼 이렇게 말했다.

"나와 결혼해 주겠어요, 페르디낭? …… 나랑 결혼하면 당신이 나한테 은혜를 베푸는 거예요. 내가 야심이 큰 여자라는 걸 당신도 알잖아요. 그래요, 난 언제나 이름을 떨치기를 갈망해 왔어요. 당신이 날 그렇게 만들어 줄 거라고요."

페르디낭은 이 갑작스러운 제안에 얼떨떨해하면서 말을 더듬었다. 반면 아델은 오랫동안 숙고한 자신의 계획을 차분히 그에게 설명했다. 그리고 어머니처럼 다정한 말투로 그에게 한 가지 맹세를 하게 했다. 앞으로 처신을 잘하겠다는 맹세였다. 삶에 질서가 없이는 재능을 제대로 발휘할 수가 없기 때문이었다. 아델은 그의 방탕한 행실에 대해 잘 알고 있으며, 그 때문에 자신이 마음을 바꾸지는 않겠지만 그의 행실을 바로잡을 생각임을 그에게 넌지시 알렸다. 페르디낭은 그녀가 자신에게 어떤 거래를 제안하는지 완벽하게 이해했다. 그녀는 돈을 제공하고, 그는 명예를 가져다주기로 한 것이었다. 그는 그녀를 사랑하지 않았고, 이 순간에도 그녀를 아내로 맞이한다는 생각에 불편함을 느꼈다. 그럼에도 그는 그녀 앞에 무릎을 꿇고 그녀에게 고마움을 표했다. 그리고 자기 귀에도 공허하게 들리는 이 말만을 했다.

"당신은 나의 고마운 천사입니다."

그러자 아델은 냉정을 잃고 억눌렀던 감정을 폭발시켰다. 그녀는 그를 껴안고 얼굴에 키스를 퍼부었다. 그녀는 그의 외모에 반해 그를 사랑하게 되었다. 그리고 이제 잠들어 있던 그녀의 열정이 깨어난 것이었다. 그녀에게 결혼은 오랫동안 억눌려 있었던 욕망을 발산하게 하는 창구와도 같았다.

그로부터 삼 주 후, 페르디낭 수르디는 아델과 결혼했다. 그는 계산보다는 자신의 필요와 어떻게 벗어나야 할지 모르는 일련의 문제들 때문에 결혼에 응한 것이다. 모랑 가족은 물감과 붓의 재고를 이웃한 작은 문구점에 팔았다. 혼자 지내는 데 익숙한 모랑 부인은 이 모든 일에도 조금도 동요하지 않았다. 신혼부부는 트렁크에 〈산책〉을 넣고 즉시 파리로 떠났다. 그토록 신속한 결말에 혼란스러워하는 메르쾨르를 뒤로한 채로. 레베크의 딸들은 수르디 부인이 파리에서 출산을 하러 서둘러 떠난 게 분명하다고 수군거렸다.

2장

파리에서 방을 구하고 자리를 잡는 일은 수르디 부인의 몫이었다. 그들은 다사가(街)[25]의 한 아틀리에에 세를 들었는데, 그곳의 커다란 유리창에서는 뤽상부르 공원의 나무들이 내려다보였다. 부부의 재정이 빈약했던 탓에 아델은 적은 비용에 안락하게

---

25   rue d'Assas. 파리 6구에 위치한 거리 이름.

실내를 꾸미는 기적을 만들어 냈다. 그녀는 페르디낭을 자기 곁에 붙들어 두고 싶어 했고, 그가 아틀리에를 좋아하기를 바랐다. 그리고 처음 얼마간은 이 커다란 파리에서의 두 사람만의 삶은 정말로 달콤했다.

겨울이 끝나가고 있었다. 3월 초의 포근하고 아름다운 봄날이 이어졌다. 젊은 화가와 그 아내가 파리에 왔다는 소식에 렌캥은 한달음에 달려왔다. 그에게 두 사람의 결혼은 전혀 놀라운 일이 아니었다. 사실 그는 평소 예술가들끼리의 결혼에 반대하는 입장이었다. 그에 따르면 그런 결혼은 언제나 끝이 좋지 않았다. 두 사람 중 하나가 다른 하나를 잡아먹기 때문이었다. 그리고 이들 부부의 경우에는 페르디낭이 아델을 잡아먹고 말 터였다. 그건 분명한 사실이었다. 사실 페르디낭에게는 잘된 일이었다. 그는 돈이 필요하기 때문이었다. 14수짜리 식당에서 분노하는 한심한 사람으로 사는 것보다는 그다지 매력적이지 않은 여자와 한 침대를 쓰는 게 나을 터였다.

렌캥이 안으로 들어서자, 화려한 틀에 끼워진 채 아틀리에 한가운데의 화판틀에 놓인 〈산책〉이 눈에 띄었다. "오, 걸작을 가져왔군요."[26] 그가 경쾌하게 말했다.

---

26 앞에서는 렌캥이 아델에게 말을 놓았지만 여기서는 부부 또는 페르디낭에게 이야기하는 터라 말을 높이고 있다.

그는 자리를 잡고 앉아 다시금 작품의 섬세한 터치와 정신적인 독창성에 대해 찬사를 늘어놓았다. 그리고 단호하게 말했다.

"이걸 살롱전에 보냈으면 좋겠소. 분명 대성공을 거둘 겁니다…… 때마침 파리에 잘 왔어요."

"저도 그렇게 말했답니다." 아델이 다정하게 말했다. "하지만 남편이 마음을 정하지 못하네요. 이보다 더 훌륭하고 더 완벽한 작품으로 데뷔하고 싶다면서요."

그러자 렌캥은 벌컥 화를 냈다. 젊은 시절의 작품은 축복이었다. 페르디낭은 아마도 처음의 강렬한 느낌과 순수한 대담함을 결코 되찾지 못할 터였다. 바보가 아니라면 그걸 모를 리가 없었다. 아델은 렌캥의 과격한 언사에 미소를 지었다. 그녀의 남편은 분명 더 멀리 갈 것이고, 그녀는 그가 지금보다 더 잘 거라고 믿고 있었다. 하지만 마지막 순간에 페르디낭을 동요하게 하는 기이한 불안감을 렌캥이 질타하는 걸 보고 내심 기뻐했다. 다음 날 그들은 〈산책〉을 살롱전에 보내기로 합의했다. 사흘 뒤가 접수 마감일이었다. 살롱전에 뽑히는 것은 걱정할 필요가 없었다. 렌캥이 심사위원으로 상당한 영향력을 발휘하기 때문이었다.

〈산책〉은 살롱전에서 엄청난 성공을 거두었다. 그림이 전시된 육 주 동안 그 앞으로 사람들이 몰려들었다. 페르디낭은, 파리에서 종종 그렇듯, 어느 날 일어나 보니 유명해져 있었다. 게다가 운 좋게도 그의 작품에 관한 논란이 일었고, 이는 그의 성공을 배가했다. 사람들은 대놓고 그를 공격하지는 않았다. 그러나 일부는 그림의 디테일에 관해 트집을 잡았고, 또 다른 이들은 그것을 열렬히 옹호했다. 결론적으로 〈산책〉은 작은 걸작이라는 찬사를 받았고, 살롱전 위원회는 페르디낭에게 즉시 6,000프랑의 상금을 수여했다. 그의 그림은 대중의 무뎌진 취향을 자극할 만큼의 독창성을 지닌 데다, 화가의 기질이 그들의 심기를 건드릴 만큼 넘치지도 않았다. 말하자면 강력하고 새로운 것을 갈구하는 대중의 입맛에 꼭 맞는 것이었다. 그의 작품이 보여 주는 적절한 균형감은 그들을 매혹하기에 충분했고, 모두 이구동성으로 새로운 대가의 출현을 반겼다.

한편 아델 역시 메르쾨르에서 그린 습작인 매우 섬세한 수채화들을 살롱전에 보낸 터였다. 그러나 그녀의 남편이 이처럼 대중과 언론에서의 요란한 승리에 취해 있는 동안, 살롱전 관람객의 전언이나 신문 기사 어디에서도 그녀의 이름은 찾을 수 없었다. 사실 아델은 예술가로서의 야망이 없었다. 따라서 자존심이 상하거나 상처받을 일도 없었다. 그녀는 자신의 모든 자존심을 자신의 잘생긴 남자 페르디낭에게 걸었다. 스물두 해 동안 지방의 축축한 어둠 속에서 곰팡이가 슬 듯 살아온 말 없는 여성, 누런 얼굴의 차가운 부르주아 여성에게서 마음과 머리를 온통 사로잡은 열정이 더없이 강렬하게 폭발한 것이었다. 그녀는 페르디낭의 금빛 수염과 발그레한 피부, 그의 온몸에서 풍겨 나오는 매력과 우아함 때문에 그를 사랑했다. 그리고 다른 여자가 그를 훔쳐 가지나 않을까 두려워하면서 끊임없이 그를 지켜보았고, 그가 잠시라도 없으면 질투심을 느끼면서 고통받았다. 거울을 들여다볼 때마다 그녀는 자신이 그보다 못났다는 생각을 하곤 했다. 몸집은 통통했고 얼굴은 벌써부터 칙칙해 보였다. 그들 부부에게 아름다움을 가져다주는 것은 그녀가 아닌 그였다. 그녀는 자신이 가졌어야 할 것을 그에게 빚지고 있는 셈이었다. 그녀는 모든 게 그로부터 비롯된다는 생각에 마음이 녹아내렸다. 그리고 머리를 굴려 그를 스승처럼 존경하기로 했다. 그러자 한없이 감사한 마음이 그녀를 가득 채웠다. 그리하여 아델은 그의 재능과 그의 승리, 그리고 절정의 순간에 자신을 함께 드높일, 그의 명성을 위한 모든 것의 반을 자신이 담당하기로 마음먹었다. 그녀가 꿈꾸던 모든 것이 이젠 그녀 자신에 의해서가 아니라, 그녀가 제자이자 어머니이자 아내로서 사랑하는 또 다른 그녀에 의해 실현될 것이었다. 아델의 자존심이 그녀에게 속삭였다. 따지고 보면 페르디낭은 그녀의 작품이나 마찬가지일 터였다. 그 모든 것을 들여다보면 그 속엔 그녀밖에는 없을 것이기 때문이었다.

끊임없이 매혹적인 순간이 다사가의 아틀리에를 아름답게 해 준 것은 처음 몇 달간뿐이었다. 모든 것이 페르디낭으로부터 비롯된다는 생각에도 아델은 조금도 수치스럽게 느끼지 않았다.

자신이 그것들을 만들어 나간다는 생각만으로도 그녀에겐 충분했다. 그리고 그녀가 원하고 그녀가 키워 나가는 행복이 피어나는 것을 애정 어린 미소와 함께 지켜보았다. 그녀는 그녀 자신의 운만이 그런 행복을 실현할 수 있다고 믿었고, 그런 생각에는 일말의 열등감도 포함돼 있지 않았다. 그리하여 그녀는 자신이 필요하다고 믿으며 자기 자리를 지켰다. 그녀가 남편에게 느끼는 감탄과 애정의 저변에는, 그녀가 자기 것으로 여기며 그것을 위해 살기로 마음먹은 '작품'을 위해 스스로 작아지고자 하는 이의 자발적인 헌신이 존재했다. 어느덧 뤽상부르 공원의 커다란 나무들이 푸르러지면서 화창한 날들의 포근한 숨결과 함께 새들의 노랫소리가 아틀리에까지 들려왔다. 그리고 매일 아침 찬사가 실린 신문들이 도착했다. 신문에는 페르디낭의 얼굴이 실렸고, 그의 작품이 다양한 방식과 크기로 소개되었다. 젊은 신혼부부는 달콤한 정적이 흐르는 그들의 보금자리에서 조그만 식탁에 차려진 아침을 먹으며 이 요란한 광고를 마음껏 들이마셨고, 거대하고 화려한 파리가 그들을 주목하는 것을 느끼면서 어린아이들처럼 즐거워했다.

그사이 페르디낭은 다시 작업을 시작하지 않았다. 그는 열에 들뜬 채, 그의 말대로 손을 떨리게 만드는 과도한 흥분 상태에서 살았다. 그렇게 석 달이 지나갔다. 그는 오래전부터 생각해 온 대작의 습작을 계속 다음 날로 미루었다. 그가 〈호수〉라고 이름 붙인 그림에는 금빛 석양 아래 마차들이 천천히 줄지어 달리는 시각의 불로뉴 숲[27] 오솔길 풍경이 담길 예정이었다. 그는 스케치를 하러 이미 그곳에 여러 번 다녀온 터였다. 하지만 그에게는 더 이상 가난했던 시절의 뜨거웠던 열정이 없었다. 그가 지금 누리는 안락함이 그것을 잠재운 듯했다. 그는 갑작스러운 자신의 승리를 즐기면서 새로운 작품으로 그것을 망칠까 봐 두려워하고 있었다. 이제 그는 늘 집 밖에서 시간을 보냈다. 그리고 종종 아침에 어딘가로 사라졌다가 저녁에야 다시 나타나곤 했다. 두세 번은 아주 늦게 돌아온 적도 있었다. 그는 끊임없이 자신의 외출과 부재에 대한 핑계를 댔다. 어떤 아틀리에를 방문하기, 당대의 어떤 대가에게 자신을 소개하기, 차기작을 위한 자료 수집, 그리고 무엇보다 친구들끼리의 저녁 식사 등등. 그는 릴의 예전 동료들을 다시 만났고, 벌써부터 예술가들의 다양한 모임에 참석했다. 그리하여 지속적인 즐거움 속으로 빠져들었고, 열에 들뜬 채 눈을 반짝이고 큰 소리로 떠들면서 집으로 돌아오곤 했다.

그러나 아델은 지금까지 단 한 번도 그를 원망하는 것을 스스로에게 허락하지 않았다. 그녀는 날로 커지는 그의 방탕함이

---

[27] Bois de Boulogne. 제2제정 시대의 파리 재개발 열풍 중에 불로뉴 숲은 상류층이 가장 선호하는 만남과 산책의 장소였다. 과거에는 황실 사냥터로 사용되었던 불로뉴 숲은 1852년 나폴레옹 3세 황제에 의해 파리의 공립 공원으로 지정돼 1853~1857년에 개발되었다. 파리에서 두 번째로 큰 삼림 공원으로, 파리 동쪽의 뱅센 숲과 함께 도시의 녹색 허파로 불린다. 뉴욕의 센트럴파크보다 약 2.5배 크다.

자신에게서 남편을 빼앗고 오랜 시간 자신을 혼자 있게 하는 사실에 크게 고통받았다. 하지만 그녀는 스스로 자신의 질투와 두려움에 맞서 그를 변호하곤 했다. 페르디낭은 그의 삶을 살아야 했다. 예술가는 난롯가에 죽치고 있어도 되는 부르주아와는 달랐다. 그는 세상을 알 필요가 있었고, 자신의 성공에 빚을 지고 있었다. 그녀 앞에서 페르디낭이 세속적인 의무에 피곤을 느끼는 남자인 양 연극을 할 때면 아델은 마음속으로 그를 원망한 것을 후회하기까지 했다. 그는, 자신은 이 모든 것이 '진저리가 나며', 자기 아내 곁에 있을 수만 있다면 뭐든지 할 거라고 맹세하곤 했다. 심지어 한번은 그녀가 등을 떠밀어 그를 밖으로 내보낸 적도 있었다. 부유한 미술 애호가를 만나게 해 줄 젊은이들의 점심 모임에 그가 가기 싫어하는 척했기 때문이었다. 그가 떠나고 혼자 있게 되면 아델은 눈물을 흘렸다. 그녀는 강해지고 싶었다. 그런데 그녀의 남편은 언제나 다른 여자들과 함께 있었고, 그녀는 그가 바람을 피우고 있다고 느꼈다. 그 때문에 아델은 끙끙거리다가 그가 집을 나서자마자 침대에 드러눕기도 했다.

종종 렌캥이 페르디낭을 데리러 오기도 했다. 그럴 때마다 아델은 애써 농담처럼 말하곤 했다.

"두 분 얌전하게들 노실 거죠? 이이를 선생님께 믿고 맡길게요."

"아무 걱정하지 말렴!" 화가는 웃으며 대답했다. "이 친구를 누가 납치해 가더라도 내가 있잖니…… 내가 네 남편의 모자와 지팡이를 잘 챙겨서 가져다주마."

아델은 렌캥을 믿었다. 그도 페르디낭을 어딘가로 데리고 갔고, 그 또한 필요한 일이었다. 그녀는 이런 삶에 익숙해질 것이었다. 아델은 살롱전의 소란이 있기 전까지 파리에서 함께 보낸 몇 주간을 떠올렸다. 두 사람은 아틀리에의 고독 속에서 너무나 행복한 나날을 보냈었다. 하지만 이젠 그녀 혼자 일을 해야만 했다. 그녀는 시간을 죽이기 위해 다시 맹렬하게 수채화를 그렸다. 페르디낭이 그녀에게 손으로 마지막 인사를 하며 길모퉁이를 돌자마자 그녀는 창문을 닫고 그림을 그리기 시작했다. 그는, 거리를 누비거나 어딘지 모르는 수상쩍은 곳에서 늦도록 머물다가는 진이 빠져 눈이 벌게진 채 돌아오곤 했다. 그녀는 조그만 탁자 앞에 앉아 인내하며 고집스레 그녀가 메르쾨르에서 가져온 습작들을 끊임없이 다시 손보았다. 그리고 나날이 더 발전하는 기교로 애정이 깃든 이 풍경화들을 매만졌다. 그녀가 샐쭉하게 미소 지으며 말하듯 그것들은 그녀의 타피스리였다.

어느 날 밤 아델은 페르디낭을 기다리느라 밤을 새우는 중이었다. 연필심으로 열심히 복제화를 모사하던 그녀는 아틀리에 문 앞에서 무언가가 떨어지듯 쿵 하고 나는 소리에 소스라치게 놀랐다. 그녀는 이름을 불러 보았지만 아무 대답이 없자 문을 열어 보기로 했다. 그녀의 남편이 거기 있었다. 잔뜩 취한 그는 일그러진 미소를 지으며 몸을 일으키려 했다.

 얼굴이 새하얘진 아델은 그를 일으켜 세운 뒤 부축하고는 방으로 밀 듯이 데리고 갔다. 그는 횡설수설하면서 더듬더듬 변명을 늘어놓았다. 아델은 아무 말 없이 그가 옷 벗는 걸 도왔다. 그리고 인사불성이 된 그가 침대에서 코를 골면서 자는 동안, 그녀는 안락의자에 앉아 생각에 잠긴 채 뜬눈으로 밤을 새웠다. 그녀의 창백한 이마에 굵은 주름이 생겨나 있었다. 다음 날 아델은 전날 밤의 부끄러운 광경에 대해 페르디낭에게 한마디도 하지 않았다. 아직도 취기가 남아 있어 입에서 쓴 냄새를 풍기는 그는 몹시 거북한 듯 눈을 크게 뜨고 있었다. 아내의 무거운 침묵은 그를 더욱더 당혹스럽게 했다. 그 후 그는 이틀간 집에만 있으면서 고분고분하게 굴었고, 용서받아야 할 잘못을 저지른 어린 학생처럼 다시 열심히 일했다. 자기 그림의 대략적인 윤곽을 완성하기로 마음먹은 그는 아델에게 의견을 묻기도 하면서 자신이 그녀를 얼마나 존중하는지를 애써 보여 주고자 했다. 그녀는 처음에는 마치 온몸으로 그를 비난하듯 그의 지난 행동에 대해 전혀 언급하지 않으면서 냉랭하게 굴었다. 그러다 페르디낭이 후회하는 모습을 보이자 다시 예전처럼 그를 다정하게 대했다. 암암리에 모든 게 용서되고 잊혔다. 하지만 삼 일째 되던 날 렝캥이 찾아와 카페 앙글레에서 유명한 예술 비평가와 저녁 식사를 하는 자리에 페르디낭을 데리고 갔다. 아델은 새벽 네 시까지 남편을 기다려야 했다. 다시 나타난 그는 왼쪽 눈 위가 찢어져 피를 흘리고 있었다. 좋지 않은 곳에서 일어난 싸움 중에 누군가가 술병으로 내리친 듯했다. 아델은 그를 눕히고 붕대를 감아 주었다. 렌캥은 밤 열한 시에 길가에 그를 버려둔 채 떠났다고 했다.

 이런 일은 이제 일상이 되다시피 했다. 페르디낭은 저녁 식사 모임이나 파티에 가거나 온갖 핑계를 대고 집을 비울 때마다 엉망이 되어 돌아오곤 했다. 고주망태가 된 채 몸에 멍이 들어 있거나, 풀어 헤친 옷에 고약한 냄새와 역한 술 냄새, 창녀들의 사향 냄새를 묻혀 왔다. 그는 나약한 의지로 인해 이런 짓거리를 끊임없이 되풀이했다. 그리고 아델은 여전히 아무 말 없이 조각상처럼 뻣뻣하게 그를 돌보면서 아무것도 묻지 않았고, 그의 비행을 비난하지도 않았다. 그녀는 그에게 차를 만들어 주고, 앞에 대야를 갖다 대 주고, 몸을 손수 씻겨 주었다. 밤늦게 하녀를 깨우고 싶지 않았고, 남부끄러운 일인 양 그의 상태를 숨기고 싶었기 때문이었다. 사실 어떻게 된 일인지 그에게 애써 물어볼 필요도 없었다. 그녀는 매번 그 모든 걸 어렵지 않게 그려 볼 수 있었다. 그는 필시 친구들과 진탕 마시고 취한 채로 파리의 밤거리를 미친 듯이 달리거나, 카바레를 전전하다가 만난 낯선 이들과 어울리거나, 어느 길모퉁이에서 만난 여자들이나 더러운 술집에서 함부로 취급받던 여자들(이들을 두고 군인들과 다투기도 했을 터였다)과 난잡한 행동을 일삼았을 것이었다. 때로 아델은 그의 주머니에서 이상한 주소들이나 추잡한 흔적들을 발견하기도 했다. 그럴 때마다 아무것도 알고 싶지 않아 서둘러 그러한 물증들을 태워 버리곤 했다. 돌아온 그의 몸에서 여인의 손톱자국이나 상처 혹은 더러운 흔적을 발견할 때마다 아델은 한층 더 몸이 굳은 채로 그를 씻겼고, 그는 감히 그녀의 차디찬 침묵을 깨뜨릴 엄두를 내지 못했다. 그리고 다음 날, 방탕함으로 점철된 밤이 지나 깨어난 그의 앞에서 그녀는 여전히 아무 말도 하지 않았다. 두 사람은 마치 악몽을 꾸고 난 것처럼 서로 아무 말도 하지 않았고, 언제 그랬냐는 듯 일상을 이어 나갔다.

그러던 어느 날, 무의식중에 아델에게 연민을 느낀 페르디낭이 잠에서 깨어나 그녀의 목에 매달렸다. 그는 흐느끼면서 더듬더듬 말했다.

"미안하오. 날 용서해 줘요!"

하지만 아델은 언짢은 기색으로 놀라는 척하면서 그를 밀어냈다.

"그게 무슨 말이에요? 당신을 용서해 달라니요? …… 당신은 아무 짓도 안 했어요. 그런데 용서하고 말고가 어디 있다고 그래요."

이처럼 그의 잘못을 모르는 척하는 고집스러움, 자신의 격한 감정을 억누를 만큼 스스로를 잘 통제하는 여인의 우월함은 페르디낭을 아주 작아지게 했다.

사실인즉슨 아델은 겉보기와는 달리 역겨움과 분노로 죽어 가고 있었다. 페르디낭의 방탕함은 독실한 신자인 그녀의 교육과 품위에 반하는 것이었고, 그녀에게 그것을 바로잡아야 한다는 반발심을 불러일으켰다. 악덕의 악취를 풍기면서 돌아온 그를 손으로 만지고 밤새 그의 숨결을 느낄 때마다 그녀는 구역질이 났다. 아델은 그를 경멸하고 있었다. 그리고 그런 경멸감의 저변에는 남편을 이토록 더럽혀지고 타락한 모습으로 자신에게 돌려보내는 그의 친구들과 여자들을 향한 지독한 질투가 깔려 있었다. 아델은 그 여자들이 길거리에서 헐떡거리며 죽어 가는 것을 보고 싶었다. 그녀는 그들을 괴물로 취급하면서, 어째서 경찰이 총으로 그들을 거리에서 치워 버리지 않는지 이해하지 못했다. 그럼에도 남편에 대한 그녀의 사랑은 줄어들지 않았다. 남자로서의 그가 역겨워지는 밤이면 그녀는 예술가로서의 그에 대한 감탄 속으로 숨어들곤 했다. 이러한 감탄은 오래도록 순수한 것으로 남아 있어서, 때로 그녀는 천재의 필요악이라는 방탕함에 대한 전설을 익히 알고 있는 부르주아 여성으로서, 페르디낭의 비행을 위대한 작품에 따라오는 숙명적인 부산물로 받아들이곤 했다. 게다가 여성으로서의 섬세함과 아내로서의 애정이 그의 배은망덕함으로 인해 상처를 받았다면, 그런 것들보다 더 그녀가 그를 비난하는 것은 그가 둘 사이의 약속을 지키지 않았다는 사실이었다. 그녀는 물질적인 삶을 책임지고, 그 대가로 그는 그녀에게 명예를 가져다주기로 했지만, 그는 그런 계약을 깨뜨리고 작업을 소홀히 했던 것이다. 그녀는 그 사실에 분노했고, 인간으로서의 파국에서 어떻게든 예술가로서의 그를 구해 낼 방법을 찾기에 이르렀다. 그 때문에 그녀는 아주 강해지고자 했다. 그녀가 그의 주인이 되어야 했기 때문이었다.

일 년도 안 된 사이에 페르디낭은 다시 어린아이가 된 듯한 느낌이었다. 아델은 무서운 의지로 그를 지배했다. 인생을 건 싸움에서 남성은 그녀였다. 페르디낭이 잘못을 저지를 때마다, 아델이 한 마디 질책도 없이 엄격한 연민으로 그를 돌볼 때마다, 그는 그녀의 경멸을 느끼고 고개를 숙이면서 더욱더 공손해졌다. 그들 사이에는 어떤 거짓말도 통하지 않았다. 그녀는 이성과 정직과 강인함의 대명사인 반면, 그는 온갖 나약함으로 타락의 길을 걷고 있었다. 페르디낭을 가장 고통스럽게 하고 그녀 앞에서 그를 쪼그라들게 하는 것은, 모든 것을 알고 있는 판사 같은 그녀의 냉철함이었다. 그녀는 죄인에게 설교할 필요조차 느끼지 않았다. 마치 해명을 요구하는 것만으로도 부부의 품위가 손상된다고 믿는 듯했다. 그녀는 고고함을 잃지 않기 위해, 그녀 자신도 함께 타락해 더러움에 오염되는 일이 없도록 아무 말도 하지 않는 편을 택했다. 만약 그녀가 불같이 화를 냈더라면, 질투심에 괴로워하는 여자로서 그에게 하룻밤 사랑들을 질책했더라면, 그는 지금보다 훨씬 덜 고통스러웠을 터였다. 그녀는 자신을 낮춤으로써 그를 다시 일으킬 수 있다고 믿었다. 하지만 수치심과 함께 잠에서 깨어난 그는 그녀가 모든 걸 알면서도 아무 불평도 하지 않는다는 확신이 들었고, 그럴 때마다 자신이 너무나 작고 그녀보다 못났다는 생각이 들곤 했다.

그럼에도 그의 그림에는 진전이 있었고, 그는 자신의 재능이 여전히 자신의 유일한 우월함이라는 것을 깨달았다. 그가 작업을 할 때면 아델은 그에게 다시 여자로서의 애정을 표현하곤 했다. 그녀는 다시 남편보다 작아져서는 그의 뒤에 서서 그의 작품을 존경 어린 눈으로 꼼꼼히 살폈다. 그리고 하루치 작업의 성과가 좋을수록 더 고분고분하게 굴었다. 이제는 그가 그녀의 주인이었고, 남성이 다시 집안의 주도권을 쥐었다. 그러나 그는 또다시 고질적인 나태함 속으로 빠져들었다. 그가 방탕한 삶으로 인해 속이 텅 비어 버린 채 진이 빠져 돌아올 때마다 붓을 잡은 그의 손이 떨려 왔고, 그는 더 이상 자신 있게 그림을 그릴 수 없었다. 어느 날 아침에는 지독한 무기력이 그의 온몸을 마비시키기도 했다. 그러면 그는 온종일 그림 앞에서 빈둥거리면서 팔레트를 잡았다가 이내 내팽개쳐 버렸고 아무것도 하지 못한 채 화를 내곤 했다. 혹은 소파에서 실컷 자고 난 뒤 저녁에야 극심한 두통을 호소하며 일어났다. 그런 날이면 아델은 말없이 그를 바라보았다. 그리고 그를 짜증 나게 하지 않으려고, 혹시나 찾아올지도 모를 영감이 달아나지 않도록 조심스레 발끝으로 걷곤 했다. 그녀는 영감을 믿었다. 눈에 보이지 않는 어떤 불꽃이 열린 창문으로 들어와 선택받은 예술가의 이마 위에 내려앉는다고 믿었다. 그러다 때로 실망감으로 인해 진이 빠질 때면 불안감에 사로잡혀, 불성실한 동업자인 페르디낭이 모든 걸 망칠지도 모른다는 막연한 생각을 하곤 했다.

때는 2월이었고, 살롱전의 시기가 다가오고 있었다. 페르디낭은 〈호수〉를 아직 완성하지 못한 터였다. 그는 대략적인 작업만 마친 채 그림을 천으로 덮어 놓았다. 많이 진전된 몇몇 부분을 제외한 그림의 나머지는 여전히 흐릿하고 불완전한 상태였다. 이런 상태로 그림을 살롱전에 보낼 수는 없었다. 그림을 완성하는 마지막 정돈과 빛과 결정적인 터치가 필요했다. 페르디낭은 더 이상 진전을 보지 못한 채 디테일에서 헤매고 있었다. 아침에 그린 것을 저녁에 지워 버리거나 무기력에 빠져 괴로워하며 제자리에서 빙빙 돌기도 했다. 어느 날 저녁 해가 질 무렵 멀리서 일을 보고 온 아델은 어두운 아틀리에에서 흐느끼는 소리를 들었다. 그림 앞 의자에 앉아 꼼짝 않고 있는 페르디낭이 보였다.

"당신 울고 있잖아요!" 놀란 아델이 물었다. "왜 그래요? 무슨 일이에요?"

"아무 일도, 아무 일도 아니오." 그가 더듬거리며 말했다.

그는 한 시간 전부터, 그 자리에서, 더 이상 아무것도 보이지 않는 그림을 멍하니 바라보고 있었다. 그의 흐릿한 눈앞에서 모든 것이 춤을 추고 있었다. 그의 그림은 우스꽝스럽고 한심한 혼란 그 자체였다. 그는 뒤죽박죽인 색깔들에 질서를 부여하지 못하는 자신의 무능함으로 인해 온몸이 마비된 듯했고, 자신이 어린아이처럼 나약하게 느껴졌다. 그리고 어둠이 차츰 그림의 생생한 색조까지 모든 것을 가려 버리자 마치 자신이 죽어 가며 소멸하는 것 같았다. 엄청난 슬픔이 그의 목을 조여 오자 그는 울음을 터뜨렸다.

"이것 봐요, 당신 지금 울고 있잖아요." 아델은 뜨거운 눈물로 젖은 그의 얼굴을 두 손으로 감싸며 물었다. "힘들어서 그래요?"

이번에는 그는 아무 대답도 할 수 없었다. 또다시 흐느끼느라 목이 메었기 때문이었다. 자신의 은밀한 원망을 잊은 아델은 변제 능력이 없는[28] 이 가엾은 남자에 대한 연민에 굴복해 어둠 속에서 어머니처럼 다정하게 그에게 키스했다. 파국이었다.

---

[28] 마치 계약을 맺듯 결혼한 두 사람의 관계에서 페르디낭은 화가로 성공함으로써 아델에게 명예를 가져다주어야 하는 일종의 채무자인 셈이다.

3장

다음 날 페르디낭은 아침을 먹은 후 외출을 해야 했다. 두 시간 뒤 돌아와 평소처럼 그림에 몰두하던 그는 가벼운 탄성을 질렀다.

"이럴 수가! 누가 내 그림을 건드린 거지?"

그림 왼편에 있는 하늘의 한 자락과 나뭇잎들이 완성되어 있었던 것이다. 탁자 위로 몸을 숙여 수채화를 그리는 데 열중하던 아델은 처음에는 대답을 하지 않았다.

"대체 누가 이런 거야? 렌캥 선생님이 왔다 가신 거요?" 페르디낭은 역정을 내기보다는 놀라움이 더 큰 듯 다시 물었다.

"아뇨, 내가 재미 삼아 한 거예요······." 마침내 아델이 여전히 고개를 숙인 채 말했다. "중요한 건 아니에요. 배경만 수정한 거니까요."

페르디낭은 억지 미소를 지어 보였다.

"이제 같이 그리기로 한 거요? 색조가 아주 정확한걸. 다만 여긴 빛을 좀 완화해야 할 것 같네."

"어디요?" 아델은 그림을 보면서 물었다. "아, 여기, 이 나뭇가지 말이군요."

그녀는 붓을 집어 수정을 했다. 페르디낭은 그녀가 하는 것을 지켜보았다. 잠시 말이 없던 그는 그녀가 하늘을 수정하는 동안 마치 학생에게 하듯 그녀에게 조언을 하기 시작했다. 그리고 더 자세한 설명 없이 그녀가 배경을 마무리하기로 그들 사이에 합의가 이루어졌다. 시간이 촉박했고 서둘러 그림을 완성해야 했다. 그는 몸이 안 좋다고 거짓말을 했고, 그녀는 자연스레 그 사실을 받아들였다.

"내가 아프니까 당신이 도와주면 한결 나을 거야……." 그는 여러 차례 반복해 말했다. "배경은 중요한 게 아니니까."

그때부터 그는 화판틀 앞에 있는 아델을 보는 데 익숙해져 갔다. 첫째 날에는, 누워 있던 소파에서 가끔씩 일어나 하품을 하며 그녀에게 가서는, 그녀의 작업을 한마디로 평가하거나 어떤 부분을 다시 그리게 했다. 그는 마치 선생처럼 엄격하게 굴었다. 둘째 날에는, 점점 더 몸이 안 좋아진다고 하면서, 그녀가 먼저 배경을 더 진척시키면 자신이 전경을 완성하겠노라고 말했다. 그러면 작업이 훨씬 수월해지면서 더 빨리 그림을 완성할 수 있을 터였다. 아델이 그림 앞에 선 채 종일 말없이 일하는 동안 페르디낭은 일주일 내내 소파에서 늘어지게 자면서 한껏 게으름을 피웠다. 그리고 다시 분발해 전경을 그려 나갔다. 그러는 동안 그는 아델을 항상 자기 곁에 있게 했다. 그가 초조해할 때면 그녀가 그를 진정시켰고, 그가 지시하는 대로 디테일을 마무리했다. 그녀는 종종 뤽상부르 공원에서 바람을 쐬고 오라고 그를 내보내곤 했다. 그는 몸이 좋지 않아 무리를 하면 안 되었다. 그렇게 열을 올리는 것은 그에게 해로울 터였다. 아델은 그에게 매우 다정하게 대했다. 그리고 혼자 있게 되자마자 작업을 서둘렀다. 그녀는 여성다운 끈질김으로 거침없이 전경을 갈무리했다. 나태에 젖은 페르디낭은 그가 없을 때 이루어진 작업을 알아채지 못하거나, 그것을 모르는 척 아무런 언급을 하지 않았다. 마치 자기 작품이 저절로 완성되어 간다고 믿는 듯했다. 그렇게 보름 만에 〈호수〉가 완성되었다. 하지만 아델은 만족하지 못했다. 그녀는 무언가가 부족하다고 느꼈다. 안도한 페르디낭이 그림이 아주 잘됐다고 말하자 아델은 냉랭한 표정으로 고개를 저었다.

"대체 뭐가 문제라는 거요?" 그가 화를 내며 말했다. "더 이상 뭘 어떻게 하느냐고?"

그녀가 원하는 것은 작품에 그의 개성을 담는 것이었다. 그리고 기적 같은 인내와 의지로 그 일에 필요한 에너지를 그에게 불어넣었다. 작품이 완성된 뒤 일주일이 넘도록 그녀는 그를 뒤흔들고 열기로 달아오르게 했다. 그는 더 이상 외출도 하지 않았고, 그녀는 다정한 몸짓으로 그를 부추기고 찬사로 취하게 했다. 그리하여 그에게서 어떤 떨림이 느껴졌을 때 그녀는 그에게 붓을 쥐어 주었다. 그리고 그의 옆에서 몇 시간이고 그와 이야기하고, 토론하고, 그를 자극함으로써 잃어버린 힘을 되찾게 했다. 그렇게 해서 그는 작품을 다시 살펴보았고, 아델이 한 작업을 다시 검토하면서 그림에 부족한 힘찬 터치와 독창성을 더했다. 이는 얼마

되지 않는 작업이었지만 모든 것이기도 했다. 이제 그림이 살아 숨 쉬고 있었다.

아델의 기쁨은 이루 말할 수 없었다. 새 작품의 미래는 밝았다. 그녀는 오랜 작업으로 지친 남편을 계속 도울 것이었다. 이는 더욱 내밀해진 그녀의 사명이며, 그로 인한 은밀한 행복은 희망으로 그녀를 가득 채웠다. 하지만 아델은 농담하듯 그에게 자신이 돕는다는 사실을 절대 밝히지 말 것을 맹세하게 했다. 그 일을 알릴 필요가 없을뿐더러, 그녀는 자신의 존재가 드러나는 것을 원치 않기 때문이었다. 페르디낭은 놀라면서도 그녀에게 그러겠다고 약속했다. 그는 아델에게 예술가로서의 질투심을 느끼지 않았다. 그는 그녀가 화가의 자질이 충분하며 자기보다 훨씬 낫다고 사방에 떠들고 다녔다. 그리고 그의 말은 사실이었다.

렝캥이 〈호수〉를 보러 왔을 때 그는 한참 동안 아무 말이 없었다. 그리고 매우 진지한 얼굴로 그의 젊은 친구에게 찬사를 쏟아냈다.

"〈산책〉보다 훨씬 완벽해요. 그림의 배경이 놀랍도록 경쾌하고 섬세한 데다 전경은 힘차게 날아오르는 듯합니다…… 그래요, 좋아요, 정말 좋군요, 아주 독창적이에요……."

그는 정말로 놀란 듯 보였다. 하지만 그는 자신이 놀란 진짜 이유에 대해서는 말하지 않았다. 페르디낭이라는 이 젊은이는 그를 혼란스럽게 했다. 렝캥은 그가 그토록 솜씨가 좋을 거라고 믿지 않았다. 그의 그림에는 노화가가 기대하지 않았던 새로운 무언가가 있었다. 그러나 입 밖으로 소리 내어 말하지는 않았지만 렌캥은 〈산책〉을 더 좋아했다. 〈호수〉보다는 더 느슨하고 더 투박하지만 더 개성이 넘치기 때문이었다. 새 작품은 더 단단해지고 확장된 재능을 보여 주었지만 마음을 잡아끄는 매력은 〈산책〉보다 덜했다. 〈호수〉에서는 좀 더 진부한 균형과, 아름다움과 복잡함에 대한 추구의 시작이 느껴졌다. 그럼에도 그는 그곳을 떠나면서 거듭 말했다.

"정말 놀랍소, 친구…… 당신은 대성공을 거둘 겁니다."

그리고 그의 예언은 정확했다. 〈호수〉는 〈산책〉보다 훨씬 더 뜨거운 환호를 받았다. 특히 여자들이 까무러쳤다. 페르디낭의 새 작품은 더없이 세련되고 감미로웠다. 바퀴가 햇빛에 반짝이는 마차들이 천천히 달려가는 광경과 조그맣게 보이는 화려한 차림새의 사람들, 불로뉴 숲의 초록 나무들 사이로 비치는 밝은 햇살은 금은 세공품을 살피듯 그림을 구경하는 관객들을 매혹하기에 충분했다. 예술 작품에 힘과 논리를 요구하는 매우 까다로운 사람들조차도 숙련된 솜씨와 적절한 효과, 보기 드문 기법에 감탄을 금치 못했다. 무엇보다 그림의 가장 큰 특징이자 대중을 사로잡은 것은 다소 나긋해진 개성에서 풍겨 나오는 우아함이었다. 비평가들은 이구동성으로 페르디낭 수르디가 한층 발전했다고 평가했다. 딱 한 사람, 차분히 진실을 말하는 방식 때문에 미움을 받는 한 사람만이 다음과 같이 노골적인 기사를 썼을 뿐이었다. 문제의 화가가 계속해서 복잡하고 타협적인 기법을 사용한다면 오년도 못 가 그의 귀한 독창적 재능을 잃어 버리게 될 거라는 것이었다.

그러나 다사가에서는 모두가 행복했다. 이는 더 이상 첫 번째 성공의 놀라움이 아니었다. 이제 그는 결정적으로, 당대의 대가로 인정을 받은 것이었다. 거기에 더하여 돈이 몰려들었다. 사방에서 주문이 폭주했고, 화가의 집에 있던 잡다한 그림들까지도 지폐를 들고 찾아오는 사람들이 서로 차지하려고 다투었다. 서둘러 다시 작업을 해야 했다.

이러한 행운 가운데서도 아델은 냉정을 잃지 않았다. 그녀는 구두쇠는 아니었지만, 지방에서 자라나며 근검절약의 정신이 몸에 밴 터라 돈의 대가가 어떤 것인지를 잘 알고 있었다. 그래서 엄격하게 굴면서 페르디낭이 약속을 어기는 일이 없도록 주의를 기울였다. 그녀는 주문을 기록하면서 배달에 신경을 썼고, 돈을 잘 모아 두었다. 무엇보다 그녀는 남편을 주시하면서 그가 딴 길로 새는 일이 없게 했다.

이제 아델은 페르디낭의 일과를 안배해 하루에 몇 시간은 일하고 나머지는 쉬도록 했다. 그러면서도 절대 화내지 않았고, 언제나처럼 조용히 품위를 지켰다. 하지만 페르디낭은 여전히 비행을 저지르면서 그녀로 하여금 말없이 그를 질책하게 했다. 그리하여 이제 그는 그녀를 두려워하는 지경에 이르렀다. 물론 그녀는 그에게 가장 큰 힘이 되어 주었다. 그를 다잡는 그녀의 의지가 없었더라면 그는 스스로를 포기했을 것이고, 그가 몇 년 동안 작품을 생산해 내는 일은 결코 없었을 터였다. 그녀는 그의 가장 큰 힘이며, 그의 안내자이자 지지자였다. 하지만 그렇다고 그녀에 대한 두려움이 그가 때때로 예전의 방탕함 속으로 다시 빠지는 것을 막지는 못했다. 그녀가 그의 나쁜 버릇을 충족해 주지 못하는 터라 그는 집을 몰래 빠져나가 주색잡기에 탐닉하곤 했다. 그러다 몸을 가누지 못하는 상태가 되어서야 돌아와 사나흘씩 멍하니 있었다. 그럴 때마다 그는 그녀에게 새로운 무기를 쥐여 주는 셈이었다. 아델은 그런 그를 더욱더 경멸하듯 차가운 눈으로 그를 압도했다. 그럴 때면 겁에 질린 그는 일주일간 화판틀 앞을 떠나지 않았다. 사실 아델은 그가 자신을 속일 때마다 여자로서 몹시 고통받았다. 그가 일탈을 저지를 때마다 후회하고 순종하는 모습으로 돌아오는 것은 그녀가 원하는 것이 아니었다. 그녀는 위기가 닥칠 때마다, 그의 허연 눈과 달뜬 몸짓에서 그가 어떤 충동에 시달리고 있음을 느낄 때마다, 거리가 그를 고분고분하고 무기력하게 만들어 자신에게 돌려줄 거라는 생각에 미리부터 화가 났다. 그렇게 돌아온 그는 강인하고 못생긴 그녀가 조그만 손으로 마음대로 주무를 수 있는 무른 반죽과도 같았다. 아델은 납빛 얼굴에 거친 피부와 통통한 몸매의 자신이 매력적이지 않다는 것을 잘 알고 있었다. 그녀는 이 잘생긴 남자가 어여쁜 여자들 때문에 진이 빠진 채 자신에게 돌아올 때마다 그에게 은밀하게 복수했다. 게다가 페르디낭은 빨리 늙었다. 그는 류머티즘을 앓고 있었고, 온갖 종류의 방종함으로 인해 마흔 살에 벌써 노인처럼 보였다. 머지않아 세월이 강제로 그를 주저앉히고 말 터였다.

〈호수〉 이후로 그들 사이에는 자연스레 한 가지 합의가 이루어졌다. 이제부터 남편과 아내는 함께 작업할 것이었다. 물론 다른 사람들에게는 그 사실을 숨겼다. 하지만 문을 닫고 나면 그들은 같은 그림에 착수해 함께 작업을 해 나갔다. 페르디낭은 남성의 재능을 발휘해 그림의 아이디어와 구성을 책임졌다. 그림의 주제를 정하고 대략적인 윤곽을 그린 뒤 그림을 여러 부분으로 나누었다. 그리고 구체적인 실행을 위해 여성의 재능을 지닌 아델한테 바통을 넘겼다. 그러면서도 힘찬 터치가 필요한 부분은 자신의 몫으로 남겨 두었다. 그는 처음에는 자신이 대부분을 작업하고 아내는 자잘한 부분들만을 돕게 함으로써 자존심을 지키고자 했다. 그러다 점점 더 나약한 모습을 보이면서 더 이상 과감한 시도를 하지 않았고, 스스로를 포기함으로써 아델로 하여금 자신을 침범하게 했다. 어쩔 수 없이 아델은 남편의 일을 대신한다는 뚜렷한 계획 없이 새 작품마다 더 많은 부분을 책임져야 했다. 그녀가 원하는 것은 무엇보다 그녀의 이름이기도 한 수르디라는 이름의 명예를 더럽히지 않고, 칩거하던 평범한 젊은 여성의 꿈이었던 명성의 정점에서 머무는 것이었다. 그다음으로 그녀가 바라는 것은, 구매자들과의 약속을 어기지 않고, 했던 말을 번복하지 않는 성실한 상인으로서 약속된 날짜에 그림을 전달하는 것이었다. 따라서 페르디낭이 손가락이 떨리고 붓을 잡을 수 없음을 하소연하면서 더 이상 못하겠다고 소리칠 때마다 그녀는 그가 남겨 놓은 공백을 메우고 서둘러 그림을 완성해야 했다. 그러면서도 아델은 결코 그 영광을 대신 차지하려고 하지 않았다. 그녀는 남편의 학생으로 머물면서 그의 지시에 따라 단순한 마무리 작업만 하는 척했다. 그녀는 예술가로서의 그를 존중했고, 남자로서의 그를 존경했다. 아델은 그의 타락에도 불구하고 그의 남성적인 면은 여전히 남아 있음을 본능적으로 알았다. 남자인 그가 없었더라면 그녀는 결코 그런 대작을 완성하지 못했을 터였다.

그들 부부는 렝캥과 다른 화가들에게 자신들이 협업하는 사실을 숨겼고, 렝캥은 그 이유를 알지 못한 채 남성적 기질이 여성적 기질로 조금씩 대체되어가는 것을 보면서 점점 더 놀라움을 금치 못했다. 그가 보기에 페르디낭은 잘못된 방향으로 가고 있는 것은 아니었다. 그는 꾸준히 작품을 생산하면서 화가로서의 자신을 지켜 나가고 있었기 때문이다. 그러나 그는 처음과는 다른 양상의 기법을 발전시키고 있었다. 그의 첫 작품인 〈산책〉에는 생생하고 기발한 개성이 넘쳤다. 그런데 그 후의 작품들에서는 그런 것이 점차 사라지면서, 언뜻 보기에는 유쾌하지만 볼수록 진부하게 느껴지는 생기 없는 물감들 속으로 파묻혀 버렸다. 하지만 이는 분명 같은 이의 솜씨였다. 적어도 렌캥은 그렇다고 맹세할 수 있었다. 그만큼 아델은 교묘하게 남편의 스타일을 흉내 냈다. 그녀는 다른 이들의 작품을 해체해 그 속으로 스며드는 재주를 지녔다. 다른 한편으로 페르디낭의 그림에서는 종교적, 도덕적인 엄격함이 희미하게 엿보였고, 노화가의 신경에 거슬리는 부르주아적 터치가 느껴졌다. 자신의 젊은 친구가 지닌 분방한 재능을 반겼던 그는 요즘 페르디낭의 그림에서 보이는 일종의 수줍음과 새로운 경직성이 마음에 들지 않았다. 그래서 어느 날 저녁 예술가들의 모임에서 화를 내면서 이렇게 소리치기에 이르렀다.

"그 대단했던 수르디가 총기를 잃어가고 있어요…… 다들 그의 최근 작품을 보셨나요? 그림에서 뜨거움이 안 느껴져요, 뜨거움이! 여자들이 그를 바보로 만든 게 분명해요. 그래요, 그래, 지겹게 되풀이되는 이야기지요. 여자들이 예술가의 머리를 텅 비게 하는 것 말입니다…… 그런데 내가 정말 이해가 안 되는 게 뭔지 아십니까? 그가 여전히 그림을 잘 그린다는 겁니다. 그것도 아주 완벽하게! 그래요, 마음껏 웃으십시오! 난 말이죠, 앞으로 그가 잘못된다면 철저하게 망가질 거라고 생각했습니다. 벼락을 맞듯 근사하게 망가지는 거죠. 그런데 전혀 그렇지가 않았습니다. 그는 매일매일 똑같이 작동하는 어떤 원리를 찾아낸 것 같았어요. 그로 하여금 물 흐르듯 평범한 작품을 생산하게 하는 원리 말입니다…… 정말 끔찍합니다. 그는 끝났어요. 그는 이제 결코 충격적인 작품을 만들어 내지 못할 거라고요."

렌캥의 역설적인 독설에 익숙한 좌중은 웃음을 터뜨렸다. 하지만 그는 자신이 무슨 말을 하는지 잘 알고 있었다. 그는 페르디낭을 진심으로 좋아했기에 진정으로 슬퍼했다.

다음 날 그는 다시가로 달려갔다. 열쇠가 문에 꽂혀 있어 노크를 하지 않고 안으로 들어간 그는 경악했다. 페르디낭은 그곳에 없었다. 화판틀 앞에서는 아델이 벌써부터 언론에서 화제가 된 그림을 부지런히 마무리하고 있었다. 외출했다 돌아온 하녀가 문에 열쇠를 그대로 꽂아 둔 것을 알지 못하는 아델은 작업에 몰두한 나머지 문이 열리는 소리도 듣지 못했다. 렌캥은 가만히 서서 한참 동안 그녀를 지켜볼 수 있었다. 아델은 오랫동안 숙련된 기술을 보여 주는 확실한 손놀림으로 일을 척척 해냈다. 교묘하게 자연스러운 그녀의 솜씨는 렌캥이 바로 전날 밤 이야기했던 규칙적인 어떤 원리를 연상시켰다. 그는 느닷없이 모든 것을 이해했고, 뒤통수를 얻어맞은 것 같은 충격을 받았다. 그제야 자신의 경솔함을 깨달은 그는 다시 나가 노크를 하려고 했다. 하지만 갑자기 아델이 뒤를 돌아보면서 소리쳤다.

"어머나! 계신 줄 몰랐어요. 언제부터 여기 계셨어요? 문은 어떻게 열고 들어오신 거예요?"

아델은 얼굴이 벌게졌다. 그녀와 마찬가지로 당황한 렌캥은 막 왔다고 둘러댔다. 그는 방금 자신이 본 것에 대해 말하지 않으면 서로가 더 불편해질 거라는 생각이 들었다.

"시간이 촉박하지? 그럴 거야." 그는 평소처럼 환하게 웃으며 말했다. "그래서 네가 남편을 조금 도와주는 거겠지."

아델은 다시 본래의 창백한 밀랍 빛 얼굴로 돌아가 차분하게 말했다.

"네, 원래 지난 월요일까지 보내 주기로 했던 건데 그이가 몸이 좀 안 좋아서 늦어졌어요…… 중요한 건 아니고 단순한 글라시[29] 작업을 몇 군데 하는 것뿐이에요."

하지만 그녀는 렌캥 같은 사람을 속일 수 없다는 것을 잘 알고 있었다. 그럼에도 그녀는 팔레트와 붓을 손에 쥔 채 꼼짝하지 않았다. 그러자 렌캥은 어쩔 수 없이 이렇게만 이야기했다.

"작업을 방해해서는 안 되지. 계속하렴."

아델은 잠시 그를 응시했다. 그리고 마침내 마음을 굳혔다. 이제 그가 사실을 다 알게 된 마당에 아닌 척해서 뭐 하겠는가? 게다가 그들은 그날 저녁까지 그림을 넘겨주기로 굳게 약속한 터였다. 아델은 다시 하던 일로 돌아가 남성적인 터치로 작품을 마무리했다. 페르디낭이 돌아왔을 때 렌캥은 의자에 앉아 그녀가

---

29 glacis. 밑그림이 마른 뒤 투명 물감을 엷게 칠해 화면에 윤기와 깊이를 더하는 유화 기법.

작업하는 모습을 지켜보고 있었다. 페르디낭은 처음에는 아델 뒤에 앉아 있는 노화가를 발견하고는 화들짝 놀랐다. 하지만 그는 어떤 강렬한 감정을 느끼기에는 너무 지쳐 보였다. 그리고 오로지 잠을 자고 싶다는 생각뿐인 듯 한숨을 쉬면서 노화가 옆으로 와 털썩 주저앉았다. 한동안 침묵이 흘렀고, 그는 어떻게 된 일인지 설명할 필요를 느끼지 않았다. 그냥 이렇게 된 것이었고, 그는 그 때문에 괴로워하지 않았다. 잠시 후 발돋움을 한 아델이 커다란 붓놀림으로 하늘을 밝게 칠하는 동안 페르디낭은 렌캥 쪽으로 몸을 숙여 진심으로 자랑스러운 듯 말했다.

"그거 아세요? 아내가 나보다 훨씬 낫다는 거…… 저걸 좀 보세요! 저 뛰어난 기교를 좀 보시라고요! 정말 굉장한 재주가 아닙니까!"

잠시 후 계단을 내려가던 렌캥은 흥분을 감추지 못하고 혼잣말로 크게 말했다.

"이렇게 또 하나가 사라지는구나! …… 아델은 그가 바닥으로 떨어지는 걸 막아 주겠지만, 결코 그가 아주 높이 올라가게 놔두지도 않을 거야. 그는 이제 끝났어!"

4장

 그 후 몇 년이 흘러갔다. 수르디 부부는 메르쾨르에 조그만 집 한 채를 구입했다. 집의 정원은 마유 산책로에 면해 있었다. 그들은 처음에는 7월과 8월의 숨 막히는 파리의 더위를 피해 여름 몇 달간만 그곳에 머물곤 했다. 그곳은 언제나 준비가 된 별장과도 같았다. 그러다 차츰 그들은 그곳에서 더 오래 머물렀다. 메르쾨르에서 자리를 잡아 감에 따라 파리는 그들에게 덜 필요한 곳이 되어 갔다. 집이 너무 협소한 탓에 그들은 정원에 커다란 아틀리에를 지었고, 얼마 지나지 않아 그것을 증축했다. 이제 그들은 겨울에 두세 달 정도 파리로 휴가를 떠났다. 그들은 메르쾨르에서, 그들의 소유인 클리쉬가(街)의 집에서 살았다.

 그들이 지방으로 거처를 옮긴 것은 정해진 계획 없이 조금씩 이루어진 것이었다. 사람들이 아델 앞에서 놀라는 표정을 지을 때마다 그녀는 페르디낭의 건강이 아주 나빠서라고 설명하곤 했다. 그리고 남편을 평온하고 공기 좋은 곳에서 지내게 하고 싶었노라고 덧붙여 말했다. 하지만 사실 그녀는 자신의 오랜 바람을 따라 마지막 꿈을 이루기 위해 이곳으로 온 것이었다. 그녀는 소녀 시절부터 중학교 앞 광장의 축축한 포석을 오랫동안 바라보면서 파리에 가 있는 자신을 상상하곤 했다. 그곳에서 자신의 이름을 찬란하게 빛내면서 요란한 박수를 받는 영광된 미래를 떠올렸다. 다만 그 꿈은 언제나 소도시인 메르쾨르의 한구석에서, 주민들의 놀라움이 깃든 존경심 가운데서 끝나곤 했다. 그녀는 이곳에서 태어났고, 끊임없이 성공에 대한 꿈을 꾼 것도 이곳에서였다. 따라서 아델이 남편의 팔짱을 끼고 지나갈 때 문간에서 그 모습을 지켜보며 놀라는 메르쾨르의 부인네들이 파리 살롱의 세련된 찬사보다 그녀에게 더 우쭐한 기분을 느끼게 했다. 여전히 지방 부르주아의 기질을 간직하고 있는 아델은 새로운 승리를 거둔 뒤 떨리는 마음으로 이곳으로 돌아올 때마다 자신이 나고 자란 도시가 자신을 어떻게 생각하는지 궁금해했다. 무명으로 그곳을 떠났을 때부터 명성을 얻은 지금에 이르기까지 자신의 눈부신 성장에서 오는 환희를 맛볼 수 있는 것도 이곳에서였다. 그녀의 어머니는 이미 십 년 전에 세상을 떠난 터라 그녀는 단지 자신의 젊은 시절, 얼음장 같았던 예전의 삶을 찾아 이곳으로 돌아온 것이었다.

그사이 페르디낭 수르디의 명성은 더 높아질 수 없을 만큼 높아졌다. 어느덧 쉰 살이 된 화가는 모든 보상을 넘치도록 받았고, 각종 메달, 훈장, 작위 등을 수여받았다. 그는 레지옹 도뇌르 훈장[30]

---

30 Ordre national de la Légion d'honneur. 1802년 나폴레옹 보나파르트가 처음 만든 프랑스 최고 훈장으로 1~5등급(그랑크루아, 그랑도피시에, 코망되르, 오피시에, 슈발리에)으로 나뉜다. 처음에는 공적을 세운 군인들을 포상하려는 목적으로 제정되었으나, 그 후 계속 유지되어 내외국인을 막론하고 프랑스의 정치, 경제, 사회, 문화 등 각계 전반에 걸쳐 공로가 인정되는 인물에게 수여한다.

의 코망되르 수훈자였으며, 수년 전부터 프랑스 학사원[31]의 회원이었다. 이제 점점 더 불어나는 것은 그의 재산뿐이었다. 언론이 입에 침이 마르도록 그에 대한 찬사를 늘어놓기 때문이었다. 심지어 그를 찬양하는 데 일률적으로 쓰이는 문구까지 등장한 터였다. 사람들은 그를 '다작하는 대가', 모든 이들을 매혹하는 '세련된 유혹자'라고 불렀다. 하지만 이 모든 것은 더 이상 그를 감동시키지 못했다. 그는 이런 것들에 무심해졌고, 자신의 영예를 익숙한 낡은 옷처럼 여겼다. 메르쾨르 주민들은 벌써부터 등이 굽고 공허한 눈빛을 띤 그가 지나가는 것을 볼 때마다 그에 대한 존경심에 놀라움을 더하곤 했다. 저토록 조용하고 지쳐 보이는 사람이 파리에서 그토록 요란한 인기를 누렸다는 사실을 믿기 힘들었기 때문이었다.

게다가 이젠 수르디 부인이 남편이 그리는 것을 돕고 있음을 모두가 알고 있었다. 사람들은 키가 작고 뚱뚱한 그녀를 여장부라고 불렀다. 그녀는 메르쾨르의 또 다른 놀라움이었다. 그렇게 뚱뚱한 몸집으로 온종일 화판틀 앞에 서 있고도 밤에 다리가 멀쩡할 수 있다니! 습관이 되어서 그럴 거야, 부르주아들은 그렇게

---

31 Institut de France. 모든 분야의 지식과 예술을 단일 기관으로 통합한다는 목표를 세우고 만든 국립기관으로, 루이 13세 시대의 재상이었던 리슐리외 추기경이 프랑스어를 보존·유지하기 위해 1635년에 설립한 아카데미 프랑세즈가 그 기원이다. 아카데미 프랑세즈, 금석학·문학 아카데미, 과학 아카데미, 미술 아카데미, 정신과학·정치학 아카데미 등 다섯 개 학술 협회가 프랑스 학사원 소속이다.

설명했다. 게다가 아내와 협업을 한다는 사실은 조금도 페르디낭의 평판을 떨어뜨리지 않았다. 오히려 그 반대였다. 아델은 뛰어난 지략을 발휘해 자신이 남편을 공공연하게 대체하는 일이 없게 했다. 그는 자신의 서명을 유지할 것이며, 군림하되 통치하지 않는 입헌 군주와 같은 존재로 남을 것이었다. 수르디 부인의 작품은 누구의 주목도 받지 못하는 반면 페르디낭 수르디의 작품은 평단과 대중에게 여전히 강력한 영향을 미쳤다. 따라서 그녀는 여전히 자신의 남편에게 감탄을 금치 못했다. 특이한 것은 그녀의 감탄이 진심이라는 것이었다. 그들의 기질이 대체되는 과정에서 공동의 작품을 지배하고 그를 몰아내는 것은 그녀였다. 그러나 그녀는 여전히 처음의 충동에서 벗어나지 못하고 있었다. 아델은 그를 자기 것으로 만들면서 그를 대체해 나갔다. 말하자면 그의 성(性)을 취했던 것이다. 그 결과는 참담했다. 방문객들에게 작품들을 보여 줄 때마다 그녀는 언제나 "여기도 페르디낭이 그렸어요, 여기도 페르디낭이 그릴 거예요"라고 말하곤 했다. 그가 붓질 한 번 하지 않았고 앞으로도 할 일이 없을 때조차도. 그리고 누군가가 그를 조금이라도 비판할라치면 그녀는 불같이 화를 냈고, 사람들이 페르디낭의 뛰어난 재능을 두고 이러쿵저러쿵하는 것을 용납하지 않았다. 그런 점에서 그녀는 당당했고, 남편에 대한 놀라운 믿음을 보여 주었다. 남편에게 배신당한 여인의 분노나 그에 대한 역겨움과 경멸이 그녀가 남편에게서 사랑한, 위대한 예술가의 고고한 이미지를 지워 버리지는 못했다. 그 예술가가 빛을 잃어가고, 파국을 막기 위해 그녀가 그를 대신해야 했을 때조차도. 이 모두는 그녀의 매력적인 순수함을 보여 주는 것이었고, 그와 동시에 자존감을 지키려는 그녀의 맹목적인 애정의 발로였다. 이런 아내 덕분에 페르디낭은 은밀히 느끼는 자신의 무능함을 견딜 수 있었다. 그는 자신이 점점 작아지는 것을 고통스럽게 여기지 않았다. 그는 자신의 서명이 들어간 그림을 보며, 아델이 "그의 그림, 그의 작품"이라고 말하듯 "내 그림, 내 작품"이라고 말하곤 했다. 그것을 위해 자신이 한 일이 거의 없음을 생각지 못한 채. 이 모든 것은 그들 사이에 너무나 자연스러운 일로 자리 잡았고, 페르디낭은 자신의 개성까지도 앗아간 아델을 조금도 질투하는 법이 없었다. 그리하여 누군가와 이야기라도 할라치면 그는 이내 아내에 대한 찬사로 되돌아가 어느 날 저녁 렌캥에게 했던 이야기를 되풀이하곤 했다.

"정말이라니까요, 아내는 나보다 재능이 훨씬 많아요…… 나는 데생 하나 하는 것도 힘들어 죽겠는데 아내는 너무나 손쉽게 뚝딱 해치운다니까요…… 어찌나 솜씨가 좋은지 상상도 못할 거예요. 이건 분명 타고나는 거예요. 천부적인 재능인 거죠."

사람들은 그의 말을 사랑에 빠진 남편의 애정 표현쯤으로 여기고 가만히 미소를 지어 보였다. 그러다 누군가가 수르디 부인을 매우 존경하지만 유감스럽게도 그녀의 예술적인 재능은 믿지 않는다는 식으로 말하면, 그는 벌컥 화를 내면서 창작의 바탕이 되는 기질과 메커니즘에 대해 일장 연설을 늘어놓았다. 그리고 그것은 언제나 이런 외침으로 끝나곤 했다.

"분명히 말하지만 내 아내가 나보다 훨씬 낫다니까요! 도대체 왜 아무도 내 말을 믿으려 하지 않는 거냐고!"

수르디 부부는 사이가 아주 좋았다. 세월이 흐르면서 나이와 나쁜 건강이 페르디낭을 매우 차분해지게 했다. 그는 이제 술도 마실 수 없었다. 조금만 과음을 하면 위가 요동을 치기 때문이었다. 오직 여자들만이 이삼일 간 이어지는 일탈을 저지르게 했을 뿐이었다. 그러나 그들이 메르쾨르에 완전히 정착하자 그는 부족한 기회 때문에 부득이하게 전적으로 충실한 남편이 되었다. 이제 아델이 두려워하는 것은 그가 그녀의 하녀들과 때때로 못된 짓을 저지르는 것뿐이었다. 그 때문에 그녀는 아주 못생긴 하녀들만을 고용하기로 마음먹었다. 하지만 그렇다고 해서 페르디낭이 그들의 동의하에 함께 어울리는 것을 막을 수 있는 것은 아니었다. 가끔씩 그는 신체적으로 몹시 힘들거나 엉뚱한 생각이 들거나 어떤 욕구를 느낄 때면 모든 걸 망치는 한이 있어도 그것들을 해소해야만 했다. 아델은 하녀들과 남편 사이에서 지나친 친밀함을 발견할 때마다 그들을 갈아 치우는 것으로 끝냈다. 그럴 때마다 페르디낭은 일주일간 고개를 제대로 들지 못했다. 이런 일들은 노년이 될 때까지 그들 사이에 사랑의 불꽃을 다시 타오르게 하곤 했다. 아델은 여전히 남편을 아끼고 사랑하면서 그의 앞에서는 절대 질투심을 드러내지 않았다. 페르디낭은 그녀가 하녀를 내보낸 뒤 무시무시한 침묵을 고수할 때마다 다정하고 고분고분하게 굴면서 그녀의 용서를 받아 내고자 애썼다. 이제 아델은 그를 어린아이처럼 다루었다. 그사이 그는 몹시 초췌해지고 누런 낯빛에 얼굴에 주름이 깊게 팼다. 하지만 그의 금빛 턱수염은 색이 바랬을 뿐 희게 세지는 않아 그를 여전히 젊은 날의 매력으로 빛나는 늙은 신처럼 보이게 했다.

그러던 어느 날 그는 메르쾨르의 아틀리에에서 그림이 지긋지긋하다는 생각이 들었다. 그것은 신체적인 혐오감 같은 것이었다. 기름 냄새와 캔버스에 칠하는 붓의 끈적한 느낌 등이 그에게 신경질적인 발작을 일으키게 했다. 그는 손을 떨기 시작했고, 현기증을 느꼈다. 어쩌면 이것은 그의 무능함의 결과이거나, 그의 예술가적 재능이 오랜 시간에 걸쳐 조금씩 쇠퇴하다가 마지막 한계에 다다른 것인지도 몰랐다. 그는 이 같은 신체적 불능으로 끝나게 돼 있었던 것이다. 아델은 이는 일시적인 증상일 뿐이고 곧 나아질 거라며 그를 따뜻하게 다독였다. 그리고 그로 하여금 강제로 휴식을 취하게 했다. 이제 그림을 전혀 그리지 않게 된 그는 불안해하고 우울해했다. 그러자 아델은 한 가지 방법을 생각해 냈다. 그가 연필로 밑그림을 그리면, 그녀가 모눈종이를 이용해 그의 지시에 따라 그림을 똑같이 옮겨 그릴 것이었다. 그렇게 그들 사이에 합의가 이루어졌고, 이제 그는 자신이 서명하는 작품에 단 한 번의 붓질조차 하지 않았다. 아델이 전적으로 모든 작업을 했고, 그는 단지 영감을 주는 사람, 그림의 아이디어를 제공하는 사람으로 머물렀다. 때로 그가 불완전하고 부정확한 스케치를 시도할 때면 아델은 아무 말 없이 그것을 수정해야 했다. 오래전부터 부부는 무엇보다 수출을 위해 작업했다. 프랑스에서 커다란 성공을 거둔 뒤로 특히 러시아와 미국에서 많은 주문이 들어왔다. 그리고 먼 나라의 그림 애호가들은 까다롭게 굴지 않았으므로 그림들을 상자에 담아 보내고 돈을 받기만 하면 되었다. 수르디 부부는 점차 이처럼 편한 작업만을 하기에 이르렀다. 게다가 프랑스에서는 그림 판매량이 줄어들었다. 페르디낭이 가끔씩 살롱전에 그림을 보낼 때마다 평단은 똑같은 찬사로 응답했다. 세간의 인정을 받은 그의 재능에 이의를 제기하는 사람은 이제 없었다. 그는 대중과 평단의 관습을 거스르지 않는 그저 그런 작품들을 다량으로 생산해 냈다. 대부분의 사람에게 페르디낭은 똑같은 화가였지만 단지 나이가 들어 더 파격적인 신진들에게 자리를 물려준 것뿐이었다. 그러나 구매자들은 점차 그의 그림에 흥미를 잃어 갔다. 사람들은 여전히 그를 당대의 대가라고 치켜세우면서도 그의 그림은 거의 사지 않았고, 외국인들이 그의 작품 모두를 가져갔다.

그럼에도 이번 해에는 페르디낭 수르디의 그림이 살롱전에서 또다시 커다란 반향을 불러일으켰다. 그림은 그의 첫 작품이었던 〈산책〉과 짝을 이루는 듯 보였다. 새하얀 벽으로 둘러싸인 추운 교실에서 학생들이 공부를 하고 있었다. '자습 감독'이 세상을 잊은 듯 소설책 읽기에 몰두하고 있는 동안 아이들은 파리가 날아가는 걸 구경하거나 킥킥거리며 웃었다. 그림의 제목은 〈자습 시간〉이었다. 대중은 그림이 매력적이라며 찬사를 보냈고, 평론가들은 삼십 년 간격을 두고 그려진 두 작품을 비교하면서 페르디낭이 걸어온 길과 〈산책〉의 미숙했던 점 그리고 〈자습 시간〉의 완벽한 과학적 구성에 대해 이야기했다. 많은 이들이 그 속에서 놀라운 섬세함과 세련된 예술적 기교, 그 누구도 뛰어넘지 못할 완벽한 기법을 애써 발견하고자 했다. 그러나 화가들 대부분은 부정적인 의견을 내놓았고, 그중에서도 렌캥은 가장 과격한 이들에 속했다. 그는 많이 늙었지만 일흔다섯 살치고는 아직 정정한 편이었고, 언제나 앞장서서 진실을 말하곤 했다.

"그런 말들 마시오." 그가 소리쳤다. "난 페르디낭을 아들처럼 사랑하오. 하지만 그의 젊은 시절 작품들보다 요즘 작품들이 더 좋다고 하다니, 그런 바보 같은 말이 어디 있습니까! 이 그림에서는 예전과 같은 열정도, 재치도, 어떤 독창성도 발견할 수 없어요. 그래요, 이 작품이 더 아름답고 더 대중적이라는 건 나도 인정합니다! 하지만 촛불을 끄고 보면 모를까 어떻게 이토록 진부한 그림을 좋아할 수가 있습니까? 그림을 돋보이게 하려고 어떤 기교를 부렸는지는 알 수 없지만, 이 속에는 모든 스타일이 뒤섞여 있어요. 심지어 최악의 스타일까지도…… 내가 사랑하는 페르디낭이 이런 그림을 그렸을 리가 없습니다……."

그는 하던 말을 멈추었다. 그는 자신이 지금 무슨 말을 하는지 잘 알고 있었다. 사람들은 그의 쓸쓸함 가운데서 그가 평소 여성에 대해 느끼던 은밀한 분노를 간파했다. 때로 그는 여성을 해로운 동물이라고 말하기까지 했다. 하지만 그는 화를 내면서 이 말만을 반복하는 데 그쳤다.

"아니, 이건 그가 아니오…… 절대 그일 리가 없소……."

그는 관찰자와 분석가의 호기심으로 아델이 조금씩 남편의 영역을 침범하는 것을 오랫동안 지켜봐 온 터였다. 페르디낭이 새로운 작품을 선보일 때마다 렌캥은 아주 조금씩 무언가가 달라지는 것을 알아차렸다. 노화가는 그림에서 남편이 그린 것과 아내가 작업한 부분을 알아보았고, 날이 갈수록 아내의 영역이 점점 더 커진다는 것을 확인했다. 이 모든 것은 그에게 너무나 흥미롭게 느껴졌다. 평소 삶이 제공하는 구경거리를 사랑하는 렌캥은 화내는 것도 잊은 채 오직 기질들이 서로 바뀌어 가는 과정을 즐기기에 이르렀다. 그리하여 그는 그림에서 어딘가가 대체된 듯한 느낌이 들 때마다 그것을 기록해 놓곤 했다. 이제 그는 생리학적이고 심리학적인 한 편의 드라마가 완결되었음을 느꼈다. 그 결말이나 다름없는 작품, 〈자습 시간〉이 그의 눈앞에 놓여 있었던 것이다. 그는 알 수 있었다. 아델은 페르디낭을 잡아먹었다. 이젠 정말 끝이었다.

렌캥은 매년 그랬듯 7월에 메르쾨르에서 며칠을 보내기로 마음먹었다. 살롱전 이후로 수르디 부부를 다시 봐야겠다는 생각이 강하게 들었기 때문이었다. 그는 그때를 이용해 자신의 추측이 맞는지를 직접 확인하고자 했다.

그가 더운 오후에 부부의 집으로 찾아갔을 때 정원은 나무 그늘에서 잠들어 있었다. 집은 화단을 포함한 모든 곳이 청결했고, 질서와 평온함을 보여 주는 부르주아적인 규칙성으로 꾸며져 있었다. 작은 도시의 어떤 소음도 이 한적한 구석까지는 닿지 못했고, 덩굴장미는 꿀벌들의 윙윙거리는 소리로 가득했다. 하녀는 방문객에게 부인이 아틀리에에 있다고 알려 주었다.

렌캥이 아틀리에의 문을 열자 선 채로 그림을 그리는 아델이 보였다. 그녀는 수년 전 작업하던 그녀를 그가 처음으로 발견했을 때와 똑같은 자세로 작업을 하고 있었다. 하지만 이제 그녀는 더 이상 그런 자신을 감추려고 하지 않았다. 아델은 잠시 기분 좋게 놀라는 표정을 지으면서 팔레트를 내려놓으려고 했다. 그러나 랜캥은 얼른 소리쳐 말했다.

"내가 방해가 된다면 가마…… 이런, 나를 친구로 대해 주려무나. 하던 일을 계속하렴, 멈추지 말고!"

아델은 시간의 가치를 아는 여성으로서 잠시 실랑이를 했다.

"그럼 그럴게요! 선생님께서 그렇게 말씀하시니! …… 사실 한 시간도 제대로 쉬기 힘들답니다."

나이가 들고 점점 더 뚱뚱해지면서도 그녀는 여전히 놀라운 힘찬 손놀림으로 거침없이 작업을 행했다.

렌캥은 그녀를 잠시 지켜보다가 물었다.

"페르디낭은? 외출한 거야?"

"아뇨, 저기 있잖아요." 아델이 붓끝으로 아틀리에 구석을 가리키며 말했다.

그랬다. 페르디낭은 긴 의자에 누운 채 졸고 있었다. 몹시 쇠약해지고 생각이 느려진 그는 렌캥의 목소리에 잠이 깨어서도 노화가를 얼른 알아보지 못했다.

"아, 누군가 했네요. 반가운 손님이 오셨군요!" 마침내 그가 말했다.

그는 일어나 앉으려고 애쓰면서 힘없이 악수를 했다. 전날 그는 그들 집에 설거지를 하러 온 소녀와 함께 있는 것을 아델에게 들켰다. 그는 어떻게 아내에게 용서를 빌어야 할지 몰라 질겁한 얼굴로 매우 고분고분하게 굴었다. 렌캥은 자신이 예상했던 것보다 그가 더 비어 있고 더 짓눌려 있음을 알게 되었다. 이번에는 완전한 소멸이 이루어졌던 것이다. 노화가는 가엾은 남자에게 진한 연민을 느꼈다. 그리고 자신이 과거의 불꽃을 조금이라도 되살릴 수 있는지를 보기 위해 〈자습 시간〉이 최근 살롱전에서 대성공을 거둔 이야기를 꺼냈다.

"오, 친구, 그대는 아직도 대중을 감동하게 하는 힘을 잃지 않은 것 같소…… 그 옛날 처음 그랬던 것처럼 사람들은 당신 이야기뿐이라오."

페르디낭은 그를 멍하니 바라보았다. 그리고 무슨 말이라도 해야 한다고 생각한 듯 중얼거렸다.

"네, 저도 압니다. 아델이 신문을 읽어 주었거든요. 제 그림이 정말 좋죠, 안 그래요? …… 전 정말 언제나 열심히 하거든요…… 하지만 정말로 아델은 저보다 훨씬 잘해요. 솜씨가 정말 기막히다니까요!"

그는 희미한 미소와 함께 아내를 가리키면서 눈을 깜빡였다. 그러자 아델이 다가와 어깨를 으쓱해 보이면서 공손한 아내 같은 얼굴로 말했다.

"이이 말은 믿지 마세요! 엉뚱한 소리 잘하는 거 아시잖아요…… 누가 들으면 제가 대단한 화가인 줄 알겠어요…… 전 그저 남편을 도울 뿐이에요, 그것도 아주 서툴게요. 게다가 이이는 제가 그러는 게 재미있대요!"

렌캥은 그들 부부가 자기 앞에서 펼치는 코미디를 보면서 아무 대꾸를 하지 못했다. 그들은 분명 선의로 그러는 것일 터였다. 그는 이 아틀리에에서 페르디낭이 완벽하게 제거되었음을 분명히 느꼈다. 이제 페르디낭은 거짓으로 자존심을 지킬 필요조차 느끼지 못하면서 간단한 스케치조차 하지 않았다. 그는 아델의 남편인 것으로 충분했다. 언제 그들 사이의 단절이 이루어졌는지는 정확히 알 수 없지만, 이젠 아델이 구성과 스케치와 색칠을 도맡아 했다. 게다가 완벽한 예술가의 면모를 갖춘 그녀는 더 이상 남편에게 조언도 구하지 않았다. 이제 그녀는 혼자서 모든 것을 해냈고, 그녀의 여성적 개성 안에는 남성적 개성의 과거 흔적이 희미하게 남아 있을 뿐이었다.

페르디낭은 하품을 하고는 말했다.

"저녁 드시고 가실 거죠? 아, 난 정말 지쳤어요…… 선생님은 그런 거 이해하시죠? 오늘은 아무것도 안 했는데도 왜 이리 피곤한지 모르겠네요."

"남편은 아무것도 안 한다고 하지만 실은 아침부터 저녁까지 일한답니다." 아델이 말했다. "도무지 제 말을 듣지 않아요. 푹 좀 쉬라고 해도 소용이 없다니까요."

"그건 사실이에요." 그가 말했다. "쉬면 병이 난다니까요. 그래서 뭐라도 해야 해요."

그는 자리에서 일어나 잠시 서성이다가 조그만 탁자 앞으로 가서 앉았다. 오래전에 아델이 그 위에서 수채화를 그리던 탁자였다. 페르디낭은 수채화를 처음 시도한 듯한 그림이 그려진 종이를 유심히 살폈다. 포플러나무들과 오래된 수양버들을 배경으로 개울물이 물레방아를 돌리는 그림으로 마치 기숙생이 그린 것 같았다. 그의 뒤에서 그것을 굽어보던 렌캥은 어린아이의 그림처럼 서툴고 우스꽝스럽기까지 한 데생과 색조를 보며 미소를 지었다.

"참으로 이상하군." 그는 혼잣말로 중얼거렸다.

그는 아델이 자신을 뚫어져라 쳐다보는 것을 보고는 입을 다물었다. 그녀는 팔 받침대도 없이, 자신감 넘치는 손길과 위엄 있는 몸짓으로 인물 하나를 그려 넣음으로써 단번에 그림에 생기를 불어넣었다.

"이 물레방아 참 근사하지 않나요?" 페르디낭은 여전히 종이를 굽어보며 경쾌하게 말했다. 그는 어린 학생의 위치에 아주 만족하는 듯 보였다. "아, 단지 연습 삼아 그려 보는 것뿐이에요."

렌캥은 커다란 충격을 받았다. 이제 수채화를 그리는 것은 페르디낭이었다.

후작 부인의 어깨

1장

    후작 부인은 노란 새틴으로 된 커다란 커튼이 드리워진 커다란 침대에서 자고 있었다. 정오에 괘종시계가 맑은 종소리를 내자 그제야 눈을 뜨기로 마음먹었다.

    방 안은 따뜻했다. 문과 창문에 늘어진 장식 휘장들과 카펫이 포근하게 감싸 준 덕분에 한기가 새어 들어올 틈이 없었다. 온기와 향기가 방 전체로 퍼져 나갔다. 이곳은 언제나 따사로운 봄날이었다.

    이제야 좀 정신이 든 후작 부인은 갑자기 어떤 불안감에 사로잡힌 듯했다. 그녀는 이불을 젖히고 초인종을 울려 쥘리를 불렀다.

    "부르셨어요, 부인?"

    "바깥에 얼음이 녹았어?"

    아, 어쩌면 이리도 마음이 고우실 수가! 물어보는 후작 부인의 목소리가 떨려 왔다. 잠에서 깨어나 처음으로 든 생각이 이 지독한 추위에 관한 것이라니! 그녀는 느끼지 못하지만, 가난한 이들의 초라한 집에는 너무도 잔인하게 불어닥치는 차가운 북풍에 관한 것이라니! 후작 부인은 하늘이 그녀에게 자비를 베풀어, 양

심의 가책을 느끼지 않고, 오들오들 떨고 있는 이들을 생각지 않고 혼자만 따뜻해도 되는지를 묻는 것이었다.

"쥘리, 얼음이 녹았냐니까?"

하녀는 후작 부인에게 따뜻한 불 앞에서 막 덥혀 온 아침용 가운을 건넸다.

"오, 아뇨 부인. 아직 안 녹았어요. 오히려 더 꽁꽁 얼걸요…… 승합마차 위에서 얼어 죽은 사람도 있대요."

그 말에 후작 부인은 어린아이처럼 기뻐했다. 그리고 손뼉을 치면서 이렇게 소리쳤다.

"오, 잘됐어! 오늘 오후엔 스케이트를 타러 가야지."

2장

쥘리는 살며시 커튼을 쳤다. 갑작스럽게 들어오는 빛에 매력적인 후작 부인의 섬세한 눈이 부시지 않게 하기 위해서였다.

눈(雪)에서 반사된 푸르스름한 빛이 방 안을 경쾌함으로 가득 채웠다. 하늘은 온통 회색빛이었지만 너무도 어여쁜 회색이라 후작 부인이 전날 밤 정부 청사의 무도회에서 입었던 연회색 실크 드레스를 연상케 했다. 드레스의 새하얀 레이스 장식은 희부연 하늘을 배경으로 지붕들 가장자리에 쌓인 눈을 닮아 있었다.

전날 밤 새 다이아몬드로 장식한 후작 부인은 너무나 아름다웠다. 집으로 돌아온 그녀는 새벽 다섯 시에나 잠자리에 드는 바람에 아직도 머리가 무거웠다. 그럼에도 거울 앞에 앉았고, 쥘리는 물결치는 그녀의 금발 머리를 들어 올렸다. 그녀가 걸치고 있던 가운이 흘러내리자 어깨부터 등 중간까지 맨살이 그대로 드러났다.

이미 한 세대가 후작 부인의 어깨를 구경하면서 늙어 갔다. 천성적으로 즐거움을 추구하는 여인들이 강력한 권력에 힘입어 튈르리궁에서 어깨를 드러낸 채 춤을 출 수 있게 되었고, 그 이후 후작 부인은 북적거리는 공식적인 살롱에서도 거리낌 없이 맨 어깨를 드러냈다. 그런 그녀가 제2제정 시대의 매력을 대변하는 살아 있는 상징이 될 정도로 자주. 그녀는 유행을 따라 드레스를 자꾸만 더 깊이 파야 했다. 때로는 등허리까지, 또 때로는 가슴이 보일락 말락하게. 사랑스러운 후작 부인은 두 뺨에 보조개를 지으며 그녀의 상의가 간직한 모든 보물을 드러내 보였다. 막달라 마리아에서 성 토마스 아퀴나스에 이르기까지 등과 가슴에 관한 한 그녀보다 위대했던 이는 없었다. 수많은 사람들에게 공개된 후작 부인의 어깨는 통치의 관능적인 문장(紋章)[32]이나 다름없었다.

---

32 국가나 단체 또는 집안 따위를 나타내기 위하여 사용하는 상징적인 표지(標識). 도안한 그림이나 문자로 되어 있다.

3장

사실 후작 부인의 어깨를 자세히 묘사할 필요는 없다. 퐁뇌프[33] 만큼이나 잘 알려져 있기 때문이다. 그녀의 어깨는 십팔 년간[34]이나 대중에게 공개된 구경거리 중 하나였다. 살롱이나 극장 혹은 다른 데서 그녀의 어깨가 언뜻 보이기라도 하면 사람들은 이렇게 소리치곤 했다. "저길 봐, 후작 부인이야! 왼쪽 어깨에 있는 점도 보여!"

게다가 그녀의 어깨는 정말 아름다웠다. 새하얗고 통통하고 도발적이었다. 거리의 포석이 행인들의 무수한 발길에 반들반들 윤이 나듯 그녀의 어깨를 향한 정권의 눈길은 그것을 더욱더 매력적으로 보이게 했다.

내가 만약 그녀의 남편이나 정부였다면, 파리의 온갖 명사들의 뜨거운 숨결이 스쳐 간 그녀의 어깨에 키스하는 대신 청탁자들의 손길에 닳고 닳은, 어느 장관 집무실의 크리스털 문손잡이에 키스하는 편을 택했을 터였다. 그녀의 어깨 주위에서 전율했을 수많은 욕망을 떠올릴 때면, 자연이 어떤 기막힌 점토로 그것

---

33 pont Neuf 혹은 Pont-Neuf. '새로운 다리'라는 의미지만 실은 파리에서 가장 오래된 다리이다. 16세기 말~17세기 초에 지어졌으며, 파리 최초의 돌다리이자 진흙과 말들로부터 보행자를 보호하는 보도를 갖춘 최초의 다리라는 뜻에서 그런 이름이 붙었다.

34 이 이야기는 제2제정(1852년 12월 2일~1870년 9월 4일)이 무너지기 전인 1870년 2월 21일에 발표되었다. 졸라는 후작 부인의 어깨를 빗대어 나폴레옹 3세의 제2제정을 풍자하고 있는 것이다.

을 빚었는지 궁금해진다. 야외 정원들에 전시된 나신상(裸身像)들이 차츰 바람에 부식되듯 그녀의 어깨가 닳거나 부서지지 않는 게 신기하기 때문이다.

후작 부인은 수치심 따위는 저 멀리 던져 버린 지 오래였다. 그녀는 자신의 어깨를 권위가 넘치는 하나의 체제가 되게 했다. 자기 입맛에 맞는 정부(政府)를 선택하기 위해 그간 얼마나 많은 공을 들였는지! 그녀는 언제나 임전 태세를 갖춘 채, 때로는 동시다발적으로 튈르리궁에서, 장관 집무실에서, 대사 관저에서, 백만장자들 집에서 머뭇거리는 이들을 미소로 굴복시켰고, 순백의 가슴으로 왕좌를 받쳐 주었으며, 위험한 순간에는 그동안 감춰 둔 매혹적인 부분들(웅변가의 연설보다 설득력 있고, 군인의 검보다 과단성 있는)을 살짝 보여 주었고, 표 하나를 빼앗아 오기 위해 가장 맹렬한 반대파들이 백기를 들 때까지 자신의 반팔 블라우스를 잘라 내기를 서슴지 않았다.

그리하여 후작 부인의 어깨는 언제나 온전하게 남아 있으면서 승리를 구가했다. 그녀는 그 어깨 위에 세상을 올려놓았고, 시간이 흘러도 그 순백의 대리석에는 주름 하나 생기지 않았다.

4장

그날 오후 후작 부인은 매력적인 폴란드풍 옷을 입고 스케이트를 타러 갔다. 스케이트를 타는 그녀의 모습은 참으로 사랑스러웠다.

매서운 추위에 불로뉴 숲에서는 여인네들의 코와 입술을 얼어붙게 만드는 삭풍이 불어왔다. 마치 바람이 그들의 얼굴로 가느다란 모래알들을 내부는 듯했다. 추위를 즐기는 후작 부인은 웃음을 터뜨렸다. 그녀는 때때로 작은 호숫가에 불을 지펴 놓은 화로에 발을 덥히러 갔다. 그런 다음 땅을 스치듯 날아가는 제비처럼 다시 차가운 대기 속을 내달렸다.

아, 이 얼마나 즐거운 놀이인가! 아직 얼음이 녹지 않은 게 얼마나 다행인지! 후작 부인은 일주일 내내 스케이트를 탈 수 있을 것이었다.

집으로 돌아가던 후작 부인은 샹젤리제 거리 옆길의 나무 아래에서 떨면서 죽어 가는 한 소녀를 보았다.

"저런, 가엾어라!" 그녀는 연민이 묻어나는 목소리로 중얼거렸다.

하지만 마차가 너무 빨리 달려 지갑을 찾을 수 없었던 그녀는 불쌍한 소녀에게 들고 있던 꽃다발을 던졌다. 5루이[35]나 하는 새하얀 라일락 꽃다발이었다.

---

[35] Louis. 루이 13세 시대에 만들어져 1928년까지 사용되었던 액면 20프랑짜리 금화.

가난한 소녀들은
무슨 꿈을 꿀까

소녀는 하루 열두 시간을 일하고 15수를 벌었다. 저녁이면 얇은 검은 숄로 몸을 감싼 채 새하얗게 얼어붙은 길을 따라 오들오들 떨며 집으로 돌아왔다. 몹시 야윈 소녀는 잔뜩 몸을 웅크린 채, 길거리에 버려진 가엾은 동물들처럼 겁먹은 모습으로 걸음을 재촉하곤 했다.

너무나 허기가 진 소녀는 싸구려 고기를 조금 사서 신문지 조각에 둘둘 말아 들고 왔다. 그리고 숨을 헐떡이며 칠 층까지 걸어 올라갔다.

그녀가 사는 지붕 밑 방은 초라하기 그지없었다. 희미한 촛불만이 이 누추한 거처를 밝히고 있었고, 온기라곤 찾아볼 수 없었다. 문 아래로는 차가운 바람이 새어 들어와 촛불을 흔들리게 했다. 가구라고는 침대와 탁자, 의자 하나가 다였다. 방 안이 어찌나 추운지 물 단지에 넣어둔 물까지 얼어 있었다.

소녀는 분주하게 움직였다. 매일 밤 발치에 쌓아 놓는 옷가지 덕분에 침대에서는 몸을 조금 덥힐 수 있을 것이었다. 그녀는 서둘러 조그만 탁자 앞에 앉았다. 그리고 찬장에서 꺼낸 빵 조각과 돼지고기를 무심하게 꾸역꾸역 먹었다. 목이 마르면 물 단지의 얼음을 깨서 먹었다.

기껏해야 열여덟 살밖에 안 돼 보이는 소녀는 조금이라도 덜 춥기 위해 방 안에서도 숄과 보닛을 벗지 않았다. 그녀는 옷을 잔뜩 껴입은 채 먹으면서 차가운 바람에 시퍼레진 두 손을 옷 속으로 감추곤 했다. 웃을 수만 있다면 참으로 어여쁜 소녀일 터였다. 섬세한 입술과 연회색 눈에서는 그윽한 매력이 풍겨 나왔다. 하지만 가난의 고통으로 인해 입술은 쪼그라들었고, 눈빛은 침울하게 굳어 있었다. 대부분의 가난한 이들이 그렇듯 소녀의 얼굴은 경직되고 절박해 보였다.

그녀는 멍하니 허공을 응시하면서 조급한 동물처럼 허겁지겁 배를 채웠다. 그러다 접시로 쓰던 기름때 묻은 신문지 조각을 무심코 보게 되었다.

그녀의 눈길이 가닿은 것은 튈르리궁에서 열린 무도회에 관한 기사였다. 무도회에서 사람들은 엄청난 양의 포도주와 요리를 먹어 치웠다. 샴페인 구천 병과 삼천 개의 케이크, 육백 킬로그램의 고기와 수많은 요리들. 소녀는 씁쓸한 미소를 지으며 그 사람들은 엄청 뚱뚱할 거라고 생각했다.

하지만 그녀도 여자인 터라 여자들의 치장에 관한 묘사에 더 눈길이 가는 것은 어쩔 수 없었다. 기사에는 이렇게 쓰여 있었다.

드 메테르니히 부인은 새하얀 드레스에 진보랏빛 허리띠를 하고 있었다. 사랑스러운 진주와 다이아몬드 장식들은 다이아몬드 목걸이로 인해 더욱더 돋보였다.

소녀의 얼굴은 점점 더 굳어졌다. 자신은 따뜻한 옷 한 벌이

없는데 어째서 다른 여자들은 다이아몬드 목걸이로 치장을 하는 걸까? 그녀는 기사를 계속 읽어 나갔다.

황후는 연두색 드레스 위에 새하얀 망사가 돋보이는 덧옷을 걸치고 있었다. 은실로 짠 덧옷의 위아래는 검은담비의 모피로 장식돼 있었다. 황후는 머리에는 눈덩이 모양의 꽃장식과 단순한 다이아몬드 머리띠를 하고, 목에는 근사한 다이아몬드로 그리스식 번개 문양을 그려 넣은 검은색 벨벳 목도리를 둘렀다.

온통 다이아몬드 이야기였다. 여기 나온 다이아몬드만으로도 백(百) 가족을 부자가 되게 하고도 남을 터였다. 소녀는 더 이상 신문을 읽지 않고 의자에서 몸을 뒤로 젖힌 채 생각에 잠겼다.

그녀의 연회색 눈에 나쁜 생각들이 스쳐 지나갔다. 소녀는 더 이상 추위를 느끼지 않았고, 나쁜 유혹[36]에 빠져들었다.

잠시 후 꿈에서 깨어난 소녀는 초라한 방을 둘러보면서 진저리를 쳤다. 그리고 나직하게 중얼거렸다.

"이게 다 무슨 소용이람? …… 뭐하러 죽도록 일하냐고. 나도 다이아몬드가 갖고 싶어."

내일은 그녀도 다이아몬드를 가질 수 있을 것이다.

---

36 졸라는 가난과 매춘의 명백한 상관관계에 대해 자주 언급한 바 있다.

독한 사랑[37]

---

[37] 이 이야기는 1866년 12월 24일 『르 피가로(Le Figaro)』에 발표되었다. 원제는 '어떤 연애결혼(Un mariage d'amour)'이다. 아이러니한 제목의 이 이야기는 졸라의 최초의 장편소설 《테레즈 라캥》(1867년 발표)의 모티브가 되었다.

『르 피가로』에 연재된 소설[38]이 커다란 성공을 거두었다는 소식에 정념과 고통으로 점철된 어떤 끔찍한 이야기가 생각난다. 나는 언젠가는 그것을 한 권의 책으로 펴낼 수 있기를 기대하면서 여러분에게 간단히 들려주고자 한다. 내가 지금 그것을 공개하려는 이유는 그 이야기가 커다란 교훈을 포함하고 있으면서, 죄인이 그 죄에 대한 처벌을 받지 않은 사실에서 더 끔찍한 벌을 받았음을 보여 주고 있기 때문이다.[39]

퓌르비스와 마르가이가 파스쿨을 살해한 것을 들키지 않고 결혼했다고 상상해 보자. 두 살인자인 정부와 간통녀는 그들의 명예를 지키는 데 성공했고, 이제 그들이 꿈꾸었던 행복한 삶을 살아갈 것이다. 쾌락과 피로 맺어진 그들은 마침내 부와 색욕에의 욕망을 마음껏 충족할 수 있게 된 것이다.

이제 그들의 경우와 비슷한 독(毒)한 사랑의 이야기를 들어 보길 바란다.

---

38 1866년 11월 16일~12월 26일에 『르 피가로』에 발표된 아돌프 벨로와 에르네스트 도데의 연재소설 《고르드의 비너스》를 가리킨다.
39 《고르드의 비너스》는 프랑스 남부의 고르드라는 마을에서 벌어졌던 치정극을 소설화한 것이다. 여자의 정부가 남편을 살해한 사건이었는데, 두 공범은 재판에서 무기징역을 선고받았다. 징벌의 '내적' 숙명성에 관심이 있었던 졸라는 죄인들이 처벌을 받지 않았다는 가정하에 이야기를 풀어 나간다.

1장

미셸은 스물다섯 살에 동갑내기인 쉬잔과 결혼했다. 쉬잔은 신경질적으로 마른 데다 못생기지도 예쁘지도 않았지만 갸름한 얼굴에 길게 찢어진 커다란 두 눈이 아름다운 여자였다. 그들은 삼 년간 아무런 다툼 없이 잘 지내 왔다. 찾아오는 이라고는 남편의 친구인 자크뿐이었는데, 쉬잔은 점차 그를 열렬히 사랑하게 되었다. 자크는 그 열정의 강렬한 달콤함에 자신을 내맡겼다. 그렇다고 해서 가정의 평화가 깨지지는 않았다. 연인들은 비겁해서 스캔들이 생기지 않도록 신중하게 행동했다. 그러다 자연스레 서서히 미셸을 없애 버릴 계획을 세우게 되었다. 살인은 모든 것을 해결해 줄 것이고, 그들이 합법적으로 마음껏 사랑할 수 있게 해 줄 터였다.

어느 날 그들은 야외로 피크닉을 가자고 미셸을 부추겼다. 세 사람이 코르베유로 가서 점심을 주문하자 자크는 그사이 카누를 타고 센강을 한 바퀴 돌아보자고 제안했다. 그가 노를 저으며 강을 따라 내려갈 때 남편과 아내는 아이들처럼 웃으며 노래를 불렀다.

그러다 센강 한복판에 이른 배가 조그만 섬의 커다란 수풀로 가려지자 자크는 갑자기 미셸을 붙잡아 강물로 던지려고 했다. 쉬잔은 노래를 멈추고 고개를 돌렸다. 그리고 하얗게 질린 얼굴로 입술을 꼭 다문 채 조용히 몸을 떨었다. 두 남자가 뱃전에서 몸싸움을 벌이는 동안 배는 삐걱거리며 가라앉았다. 놀란 미셸은 무슨 영문인지 몰라 공격을 받은 짐승 같은 본능으로 말없이 버둥거렸다. 그는 자크의 뺨을 살점이 떨어져 나갈 만큼 세게 문 뒤 분노와 두려움으로 아내를 부르면서 강물로 떨어졌다. 그는 수영을 할 줄 몰랐다.

그러자 자크는 쉬잔을 품에 안고 물속으로 뛰어들면서 배를 전복시켰다. 그리고 소리를 질러 도움을 요청했다. 수영을 잘하는 그는 쉬잔을 꼭 붙든 채 수월하게 강가에 이르렀다. 강가에는 이미 여러 사람이 모여 있었다.

그러자 엄청난 연극이 시작되었다. 쉬잔은 차가운 몸으로 기절한 채 모래 위에 누워 있었고, 절망한 자크는 울면서 자기 친구를 빨리 구해 달라고 애원했다. 다음 날 신문들은 사건에 관한 기사를 실었고, 두 연인은 비겁한 만큼이나 신중하게 처신해서 어떤 범죄가 저질러졌을 거라는 생각을 아무도 하지 못했다. 자크는 뺨에 난 커다란 상처가 배의 못에 찢긴 것이라고 해명함으로써 아무런 의심을 받지 않았다.

2장

그 뒤 적어도 십삼 개월을 기다려야 했다. 두 연인은 미리 입을 맞춰 최대한 신중하게 행동하기로 했다. 서로 잘 보지도 않았고, 만날 때는 사람들 앞에서만 만났다.

조금이라도 서둘렀다가는 사람들의 의심을 살 수도 있었다.

자크는 처음 일주일간은 매일 아침 정기적으로 시체 공시소에 들렀다. 그러다 새하얀 돌바닥 위에 눕혀져 있던 미셸의 시신을 발견하자 그의 아내 이름을 대고 그를 달라고 해서 땅에 묻었다. 너무나 냉정하게 범죄를 저질렀던 자크는 끔찍하게 일그러지고 온통 시퍼런 반점으로 얼룩진 피해자의 얼굴을 마주하자 두려움에 몸이 떨려 왔다. 그때부터 찡그리고 부풀어 오른 익사자의 얼굴이 자꾸만 그의 눈앞에 어른거렸다.

그 일이 있은 뒤 십팔 개월이 흘렀다. 연인들은 뜸하게 만났는데, 만날 때마다 왠지 모를 불편함이 느껴졌다. 그들은 그 고통스러운 느낌을 자신들이 느끼는 공포와 그 음울한 사건을 모두 잊고 싶은 강렬한 바람 탓으로 돌렸다. 그들이 결혼해서 마침내 사랑의 달콤함을 맛보는 것만이 이 모든 것을 끝낼 수 있을 터였다. 자크는 무엇보다 혼자 있는 것을 힘들어했다. 미셸의 이가 살인자인 그의 뺨에 남겨 놓은 허연 흉터가 때때로 살을 타들어 가게 하고 그의 얼굴을 집어삼키는 것 같았다. 그는 이처럼 끔찍하게 화끈거리고 쓰라린 고통을 쉬잔이 키스로 가라앉혀 주기를 바랐다.

마침내 충분히 오래 기다렸다고 믿은 그들은 결혼식을 올렸고, 그들의 모든 지인들도 축하를 해 주었다. 결혼식을 준비하는 동안 그들은 자신들조차도 착각하게 만든 들뜬 기쁨을 맛보기도 했다. 하지만 사실 그들은 범죄를 저지른 이후 밤마다 끔찍한 악몽에 시달렸고, 그 두려움을 떨쳐 내기 위해 결혼을 서둘렀던 것이다.

3장

결혼 첫날밤에 둘만 있게 된 그들은 노란빛으로 신방을 환히 밝히는 벽난로 앞에서 왠지 모를 당혹감과 불안감을 느끼며 앉아 있었다.

자크는 사랑을 이야기하고 싶었지만 입이 메말라 한마디도 할 수 없었다. 마치 죽은 듯이 몸이 차가워진 쉬잔은 이제는 사라진 몸과 마음의 열정을 자기 안에서 절망적으로 찾았다.

그리하여 그들은 평범한 사람들처럼, 마치 그날 처음 본 사람들처럼 이야기를 나누고자 했다. 그러나 그들은 아무 할 말을 찾지 못했다. 둘 다 불가항력적으로 불쌍한 익사자를 떠올렸고, 공허한 말들을 주고받으면서 서로의 속마음을 읽었다. 그들은 더 이상 아무 말도 하지 않았다. 하지만 침묵 속에서도 그들은 계속 미셸 이야기를 주고받는 듯했다. 두렵고 잔인한 말들로 가득한 그 끔찍한 침묵은 견디기 힘들 만큼 무겁게 그들을 짓눌렀다. 새하얀 잠옷 차림의 쉬잔은 자리에서 일어나 고개를 돌리며 목멘 소리로 물었다.

"시체 공시소에서 그를 봤어?"

"응." 자크가 몸을 떨며 대답했다.

"많이 고통스러워했던 것 같아?"

자크는 아무 대답도 할 수 없었다. 그는 흉측한 환영을 떨쳐 내려는 듯한 몸짓과 함께 두 팔을 벌리면서 쉬잔에게 다가갔다.

"키스해 줘." 그는 허연 흉터가 있는 뺨을 내밀면서 말했다.

"오, 싫어. 절대 못 해…… 거길 어떻게!" 쉬잔은 소리치고 전율하면서 뒷걸음질했다.

그들은 두려움에 떨면서 어색하게 다시 벽난로 앞에 앉았다. 그리고 그들의 긴 침묵 사이사이로 씁쓸한 말과 비난과 불평이 이어졌다.

그들의 결혼 첫날밤은 그렇게 흘러갔다.

4장

 그때부터 두 살인자 사이에 끔찍한 일들이 일어나기 시작했다. 여기서 그 세세한 이야기를 모두 할 수는 없으므로 간단하게 중요한 일화들만을 들려주고자 한다.

 미셸의 시신은 자크와 쉬잔 사이에 자리를 잡았다. 침대에서 그들은 미셸에게 자리를 마련해 주려는 듯 서로 떨어져 누웠다. 키스를 하려고 하면 마치 그들의 입술 사이에 죽음이 자리한 것처럼 입술이 차가워졌다. 지속적인 공포와 그들을 갈라놓는 갑작스러운 두려움이 이어졌고, 그들에게 죽임을 당한 이의 환영이 사방에서 시시때때로 그들 앞에 나타났다.

 이 남자와 이 여자는 더 이상 서로를 사랑할 수 없었다. 그들은 언제나 불안에 떨었고, 익사자로부터 서로를 보호하기 위해서만 함께 살았다. 때로 그들이 서로를 힘껏 껴안으면서 필사적으로 하나가 되고자 하는 것은 각자의 눈앞에 나타나는 환영을 떨쳐 버리기 위해서였다.

 그런 뒤에는 증오가 생겨났다. 그들은 자신들이 저지른 범죄에 분노하면서, 그 때문에 자신들의 삶이 돌이킬 수 없게 망가진 사실에 절망했다. 그리하여 서로를 비난하기 시작했다. 자크는 쉬잔이 자신을 살인으로 내몰았다며 신랄하게 비난했고, 쉬잔은 그가 거짓말을 하고 있으며 범죄는 *그가 혼자 저지른 것*이라고 소리쳤다. 분노는 그들의 불안감을 더욱 커지게 했고, 조그만 기억에도 더 맹렬하고 더 잔인하게 다툼이 시작되곤 했다. 이처럼 두 살인자는 그들이 자처한 고통스러운 삶 속에서 헐떡거리며 서로를 물어뜯다가 침묵하고 마는 사나운 짐승처럼 변해 갔다.

쉬잔은 미셸을 그리워하면서 큰 소리로 울었고, 살인자에게 고인의 됨됨이를 칭찬했다. 자크는 자신이 강물에 빠뜨려 살해한 남자, 일그러진 시신으로 시체 공시소의 돌바닥에 누워 있던 남자의 이야기를 계속 들어야 했다. 그는 종종 망상에 사로잡혔고, 자신의 공범을 욕하고 때리면서 살해 당시의 상황을 반복해 말하곤 했다. 그리고 이 모든 건 자신을 홀려 미치게 만든 그녀가 사주한 것이라고 주장했다.

너무나 고통스러울 게 두렵지 않았다면 그는 미셸의 이빨 자국을 없애기 위해 자신의 뺨을 도려냈을 터였다. 쉬잔은 그 흉터를 볼 때마다 울었고, 이제 자크의 얼굴은 그녀에겐 끝없이 전율하게 하는 두려움의 대상일 뿐이었다.

5장

이제 이 비극적인 드라마는 결론을 맺을 차례가 되었다. 증오 다음으로는 의심과 비겁함이 그들을 찾아왔다. 두 살인자는 서로를 두려워하기 시작했다.

그들은 언제까지나 양심의 가책에 시달리면서 살 수 없다는 것을 깨달았다. 서로가 지쳐 가는 것을 지켜보면서 두려움도 더 커져 갔다. 그들은 조만간 둘 중 하나가 진실을 폭로하고 말 것이라는 생각에 몸서리를 쳤다.

그때부터 그들은 서로를 감시하기 시작했다. 견디기 힘든 고통에도 불구하고 그들은 죄의 대가를 치러 고통에서 벗어나기를 원하지 않았다. 두 사람은 가는 곳마다 서로를 따라다니면서 사소한 행동 하나까지도 살폈다. 그리고 다툼이 있을 때마다 모든 걸 말하겠다고 서로를 위협했다가는 그 즉시 제발 아무 말도 하지 말아 달라고 두 손 모아 빌곤 했다. 그렇게 그들은 서로를 의심하고 격렬하게 싸우는 나날을 이어 갔다. 회한과 공포 속으로 그들을 몰아가는 끔찍한 삶이었다.

급기야 그들은 각자 위험한 공범을 없애 버려야겠다는 생각을 하기에 이르렀다. 쉬잔은 자크의 찢어진 뺨을 더 이상 보지 않게 되면 좀 더 평온한 삶을 살 수 있으리라 기대했다. 자크는 쉬잔을 죽임으로써 자신의 첫 번째 범죄를 사라지게 할 수 있을 거라고 믿었다.

어느 날 그들은 상대방의 물잔에 독을 타는 것을 서로에게 들켰다. 그들은 울음을 터뜨렸고, 흥분된 마음이 가라앉자 서로를 힘껏 껴안았다. 한참 동안 눈물을 쏟아 낸 두 사람은 서로에게 용서를 구하면서 자신들이 얼마나 끔찍한 짓을 저질렀는지 깨달았다고 고백했다. 그리고 이제 스스로 목숨을 끊을 때가 되었음을 인정했다. 죽음이야말로 그들을 해방시켜 줄 마지막 선택이 될 것이었다.

그들은 각자 상대방이 독을 탄 물을 마시고 동시에 숨을 거두었다. 죄악으로 맺어졌던 것처럼 죽음으로 영원히 맺어지면서. 탁자 위에는 그들의 죄를 고백한 유서가 놓여 있었다. 그 씁쓸한 자백서를 읽고 난 뒤에야 나는 이 독한 사랑의 이야기를 쓸 수 있었다.

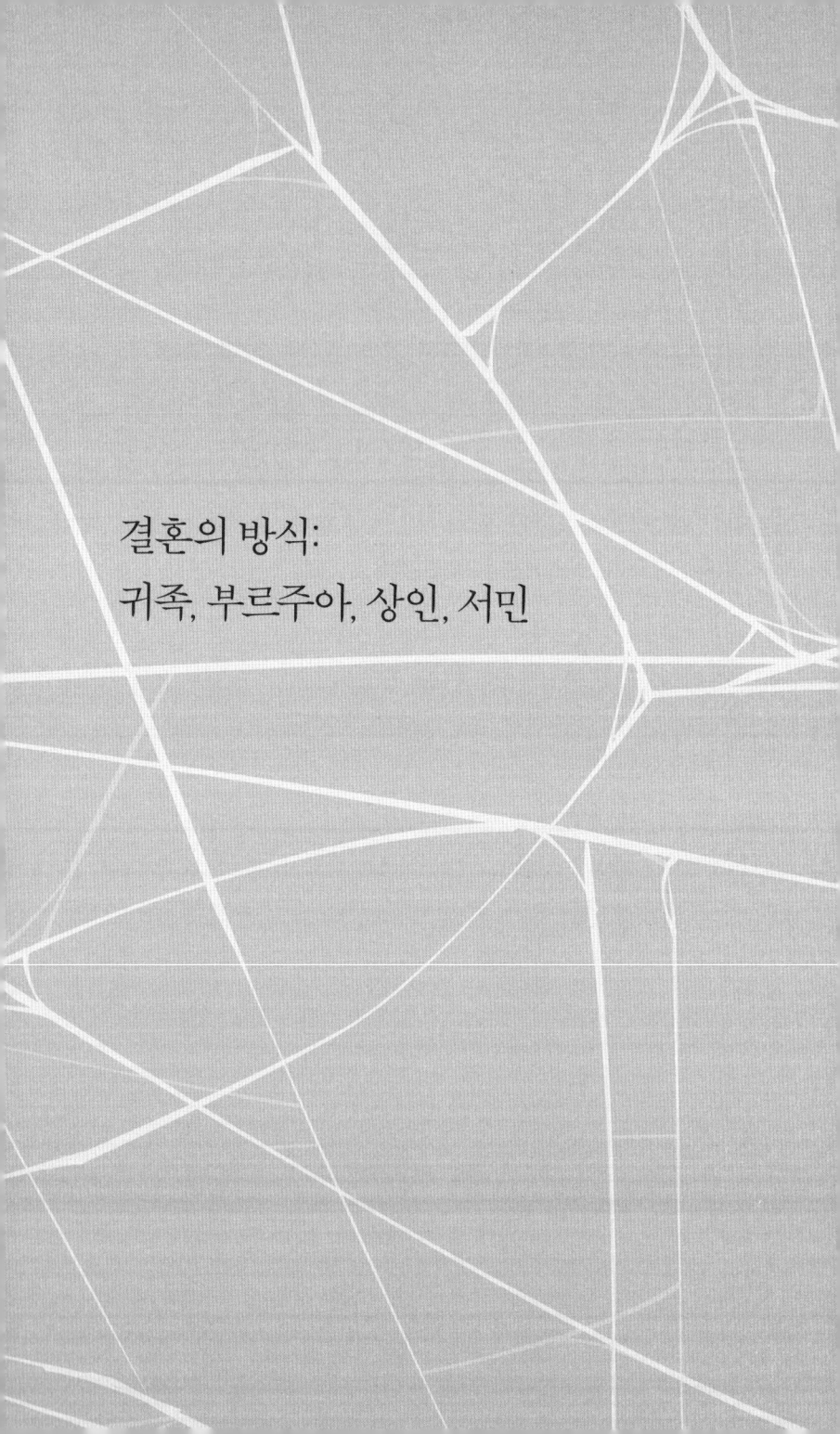

결혼의 방식:
귀족, 부르주아, 상인, 서민

서문

17세기 프랑스에서 사랑은 과도한 치장과 근사한 옷차림을 한 채 엄숙한 음악이 울리는 살롱에서 앞으로 나아가는 귀족이었다. 그는 매우 복잡한 의식(儀式)을 따르면서, 미리 정해진 대로가 아니면 한 발짝도 앞으로 나아가지 않았다. 게다가 그는 언제까지나 사려 깊은 애정과 정직한 즐거움으로 무장한 완벽한 귀족으로 남아 있었다.

18세기의 사랑은 흐트러진 옷차림을 한 악동이었다. 그는 웃는 것처럼 사랑을 했다. 사랑하고 웃는 즐거움을 위해 여인들을 아름다운 여신처럼 대하면서, 금발 여성과 점심을 먹고 갈색 머리 여성과 저녁을 먹었다. 그리고 두 손을 벌려 모든 독신자(篤信者)에게 즐거움을 나눠 주었다. 관능의 숨결이 사회 전체로 퍼져 나가면서 레이스 아래로 떨리는 가슴을 드러낸, 양치기 소녀들과 요정들이 추는 원무를 이끌었다. 18세기는 육체가 여왕이었던 사랑스러운 시대였고, 그때의 황홀한 쾌락이, 풀어 헤친 머리의 내음과 함께 아득하고 따뜻한 숨결처럼 우리에게까지 전해져 오고 있다.

19세기의 사랑은 국가에서 이자를 받는 공증인처럼 정확하고 계산적인 청년이었다. 그는 세상으로 나아가거나 상점에서 무언가를 팔았다. 정치에도 관심을 가졌고, 아침 아홉 시부터 저녁 여섯 시까지 온종일 일에 몰두했다. 밤에는 실용적인 방탕함을 즐기면서, 그가 대가를 지불하는 정부나 그에게 지참금을 지불한 적법한 아내와 시간을 보냈다.

이처럼 17세기의 귀족적인 사랑과 18세기의 관능적인 사랑은 증권거래소의 계약처럼 빠르게 해치우는 실리적인 사랑으로 변모했다.

최근에 나는 한 실업가가 아이를 만드는 기계가 아직 발명되지 않은 것을 불평하는 소리를 들었다. 곡물을 타작하는 기계와 직조기처럼 모든 일에서 톱니바퀴로 인간의 근육을 대체하는 기계가 있지 않은가. 사람들을 대신해 기계가 사랑을 하는 날이 온다면, 현대적 활동에 자신의 일분일초까지 남김없이 바치는 이 시대의 위대한 노동자들은 시간을 절약하면서, 인생이라는 싸움에서 더 오래도록 치열하고 강건하게 남아 있을 수 있을 것이다. 대혁명[40]이라는 엄청난 회오리가 휩쓸고 지나간 뒤 프랑스의 남자들은 아직 여자들을 생각할 여유를 되찾지 못했다. 나폴레옹 1세 치하에서는 대포 소리가 연인들의 속삭임을 방해했다. 왕정

---

[40] 1789년의 프랑스 대혁명을 가리킨다.

복고 시대[41]와 7월 왕정[42] 시대에는 재물에 대한 맹렬한 욕구가 온 나라를 들썩이게 했다. 그리고 마지막으로 나폴레옹 3세[43]의 통치는 참신한 악덕과 새로운 방탕함을 가져다주지는 못한 채 돈에 대한 탐욕만을 커지게 했다. 이런 사회 현상의 저변에는 최근 오십 년간에 걸쳐 등장한 과학, 증기기관, 전기를 비롯한 온갖 발명품들이 있음도 알아야 한다. 작금의 사람들을 이해하려면 먼저 그들의 관심사를 다각도로 살펴봐야 할 것이다. 현대인은 자기 재산을 보존하고 계속 늘리려는 욕망에 사로잡혀 대부분 바깥에서 생활한다. 그의 머리는 쉼 없이 새로 생겨나는 문제들에 시달리고, 그의 육체는 일상적인 전투로 인해 지칠 대로 지쳐 있다. 그 자신은 쉴 새 없이 움직이는 거대한 사회라는 기계의 일개 톱니바퀴에 지나지 않는다. 그에게도 애인은 있지만 이는 육체를 단련하기 위해 말을 소유하는 것과 다를 바 없다. 그가 결혼을 하는

---

41   1815년 나폴레옹 정권이 실각함에 따라 프랑스 제1제국이 몰락한 뒤, 프랑스 대혁명으로 쫓겨났던 프랑스의 기존 왕실인 부르봉가가 복귀하여 세운 왕정이 통치한 시대를 뜻한다.

42   1830년 7월 27~29일에 프랑스 파리에서 일어난 7월 혁명이 성공함에 따라 절대왕정을 추구하던 부르봉 왕조의 샤를 10세가 물러나고 자유주의자인 루이 필리프 1세가 왕위에 올랐다. 7월 왕정은 1848년 2월 혁명이 일어나기 전까지 십팔 년간 지속되었다.

43   나폴레옹 1세의 조카 루이 나폴레옹은 1852년에 황제(나폴레옹 3세)로 즉위해 1870년에 프로이센·프랑스 전쟁에서 패해 실각할 때까지 프랑스 제2제정의 황제로 군림했다. 에밀 졸라의 스무 권짜리 대작 '루공마카르 총서'는 이 시기를 시대 배경으로 하고 있다. 〈결혼의 방식〉은 1876년 1월에 러시아 잡지 「유럽의 메신저」에 처음 발표되었다.

것은 결혼이 또 다른 일처럼 일종의 거래이기 때문이고, 그가 자녀를 둔다면 아내가 그것을 원했기 때문이다.

오늘날의 결혼을 유감스럽게 여기게 하는 또 다른 이유가 있는데, 나는 다양한 결혼의 예를 들기 전에 다음과 같은 점을 강조하고자 한다. 그것은 프랑스의 남자아이와 여자아이가 어렸을 적부터 받는 교육과 가르침 사이에는 커다란 간극이 존재한다는 사실이다. 어린 마리와 어린 피에르의 예를 살펴보자. 그들은 예닐곱 살까지는 한데 어울리며 성장한다. 그들의 어머니가 친구인 경우에는 서로 반말을 하고, 친근하게 서로를 툭툭 치거나 스스럼없이 함께 뒹굴며 논다. 하지만 일곱 살이 되면 사회는 그들을 떼어 놓고 통제하기 시작한다. 그리고 피에르를 중학교에 가둔 채 인간이 알아야 하는 온갖 지식의 요약을 그의 머리에 가득가득 집어넣으려고 안간힘을 쓴다. 좀 더 시간이 지나 보다 전문적인 학교에 진학한 피에르는 직업을 선택하고 어른이 된다. 오랫동안 배우고 익히는 동안 온갖 선과 악을 접한 그는 인간의 추함을 알게 되고 고통과 즐거움을 맛보면서 세상과 사람에 대한 다양한 경험을 쌓아간다.

반면 마리는 이 모든 시간 동안 자기 어머니의 집에 격리된 채 살아간다. 사람들은 그녀에게 가정 교육을 잘 받은 여성이 알아야 할 것들을 가르친다. 문학, 불온한 부분이 삭제된 역사, 지리, 산술, 교리(教理) 등등. 게다가 그녀는 피아노와 춤도 배우고,

두 가지 색의 분필[44]로 풍경화를 그리는 법도 익힌다. 그리하여 마리는 창문을 통해 바라보는 것 말고는 바깥세상에 대해 아무것도 알지 못한다. 그러다 바깥이 너무 소란스러우면 즉시 창문을 닫아 버린다. 혼자서는 절대 거리로 나서지도 않는다. 그녀는 세상과의 모든 접촉을 금지당한 채 마치 온실 속 화초인 양 인위적인 환경에서 공기와 빛을 공급받으며 자라난다.

그리고 이제 십 년 혹은 십이 년이 흐른 뒤 같이 있게 된 피에르와 마리를 떠올려 보자. 그사이 그들은 서로에게 낯선 존재들이 되었고, 그들의 만남은 치명적이리만치 어색하기 짝이 없다. 그들은 더 이상 서로에게 반말도 하지 않고, 함께 구석으로 가서 킥킥 웃지도 않는다. 마리는 피에르에게서 느껴지는 생소함 앞에서 얼굴을 붉힌 채 어쩔 줄 몰라 한다. 피에르는 자신들 사이에 삶의 격류와 잔인한 진실이 가로놓여 있음을 느끼지만 그 사실을 큰 소리로 이야기할 엄두가 나지 않는다. 그들이 서로에게 무슨 말을 할 수 있단 말인가? 서로 다른 언어를 사용하는 완전히 낯선 존재들이 되어 버린 마당에. 그들은 기껏해야 진부한 일상적인 대화를 시도할 수 있을 뿐이며, 그러면서도 마치 적을 마주한 듯 각자 방어 태세를 취하거나 벌써부터 상대에게 거짓말을 하는

---

[44] 17세기와 18세기의 프랑스에서는 중간색의 종이에 두 가지 색(주로 검정과 흰색)의 분필로 데생에 입체감을 주는 기법이 유행했다.

것도 서슴지 않는다.

나는 지금 우리의 아들딸들을 정원의 잡초처럼 자라게 놔두어야 한다고 주장하는 게 아니다. 단순한 관찰자가 보기에도 이처럼 이중적인 교육의 문제가 너무 심각하다는 말을 하고 있는 것이다! 나는 있는 그대로를 이야기할 뿐이다. 우리 아들들은 모르는 게 없고, 우리 딸들은 아무것도 아는 게 없다.

나의 한 친구는 젊은 시절 야릇한 기분을 느꼈던 일을 종종 들려주곤 했다. 자기 누이들이 점점 더 낯선 사람들처럼 느껴졌다는 것이었다. 그는 매년 중학교 기숙사에서 집에 다니러 올 때마다 자신들 사이에 깊은 구덩이가 파인 듯 그들이 점점 더 멀게 느껴졌다. 그러던 어느 날 그들에게 더 이상 아무 할 말이 없어 온 힘을 다해 그들을 포옹한 뒤 모자를 눌러쓰고 서둘러 떠날 수밖에 없었다.

이런 현실에서 결혼이라는 엄청난 문제는 어떤 의미가 있을까? 결혼에서는 서로 다른 두 세계가 불가피한 충돌을 일으키며, 그로 인한 충격은 언제라도 여자나 남자에게 상처를 줄 수 있다. 피에르는 마리를 잘 알지도 못하고 그녀에게 자신을 알리지도 못한 채 그녀와 결혼한다. 그들에게는 상호적인 시도를 하는 것이 허락되지 않기 때문이다. 여성의 부모는 마침내 딸을 결혼시킬 수 있어서 대체로 행복해한다. 그들은 딸의 약혼자에게 그녀를 건네면서, 마땅히 그래야 하는 것처럼 아무 흠 없는 정상적인 상태로 딸을 넘겨주는 것을 그가 알아주기를 바란다. 이제 그가 그녀를 돌보아야 하기 때문이다. 이렇게 마리는 급작스레 사랑 속으로, 삶 속으로, 그토록 오랫동안 감춰져 있던 비밀 속으로 내던져졌다. 이제 머지않아 남편이라는 이방인이 모습을 드러낼 것이다. 현명한 아내라고 칭송받는 여자들은 이런 충격을 오랫동안 마음속에 감추고 살아가기도 한다. 하지만 최악은 서로 다른 교육을 받은 두 사람의 대립이 오래도록 지속되는 경우다. 남편이 아내를 자기가 원하는 대로 변화시키지 않으면 그녀는 그에게 영원한 이방인으로 남아 있게 될 것이다. 그녀의 믿음과 성향 그리고 그녀가 받았던 가르침의 치유 불가능한 어리석음을 고스란히 간직한 채.

결혼이란 얼마나 이상야릇한 제도인가! 인류를 남자와 여자, 두 진영으로 나누어 서로에게 맞서도록 무장시킨 뒤 "평화롭게 살라!"는 말과 함께 그들을 같이 살게 하다니!

결론적으로 오늘날의 남자들은 사랑할 시간이 없을 뿐만 아니라, 상대를 잘 알지도 못하고 그녀에게 자신을 알리지도 못한 채 결혼을 하는 실정이다. 이것이 작금의 결혼이 지닌 뚜렷한 두 가지 특징이다. 나는 더 상세히 파고듦으로써 일반적인 사실을 복잡하게 만드는 대신 몇몇 결혼의 구체적인 사례를 들려주고자 한다.

1장 귀족

막심 드 라 로슈마블롱 백작은 서른두 살이다. 그는 앙주 지방의 오래된 가문의 후손이다. 그의 부친은 제국 시대[45]에 상원의원을 지냈고, 그러면서도 정통주의자로서의 신념을 여전히 간직하고 있었다. 라 로슈마블롱 가문은 망명 시절[46]에도 땅 한 뙈기 잃어버리지 않았고, 아직도 프랑스에서 내로라하는 대지주로 손꼽히고 있다. 막심으로 말하자면 그는 남부럽지 않은 젊은 날을 보냈고, 교황 호위대[47]에 입대했었으며, 지금은 파리로 돌아와 흥청망청 지내고 있다. 도박을 하고, 여자들을 사귀고, 결투까지 해 보았지만, 세상에 자신의 이름을 떨치지는 못했다. 그는 머리가 좋은 편은 아니었지만 키가 크고 잘생긴 금발에 활달한 성격으로 무언가에 열정적으로 빠지는 법이 없었다. 그리고 이제 결혼을 염두에 두고 외교 분야에서 일자리를 찾고자 했다.

라 로슈마블롱가(家)의 자타 공인 수완가는 막심의 고모인 뷔시에르 남작 부인으로, 그녀는 노년의 나이에도 활동적이면

---

45 나폴레옹 1세가 통치하던 제1제국 시대를 가리킨다.
46 1789년 프랑스 대혁명의 여파로 1789~1815년에 왕정을 지지하던 수많은 귀족과 성직자가 프랑스를 떠나 외국으로 망명했다.
47 1861~1870년에 이탈리아 통일운동으로 위협받던 바티칸을 수호하기 위해 자원했던 군인들을 일컫는다.

서 학계와 정계에까지 연줄이 닿아 있었다. 그녀는 조카인 막심이 그의 계획을 알리자마자 먼저 결혼부터 해야 한다고 소리쳤다. 결혼은 내세울 만한 모든 직업의 토대가 되기 때문이었다. 막심은 결혼에 반대할 아무 이유가 없었다. 다만 아직 결혼에 대해 생각해 본 적이 없을 뿐이었다. 그는 독신으로 있는 게 더 좋았지만, 자신의 지위를 지키기 위해 꼭 결혼을 해야 한다면 다른 모든 절차처럼 결혼이라는 절차를 밟을 것이었다. 다만 그가 웃으면서 고백했듯이 그가 마음에 담아 둔 여자가 없다는 게 문제라면 문제였다. 그가 살롱에서 함께 춤을 추었던 여자들을 기억에 떠올려 봐도 죄다 비슷한 하얀색 드레스에 똑같은 미소를 띤 모습들 밖에 생각나지 않았다. 뷔시에르 부인은 반색하면서 자신이 모든 걸 알아서 하겠다고 큰소리를 쳤다.

이틀 뒤 남작 부인은 막심에게 살뇌브 가문의 앙리에트에 관해 이야기했다. 노르망디의 오래된 귀족 집안의 딸로 재산도 상당해 모든 면에서 그와 잘 어울렸다. 남작 부인은 무엇보다 이 결혼의 합당함을 강조했다. 세상의 까다로운 기준으로 볼 때 이보다 만족스러운 상대를 찾기는 힘들 터였다. 이는 아무도 놀라게 하지 않을 결혼이 될 것이었다. 막심은 만족스럽다는 듯 고개를 끄덕였다. 그가 보기에도 모든 게 아주 합리적인 듯했다. 서로 가문도 비슷비슷하고 일부를 제외하고는 재산도 비등비등해 외교 분야에서 일하기를 고집하는 그에게 이보다 유용한 결혼은 없을 것 같았다.

"금발이죠?" 마침내 그가 물었다.

"아니, 갈색 머리 같던데." 남작 부인이 대답했다. "실은 나도 잘 몰라!"

사실 그런 건 중요하지 않았다. 분명한 것은 앙리에트가 열아홉 살이라는 것이었다. 막심은 언젠가 그녀와 춤을 추었던 것 같기도 했다. 아니, 어쩌면 그녀가 아니라 그녀의 동생이었는지도. 그녀의 교육 수준에 대해서는 따져 볼 필요도 없었다. 그녀의 어머니가 그녀를 직접 양육했다는 사실만으로도 충분했다. 그녀의 성격 역시 문제가 되지 않았다. 어차피 알 길이 없으니까. 남작 부인은 언젠가 그녀가 마음을 담아 쇼팽의 왈츠곡을 연주하는 것을 들었다고 했다. 그밖의 것들은 오늘 저녁이라도 당장 중립적인 성향의 살롱에서 만나 보면 알 수 있을 것이었다.

그날 저녁 앙리에트를 만난 막심은 그녀가 생각보다 예뻐서 깜짝 놀랐다. 그가 같이 춤을 추면서 그녀의 부채를 칭찬하자 그녀는 미소로 화답했다. 보름 후 그는 공식적으로 청혼을 했고, 그들은 공증인들 앞에서 결혼 계약서를 작성했다. 막심은 결혼 전까지 앙리에트를 다섯 번 만났다. 그녀는 정말로 예뻤고 하얀 피부에 통통한 편이었다. 옷차림으로 말하자면, 미혼 시절의 옷을 벗어 던지게 되면 제대로 입을 줄 알게 될 터였다. 그녀는 또한 음악을 좋아하는 것 같았고, 사향 냄새를 몹시 싫어했으며,

클레르라는 죽은 친구가 있었다. 그녀에 대해 아는 것은 그게 다였다. 게다가 막심은 그거면 충분하다고 생각했다. 그녀는 살뇌브가의 딸이었고, 엄격한 어머니 밑에서 자라났다. 그들은 앞으로 차차 서로를 알아 갈 시간이 있을 터였다. 그때를 기다리는 동안 막심은 그녀를 생각하는 것이 싫지 않았다. 그녀와 사랑에 빠졌다고는 할 수 없지만 그녀가 괜찮은 여자라는 게 다행으로 생각되었다. 그녀가 못생겼다고 해도 어차피 그녀와 결혼을 했을 테니까.

결혼하기 일주일 전 젊은 백작은 독신 생활을 청산했다. 그는 키가 큰 안토니아와 함께 총각 파티를 했다. 그녀는 그의 하녀였는데 어느 날 브라질에서 다이아몬드를 주렁주렁 달고 돌아왔다. 그는 자기 방의 가구를 모두 교체했고, 자신의 행복한 부부생활을 기원하며 안토니아와 건배한 뒤 좋은 친구와 헤어지듯 그녀와의 관계를 끝냈다. 그리고 하인에게 돈을 주고 불필요한 편지들을 모두 태워 버리고 저택 창문을 열어 환기를 시키게 했다. 이제 그는 모든 준비가 끝났다. 하지만 한편으로 그는 미혼 생활을 끝내는 데 대한 아쉬움이 남아 있으면서, 마음속 문을 영원히 닫아 두는 것으로 충분하다고 생각했다.

두 가족은 공증인들과 함께 결혼 계약서를 작성했다. 돈과 관련된 천박한 일은 모두 공증인들의 몫이었다. 사실 이보다 간단한 일도 없었다. 부부의 재산은 익히 알려져 있었고, 결혼은 부부 재산제[48]하에서 진행될 터였다. 결혼 계약서를 읽는 동안 두 가족은 아무 말이 없었다. 그리고 자세히 살펴보지도 않고 서명을 한 뒤 미소를 지으며 펜을 상대방에게 넘겼다. 이제 그들은 다른 이야기로 넘어갔다. 남작 부인은 자선 연회를 베풀면서 그 방면에 재능이 있는 될락 신부에게 설교를 부탁하면 어떻겠느냐고 말했다.

    법적인 결혼식은 시청에서 결혼식이 많지 않은 어느 월요일에 거행되었다. 신부는 소박한 회색 실크 드레스를 입었고, 신랑은 프록코트와 밝은색 바지 차림이었다. 하객은 따로 초대하지 않았고, 결혼식에는 가족들과 지위가 높은 네 명의 증인들만이 참석했다. 시장이 법전의 조항들을 읽어 나가는 동안 막심과 앙리에트의 시선이 마주쳤다. 그들은 서로에게 미소를 지어 보였다. 법률 용어보다 야만스러운 언어가 또 있을까! 결혼이 정말로 그토록 무시무시한 것이란 말인가? 시장은 등이 몹시 굽은 데다 작고 허약한 탓에 전혀 위엄이 느껴지지 않았고, 두 사람은 아무런 감흥도 없이 차례로 "네"라고 엄숙하게 대답했다. 어두운색 옷차림을 한 남작 부인은 코안경으로 주위를 살펴보고는 법을 집행하는 곳이 참으로 초라하다고 생각했다. 시청을 떠나면서 막심과

---

48   결혼으로 말미암아 생기는 부부의 재산 관계를 규정하는 제도로, 남편은 아내가 가져온 지참금만을 자기 마음대로 관리하고 쓸 수 있다.

앙리에트는 빈자들을 위해 각각 1,000프랑씩을 기부했다.

    법적인 결혼식과는 달리 감격의 눈물을 동반하는 성대한 결혼식은 성당에서 치러지는 종교의식이었다. 그들은 서민들의 결혼식과 구분하기 위해 사설 성당을 골랐다. 포교를 목적으로 하는 조그만 성당이었다. 이 사실은 즉각적으로 결혼식에 보다 차원 높은 경건함을 부여했다. 살뇌브 가문과 먼 친척뻘인 펠리비앵 주교가 그들의 결합을 축복할 것이었다.

    결혼식 날이 되자 성당이 너무 비좁아 보였다. 이웃한 길 세 군데가 마차들로 가로막혔다. 성당 내부에서는 스테인드글라스로 인해 어둑어둑한 조명 아래 화려한 천들이 사각거리는 소리와 은밀하게 속삭이는 소리가 들려왔다. 성당 곳곳에는 카펫이 깔려 있었다. 제단 앞에는 안락의자가 다섯 줄로 놓여 있었고, 프랑스의 많은 귀족들이 그들의 신과 함께 자기 집인 양 편안하게 자리를 잡고 앉아 있었다. 완벽하게 차려입은 막심은 약간 창백해 보였다. 마침내 구름 같은 새하얀 망사 드레스를 입은 앙리에트가 도착했다. 그녀 역시 감격에 겨워 눈물을 흘린 듯 눈이 벌겋게 충혈돼 있었다. 펠리비앵 주교가 두 사람의 머리 위로 두 손을 뻗자 그들은 경건해 보이는 표정으로 잠시 고개를 숙였다. 주교는 노래하는 듯한 목소리로 부부 간의 의무에 대해 이야기했다. 가족들은 눈물을 훔쳤고, 특히 결혼 생활이 불행했던 남작부인이 더 그랬다. 촛불이 밝히는 웅장함 속에서 향내가 풍기는 가운데 결혼식이 모두 끝났다. 이는 부르주아풍의 화려함과는 거리가 먼, 고귀한 가문의 사람들을 위해 더욱 우아해진 종교를 선보인 훌륭한 예식이었다. 신랑 신부가 서류에 서명을 한 뒤 하객들과 마지막 악수를 나눌 때까지 성당은 일종의 살롱 역할을 톡톡히 해냈다.

저녁에는 문과 창문을 모두 닫은 채 가족끼리 식사를 했다. 그리고 자정 무렵 부부의 침대에서 얼굴을 벽 쪽으로 돌린 채 떨고 있던 앙리에트는 막심이 그녀의 머리에 키스하는 것을 느꼈다. 부모님이 나가자마자 그가 조용히 들어온 것이었다.

그녀는 소리를 지르면서 혼자 있게 해 달라고 그에게 애원했다. 그는 웃으며 그녀를 어린아이처럼 다루면서 안심시키고자 했다. 여자에게 정중한 편인 그는 최대한 그녀를 배려하려고 애썼다. 하지만 여자를 잘 아는 그는 자신이 어떻게 해야 하는지도 잘 알았다. 따라서 그는 달콤한 말과 함께 그녀의 손에 키스하면서 계속 그곳에 머물렀다. 그녀는 아무것도 두려워할 필요가 없었다. 그는 그녀의 남편이 아닌가? 이제 그녀를 돌봐 줄 사람은 그였다. 하지만 그녀는 점점 더 겁을 내면서 자기 어머니까지 불러 대며 흐느끼기 시작했다. 그는 우스꽝스러운 상황이 되지 않으려면 자신이 좀 더 과감해져야겠다고 생각했다. 게다가 그는 노련한 남자였다.

등잔을 다른 데로 옮긴 막심은 마침 자신이 폴리[49]의 어린 로랑스와 처음에 잠자리를 어떻게 같이하게 되었는지를 떠올렸다. 그녀는 저녁 식사를 마친 뒤 그와 함께 가려고 하지 않았었다. 앙리에트는 로랑스보다 가정교육을 잘 받아서 그를 손톱으로 할퀴지도 않았고 그에게 발길질을 해 대지도 않았다. 단지 두려워 떨면서 조금 버둥거렸을 뿐이었다. 그리고 눈을 뜰 엄두도 못 낸 채 열에 들떠 흐느끼면서 그의 여자가 되었다. 앙리에트는 그가 소리를 듣지 못하게 베개로 입을 틀어막은 채 밤새 울었다. 자기 옆에 누워 있는 남자가 역겨워 미칠 것 같았다. 아, 결혼이란 것이 이토록 끔찍한 것이었단 말인가! 어째서 아무도 자신에게 이런 이야기를 해 주지 않았을까? 진작 알았다면 결혼 같은 건 절대 하지 않았을 것이었다. 오랫동안 그토록 엄격하고 무지한 젊은 시절을 보내다가 거친 방식으로 그 시절을 끝내게 된 그녀에게는 결혼이라는 미명 아래 자행되는 강간이 치유 불가능하고 결코 위로받을 수 없는 커다란 불행처럼 여겨졌다.

결혼한 지 십사 개월이 지나자 남편은 더 이상 아내의 방에 들어가지 않았다. 그들은 고작 삼 주간의 신혼 생활을 보냈을 뿐이었다. 별거의 이유는 아주 묘했다. 안토니아에게 익숙해져 있던

---

49   파리의 카바레 뮤직홀인 폴리베르제르(Folies-Bergère)를 가리킨다. 본래 오페라 하우스로 지어져 1869년 '폴리트레비즈'라는 이름으로 문을 열었고, 1872년부터 폴리베르제로로 불리고 있다. 특히 '벨 에포크'인 1890~1920년에 명성을 떨치며 대중적인 인기를 누렸다.

막심은 앙리에트를 애인처럼 다루려고 했고, 본래 차가운 성정인 데다 아직 성적 감각이 깨어나지 않은 앙리에트는 그의 변덕스러운 요구들을 거절했다. 다른 한편으로는 결혼한 지 이틀째 되는 날부터 그들은 자신들이 서로 맞지 않는다는 것을 깨달았다. 막심은 다혈질에다 과격하고 고집이 센 편이었다. 그 반대로 앙리에트는 우울하고 조용한 편이라 그 때문에 상대의 화를 더 돋우었고, 고집이 세기로는 막심 못지않았다. 따라서 그들은 악에 받쳐 서로를 비난하기에 바빴다. 하지만 그들처럼 사회적 지위가 높은 사람들은 언제나 체면을 생각해야 하므로 그들은 서로를 깍듯하게 대했다. 아침에 일어나면 서로의 안부를 물었고, 저녁에는 각자 자러 가기 전에 격식을 차려 인사를 했다. 응접실 하나가 그들의 방을 갈라놓고 있을 뿐이었지만 그들은 수천 킬로미터나 떨어져 사는 것보다 더 남처럼 살아갔다.

 그사이 막심은 안토니아와 다시 만나기 시작했다. 그는 외무부에 들어가겠다는 생각을 완전히 버렸다. 그건 어리석은 생각이었다. 라 로슈마블롱 가문의 사람이 이 같은 민주적 혼란의 시기에 정계에 발을 들여놓아 스스로를 위태롭게 할 필요가 없었다. 그는 뷔시에르 남작 부인을 만날 때면 가끔 혼자 쓴웃음을 짓곤 했다. 자신이 얼마나 바보 같은 이유로 결혼을 했는지가 생각났기 때문이었다. 하지만 그는 조금도 후회하지 않았다. 그는 사회적 지위와 재산을 모두 가지고 있었다. 그리하여 예전처럼 밤거리를 누비고 도박을 하며 시간을 보냈고, 좋은 집안의 신사다운 호화로운 삶을 살아갔다.

    앙리에트는 처음에는 많이 지루해했지만 이내 결혼이 주는 자유를 마음껏 누렸다. 하루에 열 번씩 외출을 했고, 쇼핑을 하거나 친구들을 만나면서 세상이 선사하는 즐거움을 맛보았다. 젊은 과부나 누릴 법한 모든 혜택을 누린 것이다. 그러면서 지금까지는 조용한 성격 덕분에 커다란 실수를 저지르지는 않았다. 기껏해야 남자들이 손에 키스를 하게 놔둔 것이 전부였다. 하지만 그런 자신이 바보 같다는 생각이 들 때가 있는 것도 사실이었다. 그녀는 오는 겨울에는 애인을 한 명 만들어야 하나 생각 중이다.

2장 부르주아

무슈 쥘 보그랑은 정치적 집회에서 뛰어난 연설가로 이름을 날린 변호사 보그랑의 아들이다. 쥘 보그랑의 할아버지인 앙투안 보그랑은 앙제의 온건한 부르주아로, 그 지역에서 매우 존경받는 그의 집안은 대대로 공증인을 배출했다. 하지만 앙투앙 보그랑은 공증인 일에 흥미를 못 느끼고 편안하게 연금으로 먹고살았다. 그의 맏아들인 유명한 보그랑은 그와는 반대로 매우 활동적이고 야심이 많아 많은 부를 쌓았다. 쥘 보그랑으로 말하자면, 그는 그의 아버지의 기대를 한 몸에 받고 있었고, 높은 자리를 바라는 허영심과 왕자처럼 호사스럽게 살고 싶은 욕구로 가득 차 있었다. 그러나 불행하게도 막 서른 살이 된 그는 자신이 얼마나 하찮은지를 알기 시작했다. 그는 처음에는 국회의원이 되기를 꿈꾸었다. 국회에서 이름을 날리다가 스캔들로 정부에 공석이 생기면 장관이 될 수도 있을 터였다. 하지만 젊은 변호사들의 토론회에서 유창하게 연설을 하고자 했던 그는 계속 말을 더듬었고, 그의 진부한 생각들과 표현들은 그가 정계에서 결코 성공할 수 없음을 깨닫게 했다. 그 후 잠시 머뭇거리던 그는 산업계에 입문하는 것은 어떨지 생각해 보았다. 하지만 전문 교육은 그를 두렵게 했다. 그러다 마침내 소송대리인이 되기 위한 교육을 받기로 결심했다. 그의 인물됨에 실망한 그의 아버지는 그로 하여금 아주 비싼 데서 교육을 받게 했다. 거기서 최근에 자격증을 딴 사람이 엄청난 돈을 벌었다는 이야기를 들었기 때문이었다.

이제 쥘이 소송대리인이 된 지 육 개월이 지났다. 그의 사무실은 생탄가(街)[50]의 칙칙한 건물에 자리하고 있었다. 하지만 그는 암스테르담가(街)의 저택에 살면서 저녁에는 사람들을 만나고 그림을 수집하며 최대한 소송대리인이 아닌 척하며 살아갔다. 그런데 그는 재산이 너무 느리게 모인다는 생각을 지울 수 없었다. 그에게 필요한 것은 그의 주위로 호사스러움을 늘리는 것이었다. 매주 영향력 있는 사람들을 초대해 만찬을 베풀거나, 화요일 저녁마다 부친의 정계 친구들을 한데 모을 수 있는 살롱을 여는 식으로 말이다. 거기에 더하여 집을 확장해 마구간에 말 다섯 마리를 더 들이고 하인을 늘려 연회를 더 자주 베풀면 그의 고객도 두 배로 늘어날 거라고 확신했다.

"결혼을 하렴." 그가 조언을 구하자 그의 아버지가 말했다. "여자가 들어오면 집에 활기도 생기고 빛도 날 테니까…… 반드시 부잣집 딸이어야 한다. 이런 상황에서는 품위 유지비가 많이 들 테니까. 그래, 마드무아젤 데비뉴가 좋겠구나. 그 여자 아버지가 공장을 운영하는데 지참금이 100만 프랑이라지, 아마…… 너

---

[50] 생탄가(rue Saint-Anne)는 파리 1구, 암스테르담가(rue d'Amsterdam)는 파리 8구에 있다.

한테 딱 들어맞는 혼처가 아니겠냐."

쥘은 서두르지 않고 오랫동안 숙고했다. 결혼은 분명 그의 입지를 다져 줄 수 있을 것이었다. 하지만 이는 중대한 문제이니 경솔하게 결정해서는 안 될 터였다. 그는 먼저 자신이 확보할 수 있는 재산을 따져 보았다. 높은 안목을 지닌 그의 아버지는 언제나 옳았다. 요리조리 따져 보아도 마드무아젤 데비뉴만큼 좋은 결혼 상대는 찾기 힘들었다. 그는 이번에는 데비뉴 공장의 재정 상태에 대해 알아보았다. 그는 꾀를 부려 집안의 공증인에게서 그것을 알아냈다. 그녀의 아버지가 지참금으로 100만 프랑을 준다는 것은 사실이었다. 어쩌면 120만 프랑까지 줄 수도 있었다. 지참금이 120만 프랑이라면 망설일 게 없었다. 쥘은 결혼을 하기로 마음먹었다.

석 달간 교묘하게 결혼을 위한 물밑 작업이 진행되었다. 쥘의 아버지인 유명한 보그랑이 이 일에 결정적인 역할을 했다. 그는 제헌의회[51]의 예전 동료였던 데비뉴에게 연락을 했다. 그리고 점차 그의 말에 현혹된 데비뉴는 120만 프랑의 지참금과 함께 자기 딸을 주겠다고 제안하기에 이르렀다.

"이제 됐어!" 그는 웃으며 쥘에게 말했다. "이제 그녀와 잘해 보려무나."

---

51   1848년 5월~1849년 5월에 존속했던 제2공화정 시대의 제헌의회를 가리킨다.

쥘은 그녀가 어렸을 적에 한 번 본 적이 있었다. 두 가족이 퐁텐블로 근처 시골에서 여름휴가를 보낸 적이 있는데 그때 서로 가까이 있었기 때문이었다. 그 어렸던 마르그리트가 벌써 스물다섯 살이라니! 그런데 맙소사, 다시 만난 그녀는 그때보다 못생겨진 것 같았다. 어쩌면 한 번도 예뻤던 적이 없었는지도 몰랐다. 그녀는 어렸을 때도 어린 두더지처럼 피부가 가무잡잡했었다. 그런데 지금은 등이 많이 굽었고 한쪽 눈이 다른 눈보다 컸다. 그런 걸 제외하면 더없이 상냥하고 지적이며 남자에 대해 몹시 까다롭다고 했다. 그러다 보니 아주 훌륭한 혼처도 거절하곤 했다는 것이다. 100만 프랑이 넘는 지참금을 가지고도 아직까지 미혼인 이유를 알 것 같았다. 그녀를 처음 만나고 돌아온 날, 쥘은 그녀가 아주 마음에 든다고 했다. 그녀는 옷도 매력적으로 잘 입고 매사를 당당하게 이야기하며, 파리 여성으로서 살롱을 훌륭하게 이끌어 나갈 여자인 듯 보였다. 그녀의 못생긴 외모는 오히려 개성으로 돋보일 수도 있었다. 솔직히 말해 지참금이 120만 프랑이라면 못생겨도 상관없었다.

　그때부터 모든 일이 신속하게 진행되었다. 쥘과 마르그리트는 괜한 일로 시간을 끄는 사람들이 아니었다. 그들은 자신들이 어떤 거래를 하는 것인지를 잘 알고 있었다. 그들은 단 한 번의 미소로 서로를 이해했다. 마르그리트는 귀족들이 다니는 기숙학교에서 자라났다. 그녀가 일곱 살에 어머니가 돌아가신 터라 아버지는 딸의 교육에 신경을 쓸 수가 없었다. 그리하여 그녀는 열일곱 살이 될 때까지 기숙학교에 머물면서 부잣집 딸이 알아야 하는 모든 것을 배워 나갔다. 음악, 춤, 예법, 심지어 문법과 역사, 산술까지도. 하지만 그녀는 학교에서보다는 함께 어울리는 친구들과 파리의 잘사는 동네 출신의 여자아이들에게서 더 많은 것을 배웠다. 그녀가 자라난 정원의 담벼락 안에서, 커다란 세상의 축소판인 듯한 좁은 세상에서 그녀는 열네 살 무렵부터 부가 가져다주는 안락함 및 시대의 실용적인 정신과 여성의 힘을 포함해 발전된 문명을 이루는 모든 것을 배워 나갔다. 그녀는 집안 살림을 아끼는 문제에 관해서는 약간 머뭇거리지만, 레이스의 모든 무늬는 척 보고 구분할 줄 알았고, 유행과 패션에 민감했으며, 여배우들을 본명으로 불렀고, 경마에서 내기를 하면서 온갖 기술적인 용어를 동원해 말들을 평가하기도 했다. 게다가 그녀는 그 밖의 다른 것들도 잘 알았다. 기숙학교를 떠난 지 팔 년이 넘도록 남자들이 누리는 삶을 마음껏 누리며 살아왔기 때문이었다.

그사이 쥘은 그녀에게 3루이짜리 꽃다발을 매일 보냈다. 그리고 그녀를 보러 갈 때면 그녀에게 아주 다정하게 대했다. 하지만 그들의 대화는 언제나 금세 신혼집 문제로 옮겨 가곤 했다. 서로에 대한 의례적인 몇 가지 칭찬을 빼고는 그들은 실내장식업자, 사륜마차 제작공, 온갖 종류의 납품업자들에 관해서만 이야기를 나누었다. 마르그리트는 마침내 쥘을 받아들이기로 마음먹었다. 그는 까다롭지 않을 만큼 충분히 멍청했고, 그녀는 지난겨울에 아버지 집에서 지루해 죽을 뻔했기 때문이었다. 그들의 첫 번째 낭만적인 산책은 암스테르담가의 저택을 방문하는 것이었다. 그녀가 보기에는 조금 좁은 것 같았지만 칸막이벽 두 개를 없애고 문들을 바꾸면 괜찮을 듯했다. 그런 다음 그녀는 가구들의 색깔에 대해 상의하고, 자기 침실은 어디로 할지 따져 보고, 마구간까지 내려가 본 뒤에야 만족스럽다고 말했다. 그리고 그 후에도 건축가에게 직접 지시를 내리기 위해 저택을 두 번 더 방문했다. 쥘은 자신에게 꼭 맞는 여자를 찾았다며 기뻐했다.

    결혼식 일주일 전부터 두 가족은 진이 빠져 있었다. 유명한 보그랑과 늙은 데비뉴는 공증인들과 이미 세 번이나 면담을 한 터였다. 그들은 인간의 정직성에 대해 아무런 환상이 없는, 경계하는 사람들답게 결혼 계약서의 세세한 조항들까지 자세히 살폈다. 한편 쥘은 결혼 바구니[52]를 채우느라 골머리를 앓고 있었다. 예법과는 다르게 마르그리트는 응석받이 같은 미소를 지으며 자신이 직접 보석과 레이스를 고를 것을 요구했다. 그들은 가난한 친척 여성 하나만 동반한 채 아침부터 저녁까지 상점들을 누비면서 다이아몬드와 고급 레이스의 질을 평가하곤 했다. 이런 일은 그들을 즐겁게 했다. 그들은 순수한 연인들이 그러듯 두 손을 꼭

---

52   신랑감이 신붓감에게 결혼 예물로 바구니에 보석들을 넣어 보내는 것을 가리킨다.

잡은 채 산울타리가 심긴 산책로를 따라 걷지 않았다. 그 대신 보석상의 판매대 앞에 앉아 서로에게 웃어 보이면서 진귀한 보석들로 차가워진 손가락에 반지를 끼워 보거나 브로치를 요리조리 살펴보았다.

마침내 그들은 결혼 계약서에 서명을 했다. 계약서를 낭독하는 동안 유명한 보그랑과 데비뉴 사이에 마지막 논쟁이 일었다. 그러자 쥘이 끼어들었고, 그사이 마르그리트는 눈을 크게 뜬 채 주의 깊게 그들의 말에 귀 기울였다. 혹시라도 자신의 이익이 침해받는다고 생각되면 즉각 나서서 방어할 준비가 된 채로. 결혼 계약은 무척 복잡했다. 거기에는 지참금의 반은 남편이 마음대로 쓸 수 있지만, 나머지 반은 그에게 양도할 수 없는 아내의 재산으로 거기서 발생하는 이자만이 부부의 공유재산에 속한다고 적혀 있었다. 그중에서 1년에 12,000프랑은 아내의 치장을 위해 지급된다고 명시돼 있었다. 이런 조항들은 유명한 보그랑의 작품으로, 그는 자신의 오랜 친구인 데비뉴를 '속여 먹은' 것을 자찬했다.

시청 결혼식에 초대된 사람은 기껏해야 십여 명에 불과했다. 시장은 쥘의 사촌이었다. 그는 법전을 읽을 때는 진지한 표정을 지어 보였지만, 법전을 내려놓기가 무섭게 다시 사교적인 사람이 되어 여성들에게 찬사를 보내고 증인들에게 직접 펜을 가져다주었다. 두 명의 상원의원과 장관과 장군이 그들의 결혼식 증인이었다. 법을 잘 아는 마르그리트는 진지한 얼굴로 다소 크게 "네"

라고 엄숙하게 대답했다. 모든 참석자들은 자신들이 큰돈이 오가는 사업을 체결하는 데 도움을 주기라도 하듯 시종일관 진지한 표정을 짓고 있었다. 신랑과 신부는 각각 1,500프랑씩을 가난한 사람들을 위해 내놓았다. 저녁에는 데비뉴 집에서 증인들을 초대한 만찬이 열렸다. 하지만 장관이 참석하지 못해 두 가족은 기분이 몹시 상했다.

종교의식으로 치러지는 결혼식은 라 마들렌[53]에서 거행되었다. 사흘 전 쥘과 그의 부친은 가격에 합의하기 위해 성당을 방문했다. 그들은 최대한 화려한 결혼식을 원하면서 몇몇 가격을 흥정했다. 주제단(主祭壇)에서 거행되는 미사는 얼마, 파이프오르간 연주는 얼마, 카펫은 얼마 등등. 카펫은 스무 계단을 내려와 보도까지 이어지는 걸로 합의가 되었다. 또한 파이프오르간은 일행이 입장할 때 승리의 행진곡으로 그들을 맞이할 것이었다. 비용으로 50프랑을 더 내야 했지만 그 효과는 굉장했다. 그들은 천 장이 넘는 초대장을 보냈다. 마차들이 기다랗게 일렬로 도착했을 때 성당 안은 이미 수많은 사람들, 예복 차림의 남자들과 성장(盛裝)을 한 여자들로 발 디딜 틈이 없었다. 신부 화장의 마법 탓인지 새하

---

[53] 파리 8구의 마들렌 광장에 위치한 성당으로 원래 명칭은 '생트마리마들렌 성당(église Sainte-Marie-Madeleine)'이지만 주로 '라 마들렌'이라는 애칭으로 불린다. 신고전주의 신전 양식으로 설계되었으며, 1764년에 착공했으나 프랑스의 정치적 혼란이 이어지는 바람에 1842년에야 완성되었다.

얀 베일과 오렌지색 화관을 쓴 마르그리트는 더 이상 못생겨 보이지 않았다. 쥘은 자기 때문에 그토록 많은 사람이 온 것을 보고는 대단한 사람이라도 된 양 우쭐해했다. 파이프오르간에서는 웅웅거리는 소리가 들려왔고, 성가대원들의 목소리에서는 쇳소리가 났다. 예식은 성당의 웅장한 둥근 천장 아래에서 한 시간 반 넘게 이어졌다. 정말이지 굉장한 결혼식이었다. 그다음에는 제의실(祭衣室)에서 끝없는 행렬이 이어졌다. 지인들과 초대 손님들, 심지어 모르는 사람들까지 한쪽 문으로 들어와 신랑 신부 및 양쪽 가족과 악수를 한 뒤 다른 쪽 문으로 나갔다. 이런 격식을 치르는 데 또다시 한 시간이 넘게 걸렸다. 정치인, 변호사, 소송대리인, 중요한 기업가, 예술가, 언론인들도 줄을 이었다. 쥘은 안면이 조금 있을 뿐인 작고 창백한 한 남자와 특별히 다정하게 악수를 나누었다. 어쩌면 대중지(大衆紙)의 기자인 그가 자신의 결혼에 관해 한 마디 써 줄지도 모르기 때문이었다.

보그랑 집에도 데비뷰 집에도 그 많은 하객을 위한 커다란 응접실이 없는 터라 그들은 루브르 호텔을 빌려 연회를 베풀었다. 식사는 별로였지만 호텔 연회실에서 열린 무도회는 빛을 발했다. 자정이 되자 신랑 신부는 마차를 타고 암스테르담가로 향했다. 그들은 거리 여자들의 그림자가 길모퉁이를 배회하는 캄캄한 파리 거리를 달리는 내내 농담을 주고받았다. 쥘이 신방으로 들어서자 마르그리트가 베개에 팔꿈치를 기댄 채 차분히 그를 기다리고 있었다. 그녀는 약간 창백한 얼굴로 어색한 웃음을 지어 보였다. 그뿐이었다. 마치 오랫동안 기다려 온 일처럼 그들은 지극히 자연스럽게 첫날밤을 치렀다.

보그랑 부부가 결혼한 지 이 년이 지났다. 그들은 헤어지지는 않았지만 육 개월 전부터 서로를 잊고 지냈다. 가끔씩 아내와 잠자리를 같이하고 싶다는 생각이 들 때면 쥘은 그녀의 방에 들어가기 위해 일주일 내내 그녀의 비위를 맞춰야 했다. 소중한 시간을 절약하기 위해 다른 데서 욕구를 충족하는 일도 잦았다. 그는 할 일이 많은 사람이었다! 그는 이제 소송대리인 일에만 만족하지 않고 많은 모임에 가입했고 주식도 했다. 그의 가장 큰 기쁨은 온 파리가 그의 이야기를 하게 만드는 것이었다. 신문에서는 그가 말했다고 알려진 재치 있는 말들을 기사로 실어 주기도 했다. 게다가 그는 아내에게 손찌검을 하지도 않았고, 부친의 조언에도 불구하고 결혼 계약으로 묶여 있는 60만 프랑에 손댈 방법을 아직 찾지 못했다.

마르그리트로 말하자면 그녀는 매력적인 여자였다. 그녀는 결혼 전에 약속한 대로 암스테르담가의 저택을 호사스러움과 축제가 만나는 장(場)으로 만들었다. 사치와 향락을 일삼는 파리의 온갖 사람들이 모여들었고, 그녀의 치장에만 하룻밤에 1,000에퀴[54]

---

54   écu. 19세기에 사용되던 5프랑짜리 은화.

가 넘는 돈이 연기처럼 사라졌다. 그녀는 지폐를 꼬아 초에 불을 붙임으로써 엄청난 부를 과시하곤 했다. 저택의 입구로 아침부터 밤까지 마차들이 쉴 새 없이 드나들었고, 어떤 날에는 무희들의 부드러운 웃음소리를 가만히 흔드는 듯한 아득한 음악 소리가 밤부터 새벽까지 온 동네에 울려 퍼졌다. 마르그리트는 못생김으로 인해 더 빛이 났다. 그녀는 자신을 예쁜 여자보다 더 끌리는 여자인 것처럼 느끼게 했다. 그녀 자신이 웃으면서 말하듯, 그녀가 예쁜 여자보다 낫다는 게 문제였다. 그사이 그녀의 지참금 120만 프랑은 불타는 지푸라기처럼 흔적도 없이 사라져 버렸다. 그녀가 드물게 똑똑한 여자가 아니었다면 그녀는 일 년도 안 돼 남편의 재산을 다 들어먹고 말았을 터였다. 결혼 계약서대로라면 그녀는 치장 비용으로 한 달에 1,000프랑만을 쓸 수 있었다. 하지만 그녀가 일 년 치 돈을 한 달 만에 다 써 버리는 것을 보면서 뭐라 하는 사람은 아무도 없었다. 오히려 쥘은 그런 아내를 보면서 기뻐했다. 어떤 여자도 그녀처럼 많은 돈을 쓰면서 집안을 잘 꾸려 나갈 수 없을 것이기 때문이었다. 그는 그녀가 자신들의 인맥을 넓히기 위해 하는 모든 것에 대해 진심으로 고마워했다. 요즘 마르그리트는 결혼식에서 증인을 섰던 한 늙은 상원의원에게 다정한 눈길을 보내는 중이다. 그녀는 그가 문 뒤에서 자기 어깨에 키스하도록 놔두었고, 그가 드롭스 상자 안에 국채 증서를 넣어 자신에게 선물하는 것을 마다하지 않았다.

3장 상인

루이즈 보댕은 서른 살이 넘었다. 그녀는 키가 크고, 아름답지도 못생기지도 않은 평범한 얼굴에, 오랜 독신 생활 때문인지 뺨에 불긋불긋한 무언가가 나기 시작했다. 그녀의 아버지는 생자크가(街)에 있는 조그만 잡화점을 운영했다. 그는 어두컴컴한 가게에서 이십 년 넘게 장사를 해 왔지만 아직 10,000프랑도 모으지 못했다. 그만큼을 모으기 위해 그는 잘해야 일주일에 두 번만 고기를 먹을 수 있었고, 삼 년 동안 똑같은 옷을 입어야 했으며, 겨울에는 난로에 던져 넣는 석탄이 몇 삽인지를 세어야 했다. 루이즈는 이십 년 넘게 그곳에서 시간을 보냈다. 가게의 계산대 뒤에서 삯마차들이 행인들에게 흙탕물을 튀기며 지나가는 것만을 지켜보면서. 그녀는 딱 두 번 교외로 나간 적이 있었다. 한 번은 뱅센으로, 다른 한 번은 생드니로. 가게 문간에 서면 길 아래쪽으로 강물 위의 다리가 보였다. 분별 있는 여성인 그녀는 동네의 여성 노동자들에게 1수짜리 바늘과 2수짜리 실을 팔아 버는 돈을 귀하게 여기면서 자랐났다. 그녀의 어머니는 루이즈를 가까운 작은 기숙학교에 보냈다가 열두 살에 그만두게 하고 다시 데리고 왔다. 가게에서 점원 대신 일하게 하기 위해서였다. 루이즈는 맞춤법에는 약했지만 글을 읽고 쓸 줄 알았다. 그녀가 제일 자신 있는 것은 사칙연산이었다. 그녀가 차분한 목소리로 그것을 읊을 때면 장사를 하기에 조금도 부족함이 없어 보였다.

    이제 루이즈의 아버지는 그녀에게 2,000프랑의 지참금을 주겠노라고 선언했다. 그 약속은 순식간에 동네로 퍼져 나가 마드무아젤 보댕이 2,000프랑의 지참금을 받게 될 거라는 사실을 모르는 사람이 없었다. 그리하여 결혼 상대로 나서는 사람들도 생겨났다. 하지만 루이즈는 신중한 여성이었다. 그녀는 가난뱅이 남자하고는 절대 결혼하지 않을 거라고 힘주어 말했다. 팔짱을 낀 채 서로의 눈만 멍하니 바라보려고 결혼하는 건 아니지 않은가. 그러다 아이를 낳고, 늙어서는 빵 한 조각에 만족하는 삶을 살 수는 없었다. 따라서 루이즈는 적어도 자기처럼 2,000프랑은 가져올 수 있는 남편감을 원했다. 그 돈으로 그들은 조그만 가게를 열어서 그럭저럭 살아갈 수 있을 것이었다. 그런데 2,000프랑을 가진 남자는 없지 않았지만, 그들은 대부분 지참금이 그 두세 배인 여자를 원했다. 그 때문에 자칫하면 루이즈는 독신으로 늙을 뻔했다. 그녀는 일단 지참금을 노리고 그녀 주위를 맴도는 음흉한 남자들은 후보자 명단에서 제외했다. 그녀는 남자들이 돈 때문에 자신과 결혼하려 한다는 사실을 인정했다. 인생에서 돈보다 중요한 것은 없으니까. 다만 그녀는 자신이 그러하듯 돈을 존중하는 남편감을 만나기를 바랐다.

    그러던 어느 날 누군가가 보댕 가족에게 아주 괜찮은 남자가 있다면서 심성이 착한 한 시계공을 소개했다. 연금을 조금씩 받는 어머니와 함께 살고 있는 이웃 동네의 청년이었다. 그의 어머니인 뫼니에 부인은 아들의 결혼에 보탬이 되기 위해 놀라운 절약 정신으로 1,500프랑을 모아 두었다. 루이즈보다 한 살이 적은 알렉상드르 뫼니에는 수줍음을 많이 탔는데 그녀는 그 점이 더 좋았다. 그러나 루이즈는 1,500프랑이라는 숫자 앞에서 일을 더 진행할 필요가 없다고 단호히 말했다. 이미 모든 계산을 마친 그녀는 2,000프랑을 원했다. 그사이 두 가족은 친분을 쌓았고, 뫼니에 부인 자신도 아들이 흠 없는 결혼을 하기를 바랐다. 그녀는 루이즈가 요구하는 금액을 알게 되자 젊은 여성의 현명한 결단을 크게 칭찬하면서 일 년 반 안에 2,000프랑을 마련할 것을 약속했다. 그러자 모든 것에 대한 합의가 이루어졌다.

그때부터 두 가족은 아주 친밀하게 지냈다. 알렉상드르와 루이즈는 다정하게 악수를 하고는 차분하게 기다렸다. 저녁마다 가족들이 한데 모일 때면 두 사람은 가게 뒷방의 탁자에서 마주 보고 앉았다. 그들은 얼굴을 붉히거나 초조함을 드러내지 않으면서 주로 동네 사람들에 관한 이야기를 나누었다. 누구는 일이 잘 풀렸고, 누구는 행실이 나쁘고, 또 누군가는 운이 나빴다고 했다. 그들은 일 년 반 동안 달콤한 사랑의 말 같은 건 한 마디도 나누지 않았다. 루이즈는 알렉상드르가 여린 심성을 지녔다고 생각했다. 언젠가 그가 육 주 전에 친구에게 빌려준 10프랑을 갚으라고 하지 못하겠다고 하는 것을 들었기 때문이었다. 알렉상드르는 루이즈가 타고난 장사꾼인 것 같다고 했다. 그의 입에서 나오는 이런 말은 대단한 칭찬에 속했다.

마치 계약의 만기일처럼 정해진 날짜가 되자 뫼니에 부인이 약속했던 2,000프랑이 모두 모였다. 그 돈을 위해 그녀는 커피도 끊었고, 식비와 조명과 난방에 드는 돈을 한 푼이라도 더 아끼며 살았다. 그들은 준비할 시간을 고려해 결혼 날짜를 석 달 뒤로 잡았다. 알렉상드르는 생자크가에서 찾아낸, 장사가 안 돼 문을 닫은 과일가게 자리에 시계상을 열기로 했다. 그러려면 먼저 가게를 깨끗이 수리해야 했다. 페인트칠을 새로 하려면 200프랑이나 든다고 해서 천장을 하얗게 칠하고 벽들을 깨끗이 청소하는 걸로 만족하기로 했다. 처음에는 평범한 몇몇 보석과 중고 괘종시계를 팔기로 했다. 알렉상드르가 동네의 시계들을 수리해 주다 보면 차차 이름이 알려져 주문도 늘어날 터였다. 그러면 언젠가는 동네에서 가장 근사하고 가장 많은 물건을 구비한 가게가 될 수 있을 것이었다. 가게가 준비되고 설치 비용을 지불하고 나자 그들에게는 3,000프랑이 남았다. 그 돈으로 결혼에 필요한 물품들을 충분히 살 수 있을 터였다. 그들은 결혼식 전날까지 준비에 몰두했다.

결혼 계약서 이야기가 나오자 루이즈는 어깨를 으쓱해 보였고 알렉상드르는 씩 웃었다. 적어도 200프랑이나 줘야 하는 계약서 따위를 뭐 하러 쓴단 말인가. 두 사람이 가진 돈을 모두 합쳐 둘로 나누는 게 훨씬 합리적이었다. 그럼에도 그들은 절차만은 제대로 밟고 싶어 했다. 알렉상드르는 루이즈에게 15프랑짜리 금반지 외에도 시곗줄도 하나 선물했다. 결혼식 피로연은 파리 교외의 생망데에 있는 '르 파니에 플뢰리'[55] 레스토랑에서 열기로 했다. 보댕 가족은 식사 비용은 자신들이 부담하겠다고 선언했다.

    결혼식은 토요일에 치르기로 했다. 그래야 일요일에 푹 쉴 수 있을 테니까. 그들은 결혼식을 위해 하루 동안 다섯 대의 마차를 빌렸다. 알렉상드르는 검정 프록코트와 바지를 입었다. 루이즈는 직접 하얀 드레스를 만들어 입었고, 고모님에게서 화관과 오렌지 꽃 부케를 선물 받았다. 스무 명가량 되는 하객들도 한껏 멋을 낸 차림이었다. 여자들은 주로 분홍, 초록, 노랑 빛깔의 실크 드레스 차림이었고, 남자들은 프록코트를 입었다. 심지어 한 전직 가구상은 예복을 갖춰 입기도 했다. 그중에서 특히 눈에 띄는 것은 결혼식 들러리를 맡은 두 명의 젊은 여성이었다. 키가 큰 금발의 여성들은 새하얀 모슬린 드레스에 커다란 파란색 벨트로 허리를 조여 맨 차림으로 지나가는 사람들을 돌아보게 했다. 오전 열한 시부터 움직이기 시작한 행렬은 시청으로 출발해 예식장을 가득 메웠다. 시장은 사십오 분이나 늦게 나타났다. 뚱뚱한 몸집의 시장은 지루한 듯한 표정으로 법전의 조항들을 빠르게 읽어 나가면서 자

---

[55]   le Panier fleuri. '꽃바구니'라는 의미이다.

꾸만 맞은편에 걸린 시계를 쳐다보았다. 아마도 다른 약속이 있는 듯 보였다. 식이 진행되는 동안 보댕 부인과 뢰니에 부인은 많이 울었다. 신랑 신부는 공손한 인사와 함께 시장에게 "네"라고 대답했다. 그러는 사이에 전직 가구상은 외설스러운 농담으로 남자들을 히죽히죽 웃게 했다. 알렉상드르와 루이즈는 가난한 사람들을 위해 각자 5프랑씩을 기부했다. 그런 다음 결혼식 일행은 마차를 타고 광장을 가로지른 뒤 성당 앞에서 다시 내렸다.

전날 보댕 씨와 알렉상드르는 예식 비용을 지불하러 성당에 들렀다. 그들은 뭐든지 가장 기본적인 것으로 하기로 했다. 공연히 신부(神父)들만 살찌울 필요는 없지 않은가. 평소 개방적인 성격의 보댕 씨는 성당에서 예식을 치르는 것을 반대했지만 좋은 게 좋은 거라는 말에 고집을 꺾었다. 신부는 측면 제단에서 열띤 목소리로 독송(讀誦) 미사[56]를 집전했다. 참석자들은 교회 관리인이 보내는 신호에 따라 일어섰다가 다시 앉기를 반복했다. 그들 중 여자들만이 성경책을 들고 있었지만 읽지는 않았다. 신랑 신부는 내내 엄숙한 자세로 서 있었지만, 아무 생각이 없는 듯 지루하고 멍해 보였다. 마침내 신혼부부가 성당을 나서자 그제야 모두가 안도의 한숨을 내쉬었다. 이제 다 끝났으니까 좀 웃어도 되겠지!

마차들은 오후 두 시경 생망데에 도착했다. 저녁 식사는 여섯

---

[56] 성가 없이 기도만으로 이루어진 미사.

시로 예약돼 있었다. 사람들은 내친김에 뱅센 숲[57]까지 가기로 했다. 그리고 세 시간 동안 나들이복 차림으로 나무들 사이를 거닐었다. 들러리 여성들은 어린아이들처럼 뛰어다녔고, 여자들은 그늘을 찾았고 남자들은 시가를 피웠다. 지칠 대로 지친 하객들은 숲속의 빈터에 주저앉은 채 멍하니 가까운 보루(堡壘)에서 들려오는 나팔 소리와 지나가는 기차의 날카로운 경적, 지평선에 보이는 파리의 아득한 웅성거림을 들었다.

식사 시간이 다가오자 모두 레스토랑으로 되돌아갔다. 카페처럼 열 개의 가스등으로 밝혀진 커다란 식당에는 오래돼서 색이 바랜 커다란 인조 꽃다발들과 식기가 놓여 있었다. 수프 접시에 부딪히는 숟가락 소리가 요란한 가운데 음식 서빙이 시작되었다. 활기를 띤 사람들은 식탁의 끝에서 끝까지 농담을 주고받았다. 피로연에서 가장 즐거웠던 순간은 신상품점[58]의 점원인 한 젊은이가 식탁 밑으로 슬그머니 들어가 신부의 스타킹 고정 밴드[59]의 매듭을 푸는 것이었다. 남자들은 자신들의 단춧구멍을 장식하기

---

57 Bois de Vincennes. 파리 12구에 위치한, 파리에서 가장 큰 삼림 공원이다.
58 magasin de nouveauté. 프랑스의 왕정복고기 후반부터 생겨나기 시작했으며, 당시 유행하던 의류품을 주로 취급했다.
59 jarretière. 여성의 무릎 위로 스타킹을 고정할 때 쓰이는 리본이나 고무 밴드를 가리킨다. 12~13세기에 처음 사용되기 시작했고, 19세기에는 스타킹 고정 밴드를 하객들을 대상으로 경매에 부치는 풍습이 생겨났다. 집안마다 다르긴 하지만 대개 경매의 낙찰자에게는 그 매듭을 이로 푸는 권리가 주어졌다. 이러한 풍습은 성차별적인 요소가 있다는 이유로 점차 퇴색했다.

위해 밴드의 리본 조각들을 너도나도 나눠 가졌다. 루이즈가 이런 케케묵은 우스갯짓은 하지 않았으면 좋겠다고 하자 그녀의 아버지는 그러면 피로연이 너무 재미없어질 거라고 넌지시 말했다. 평소 양식 있게 행동하는 루이즈는 풍습을 따르기로 했다. 평소 재미있는 일이 별로 없는 알렉상드르는 큰 소리로 웃으면서 엄청나게 즐거워했다. 게다가 스타킹 고정 밴드는 무척 아슬아슬한 농담들을 불러일으켰다. 농담이 지나칠 때면 부인네들은 마음껏 웃기 위해 냅킨으로 얼굴을 가렸다.

    이제 시각은 아홉 시를 가리키고 있었다. 레스토랑의 웨이터들은 하객들에게 잠시 옆방으로 가 있을 것을 부탁했다. 그사이 그들이 재빨리 식탁을 치우자 커다란 식당이 무도회장으로 변모했다. 단 위에는 두 개의 바이올린과 코넷, 클라리넷, 콘트라베이스가 하나씩 놓였다. 이제 무도회가 시작되었다. 파란색 벨트로 조여 맨 들러리 여성들의 드레스는 무도회장의 끝에서 끝으로, 검정 프록코트들 사이를 밤새도록 떠다녔다. 열기가 실내를 달구자 부인네들은 창문을 열어 시원한 바깥 공기를 들이마셨다. 웨이터들은 까치밥나무 열매 시럽이 담긴 잔들을 쟁반에 받쳐 들고 하객들 사이를 돌아다녔다. 새벽 두 시경 사람들이 신부를 찾아보았지만 그녀는 이미 가 버리고 없었다. 루이즈는 어머니와 남편과 함께 파리로 돌아간 터였다. 보댕 씨는 하객들의 기분을 망치지 않기 위해 가족을 대표해 그 자리에 남았다. 다들 날이 밝을 때까지 춤을 춰야 하기 때문이었다.

생자크가에서는 보댕 부인과 두 여성이 첫날밤을 위해 신부를 단장시켰다. 그들은 그녀를 방에 들여보낸 뒤 다 함께 눈물을 흘렸다. 짜증이 난 루이즈는 그들을 애써 달랜 뒤 집으로 돌려보냈다. 그녀는 지극히 담담했고, 단지 너무 피곤해서 자고 싶다는 생각뿐이었다. 아니나 다를까, 수줍음이 많은 알렉상드르가 한참 늦게야 방에 들어왔을 때 그녀는 침대의 자기 자리에서 깊이 잠들어 있었다. 알렉상드르는 발끝으로 살금살금 다가갔다. 그리고 잠시 멈춰 서서 그녀가 자자는 모습을 지켜보며 안도의 숨을 내쉬었다. 그는 루이즈를 깨우지 않도록 조심스레 옷을 벗고 시트 속으로 미끄러져 들어갔다. 그는 아내에게 키스도 하지 않았다. 키스는 내일 아침에 하면 될 터였다. 그들에게는 시간이 많았다. 평생 함께할 것이기 때문이었다.

그들은 아주 행복한 삶을 살아갔다. 그들에게 아이가 없는 것은 오히려 잘된 일이었다. 아이는 방해만 될 뿐이었다. 그들은 장사가 잘돼 가게도 확장했고, 진열대에는 보석과 괘종시계가 가득했다. 루이즈는 안주인으로서 집안을 이끌었다. 하루에 몇 시간씩 판매대에서 고객들에게 미소를 지으며 유행이 지난 보석을 신상품인 양 팔았다. 저녁에는 귀 뒤에 펜을 꽂은 채 수지를 맞춰 보았다. 물건을 구입하기 위해 온종일 파리 곳곳을 누비고 다니기도 했다. 그녀의 삶은 온통 장사에 대한 끊임없는 걱정 속에서 흘러갔다. 여성은 사라져 버렸고, 결코 쓰러질 수 없는 활기차고 영리한 점원으로서의 그녀만이 남게 되었다.

그들 부부는 앞으로 5,000~6,000프랑의 연금이 마련되면 쉬렌으로 가서 스위스풍 별장을 짓고 살 계획이었다. 따라서 알렉상드르는 아내를 절대적으로 믿으면서 지극히 평온하게 살아갔다. 그는 단지 시계를 수리하는 시계공 일만 열심히 하면 되었다. 그는 결혼 생활이란 시계추를 그들에게 맞게 조절하는 커다란 시계와 같다는 생각을 했다.

그들은 자신들이 서로를 사랑했는지는 결코 알지 못할 것이었다. 하지만 자신들이 악착스레 돈을 좇는 정직한 동업자들인 것만은 분명히 알고 있었다. 그리고 그들은 언제나 함께 잤다. 안 그러면 시트를 이중으로 세탁해야 했으니까.

4장 서민

 발랑탱은 키가 큰 스물다섯 살의 청년이다. 목수인 그는 포부르 생탕투안[60] 한복판에서 태어났다. 그의 아버지와 할아버지도 목수였다. 그는 대팻밥을 뒤집어쓴 채 자라났고, 열 살이 될 때까지 바스티유 광장[61]의 보도와 '7월 혁명 기념탑' 주위에서 구슬치기를 하고 놀았다. 지금은 라 로케트가(街)의 허름한 집에서 살고 있다. 좁아터진 월세 10프랑짜리 방에는 침대 하나와 의자 하나를 놓을 공간밖에는 없었다. 침대에 오를 때는 천장에 머리를 부딪히지 않기 위해 구십 도 각도로 허리를 굽혀야 했다. 그는 그 일을 농담처럼 말하곤 했다. 그가 집에 누군가를 부른 적은 한 번도 없었다. 그는 밤 열 시에 잠자리에 들었다가 새벽 다섯 시면 일어나 일터로 나가야 했고, 집에는 겨울이고 여름이고 벼룩이 들끓었다. 그가 불평을 하는 경우는 여자를 사귈 때였다. 여자들을 집으로 데려올 엄두를 낼 수 없었기 때문이었다. 방이 너무 작다 보니 둘이 자려면 한 사람은 문밖으로 다리를 내놓고 자야 했다.

---

60 faubourg Saint-Antoine. 과거의 파리 교외(faubourg) 지역 중 하나로 지금의 파리 11구에 있었다. 지금은 파리의 카르티에(구역) 중 하나가 되었고 가구점이 많다. 거리 이름인 '포부르생탕투안가(rue du Faubourg-Saint-Antoine)'와 구분된다.

61 Place de la Bastille. 파리에 있는 광장으로 4구, 11구, 12구에 걸쳐 있다. 원래 바스티유 감옥이 있던 곳이지만 1789년 7월 14일에 프랑스 대혁명의 발단이라고 할 수 있는 바스티유 감옥 습격 사건이 발생하여 해체되었다. 광장 중앙에 1830년의 7월 혁명을 기념하는 기념탑이 세워져 있다.

이 발랑탱이라는 젊은이는 볼수록 괜찮은 사람 같았다! 아직 젊은 데다 노동에 대한 신념이 있는 그는 열심히 일했다. 술도 마시지 않았고 도박도 하지 않았지만 여자를 조금 밝혔다. 여자를 좋아하는 게 그의 가장 큰 흠이었다. 아침에 그가 풀 먹인 종이처럼 뻣뻣한 팔로 대패를 밀 때마다 동료들은 간밤에 리즈를 만난 거냐고 소리치곤 했다. 리즈는 발랑탱의 옛 애인 이름이었다. 그는 게으름을 피우고 싶을 때면 이렇게 말하는 습관이 있었다. "젠장! 도무지 일을 할 수가 없군. 실은 어젯밤에 리즈를 만났거든!"

파리 교외의 카바레에서 그는 '잘생긴 목수'로 통했다. 그는 얼굴이 크고 명랑해 보였고, 머리는 숱이 많고 곱슬곱슬했다. 춤을 출 때면 종종 작업복 소매를 걷어 올리곤 했는데, 편하게 춤추기 위해서라고 하지만 실은 튼튼하면서도 여성의 팔처럼 새하얀 자신의 팔을 과시하기 위해서였다. 발랑탱은 그동안 예쁜 여성들만 만나 왔다. 키가 큰 나나, 키 작은 오귀스틴, 눈 하나가 먼 풍만한 아델, 그리고 제본 일을 하는 보르도 출신 여성(군인 둘이 서로 차지하려고 싸우다가 목숨을 잃기까지 했다)에 이르기까지. 그는 저녁마다 무도회장을 돌면서 여기저기를 힐끔거렸다. 자신이 알지 못하는 여자들이 있는지 보기 위해서였.

어느 날 저녁 그는 샤론가(街)의 자르댕 드 플로르[62] 카바레

---

[62] Jardin de Flore. 프랑스어로 '식물의 정원'이라는 뜻이다.

에 갔다가 클레망스를 처음 보았다. 그녀는 열여섯 살 먹은 꽃집 아가씨였는데, 아름다운 금발 머리가 무도회장을 밝히는 태양 같았다. 첫눈에 홀딱 반한 그는 저녁 내내 그녀에게 다정하게 굴면서 함께 춤을 추었고, 샐러드 그릇에 담긴 달콤한 포도주를 사 주기도 했다. 그리고 밤 열한 시경 클레망스가 집에 가겠다고 하자 그녀를 데려다주면서 당연히 함께 올라가려고 했다. 그러나 클레망스는 단호히 거절했다. 무도회장에서 저녁 시간을 함께 보내는 것은 얼마든지 할 수 있었다. 하지만 그 이상은 절대 허용할 수 없었다. 그녀는 그의 코앞에서 문을 쾅 닫았다. 발랑탱은 다음 날 그녀에 대해 알아보았다. 클레망스에겐 애인이 있었는데 그는 두 달 치 집세를 그녀에게 떠넘긴 채 그녀를 떠나 버렸다. 그래서 클레망스는 앞으로 어리석게도 그녀를 좋아할 첫 번째 남자에게 그 복수를 하리라 맹세한 터였다.

발랑탱은 다음 날에도 그다음 날에도 길에서 계속 그녀를 기다렸다. 그러다 하마터면 그녀 집으로 올라가 인사를 할 뻔하기도 했다. 그는 어디든지 그녀를 쫓아다녔다.

"안녕! 오늘 저녁엔 괜찮나요?" 그는 웃으며 그녀에게 소리쳤다.

하지만 그녀는 밝은 목소리로 대답했다.

"아뇨, 안 돼요. 내일 봐요!"

발랑탱은 일요일마다 자르댕 드 플로르에서 그녀를 만났다.

클레망스는 악단석(樂團席)을 등지고 앉아 있다가 그가 사 주는 달콤한 포도주도 기꺼이 마셨고, 그와 함께 춤도 추었다. 하지만 그가 키스를 하려고 하면 따귀를 때렸다. 그가 함께 살자고 넌지시 말하면 정색을 하면서 아무리 그래 봤자 아무 소용 없다고 잘라 말했다. 자신은 그런 걸 원하지도 좋아하지도 않는다고 하면서. 그들은 육 주 동안 웃으면서 그런 식의 농담을 주고받았다.

그녀를 만난 지 두 달이 다 되어가자 발랑탱은 얼굴이 어두워졌다. 그는 그의 초라한 방에서 불면의 밤을 이어 갔다. 침대에 누워 두 눈을 크게 뜨면 어둠 속에서 금발 머리가 햇살처럼 빛나는 클레망스의 환한 얼굴이 보였다. 그러면 그는 마치 뜨거운 석탄 위에 누운 듯 열에 들떠 새벽까지 뒤척였다. 그리고 난 다음 날에는 작업장에서 아무것도 할 수가 없었다. 그는 공허한 눈빛으로 자꾸만 연장을 손에서 떨어뜨렸다. 그러자 동료들이 그에게 소리쳐 물었다. "간밤에 리즈를 만난 거야?" 아니, 아니었다, 리즈를 만난 게 아니었다. 그는 세 번이나 클레망스의 집에 찾아가 무릎을 꿇고 자신을 받아 달라고 애원했다. 하지만 그녀는 안 된다고 했다, 언제나 안 된다고만 했다. 그는 거리에서 짐승처럼 울부짖었다. 심지어 그녀의 문 앞 층계참에서 잠드는 것을 꿈꾸기도 했다. 그 편이 훨씬 나을 터였다. 문틈으로 새어 나오는 그녀의 숨소리라도 들을 수 있을 테니까. 그는 마치 암탉의 목을 비틀듯 두 손으로 목을 조르고 싶을 만큼 원하는 그녀에 대한 갈망 때문에 먹지도 마시지도 못했다.

　마침내 어느 날 저녁 그는 클레망스의 집으로 올라가 불쑥 그녀에게 청혼을 했다. 그녀는 잠시 멍하니 있다가 빠르게 수락했다. 그녀도 그를 진심으로 사랑하고 있었다. 하지만 첫사랑이 떠났을 때 너무 많이 울었던 기억이 그녀를 괴롭혔다. 하지만 그와 언제까지나 함께할 수만 있다면 그녀도 좋았다.

　다음 날 그들은 이것저것 알아보기 위해 시청에 갔다. 그들은 결혼 절차가 너무 복잡한 것에 아연실색했다. 클레망스는 자기 아버지의 사망 진단서가 어디 있는지 알지 못했다. 발랑탱은 제대 증명서를 떼기 위해 여기저기 사무실들을 돌아다녀야 했다. 이제 그들은 매일 만났다. 요새(要塞)를 따라 산책하거나 교외의 축제를 찾아다니면서 갈레트[63]를 먹기도 했다. 저녁에는 교외의 기다란 길을 따라 돌아오는 동안 가만히 팔짱을 낀 채 서로 아무 말도 하지 않았다. 그들은 행복해서 가슴이 터질 것 같았지만 그것을 어떻게 표현해야 할지 몰랐다. 언젠가 클레망스는 발랑탱에게 연가를 불러 주었다. 발코니에 있는 어떤 여인의 머리에 왕자가 키스하는 내용의 노래였다. 발랑탱은 노래가 너무 좋다면서 눈물을 글썽였다.

---

[63]　평평하고 둥근 딱딱한 케이크를 일컫는다. 갈레트 중 유명한 것으로는 주현절에 먹는 갈레트 데 루아(galette des Rois)가 있다.

드디어 절차가 모두 끝나고 토요일로 결혼식 날짜가 잡혔다. 그들은 결혼식을 조용히 치르기로 했다. 발랑탱은 성당에 가 보았지만 신부가 6프랑을 요구하자 자신은 미사가 필요 없다고 말했다. 클레망스도 결혼식은 시청에서 하는 게 제일 좋다고 소리쳤다. 그들은 처음에는 결혼식을 아예 하지 않을까도 생각해 보았다. 그러다 떳떳하지 않아 보일까 봐 바리에르 뒤 트론[64]에 있는 포도주 판매점에 일인당 100수[65]짜리 피크닉 파티를 주문했다. 모두 십팔 인분이었다. 클레망스는 결혼한 친구 셋을 데려오기로 했고, 발랑탱은 목수와 고급 가구 세공인 무리와 여자들을 끌어모았다. 저녁 식사 전에 주변을 한 바퀴 돌아보기 위해 포도주 판매점에서는 오후 두 시에 모이기로 했다.

발랑탱과 클레망스는 시청에는 증인들만 동반한 채 갔다. 발랑탱은 프록코트를 깨끗이 세탁했다. 클레망스는 자기보다 키가 큰 친구에게 10프랑을 주고 산 파란색 낡은 드레스를 수선하느라 사흘 밤을 새웠다. 보닛[66]은 빨간색 꽃으로 장식했다. 금발 머리카락이 나풀대는, 소녀처럼 새하얀 얼굴의 그녀가 너무나 사랑스러워서 시장은 그녀에게 아버지 같은 미소를 지어 보였다. 클

---

[64] Barrière du Trône. 파리의 예전 성벽 중 하나에 있던 입시세관(入市稅關), 즉 파리로 들여오는 물품에 세금을 징수하던 곳이었다. 지금의 나시옹 광장(place de la Nation) 가까이 있던 곳으로 1860년 파리 확장 공사 때 파괴되었다.

[65] 100수는 5프랑에 해당한다.

[66] 여성이나 어린아이들이 쓰는 모자의 하나로 턱 밑에서 끈을 매게 되어 있다.

레망스는 "네"라고 말할 차례가 왔을 때 발랑탱이 팔꿈치로 옆구리를 쿡 찌르는 바람에 웃음을 터뜨렸다. 그 순간 시청에서 일하는 청년들을 비롯해 식장에 있던 모두가 큰 소리로 웃었고, 시장이 낭송하는 법전의 빛바랜 페이지들에까지 젊음의 기운이 스쳐 지나갔다. 결혼 등록부에 서명할 차례가 되자 증인들은 앞다투어 서명을 했다. 글을 쓸 줄 모르는 발랑탱은 십자가를 그렸고, 클레망스는 잉크 얼룩을 번지게 했다. 가난한 이들을 위한 의연금으로는 모두들 2수씩을 냈다. 오직 신부만이 주머니를 한참 뒤진 끝에 10수를 냈다.

오후 두 시가 되자 일행은 트론 광장의 포도주 판매점에 모였다. 거기서 출발해 요새를 따라 산책하면서 곧장 앞으로 걸어갔다. 그런 다음 남자들은 땅이 움푹 파인 곳에서 술래잡기를 하자고 제안했다. 그러다 목수 중 하나가 자신이 잡은 여성을 잠시 품에 안은 채 그녀의 허리를 살짝 꼬집었다. 여성은 그러면 안 된다고, 허리를 꼬집어서는 안 된다고 소리쳤다. 모두들 웃음을 터뜨리면서 한적한 교외의 한구석을 시끄럽게 하는 바람에 순찰로(巡察路)[67]의 나무들에 앉아 있던 겁먹은 참새들이 푸드득 하늘로 날아올랐다. 돌아오는 길에는 아이 셋이 더는 못 걷겠다면서 각자 자기 아버지에게 목말을 태워 달라고 졸랐다.

---

67 순찰을 하기 위해 요새나 성의 높은 곳에 만든 길을 가리킨다.

아무리 산책으로 지쳤어도 저녁을 먹을 때는 다들 맹렬하게 포크질을 해 댔다. 각자 100수어치를 먹어 치워야 했다. 돈을 낸 만큼은 먹어야 하지 않겠는가? 접시를 깨끗이 비우는 것은 어려운 일이 아니었다. 그들이 먹고 난 자리에는 뼈들만 달랑 남아 있었다. 아무것도 부엌으로 다시 가져가게 해서는 안 되었다. 장난삼아 발랑탱을 취하게 만들려던 동료들은 자꾸만 그의 잔을 살폈다. 평소 순수한 포도주를 마시지 않던 클레망스는 벌써부터 얼굴이 발개져서는 까치처럼 재잘거리고 새처럼 소리 질렀다. 디저트가 나오자 노래가 시작되었다. 세 시간 동안이나 끝없는 노래가 달콤하게 이어졌다. 누구는 베네치아와 곤돌라 이야기가 나오는 연가를 불렀고, 또 누군가는 4수짜리 포도주의 폐해를 이야기하는 우스꽝스러운 노래를 부르면서 술에 취한 사람에게 후렴을 따라 하게 했다. 세 번째로 어떤 이가 약간 상스럽고 외설스러운 노래를 시작하자 여자들은 나이프 손잡이로 유리잔을 두드리면서 큰 소리로 웃었다. 이제 계산을 할 때가 되자 사람들은 화를 냈다. 가게 주인이 추가로 돈을 더 요구했기 때문이었다. 뭐라고? 돈을 더 내라고? 100수로 합의를 했으면 100수만 내면 되는 거였다. 더 이상은 절대 낼 수 없었다. 주인이 경찰을 부른다고 위협하자 분위기가 험악해져 서로 치고받고 싸웠고, 하객의 일부는 경찰서에서 밤을 보내야 했다. 다행히 신랑 신부는 싸움이 시작되자마자 현명하게도 재빨리 그곳을 빠져나왔다.

그들이 클레망스의 방으로 돌아왔을 때는 새벽 네 시였다. 두 사람은 다음번 집세를 내는 날까지 그곳에서 살기로 했다. 그들은 차가운 바람을 맞으며 포부르 생탕투안을 지나는 동안 추위를 느끼지 않도록 걸음을 재촉했다. 그리고 방문을 닫자마자 발랑탱은 클레망스를 껴안고 그녀의 얼굴에 키스를 퍼부었다. 그의 격렬한 몸짓에 클레망스는 웃음을 터뜨렸다. 그녀도 그의 목에 매달리면서 그를 사랑한다는 걸 보여 주려고 있는 힘껏 키스했다. 사랑을 나누기 위한 침대도 정돈되어 있지 않았다. 아침에 너무나 바빴던 클레망스는 단지 이불을 펼쳐놓기만 했을 뿐이었다. 발랑탱은 그녀가 매트리스를 뒤집는 것을 도왔다. 그들이 겨우 잠자리에 들었을 때는 이미 날이 밝아오고 있었다. 창가에 걸려 있는 새장에서는 클레망스의 카나리아가 감미롭게 지저귀고 있었다. 초라한 방의 빛바랜 침대 커튼 아래에서는 사랑이 파드닥파드닥 날갯짓을 했다.

다 따져 보면 발랑탱과 클레망스는 고작 23수로 결혼 생활을 시작한 셈이었다. 월요일에는 각자 조용히 자신의 일터로 향했다. 그리고 세월이 지나갔고 삶도 흘러갔다. 이제 서른 살이 된 클레망스는 세 아이를 낳아 기르느라 얼굴이 많이 상하고 빛나던 금발 머리는 칙칙한 누런 색으로 변해 있었다. 발랑탱은 술에 절어 지내면서 고약한 입냄새를 풍겼고, 그의 아름다웠던 팔은 대패질로 단단해지고 말라 있었다. 봉급날에 발랑탱이 주머니가 텅 빈 채 술에 취해 돌아올 때면 부부는 치고받고 싸웠고 아이들은 빽빽 울어댔다. 그리고 클레망스는 차츰 주점으로 남편을 찾으러 가는 데 익숙해져 갔다. 그러다 마침내는 자신도 거기 주저앉아 파이프 담배 연기가 자욱한 가운데서 술을 홀짝거리기에 이르렀다. 하지만 그럼에도 그녀는 남편을 사랑했고, 그가 가끔씩 손찌검을 할 때조차도 그를 용서하곤 했다. 게다가 그녀는 정숙한 여자였다. 그녀에겐 다른 어떤 여자들처럼 방탕한 짓거리를 한다고 비난할 수가 없었다. 그들은 종종 온기도 먹을 빵도 없는 누추한 집에 살면서 다툼과 가난이 이어지는 삶 속에서 늙어 갔다. 그러나 죽음이 그들을 찾아올 때까지, 낡아빠진 커튼 침대 아래에서는 밤마다 사랑이 달콤하게 파닥거리는 날갯짓을 멈추지 않았다.

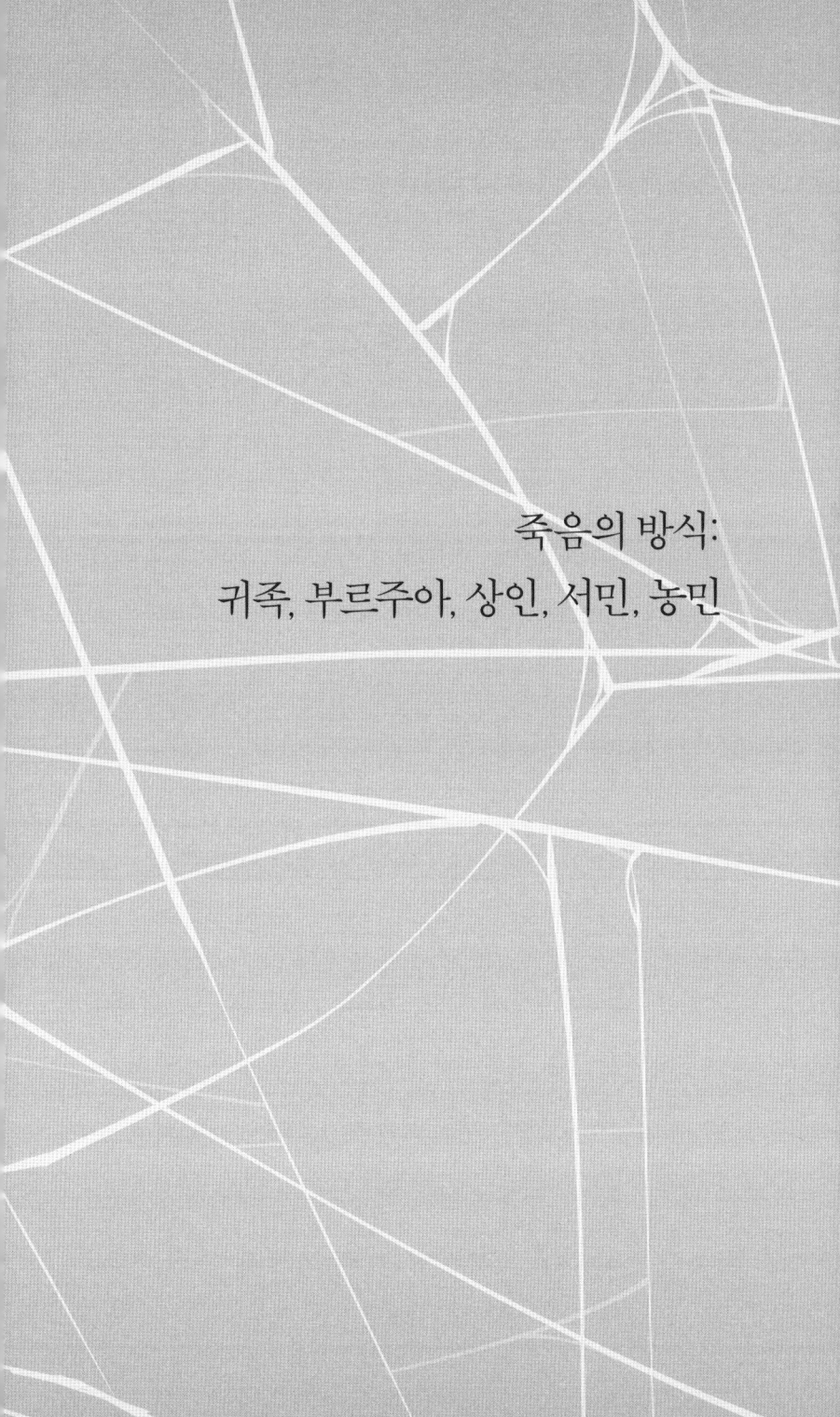

죽음의 방식:
귀족, 부르주아, 상인, 서민, 농민

1장 귀족

드 베르퇴유 백작은 쉰다섯 살이다. 그는 프랑스의 내로라하는 가문 출신으로 대단한 자산가이기도 했다. 정부의 정책을 못마땅해하던 그는 자신이 할 수 있는 일을 하면서 진지한 잡지들에 글을 기고했다. 그 때문에 정신과학·정치학 아카데미[68]에 들어갈 수 있었고, 사업에도 뛰어들었다. 그 후에는 농업, 목축, 순수 미술에도 지대한 관심을 보였고, 한때는 국회의원을 지내면서 반골 성향으로 이름을 날렸다.

마틸드 드 베르퇴유 백작 부인은 마흔여섯 살이다. 그녀는 아직도 파리에서 가장 사랑스러운 금발 여성으로 불리고 있다. 나이가 들면서 피부는 더 하얘졌다. 좀 마른 편이었고, 성숙해짐에 따라 어깨선이 매끄러운 과일처럼 둥글어졌다. 그녀는 지금처럼 아름다웠던 적이 없었다. 금발 머리와 새틴 같은 목덜미를 과시하면서 살롱에 들어설 때면 마치 떠오르는 샛별처럼 주위를 환하게 밝혔다. 스무 살 아가씨들조차도 그녀를 질투할 정도였다.

백작 부부는 이러쿵저러쿵 흠잡을 게 없는 부부였다. 그들은

---

[68] 프랑스 학사원(Institut de France) 소속의 다섯 개 학술 협회 중 하나다.

대부분의 귀족이 그러하듯 격에 맞는 결혼을 했다. 그리고 적어도 육 년간은 금슬이 아주 좋았다고 할 수 있다. 이제 중위가 된 아들 로제와 작년에 소원(訴願) 심사관 무슈 드 뷔삭과 결혼한 딸 블랑슈가 태어난 것도 그 무렵이었다. 그들이 무언가를 같이 하는 것은 자식들 때문이었다. 수년 전 각자 살아가기로 합의한 뒤로도 그들은 엄청난 이기심 때문에 여전히 좋은 친구로 지냈다. 사람들 앞에서는 서로의 의견을 묻기도 하면서 완벽한 부부인 양 행동했다. 하지만 그런 다음에는 각자 자신의 거처에 틀어박힌 채 아무 거리낌 없이 가까운 이들을 맞아들였다.

어느 날 마틸드는 새벽 두 시경 무도회에서 돌아왔다. 하녀는 백작 부인이 옷 벗는 것을 도와준 뒤 방을 나서기 전에 말했다.

"오늘 밤엔 백작님께서 몸이 좀 안 좋으신 것 같아요."

반쯤 잠이 든 백작 부인은 나른하게 고개를 돌리며 중얼거렸다.

"아, 그래!"

그리고 침대에 누우면서 덧붙여 말했다.

"내일 아침 열 시에 깨워 줘. 모자 제조인이 오기로 했으니까."

다음 날 점심 식사 자리에 백작이 나타나지 않자 백작 부인은 먼저 그의 소식을 알아 오게 했다. 그리고 그에게 올라가 보기로 마음먹었다. 그는 몹시 창백한 얼굴로 아주 반듯하게 침대에 누워 있었다. 이미 세 명의 의사가 다녀간 뒤였다. 그들은 나직하게 속삭이더니 처방전을 남겨 놓고 가면서 저녁에 다시 오겠다고 했다. 병자를 돌보는 두 명의 하인은 카펫 위에서 발소리를 죽이며 조용하고 엄숙하게 움직이고 있었다. 커다란 방은 냉랭하고 근엄한 분위기 속에서 잠들어 있었다. 굴러다니는 천 하나 눈에 띄지 않았고, 가구도 모두 제자리를 지키고 있었다. 정갈하면서 품위 있는 병(病), 격식을 갖춘 병이 방문객들을 기다리고 있었다.

"많이 아픈 거예요, 당신?" 백작 부인이 방 안으로 들어서며 물었다.

백작은 애써 미소를 지어 보이면서 대답했다.

"오, 아니오! 좀 피곤한 것뿐이오. 좀 쉬면 나을 거요…… 이렇게 와 줘서 고맙소."

이틀이 지나갔다. 방 안은 여전히 깨끗했다. 모든 게 제자리에 있었고, 물약은 가구에 얼룩 하나 남기지 않고 치워졌다. 말끔하게 면도한 하인들의 얼굴에서는 짜증스러운 기색을 전혀 찾을 수 없었다. 하지만 백작은 자신이 곧 죽을 수도 있음을 알고 있었다. 그는 의사들에게 사실대로 말해 줄 것을 요구했고, 아무런 불평 없이 그들 마음대로 하게 놔두었다. 그리고 종종 눈을 감고 있거나 자신의 고독을 곱씹듯 가만히 눈앞을 응시하곤 했다.

백작 부인은 사람들에게 남편이 아프다고 말했다. 그리고 평소와 똑같이 정해진 시간에 먹고 자고 산책을 했다. 그녀는 아침

저녁으로 직접 백작에게 가서 좀 어떤지를 물었다.

"오늘은 좀 어떤가요?"

"훨씬 좋아졌소. 고맙소, 마틸드."

"당신이 원하면 같이 있을게요."

"아니, 그럴 필요 없소. 쥘리앵하고 프랑수아만 있으면 되오…… 당신까지 수고할 필요는 없어요."

그들은 서로를 이해했고, 각자 살다가 따로 죽기를 바랐다. 백작은 홀로 떠나고 싶어 하는 개인주의자의 쓸쓸한 즐거움을 음미했다. 그는 사람들이 자신의 침상을 둘러싼 채 슬픔을 가장한 연극을 하는 짜증스러운 광경을 보고 싶지 않았다. 그리고 자신과 백작 부인을 위해 마지막 대면의 불편함을 최대한 줄이기를 원했다. 그의 마지막 바람은 아무도 귀찮게 하거나 역겹게 하지 않는 교양 있는 사람으로 깔끔하게 세상을 떠나는 것이었다.

그런데 어느 날 저녁 그는 숨쉬기가 힘들어지면서 자신이 그날 밤을 넘기기 힘들다는 것을 깨달았다. 백작 부인이 평소처럼 안부를 물으러 왔을 때 그는 힘겹게 마지막 미소를 지으며 말했다.

"가지 마시오…… 오늘은 몸이 좀 안 좋은 것 같구려."

백작은 그녀가 구설수에 오르는 것을 피하게 해 주고자 했다. 백작 부인도 그가 그렇게 말해 주기를 기다린 터였다. 그녀는 방에 남아 기다렸다. 의사들도 죽어 가는 사람 곁을 떠나지 않았다.

두 하인은 언제나처럼 조용하면서도 열성적으로 마지막 할 일을 다했다. 사람을 시켜 불러온 자녀들, 로제와 블랑슈는 침대 가까이 백작 부인 옆에 서서 기다렸다. 그 밖의 친척들은 옆방에서 기다렸다. 그렇게 엄숙한 기다림 속에서 밤이 지나갔다. 아침이 되자 병자성사(病者聖事)가 거행되었고, 백작은 마지막으로 종교에 대한 자신의 지지를 표하기 위해 모두가 보는 앞에서 영성체를 했다. 이제 모든 의식이 끝났으니 그는 죽을 수 있었다.

하지만 그는 서두르지 않았고, 경련을 동반한 요란한 죽음을 피하기 위해 잠시 기력을 되찾은 듯 보였다. 장식이 별로 없는 커다란 방에서는 고장난 괘종시계의 삐걱거리는 소리 같은 그의 숨소리만이 들려왔다. 일생을 반듯하게 살아온 이가 이제 떠나려 하고 있었다. 그는 아내와 자식들을 마지막으로 포옹한 뒤 손짓으로 그들을 밀어냈다. 그리고 다시 벽 쪽으로 돌아누워 홀로 숨을 거두었다.

의사 하나가 몸을 숙여 망자의 눈을 감기고는 나직하게 말했다.

"운명하셨습니다."

정적이 감도는 가운데 탄식과 눈물이 차올랐다. 백작 부인과 로제와 블랑슈는 무릎을 꿇어앉았다. 그들은 두 손으로 얼굴을 가린 채 눈물을 흘렸다. 그런 다음 두 자녀는 어머니를 데리고 나갔다. 백작 부인은 자신의 절망감을 보여 주려는 듯 문간에서 마지막으로 흐느끼면서 허리를 좌우로 흔들었다. 이제 주검은 장의사 차지였다.

의사들은 등을 구부린 채 유감스럽다는 듯한 표정으로 방을 나섰다. 가족은 고인의 곁에서 밤샘을 할 수 있는 사제를 보내 줄 것을 교구에 요청했다. 두 하인도 뻣뻣하고 위엄 있는 자세로 의자에 앉아 사제와 함께 고인의 곁을 지켰다. 이제 그들의 서비스도 예정된 마지막에 이른 것이었다. 그들 중 하나가 가구 위에 놓인 숟가락 하나를 발견하고는 재빨리 일어나 자기 주머니에 집어넣었다. 방 안의 아름다운 질서가 흐트러져서는 안 되었기 때문이었다.

아래층의 커다란 응접실에서 망치 소리가 들려왔다. 실내장식업자들이 응접실을 촛불들이 밝히는 영구(靈柩) 안치소로 변모시키는 중이었다. 시신을 방부 처리하는 데만 하루가 꼬박 걸렸다. 방부 처리업자들은 방문을 닫은 채 조수들하고만 일했다. 다음 날 아래로 옮겨진 시신이 사람들에게 공개되었다. 새 옷으로 단장한 백작은 한창때의 청년 같았다.

장례식 날에는 아침 아홉 시부터 웅성거리는 소리가 저택을 가득 메웠다. 고인의 아들과 사위는 일 층에서 조문객들을 맞았다. 조문객들은 슬픔에 잠긴 사람들답게 조용히 예의를 표하며 고개를 숙였다. 귀족과 장군과 법관을 비롯한 파리의 온갖 저명인사들이 그곳에 모여 있었다. 개중에는 상원의원들과 학사원 회원들도 있었다.

마침내 열 시가 되어 장례 행렬이 성당으로 출발했다. 최고급 마차인 영구차는 깃털로 장식이 돼 있었고, 은빛 술들이 늘어진 천으로 덮여 있었다. 관포(棺布) 네 귀에 달린 끈은 프랑스의 장군, 고인의 오랜 친구인 공작, 전직 장관, 그리고 아카데미 회원이 잡고 있었다. 로제 드 베르퇴유와 무슈 드 뷔삭이 앞장서서 장례 행렬을 이끌었고, 장갑을 끼고 검은 넥타이를 맨 사람들이 무리 지어 그 뒤를 따라갔다. 프랑스의 내로라하는 인사들이 흙먼지 속에서 힘겹게 숨을 쉬면서 제멋대로인 가축 떼처럼 둔탁한 발소리를 냈다.

호기심이 발동한 동네 사람들이 우르르 창가로 모여들었다. 보도에 늘어선 사람들은 개선 마차 같은 영구차가 지나가는 것을 지켜보면서 도리질을 했다. 조문용 마차들이 대부분 빈 채로 끝없이 늘어서는 바람에 교통이 마비될 지경이었다. 교차로에는 승합마차들과 삯마차들이 뒤엉켜 있었고, 여기저기서 마부들의 욕설과 채찍 소리가 들려왔다. 그러는 사이 드 베르퇴유 백작 부인은 자신의 아파트에 틀어박혀 있었다. 사람들한테는 너무 울어서 진이 빠졌기 때문이라고 말하게 했다. 그녀는 긴 의자에 누운 채 자기 허리띠의 장식끈을 만지작거렸다. 그리고 안도하는 모습으로 꿈을 꾸듯 천장을 응시했다.

성당에서는 장례미사가 두 시간가량 이어졌다. 신부들은 다들 정신이 하나도 없었다. 그들은 아침부터 제의(祭衣)[69] 차림으로 이리 뛰고 저리 뛰면서 지시를 내리고, 이마의 땀을 닦고, 요란하게 코를 풀었다. 검은 천으로 덮인 중앙 홀 한가운데서 영구대(靈柩臺)[70]가 붉게 타오르는 듯 보였다. 마침내 행렬이 끝나 여자들은 왼쪽에, 남자들은 오른쪽에 자리를 잡고 앉았다. 파이프오르간은 장중한 탄식의 소리를 토해 냈고, 성가대는 나직하고 구슬프게 노래했다. 간간이 성가대 아이들이 날카롭게 흐느끼는 소리가 들려오기도 했다. 한편 커다란 촛대들에서는 엄숙한 장례 의식에 슬픔의 기운을 더하는 초록빛 불길이 높이 타올랐다.

"오늘 포르[71]가 노래를 부른다고 하지 않았나요?" 한 국회의원이 옆자리에 앉은 사람에게 물었다.

"저도 그렇게 알고 있습니다만." 전직 도지사가 대답했다. 멀끔하게 생긴 그는 멀리 있는 부인네들을 향해 미소를 지어 보였다.

가수의 목소리가 중앙 홀에 울려 퍼지자 그는 감탄하듯 머리를 좌우로 흔들면서 조그맣게 말했다.

"오! 대단한 창법이군요. 성량이 아주 풍부해요!"

참석자들 모두가 그의 노래에 매료되었다. 여자들은 오페라

---

[69] 미사 때 사제가 장백의 위에 입는 겉옷으로, 소매통이 넓고 길이가 무릎까지 내려온다.
[70] 장례식을 하는 동안에 관을 올려놓는 단 또는 장례식용 관의 장식을 가리킨다.
[71] 장바티스트 포르(1830~1914). 제2제정 시대에 활동했던 바리톤 오페라 가수이자 미술품 수집가.

극장에서 보낸 밤들을 떠올리며 입가에 희미한 미소를 띠었다. 이 포르란 가수는 진정 굉장한 재능을 지녔다! 심지어 고인의 한 친구는 이렇게 말하기도 했다.

"저이가 이보다 잘 부르는 건 본 적이 없어! …… 불쌍한 베르퇴유가 이걸 듣지 못하는 게 무척 유감이군. 정말 좋아하던 가수였는데 말이지!"

노래가 끝나자 기다란 망토를 걸친 성가대원들이 영구대 주위를 맴돌았다. 스무 명이나 되는 사제들은 의식을 더욱 복잡하게 만들면서, 인사를 하고, 라틴어 문장을 다시 말하고, 성수채를 흔들었다. 마지막으로 조문객들이 관 앞을 지나가면서 차례로 고인에게 성수를 뿌렸다. 그리고 유족과 악수를 나눈 뒤 밖으로 나갔다. 모두가 눈부신 햇빛에 눈을 뜰 수가 없었다.

6월의 어느 화창한 날이었고, 가느다란 빛줄기가 따사로운 공기 속을 떠다녔다. 성당 앞 조그만 광장은 사람들로 붐볐고, 그들을 다시 줄 세우는 데 한참이 걸렸다. 더 멀리 가고 싶지 않은 사람들은 자리를 떴다. 광장이 아직 마차들로 북적일 때 이백여 미터 떨어진 길 끝에서 영구차의 깃털 장식이 흔들리면서 보였다가 안 보였다가 했다. 그러다가 마차들의 문이 닫히는 소리가 들리기가 무섭게 말들이 포석 위를 달리기 시작했다. 마부들이 고삐를 당겨 말들을 한 줄로 세운 뒤에야 장례 행렬이 묘지로 출발할 수 있었다.

마차 안은 아주 안락했다. 마치 봄날의 파리에서 느긋하게 불로뉴 숲으로 나들이를 가는 것 같았다. 영구차가 더 이상 보이지 않자 사람들은 매장(埋葬)에 관한 것을 금세 잊었다. 이런저런 대화가 이어졌고, 여자들은 다가올 여름에 관해, 남자들은 자신들의 일에 대해 이야기했다.

"그래서 올해도 디에프[72]에 가실 건가요?"

"어쩌면요. 하지만 8월에는 절대 안 갈 거예요…… 토요일에는 루아르에 있는 우리 별장으로 떠나요."

"그래서 말이죠, 그가 그 편지를 발견했고 그 때문에 그들은 서로 치고받고 싸웠답니다. 아, 심하게 싸운 건 아니고 살짝 생채기를 내는 정도로요…… 그날 저녁에 난 그 친구하고 포커 모임에서 저녁을 먹었지요. 그가 글쎄 나한테서 25루이나 따 갔다니까요."

"안 그렇습니까? 모레 주주 총회가 열린다는군요…… 거기서 나를 위원으로 임명하고 싶어 하는데 내가 그걸 할 수 있을지 모르겠네요. 요즘 너무 바빠서 말이죠."

얼마 전부터 행렬은 대로를 따라가고 있었다. 길가의 나무들은 상쾌한 그늘을 드리웠고, 녹음 속에서 햇살이 즐겁게 노래했

---

72 Dieppe. 노르망디의 센마리팀 데파르트망에 속한 코뮌으로 프랑스 북서쪽의 영국해협 연안에 있다. 제2제정 시대에 휴양지로 인기가 많았다

다. 그런데 갑자기 부주의한 여성 하나가 마차의 문 쪽으로 몸을 기울이는 바람에 하마터면 밖으로 떨어질 뻔했다.

"오, 여기 너무 좋은데요!"

장례 행렬은 막 몽파르나스 묘지[73]로 들어섰다. 그와 동시에 다들 입을 다물어 오솔길의 모래 위를 지나가는 바퀴의 삐걱거리는 소리만이 들려왔다. 오솔길 끝까지 가야 했다. 베르퇴유가의 가족묘는 맨 끝 왼편에 있었다. 일종의 예배당처럼 조각들로 화려하게 장식된 커다랗고 하얀 대리석 묘지[74]였다. 사람들이 묘지 문 앞에 관을 내려놓자 추도사가 시작되었다.

추도사를 낭독하는 사람은 모두 넷이었다. 전직 장관은 정치가로서의 고인의 삶을 되짚었다. 고인은 음모를 모른 채 지나치지 않았더라면 프랑스를 구할 수도 있었을 겸손하고 뛰어난 정치가였다. 그다음으로 한 친구는 모두가 죽음을 애통해하는 고인의 인간적인 미덕에 대해 이야기했다. 그런 다음 한 낯선 신사가 산업인 협회의 대표 자격으로 조사를 낭독했다. 드 베르퇴유 백작은 협회의 명예 회장을 지낸 바 있었다. 마지막으로 키가 작고 척

---

[73] Cimetière du Montparnasse. 파리 14구에 있으며 1824년에 만들어졌다. 사르트르와 보부아르, 마르그리트 뒤라스, 보들레르, 모파상 등의 유명 인사와 함께 몽파르나스 지역에서 활동한 예술가들이 잠들어 있다. 페르라셰즈 묘지처럼 산책로가 정원처럼 조성되어 가볍게 거닐기 좋다.

[74] 묘지 예배당(chapelle funéraire)으로 불리는 묘지들에는 주로 부유한 부르주아들이나 유명 인사들이 묻혔다. 그 안에는 신상(神像)봉안소와 제단과 기도대가 함께 있다.

착한 낯빛의 한 남자가 정신과학·정치학 아카데미가 보내는 애도의 뜻을 전했다.

그러는 동안 일부 참석자들은 부근에 있는 묘지들에 관심을 보이면서 대리석 판에 새겨진 비문(碑文)들을 읽었다. 다른 사람들도 귀를 쫑긋 세워 보았지만 띄엄띄엄 몇 마디를 알아들었을 뿐이었다. 입을 꼭 다문 채 '……고운 마음씨와 어질고 선량한 성품으로……'라는 말만을 알아들은 한 노인이 고개를 끄덕이며 중얼거렸다.

"흠, 나도 그런 사람을 하나 알았었지. 알고 보니까 천하의 나쁜 놈이었는데 말이지!"

이제 마지막 인사가 허공으로 날아올랐다. 사제들이 망자를 축복하고 나자 모두 그 자리를 떠났다. 이 외진 곳에 남아 있는 이들은 관을 내리는 인부들뿐이었다. 관을 매단 밧줄에서 둔탁한 마찰음이 나면서 떡갈나무 관이 삐걱거렸다. 드 베르퇴유 백작은 이제 영원한 안식처에서 잠들 수 있었다.

그사이 백작 부인은 여전히 기다란 의자에 누운 채 꼼짝도 하지 않았다. 여전히 자기 허리띠의 장식끈을 만지작거리면서 꿈속에 잠긴 듯 허공을 응시했다. 그리고 아름다운 금발 여인의 두 뺨에 차츰 화색이 돌기 시작했다.

2장 부르주아

게라르 부인은 과부다. 팔 년 전에 세상을 떠난 그녀의 남편은 법관이었다. 그녀는 상류층 부르주아에 속하며 200만 프랑의 자산을 보유하고 있다. 그녀에겐 아들이 셋 있는데, 남편이 죽으면서 그들에게 각각 50만 프랑씩을 물려주었다.

엄격하고 차갑고 가식적인 이 집안에서 아들들은 마치 잡초처럼 자라났고, 어디서 물려받았는지 모르는 탐욕스럽고 신경질적인 기질을 지녔다. 그들은 불과 몇 년 만에 물려받은 150만 프랑을 모두 날려 버렸다. 첫째인 샤를은 기계에 미쳐서 기발한 발명품들을 만드는 데 엄청난 돈을 썼다. 둘째인 조르주는 여자들한테 몽땅 갖다 바쳤다. 셋째인 모리스는 함께 극장을 짓기로 한 친구에게 사기를 당했다. 이제 세 아들은 자신들의 어머니에게 얹혀살았다. 게라르 부인은 기꺼이 그들을 먹이고 재워 주겠다고 했지만 혹시 몰라 장롱들의 열쇠를 항상 몸에 지니고 다녔다.

그들 가족은 마레 지구[75] 튀렌가(街)의 커다란 아파트에서 함께 살았다. 게라르 부인은 예순여덟 살이다. 그녀는 나이가 들면

---

75 le Marais. 센강 우안에 있는 마레 지구는 18세기에 귀족들이 많이 살았던 곳이다. 지역의 대부분이 파리의 3구와 4구에 걸쳐 있는데, 몽마르트르 지구와 마찬가지로 지리적으로 명확한 경계가 없다. 다시 말하면 파리의 '역사적' 한 구역일 뿐 행정적인 구역의 명칭이 아니다.

서 결벽증이 생겨 집에서도 수도원에서와 같은 정숙과 청결을 요구했다. 지독한 구두쇠처럼 설탕[76] 조각 하나까지 세어 보았고, 마개를 딴 병들은 손수 마개를 닫았으며, 리넨[77]과 식기는 필요할 때만 조금씩 꺼내 주었다.

게라르 부인의 아들들은 물론 어머니를 많이 사랑했고, 그녀는 서른 살이 넘어서까지 바보짓을 하는 아들들에게 절대적인 권위를 유지했다. 하지만 언제 무슨 짓을 저지를지 모르는 세 아들과 함께 살면서 자신이 혼자라고 느낄 때면 왠지 모를 불안감을 떨칠 수 없었다. 그녀가 늘 두려운 것은 아들들이 돈을 달라고 하면 어떻게 거절하느냐 하는 것이었다. 그래서 곰곰 생각한 끝에 모든 재산을 부동산에 묶어 두었다. 그녀는 파리에만 집이 세 채였고, 뱅센 숲 쪽에도 땅이 있었다. 이런 것들 때문에 골머리가 아플 때도 있었지만 그래도 이젠 마음이 놓였다. 한꺼번에 많은 돈을 줄 수 없다는 핑곗거리가 생긴 셈이니까.

그사이 샤를과 조르주, 모리스는 집에 있는 모든 것을 야금야금 갉아먹었다. 집에서 죽치고 있으면서, 채워지지 않는 자신들의 욕심을 서로의 탓으로 돌렸고, 작은 것 하나까지도 먼저 차지하려고 다투곤 했다. 물론 어머니가 죽으면 그들은 또다시 부자가

---

76 19세기에는 설탕이 무척 비싼 식품이었다.
77 아마의 실로 짠 얇은 직물을 통틀어 이르는 말. 굵은 실로 짠 것은 양복감으로 쓰고, 가는 실로 짠 것은 셔츠, 손수건, 실내 장식품 따위를 만드는 데 쓴다.

될 터였다. 그들은 그 사실을 잘 알고 있었고, 이는 아무것도 하지 않고 기다리는 데 충분한 핑계가 되어 주었다. 비록 그런 이야기를 대놓고 하지는 않았지만 그들의 지속적인 관심사는 유산을 어떻게 분배하느냐 하는 것이었다. 서로 합의가 되지 않으면 부동산을 팔아야겠지만 그러자면 손해를 감수해야 했다. 그들이 이런 생각을 하는 것은 절대 나쁜 마음에서가 아니라 모든 것을 대비하기 위해서였다. 그들은 천성이 밝고 착했으며 조금은 솔직한 면도 있었다. 그리고 다른 모든 자식들처럼 어머니가 최대한 오래 사시기를 바랐다. 그들의 어머니는 그들을 성가시게 하지 않았다. 그들은 단지 기다리는 것뿐이었다.

어느 날 저녁 식탁에서 일어나던 게라르 부인은 현기증을 느꼈다. 아들들은 어머니를 침대에 눕혔고, 좀 나아진 그녀가 두통이 심한 것뿐이라고 하자 하녀를 방에 함께 머물게 했다. 하지만 다음 날 노부인의 상태가 더 나빠지자 걱정이 된 주치의는 다른 의사에게 왕진을 청할 것을 권했다. 게라르 부인은 위독한 상태였다. 그러자 일주일 동안, 죽어 가는 여인의 침대 주위에서 극적인 장면들이 연출되었다.

병으로 방에서 꼼짝 못 하게 된 그녀가 제일 먼저 한 일은 집의 모든 열쇠를 가져오게 해서 자기 베개 밑에 감추는 것이었다. 그녀는 침대에 누워서도 여전히 집안을 다스리고 싶어 했고, 자신의 장롱들을 낭비로부터 지키고자 했다. 그리하여 스스로를 달달 볶았고, 의구심에 마음이 갈기갈기 찢어졌다. 무언가를 결심할 때는 한참 동안을 망설였다. 자기 곁에 있는 세 아들을 흐릿한 눈으로 살펴보면서 좋은 생각이 떠오르기를 기다리는 듯했다.

어느 날은 조르주가 믿을 만하다는 생각이 들면 손짓으로 그를 가까이 오라고 해서는 나직이 속삭였다.

"자, 찬장 열쇠다. 가서 설탕을 꺼내렴…… 그런 다음 문을 잘 닫고 열쇠를 다시 나한테 갖다주려무나."

또 어떤 날은 조르주를 의심했다. 그가 잠깐이라도 자리를 뜨면 벽난로 위의 골동품들을 슬쩍하기라도 할까 봐 그를 눈으로 좇았다. 그럴 때면 이번에는 샤를을 불러 그에게 열쇠를 주면서 속삭였다.

"하녀랑 같이 가서 시트를 꺼내는 걸 지켜봐. 그리고 장롱 문은 네가 직접 잠그도록 해."

죽어가는 그녀에게 가장 고통스러웠던 것은 더 이상 집안의 지출을 살필 수 없다는 것이었다. 게라르 부인은 아들들의 허튼 짓을 잊지 않고 있었다. 그들은 게을렀고, 제정신이 아닐 때도 많았으며, 낭비가 심해 툭하면 그녀에게 손을 벌렸다. 그녀는 이미 오래전에 자식들에 대한 기대를 버린 터였다. 그들은 그녀의 꿈을 실현시켜 주기는커녕 절약하는 엄격한 삶을 살아가던 그녀에게 상처만 안겨 주었다. 그녀는 다만 마지막 남은 모성애로 그들을 용서하는 것뿐이었다. 애원하는 듯한 그녀의 눈빛에서, 그녀의 서랍들을 비워 재물을 나눠 가지는 것은 부디 그녀가 떠난 다음에 해 주기를 바라는 마음을 읽을 수 있었다.

그녀 앞에서 재물을 나누는 것은 죽어가면서까지도 인색함을 버리지 못하는 그녀에게는 고문이나 다름없었다.

사실 샤를과 조르주, 모리스는 어머니한테 잘했으며, 자기들 중 한 사람은 반드시 어머니 곁에 있기로 합의한 터였다. 그들의 작은 배려에서도 진심 어린 애정이 묻어났다. 그러나 그런 와중에도 그들은 필연적으로 바깥의 태평함과 그들이 피운 시가의 냄새, 도시의 소식에 대한 관심 등을 몸에 묻혀 왔다.

병자의 이기심은 마지막 순간에도 자신이 자식들의 모든 것이 될 수 없음에 고통받았다. 기력이 쇠해질 때면 그녀의 경계심이 그녀와 젊은 자식들 사이의 불편함을 더욱더 가중시켰다. 그들이 물려받을 유산에 대해 생각지 않는다고 해도 그녀는 마지막까지 그것을 지키려는 방식으로 인해 오히려 그 돈에 대한 생각을 그들에게 불러일으킬 것이었다.

게라르 부인이 명백한 두려움과 함께 날카로운 눈빛으로 아들들을 바라보는 통에 그들은 먼저 고개를 돌려야 했다. 그러면 그녀는 아들들이 자신이 죽기를 기다리고 있다고 믿었다. 사실 그들이 그런 생각을 하지 않는 것은 아니었다. 어머니의 말 없는 물음으로 인해 끊임없이 그런 생각으로 되돌아가곤 했기 때문이었다. 그들 안에서 탐욕을 자라나게 하는 것은 바로 그들의 어머니였다. 세 아들 중 하나가 창백한 얼굴로 멍하니 있는 걸 보게 되면 그녀는 이렇게 말하곤 했다.

"이리 가까이 와 보렴…… 지금 무슨 생각을 하는 거니?"

"아무 생각도 안 했는데요."

그가 펄쩍 뛰자 그녀는 고개를 설레설레 젓고는 덧붙여 말했다.

"내가 너희들을 너무 힘들게 하는구나. 걱정 마라. 난 이제 곧 떠날 테니까."

아들들은 그녀를 둘러싼 채 어머니를 사랑하며 반드시 낫게 할 거라고 맹세했다. 하지만 게라르 부인은 고집스레 고개를 저으며 아니라고 대답했다. 그녀는 점점 더 불신 속으로 빠져들었다. 돈에 중독된 끔찍한 최후였다.

병은 삼 주간 더 지속되었다. 그사이 유명한 의사들이 와서 다섯 차례나 진료를 했다. 하녀는 아들들이 어머니를 돌보는 것을 도왔다. 다들 조심을 했음에도 집 안에는 무질서가 자리 잡아 갔다. 모든 희망은 물거품이 되어 버렸고, 의사는 환자가 언제라도 숨을 거둘 수 있다고 예고했다.

그러던 어느 날 아침, 세 아들은 어머니가 잠들었다고 생각하고 창가에서 자기들끼리 이야기를 나누었다. 곤란한 문제가 생겼기 때문이었다. 그날은 7월 15일이었고 집세를 받는 날이었다. 그 동안 게라르 부인은 세놓은 집들의 집세를 직접 받으러 다녔는데,

아들들은 이제 그 돈을 어떻게 받아야 할지 몰라 고민 중이었다. 이미 관리인들이 지시를 기다리고 있었고, 몸져누운 어머니에게 그런 이야기를 할 수는 없는 노릇이었다. 하지만 큰일이라도 생기면 그들은 개인적인 경비를 위해 그 돈이 필요할지도 몰랐다.

"하는 수 없지 뭐!" 샤를이 나직하게 말했다. "너희들이 괜찮다면 내가 세입자들을 만나 볼게…… 그 사람들도 이런 상황을 이해하고 돈을 줄 거야."

그러나 조르주와 모리스는 이런 방법을 좋아하는 것 같지 않았다. 그들 역시 경계가 심해졌던 것이다.

"우리도 같이 갈게." 조르주가 말했다. "우리 모두 쓸 돈이 있어야 하니까."

"그런 거라면 걱정 마! 내가 받아서 전해 주면 되지…… 설마 내가 그 돈을 갖고 도망갈 거라고 생각하는 건 아니겠지?"

"물론 아니지. 하지만 다 함께 가는 게 좋을 것 같아. 그게 맞다고 생각해."

그들은 벌써부터 유산을 나누는 데 대한 분노와 원망이 번득이는 눈빛으로 서로를 바라보았다. 유산 상속은 당연한 것이었지만 각자 자신이 가장 큰 몫을 차지하기를 바랐다. 샤를은 다른 형제들이 마음속으로 하는 생각을 큰 소리로 이어 말했다.

"차라리 다 팔아버리자고. 그러는 게 나아. 지금부터 이렇게 싸우면 나중엔 서로를 잡아먹으려 들 거야."

그때 거친 숨소리가 들려와 그들은 재빨리 고개를 돌렸다. 게라르 부인이 창백한 얼굴에 노기 띤 눈빛으로 떨면서 몸을 일으키고 있었다. 아들들이 하는 말을 모두 들은 그녀는 바싹 마른 두 팔을 내밀면서 두려움이 가득한 목소리로 반복해 외쳤다.

"얘들아…… 얘들아……."

그리고 경련을 일으키면서 베개 위로 털썩 쓰러졌다. 그녀는 자식들이 자기 것을 훔친다는 끔찍한 생각과 함께 죽어 갔다.

기겁한 세 아들은 침대 앞에 무릎을 꿇어앉았다. 그리고 어머니의 두 손에 키스한 뒤 흐느끼면서 그녀의 두 눈을 감겨 주었다. 그 순간 자신들의 어린 시절이 떠오르면서 자신들은 이제 고아라는 생각이 들었다. 이처럼 끔찍한 죽음은 그들의 마음속 깊이 회한과 원망을 남겼다.

고인의 단장은 하녀가 맡아 했다. 사람들은 밤샘을 하며 시신을 지킬 수 있는 수녀 한 분을 모셔 오게 했다. 그사이 세 아들은 분주하게 뛰어다녔다. 사망 신고를 하고, 부고장을 주문하고, 장례식 비용을 지불했다. 고인은 커튼이 쳐진 방에서 뻣뻣한 얼굴로 두 손을 포갠 채 침대에 누워 있었다. 가슴 위에는 은 십자가가 놓여 있었다. 그녀 곁에는 양초가 타고 있었고, 회양목 가지 하나가 성수가 가득 담긴 화병 가장자리에 꽂혀 있었다. 밤샘은 쌀쌀한 아침에 끝이 났다. 수녀는 몸이 안 좋다고 하면서 따뜻한 우유를 한 잔 달라고 했다.

장례 행렬이 시작되기 한 시간 전부터 계단은 사람들로 가득 찼다. 마차가 드나드는 문에는 은빛 술이 달린 검은 장막이 드리워졌다. 바로 그곳에 관이 놓였다. 비좁은 예배당 구석에서처럼 양초들로 둘러싸이고 화관과 꽃다발로 뒤덮인 채로. 차례로 들어온 조문객들은 관 발치에 놓인 성수반에서 성수채를 집어 시신에 성수를 뿌렸다. 열한 시가 되자 장례 행렬이 출발했다. 고인의 세 아들은 앞장서서 행렬을 이끌었다. 법관들과 명망 있는 기업가들을 비롯해 내로라하는 젊잖은 부르주아들이 천천히 그들 뒤를 따라가면서 보도에 길게 늘어선 호기심 많은 구경꾼들을 흘끗거렸다. 행렬의 끝에는 장의 마차 열두 대가 보였다. 마차들은 동네에서 주목을 받았고, 사람들은 마차가 모두 몇 대인지 세어 보았다.

샤를과 조르주, 모리스는 상복에 검은 장갑을 끼고 고개를 숙인 채 울어서 벌게진 얼굴로 관을 뒤따랐다. 그 광경을 지켜보던 사람들은 그들을 측은히 여겼다. 군중 속에서는 한 가지 이야기만이 들려왔다. 아들들이 어머니의 장례를 아주 훌륭하게 치르고 있다는 것이었다. 영구차는 삼등급이었는데, 그 정도면 수천 프랑은 족히 들었을 터였다. 그러자 한 늙은 공증인이 야릇한 미소를 띠며 말했다.

"게라르 부인이 자기 장례 행렬 비용을 직접 댔다면 아마 마차를 여섯 대로 줄였을 거야."

행렬이 성당에 도착하자 휘장이 드리워진 문이 보였다. 파이프 오르간이 연주되었고, 교구의 사제가 면죄 기도를 주관했다. 조문객들은 시신 앞을 차례로 지나갔고, 중앙 홀 입구에서는 세 아들이 한 줄로 늘어선 채 묘지까지 갈 수 없는 이들을 맞았다. 그들은 입술을 깨물고 눈물을 삼키면서 십여 분간 잘 알지도 못하는 사람들과 악수를 했다. 모두들 성당에서 나와 다시 느린 걸음으로 영구차를 따라가기 시작하자 그들은 비로소 안도의 숨을 내쉬었다.

게라르가의 가족묘는 페르라셰즈 묘지[78]에 있었다. 많은 이들이 걸어갔고, 그 밖의 사람들은 장의 마차를 타고 갔다. 장례 행렬은 바스티유 광장을 가로질러 로케트가(街)를 따라갔다. 지나가던 행인들이 고개를 들고는 모자를 벗어 조의를 표했다. 서민들이 많이 사는 동네의 노동자들은 소시지를 곁들인 빵을 먹으면서 화려한 장례 행렬이 지나가는 것을 구경했다.

묘지에 도착한 행렬이 왼편으로 돌자 바로 가족묘가 나왔다. 작은 기념물처럼 생긴 고딕 양식의 묘지 예배당이었다. 정면의 위쪽에는 검은 글씨로 '게라르 가족'이라고 새겨져 있었다. 활짝 열린 주철 문 사이로 양초들이 밝히는 제단의 탁자가 언뜻 보였

---

[78] Cimetière du Père-Lachaise. 파리 20구에 위치한 최초의 정원식 공동묘지이자 파리 시에서 가장 큰 묘지이다. 전 세계에서 가장 많은 방문객이 찾는 묘지로, 제1차 세계대전의 추모 공원이기도 하다.

다. 그들의 가족묘 주위로 비슷한 양식의 석조물들이 줄지어 늘어서 있어 자연스레 길들이 생겨나 있었다. 마지막 손질을 막 끝낸, 옷장과 서랍장과 책상 등을 대칭으로 정렬해 놓은 가구상의 진열대를 연상시키는 광경이었다. 조문객들은 이러한 석조물들을 살펴보거나 나무 그늘을 찾아 가까운 오솔길로 향했다. 어떤 부인은 묘지 위에 자라난 화려한 장미를 보며 감탄을 금치 못했다. 활짝 핀 장미꽃들의 향기가 묘지 주위로 퍼져 나갔다.

그사이 사람들은 마차에서 관을 내렸다. 신부가 마지막 기도를 했고, 파란 작업복 차림의 인부들은 몇 걸음 떨어진 데서 기다렸다. 묘지를 덮었던 돌판을 걷어 내자 커다란 구덩이가 보였고, 세 아들은 그곳을 응시하면서 흐느꼈다. 그들도 차례가 되면 그 서늘한 어둠 속에서 영원히 잠들게 될 것이었다. 인부들이 다가가자 친구들이 그들을 데리고 갔다.

이틀 후 어머니의 공증인 사무실에서 다시 만난 세 아들은 단돈 1상팀도 양보할 수 없음을 각오한 적들처럼 이를 악문 채 매서운 눈빛으로 언쟁을 벌였다. 물론 부동산을 서둘러 팔지 않고 기다리는 게 그들에겐 이익일 터였다. 하지만 그들은 서로를 향해 솔직하게 진실을 내뱉었다. 샤를은 그놈의 발명품을 만든답시고 돈을 몽땅 날려 버릴 게 뻔했다. 조르주에게는 그를 벗겨 먹을 여자가 있는 게 분명했다. 모리스는 또다시 어딘가에 투자를 한답시고 그들의 자산을 야금야금 먹어 치울 것이었다. 그들로 하여금 서로 원만하게 합의를 보게 하려는 공증인의 노력은 허사로 돌아갔다. 그들은 헤어지면서 서로에게 법원의 소환장을 보낼 거라고 위협했다.

아들들에게 돈을 도둑맞을까 봐 두려워하던 인색한 망자가 그들 안에서 깨어난 것이다. 돈이 죽음을 오염시키면 그 죽음이 뿜어내는 것은 분노뿐이다. 그리하여 관을 앞에 두고 치열한 싸움이 벌어지게 된다.

3장 상인

무슈 루소는 스무 살에 고아였던 열여덟 살의 아델 르메르시에와 결혼했다. 어느 날 저녁에 같이 살기 시작했을 때 그들이 가진 돈은 70프랑이 전부였다. 그들은 처음에는 한 건물의 정문 앞에서 편지지와 밀봉용(密封用) 밀랍 막대를 팔았다. 그다음에는 손바닥만 한 허름한 가게에 세 들어 십 년 동안 조금씩 장사 규모를 늘려 나갔다. 이제 그들은 클리시가(街)에서 50,000프랑의 가치가 있는 문구점을 운영하고 있다.

몸이 허약한 편인 아델은 늘 기침을 달고 살았다. 가게의 탁한 공기 속에서 판매대에서 종일 꼼짝도 하지 않으니 건강이 좋을 리 없었다. 그녀를 진찰한 의사는 휴식이 필요하다면서 날씨가 좋을 때 자주 산책하기를 권했다. 하지만 그것은 지킬 수가 없는 처방이었다. 편안한 노후를 위해 연금을 들어 놓으려면 부지런히 돈을 모아야 했다. 아델은 가게를 팔고 시골로 가서 살게 되면 그때 쉬면서 산책을 하겠노라고 했다.

무슈 루소는 아델의 얼굴이 창백하고 두 뺨에 붉은 반점이 생긴 날에는 몹시 걱정이 되었다. 하지만 종일 문구점 일을 봐야 하는 그로서는 그녀가 경솔한 짓을 못 하도록 끊임없이 따라다닐 수가 없었다. 몇 주일씩이나 그녀의 건강에 대해 한마디도 못 할 때도 많았다. 그러다 아델의 마른기침 소리를 듣게 되면 벌컥 화를 내면서 그녀에게 억지로 숄을 두르게 하고 함께 샹젤리제 거리를 한 바퀴 돌곤 했다. 그런 날이면 아델은 더 피곤해하고 기침을 더 자주 하면서 집으로 돌아왔다. 게다가 장사로 인한 골치 아픈 일들이 그를 기다리고 있었다. 그녀의 병은 또다시 잊혔다, 다음번 발작이 찾아올 때까지. 장사라는 게 늘 이렇다. 자신을 돌볼 시간조차 갖지 못한 채 거기에 파묻혀 죽어 가는 것이다.

어느 날 무슈 루소는 의사를 따로 불러 아내가 위중한 상태인지 아닌지를 솔직하게 말해 달라고 했다. 의사는 모든 건 자연의 이치를 따르는 것이라는 말로 시작해, 그녀보다 훨씬 아픈 사람들도 회복되는 것을 본 적이 있다고 했다. 하지만 무슈 루소가 자꾸만 물어보자 의사는 루소 부인은 폐결핵을 앓고 있으며, 그것도 아주 중증이라고 솔직히 말했다. 그 말에 남편의 얼굴이 하얗게 질렸다. 그는 아델을 사랑했다. 그들이 매일 흰 빵[79]을 먹게 되기까지 오랫동안 같이 고생해 온 그녀였다. 그에게 그녀는 단지 아내일 뿐만 아니라 부지런하고 똑똑한 동업자이기도 했다. 그녀를 잃게 되면 그는 사랑뿐만 아니라 장사에도 커다란 타격을 입게 될 것이었다. 그렇더라도 그는 용기를 내야 했다. 그에게는 가게를 닫고 마음껏 울 수 있는 여유가 허락되지 않았다. 그는 벌

---

[79] 흰 빵(pain blanc)과 대조되는 검은 빵(pain noir)은 당시에는 가난한 서민들이 먹는 질 나쁜 음식의 대명사였다.

게진 눈으로 아내를 놀라게 하지 않기 위해 아무렇지 않은 척했다. 그리고 다시 예전과 같은 일상으로 돌아갔다.

한 달쯤 지나 이런 슬픈 일들을 떠올린 그는 의사들도 종종 틀린다고 생각하기로 했다. 그의 아내는 예전보다 더 아파 보이지 않았다. 어쩌면 별로 고통을 느끼지 못한 채 서서히 죽어 가는지도 몰랐다. 언젠가 파국이 닥치기를 기다리면서 다른 일에 몰두함으로써 그 순간이 오는 것을 자꾸만 늦추려는 건지도 몰랐다.

아델은 때때로 이렇게 말하곤 했다.

"시골에서 살게 되면 내가 얼마나 건강해지나 두고 봐요! 이제 팔 년만 기다리면 돼요. 시간은 금방 지나갈 거라고요."

무슈 루소는 아직 얼마 안 되는 돈으로 자신들이 당장 은퇴를 할 수 있을 거라고는 생각지 않았다. 무엇보다 아델이 그걸 바라지 않을 터였다. 어떤 목표 금액을 정해 놓으면 그것을 달성할 때까지 기다려야 하는 법이다.

그 후 루소 부인은 두 번이나 자리보전을 해야 했다. 그런 다음 다시 몸을 일으켜 판매대를 지켰다. 이웃 사람들은 그녀가 오래가지 못할 거라고 수군거렸다. 그리고 그들의 말은 옳았다. 재고 조사를 하려는 순간에 아델은 세 번째로 자리에 눕고 말았다.

아침에 의사가 와서 그녀와 이야기를 나눈 뒤 건성으로 처방전을 써 주었다. 이야기를 전해 들은 무슈 루소는 마지막 순간이

다가오고 있음을 알았다. 하지만 그는 가게에서 재고 조사를 해야 했기에 틈틈이 잠깐씩만 들여다볼 수 있을 뿐이었다.

그가 위층으로 올라가자 의사가 아직 있었다. 그는 의사와 함께 나갔다가 점심을 먹기 전에 잠깐 다시 들렀다. 그리고 사무실 구석에 갖다 놓은 야전 침대에서 밤 열한 시에 잠자리에 들었다.

병자를 돌보는 것은 하녀인 프랑수아즈의 몫이었다. 프랑수아즈는 한마디로 굉장한 여자였다. 오베르뉴 출신에 손이 커다랗고 투박했는데, 예의와 청결 면에서는 빵점이었다! 병자를 거칠게 다루고 뚱한 얼굴로 물약을 가져다주었으며, 엉망으로 어질러 놓은 방을 청소하면서 시끄러운 소리를 내는 것도 예사였다. 서랍장 위에는 끈적거리는 약병들이 뒹굴었고, 대야는 씻은 적이 없으며, 의자 등받이에는 걸레가 걸쳐져 있었다. 타일 바닥은 너무나 복잡해서 어디에 발을 디뎌야 할지 모를 지경이었다. 그런데도 아델은 불평 한마디 하지 않았고, 하녀를 불렀는데 대답이 없으면 주먹으로 벽을 쿵쿵 치는 게 고작이었다.

사실 프랑수아즈는 병자만 돌보는 게 아니었다. 아래층에서는 가게를 청결하게 유지해야 했고, 주인과 종업원들의 식사를 준비했다. 게다가 동네에서 장도 보고 예기치 못한 또 다른 일들도 처리해야 했다. 따라서 아델은 그녀에게 항상 자기 곁을 지킬 것을 요구할 수 없었다. 프랑수아즈는 시간이 남을 때만 아델을 돌보았다.

게다가 아델은 침대에 누워서도 장사를 챙겼다. 판매 상황을 지켜보면서 매일 저녁 장사가 잘되는지를 물었다. 재고 조사에 대해서도 걱정이 많았다. 남편이 위층에 잠깐 올라올 때도 자신의 건강에 대해서는 일절 이야기하지 않고 예상 수익에 대해서만 묻곤 했다. 올해 수익이 작년보다 1,400프랑이 적다는 사실은 그녀에겐 커다란 슬픔이었다. 그녀는 열이 펄펄 끓을 때조차도 자리에 누운 채 지난주 주문을 기억해 내고 수지를 맞춰 보는 식으로 여전히 집안을 관리했다. 남편이 방 안에 계속 머물러 있으면 그에게 가게로 돌아가기를 채근하는 것도 그녀였다. 그런다고 그녀가 낫는 것도 아니고 장사에 지장만 줄 뿐이기 때문이었다. 아델은 주인이 없으면 점원들이 고객을 놓칠 게 뻔하다고 하면서 거듭 말했다.

"얼른 내려가 봐요, 난 괜찮으니까요. 공책을 미리 주문하는 것도 잊지 말아요. 곧 개학이라 재고가 부족할지도 모르거든요."

그녀는 오랫동안 자신의 몸 상태에 대해 잘 모르고 있었다. 이러다가도 다음 날이면 툭툭 털고 일어나 다시 판매대를 지킬 수 있을 거라고 생각했다. 심지어 어떤 계획을 세우기까지 했다. 곧 외출을 할 수 있는 상태가 되면 남편과 일요일을 생클루[80]에서

---

80 Saint-Cloud. 파리 서부 교외에 있는 도시로 생클루 공원으로 유명하다. 나폴레옹 3세가 1852년 12월에 이곳에서 황제로 선포되었다.

보낼 수도 있을 터였다. 그녀는 나무들을 보고 싶다는 생각이 지금보다 간절했던 적이 없었다. 그리고 어느 날 아침 느닷없이 그녀의 상태가 심각해졌다. 간밤에 홀로 뜬눈으로 밤을 새운 아델은 자신이 곧 죽으리라는 것을 깨달았다. 그리고 온종일 천장을 응시하면서 깊은 생각에 잠겼다. 저녁이 되자 그녀는 남편을 붙잡고 마치 청구서를 내밀듯 그에게 차분히 말했다.

"내 말 잘 들어요. 내일 공증인을 데려다줘요. 여기서 가까운 생라자르가(街)에 가면 찾을 수 있을 거예요."

"공증인이 왜 필요한데?" 무슈 루소가 소리쳤다. "아직 그 정도까진 아니라고!"

아델은 다시 차분한 얼굴로 그 이유를 설명했다.

"그럴지도 모르죠! 하지만 우리 재산을 확실하게 정리해 놔야 마음이 놓일 것 같아서 그래요…… 우린 둘 다 무일푼으로 부부재산공유제[81]로 결혼했잖아요. 이제 조금 벌었다고 해서 우리 식구들이 당신을 벗겨 먹는 꼴은 못 봐요…… 더구나 욕심 많은 아가트 언니한테는 한 푼도 줄 수 없어요. 그럴 바에야 내가 다 가지고 가는 게 나아요."

그녀가 고집을 부리는 통에 남편은 다음 날 공증인을 데리고

---

81 각국의 법정재산제는 크게 두 가지로 나눌 수 있는데, 하나는 부부 각자가 가지고 있던 재산을 공유하는 '부부재산공유제'이고, 다른 하나는 각자의 재산을 별도로 관리하는 '부부재산별산제'이다.

와야 했다. 아델은 유언장을 꼼꼼하게 작성하기 위해 공증인에게 이것저것을 자세히 물어보았다. 행여 나중에 가족들이 이의를 제기하지 못하게 하기 위해서였다. 유언장 작성이 끝나고 공증인이 떠나자 아델은 자리에 누우며 나직이 말했다.

"이젠 안심하고 떠날 수 있을 거 같아요…… 시골에 가서 살았더라면 좋았겠지만요. 그러지 못한 게 아쉽지 않다는 말은 못하겠어요. 하지만 당신은, 당신은 갈 수 있잖아요…… 우리가 봐 둔 곳으로 가서 살겠다고 약속해요. 믈룅 근처의, 당신 어머님이 태어난 마을 말이에요…… 그럼 나도 기쁠 거예요."

무슈 루소는 뜨거운 눈물을 쏟아 냈다. 오히려 아델이 그를 위로하고 조언까지 해 줘야 했다. 혼자가 되어 외로우면 재혼을 해야 할 터였다. 다만 좀 나이가 많은 여자를 고르는 게 나을 것이었다. 홀아비와 결혼하는 젊은 여자들은 돈 때문에 그러는 경우가 많기 때문이었다. 심지어 아델은 자신들이 같이 아는 어떤 부인을 추천하기까지 했다. 그녀가 남편과 잘 어울릴 거라고 하면서.

그리고 바로 그날 밤 아델은 몹시 힘들어하면서, 숨이 막혀서 시원한 바람을 쐬고 싶다고 했다. 프랑수아즈는 의자 위에서 잠들어 있었고, 무슈 루소는 침대 머리맡에 서서 자신이 함께 있으며 그녀 곁을 결코 떠나지 않을 거라고 말하듯 죽어 가는 아내의 손을 꼭 잡고 있었다. 다음 날 아침 아델은 갑자기 다시 편안해진 듯 창백한 얼굴로 두 눈을 감은 채 천천히 숨을 쉬었다. 무슈 루소는 프랑수아즈하고 같이 내려가 가게 문을 열어도 되겠다고 생각했다. 그가 다시 올라왔을 때 아내는 여전히 창백한 얼굴에 똑같은 자세로 몸이 굳어져 있었다. 다만 두 눈을 크게 뜬 채였다. 아델은 죽어 있었다.

무슈 루소는 오래전부터 아델이 떠날 것을 예상하고 있었다. 그는 눈물을 흘리지 않았다. 단지 크게 낙담했을 뿐이었다. 그는 아래로 내려가 프랑수아즈가 가게의 덧문을 닫는 것을 지켜보았다. 그리고 종이에 '상을 당하여 휴업함'이라고 썼다. 그는 봉함용 풀로 가운데 덧문 위에 종이를 붙여 놓았다. 위층에서는 오전 내내 프랑수아즈가 방을 청소하고 정돈하느라 정신이 없었다. 바닥에 걸레질을 하고, 약병들을 치우고, 망자 가까이에 불 켜진 초와 성수 한 잔을 가져다놓았다. 곧 아델의 언니가 오기로 돼 있었다. 입이 거칠기로 유명한 그녀에게서 집 안을 엉망으로 해 놓았다는 비난을 받아서는 안 될 터였다.

무슈 루소는 점원을 보내 필요한 절차를 밟게 했다. 그 자신은 성당으로 가서 장례 행렬 비용을 한참 동안 따져 보았다. 그가 슬픔에 잠겨 있다고 해서 그에게 바가지를 씌어서는 안 되지 않겠는가. 그는 아내를 많이 사랑했다. 그녀가 지금의 그를 본다면, 신부와 장의사 직원들과 흥정하는 자신을 분명 자랑스럽게 생각할 것이었다. 그렇더라도 동네의 품위에 맞게 장례를 치러야 했다. 마침내 그는 결론을 내렸다. 성당에는 160프랑을, 장의사에는 300프랑을 내기로 했다. 기타 잡비를 합치면 500프랑은 족히 들 것이었다.

　무슈 루소가 집으로 돌아와 보니 고인 옆에 처형 아가트가 앉아 있었다. 키가 크고 마른 아가트는 눈이 붉게 충혈돼 있었고 가는 입술은 푸르스름했다. 루소 부부는 삼 년 전에 그녀와 다툰 이후로 다시 만난 적이 없었다. 그녀는 공손하게 일어나 자신의 제부와 포옹했다. 죽음 앞에서는 모든 다툼이 무색해지는 법이다. 아침에는 울 겨를조차 없었던 무슈 루소는 그제야 울음을 터뜨렸다. 뻣뻣해진 가엾은 아내는 창백한 얼굴이 더 쪼그라들고 코가 더 뾰족해져 평소 모습을 알아보기 힘들었다. 아가트는 눈물 한 방울 흘리지 않았다. 가장 좋은 안락의자에 앉은 채 자신이 차지할 가구들의 꼼꼼한 목록을 만들기라도 하듯 방 안을 천천히 둘러보았다. 아직은 자기 몫에 대해 묻지는 않았지만 몹시 불안해하면서 유언장이 있는지 자문하고 있음이 분명했다.

　장례식 날 아침 입관을 하려던 장의사 일꾼들은 장의사가 실수로 길이가 짧은 관을 보낸 것을 알게 되었다. 그들은 서둘러 다른 관을 가지러 가야 했다. 영구차는 이미 가게 문 앞에서 대기 중이었고, 온 동네가 떠들썩했다. 이런 일은 무슈 루소에게 또 다른 고문을 가하는 것이나 마찬가지였다. 아내를 이렇게 오래 붙들어둔다고 그녀가 다시 살아나기라도 한단 말인가! 마침내 일꾼들이 가엾은 루소 부인을 아래로 내려 왔고, 관은 검은 천이 드리워진 문 앞에서 십 분밖에 머물지 않았다. 거리에서는 동네의 상인들, 같은 건물의 세입자들, 부부의 친구들, 짤막한 외투를 입은 노동자들을 비롯한 백여 명의 사람들이 기다리고 있었다. 장례 행렬이 출발하자 무슈 루소가 조문객들을 이끌었다.

행렬이 지나는 길에 늘어선 이웃 부인네들이 재빨리 성호를 긋고는 나직하게 속삭였다. "문구점 여편네 맞지? 누리끼리한 얼굴에 뼈밖에 안 남았던 조그만 여자 말이야. 그래, 차라리 땅속이 더 나을 거야! 처량한 우리네 신세라니! 그래도 노년에 편히 지내려고 일한다는 사람들은 여유가 있는 거지! 어쨌거나 저이는 이제 소원대로 편히 쉴 수 있겠네!" 부인네들은 무슈 루소가 참 괜찮은 사람이라고 생각했다. 그는 모자를 벗은 채 창백한 얼굴로 홀로 영구차 뒤를 따라갔다. 얼마 남지 않은 그의 머리카락이 바람에 흩날렸다.

성당에서는 사제들이 사십 분 만에 서둘러 장례 의식을 끝냈다. 맨 앞줄에 앉아 있던 아가트는 불 켜진 초가 몇 개인지 세어 보는 듯했다. 자기 제부가 좀 더 소박하게 장례를 치러야 했다고 생각하는 것 같았다. 아델의 유언장이 없다면 자신이 재산의 반을 물려받을 것이고, 그러면 장례 비용의 반을 자신이 부담해야 할 터였다. 사제들이 마지막 기도를 올리고 성수채가 손에서 손으로 전해진 뒤 모두 밖으로 나왔다. 이제 대부분이 집으로 돌아갔다. 앞으로 나선 장의 마차 세 대에는 여자들이 나누어 올라탔다. 여전히 맨머리의 무슈 루소와 차마 그를 혼자 내버려두고 갈 수 없었던 삼십여 명의 친구들만 장례 행렬의 뒤를 따라갔다. 영구차는 새하얀 술이 달린 검은 천으로만 소박하게 장식돼 있었다. 행인들은 모자를 벗어 조의를 표한 뒤 재빨리 갈 길을 갔다.

무슈 루소는 가족묘가 없어 몽마르트르 묘지[82]에 오 년 기한으로 묏자리를 임대했다. 훗날 영구 임대를 한 묏자리로 아내를 이장해 영원히 쉬게 해 주겠노라고 다짐하면서.

영구차가 오솔길 끝에서 멈춰 서자, 인부들이 나지막한 무덤들 사이를 지나 무른 땅에 파놓은 구덩이까지 관을 들고 갔다. 조문객들은 조용히 제자리를 지켰다. 신부는 몇 마디를 짧게 우물거린 뒤 그 자리를 떠났다. 철책으로 둘러싸인 조그만 정원들이 사방에 있었고, 꽃무와 푸른 나무로 장식된 묘지들이 죽 늘어서 있었다. 푸른 초목들 가운데 드러난 새하얀 묘석들이 새것인 듯 산뜻해 보였다. 무슈 루소는 이웃한 한 묘비에 깊은 인상을 받았다. 가느다란 돌기둥 형태의 묘비 위에 상징적인 단지가 올려져

---

[82] Cimetière de Montmartre. 페르라셰즈 묘지, 몽파르나스 묘지와 더불어 파리 3대 공동묘지 중 하나로 파리 18구에 있다. 에밀 졸라도 처음에는 이곳에 묻혔다가 1908년에 팡테옹으로 이장되었다. 몽마르트르 묘지에는 유해가 없는 졸라의 묘가 남아 있다.

있었다. 그러지 않아도 그날 아침 한 대리석 가공업자가 찾아와 도면들을 보여 주며 그를 성가시게 한 터였다. 무슈 루소는 훗날 묏자리를 영구 임대하게 되면 아내의 무덤에도 그처럼 예쁜 단지를 곁들인 묘비를 세워 주리라 마음먹었다.

아가트는 그를 데리고 그곳을 떠났다. 가게로 돌아온 그녀는 자기 몫에 관한 말을 꺼내기로 결심했다. 그리고 아델의 유서가 있다는 이야기를 듣자마자 벌떡 일어나 문을 쾅 닫고 가 버렸다. 이 더러운 곳에 다시는 오지 않으리라 다짐하면서. 무슈 루소는 여전히 순간순간 목을 죄어 오는 커다란 슬픔을 느꼈다. 하지만 무엇보다 그를 미치게 하고 팔다리에 힘이 빠지게 하는 것은 평일에 가게 문을 닫았다는 사실이었다.

4장 서민

1월은 참으로 가혹한 달이었다. 일거리도 없었고, 집에는 먹을 것은커녕 온기조차 찾아볼 수 없었다. 모리소 가족은 가난으로 죽어 갔다. 아내는 세탁부였고, 남편은 석공이었다. 그들은 바티뇰[83]의 카르디네가(街)에 있는 시커먼 건물에서 살았다. 동네 전체를 오염시킬 것 같은 건물이었다. 건물 육 층에 있는 그들의 방은 너무 낡아서 천장의 틈 사이로 비가 새곤 했다. 그렇더라도 열 살짜리 어린 아들 샤를로가 잘 자라기 위한 좋은 음식이 부족하지만 않았더라면 그들은 아무 불평도 하지 않았을 것이었다.

아이는 너무 허약해서 조그만 일에도 쉽게 지치곤 했다. 학교에 다닐 때는 열심히 공부하려고 애쓰는 것만으로도 진이 빠져 돌아왔다. 그것만 빼면 아주 영리하고 순했으며, 나이에 비해 성숙한 말을 할 때도 많았다. 그런 아들에게 먹일 빵조차 없을 때면 부모는 고통스러운 눈물을 쏟아 내곤 했다. 게다가 주변 환경이 어찌나 열악한지 건물의 아래층부터 위층까지 아이들이 파리처럼 죽어 나갔다.

거리에서는 사람들이 얼음을 깼다. 그래도 아버지만은 일거리

---

[83] Batignolles. 과거에 파리 북서쪽에 있었던 마을로 1860년 나폴레옹 3세의 칙령에 따라 파리로 편입되었다. 오늘날에는 예전의 바티뇰을 떠올리게 하는 '카르티에 데 바티뇰(Quartier des Batignolles)'이 파리 17구에 있다.

를 얻어, 곡괭이로 얼어붙은 도랑을 깨고 청소했다. 그런 날 저녁이면 40수를 집으로 가져올 수 있었다. 공사 일이 재개되기를 기다리는 동안 그들은 그 돈으로 간신히 입에 풀칠을 할 수 있었다.

그러던 어느 날 모리소 씨가 집에 돌아오니 샤를로가 축 처진 채 침대에 누워 있었다. 아내는 아이가 왜 그러는지 모른다고 했다. 그녀는 쿠르셀에서 헌 옷을 파는 샤를로의 고모에게 아이를 보냈다. 베로 된 얇은 셔츠를 입고 덜덜 떠는 게 딱해서 좀 더 따뜻한 겉옷을 얻을 수 있지 않을까 해서였다. 하지만 아이의 고모에게는 너무 큰 낡은 외투밖에 없었고, 아이는 술에 취한 듯 발개진 얼굴로 오들오들 떨면서 집으로 돌아왔다. 그리고 달아오른 얼굴을 베개에 누인 채 헛소리를 해댔다. 심지어 자신이 지금 구슬치기를 하는 걸로 착각하면서 노래까지 불렀다.

어머니는 깨진 유리창을 막기 위해 창문 앞에 숄 조각을 쳐 놓았다. 이제 멀쩡한 유리창이라곤 푸르스름한 회색빛 하늘이 보이는 위쪽의 두 개가 전부였다. 가난은 서랍장까지 모두 비우게 했고, 옷들은 전당포 차지가 되었다. 어느 날 저녁에는 식탁과 의자 두 개가 팔려 나갔다. 샤를로는 본래 바닥에서 잠을 잤는데, 부모는 아픈 아이를 침대에서 자게 했다. 하지만 침대에서도 아이의 상태는 점점 더 나빠졌다. 매트리스의 솜을 한 줌씩 꺼내 고물상에 팔았기 때문이었다. 솜 이백오십 그램이면 4~5수를 받을 수 있었다. 이제 아버지와 어머니는 방 한구석에서, 거리의 개들조차

거들떠보지 않을, 짚을 넣은 매트리스에서 잠을 잤다.

모리소 부부는 샤를로가 침대에서 자꾸만 요동치는 것을 보며 경악했다. 저 아이가 대체 왜 저렇게 헛소리를 하는 걸까? 아마도 어떤 벌레한테 물렸거나 해로운 무언가를 마셨는지도 몰랐다. 어느 날은 옆집의 보네 부인이 와서는 킁킁거리며 아이의 냄새를 맡았다. 그녀는 샤를로가 냉온병(冷溫病)에 걸린 게 분명하다고 주장했다. 자기 남편도 그 병으로 죽어서 잘 안다고 하면서.

어머니는 아이를 품에 꼭 안은 채 눈물을 흘렸다. 아버지는 의사를 데리러 정신없이 달려 나갔다. 그와 함께 온 큰 키에 차가운 인상의 의사는 아무 말 없이 아이의 등에 귀를 대어 본 뒤 가슴을 두드려 보았다. 그런 다음 처방전을 쓰는 데 필요한 연필과 종이를 보네 부인이 자기 집에서 가져와야 했다. 의사가 여전히 아무 말 없이 아이에게서 물러나자 어머니는 목멘 소리로 물었다.

"대체 어디가 안 좋은 건가요, 선생님?"

"늑막염[84]입니다." 그는 별다른 설명 없이 짧게 말했다. 그리고 이번에는 그가 물었다.

"빈민 구제소에 등록은 돼 있나요?"

"아뇨…… 지난여름에는 그럭저럭 지낼 만했거든요. 그런데 겨울은 나기가 너무 힘드네요."

---

84   당시에는 폐결핵과 종종 혼동되었다.

"그것참, 안됐군요! 정말 딱합니다!"

그는 다시 오겠다고 약속했다. 보네 부인은 약국에서 약을 사도록 20수를 빌려주었다. 모리소 씨가 벌어온 40수로는 소고기 일 킬로그램과 석탄과 양초를 조금 샀다. 첫날 밤은 별일 없이 지나갔다. 방 안이 훈훈해지자 샤를로는 온기에 취해 잠이 든 듯 아무 말이 없었다. 아이의 조그만 손은 열이 나 펄펄 끓었다. 열에 짓눌려 조용해진 아이를 보면서 부모는 마음을 놓았다. 하지만 다음 날 의사가 침대 앞에서 더 이상 가망이 없다는 듯 찡그린 얼굴로 고개를 젓자 그들은 또다시 겁에 질려 아무 말도 하지 못했다.

그 후 닷새 동안이나 그런 상태가 지속되었다. 아이는 완전히 진이 빠져 버린 듯 베개에 머리를 파묻은 채 잠만 잤다. 지붕과 창문의 구멍으로 바람이 새어 들어올 때마다 방 안에는 가난이 더 거세게 몰아쳤다. 둘째 날 저녁엔 어머니의 하나 남은 셔츠를 내다 팔았다. 셋째 날에는 약값을 치르기 위해 아이가 누운 매트리스의 솜을 또다시 꺼내 팔아야 했다. 모든 것이 부족했고, 더 이상 아무것도 남지 않았다.

모리소 씨는 여전히 얼음을 깼다. 하지만 그가 받는 40수로는 턱없이 부족했다. 이 엄혹한 추위는 샤를로를 죽일 수 있어서, 아버지는 날이 풀리기를 바라면서도 한편으로는 얼음이 녹을 것을 걱정했다. 아침에 일을 하러 갈 때는 새하얀 거리를 보고 기분이 좋았다. 그러다 저 위에서 죽어 가는 어린 아들이 생각나면 한 줄기 햇살이 비치기를, 봄의 온기가 눈을 쓸어가 주기를 간절히 바랐다. 그들이 빈민 구제소에 등록을 했더라면 무료로 진료와 처방을 받을 수 있었을 터였다. 모리소 부인이 시청에 문의도 해 보았지만 신청자가 너무 많아 기다려야 한다는 대답만 돌아왔을 뿐이었다. 그래도 빵 교환권 몇 장을 얻어 냈고, 어느 마음씨 좋은 부인이 5프랑을 건네주기도 했다. 그런 다음에는 또다시 가난한 나날이 이어졌다.

    다섯째 날 모리소 씨는 마지막 40수를 가져왔다. 얼음이 녹아 해고를 당했던 것이다. 이젠 정말 끝이었다. 난로는 차갑게 식어 버렸고, 빵도 떨어졌으며, 약국에 처방전을 들고 갈 수도 없었다. 습기로 축축해진 방 안에서 아버지와 어머니는 숨을 헐떡이는 아이를 마주한 채 덜덜 떨었다. 보네 부인도 더 이상 그들을 보러 오지 않았다. 심성이 착한 그녀로서는 그런 광경을 보는 게 너무나 마음 아프기 때문이었다. 건물의 다른 이웃들도 재빨리 그들의 문 앞을 지나쳐 갔다. 때때로 어머니는 갑작스레 눈물을 쏟아 내면서 침대로 몸을 던져 샤를로를 와락 껴안곤 했다. 그럼으로써 아이를 달래고 낫게 할 수 있을 것처럼. 아버지는 몇 시간이고 멍하니 창가에 서 있었다. 낡은 숄을 들어 올려서는 얼음이 녹은 물이 개울처럼 흘러가는 것과 지붕 위에서 주룩주룩 흘러내리는 물에 거리가 더러워지는 광경을 바라보았다. 어쩌면 샤를로에게는 이 편이 나은지도 몰랐다.

어느 날 아침 의사는 더 이상 오지 않을 것이라고 말했다. 아이는 전혀 가망이 없었다.

"춥고 축축한 날씨가 치명적이었어요." 그가 말했다.

모리소 씨는 하늘에 주먹질을 해 댔다. 그러니까 가난한 사람들한테는 어떤 날씨도 도움이 안 된다는 말인가! 날씨가 추우면 아무것도 할 수 없고, 날이 풀리면 할 수 있는 게 더 없다니! 아내가 원한다면 석탄을 잔뜩 피워 놓고 셋이 함께 떠나는 게 나을 터였다. 그러면 더 빨리 끝날 수 있을 테니까.

그사이 모리소 부인은 시청에 다시 갔다. 그들이 보내 주기로 한 구호품을 아직 받지 못했기 때문이었다. 정말 진저리가 쳐지는 날이었다! 천장에서는 시커먼 냉기가 내려왔고, 방 한구석에서는 빗물이 떨어져 양동이를 대어 놓아야 했다. 그들은 전날부터 아무것도 먹지 못했다. 아이만 건물 관리인이 올려다 준 차 한 잔을 마셨을 뿐이었다. 아버지는 두 손으로 얼굴을 감싼 채 멍하니 앉아 있었는데 귀에서는 윙윙거리는 소리가 났다. 어머니는 밖에서 발소리가 들려올 때마다 구호품이 도착한 줄 알고 재빨리 달려 나갔다. 하지만 저녁 여섯 시가 되었는데도 아무런 소식이 없었다. 석양조차 마지막을 예고하듯 칙칙하고 을씨년스럽게 천천히 내려앉았다.

점점 더 짙어지는 어둠 속에서 갑자기 더듬거리는 샤를로의 목소리가 들려왔다.

"어…… 엄…… 마…… 어…… 엄…… 마…….''

모리소 부인이 다가가자 얼굴에 강한 숨결이 느껴졌다. 그리고 더 이상 아무것도 들리지 않았다. 어머니는 아이의 뒤로 젖혀진 머리와 뻣뻣해진 목을 어렴풋이 알아볼 수 있었다. 그녀는 정신없이 애원하듯 소리를 질렀다.

"불, 불을 좀 켜 봐요! …… 샤를로, 얘야, 엄마한테 무슨 말 좀 해 보렴!"

집에는 양초가 하나도 남아 있지 않았다. 어머니는 급한 마음에 성냥을 켜 보았지만 손가락 사이에서 부러지고 말았다. 그녀는 떨리는 손으로 아이의 얼굴을 더듬었다.

"오, 맙소사! 샤를로가 죽었어! …… 모리소, 우리 아들이 죽었다고요!"

앞이 보이지 않는 캄캄한 어둠 속에서 아버지는 고개를 들고 말했다.

"그래! 하지만 뭐 어쩌겠어? 우리 아이는 죽었어…… 차라리 잘된 건지도 몰라."

어머니의 통곡 소리에 보네 부인은 등불을 들고 가 보기로 했다. 두 여자가 샤를로를 반듯하게 눕히자 누군가가 문을 두드렸다. 구호품이 이제야 도착한 것이었다. 현금 10프랑과 빵과 고기 교환권이었다. 모리소 씨는 허탈한 표정으로 웃으면서 빈민 구제소는 언제나 한발 늦는다고 중얼거렸다.

마르고 새털처럼 가벼운 아이의 애처로운 시신이라니! 추위에 얼어 죽은 참새를 길에서 주워 와 눕히더라도 이보다 작지는 않을 터였다.

다시 예전처럼 다정해진 보네 부인은 아이 옆에서 굶고 앉았다고 해서 아이가 다시 살아나지는 않는다고 하면서 빵과 고기를 직접 찾아오겠다고 나섰다. 거기에 덧붙여 양초도 가져다주겠노라고 했다. 그들은 그녀가 그렇게 하게 놔두었다. 다시 돌아온 보네 부인은 식탁을 차려서 아직 따뜻한 소시지를 내놓았다. 내내 굶었던 모리소 부부는 주검 옆에서 정신없이 음식을 먹어 치웠다. 어둠 속에서 새하얀 아이의 모습이 어렴풋이 보였다. 난로가 다시 덥혀지자 참으로 따뜻하고 좋았다. 어머니의 눈가에 눈물이 맺히는가 싶더니 기어코 빵 위로 굵은 눈물이 뚝뚝 떨어져 내렸다. 샤를로가 있었으면 따뜻하다고 얼마나 좋아했을까! 소시지는 또 얼마나 맛있게 먹었을까!

보네 부인은 극구 함께 밤을 새우겠다고 했다. 모리소 씨가 침대 발치에 누워 잠이 들자 두 여자는 커피를 마셨다. 그들은 또 다른 이웃인 열여덟 살의 재단사 여성도 초대했다. 그녀는 뭔가를 내놓기 위해 먹다 남은 증류주를 가져왔다. 세 여자는 커피를 홀짝이면서 기이한 죽음들에 관한 이야기를 조그맣게 주고받았다. 그러다 목소리가 점점 커지면서 또 다른 이야기를 하기 시작했다. 그들이 사는 건물과 동네, 놀레가(街)에서 일어난 범죄 등에 관한 이야기였다. 어머니는 가끔씩 일어나 샤를로를 들여다보았다. 마치 아이가 기척을 내지는 않는지 확인하려는 듯.

저녁에는 사망 신고를 할 수 없어서 그들은 다음 날도 온종일 아이를 데리고 있어야 했다. 방이 하나밖에 없어 샤를로와 같이 먹고 같이 잠을 자면서 때로는 그가 있다는 것을 잊기도 했다. 그러다 그를 다시 보게 되면 아이를 두 번 잃는 것 같은 느낌이었다.

마침내 그 다음다음 날 사람들이 관을 가져다주었다. 대패질이 덜 된 판자 네 쪽을 붙여 만든 관은 장난감 상자만 했다. 극빈자 증명서를 발급받은 이들에게 구청에서 무료로 제공하는 관이었다. 이제 출발할 수 있었다! 그들은 서둘러 성당으로 향했다. 아버지는 길에서 만난 동료 둘과 함께 샤를로 바로 뒤에서 걸어갔다. 그리고 어머니와 보네 부인, 재단사 여성이 그 뒤를 따라갔다. 모두가 정강이까지 푹푹 빠지는 진흙탕을 헤치고 나아가야 했다. 비는 오지 않았지만 축축한 안개가 옷까지 젖게 했다. 성당에서는 날림으로 장례 의식을 진행했고, 다시 질퍽한 길에서의 행렬이 시작되었다.

묘지는 엄청 멀리 성벽[85] 너머에 있었다. 그들은 생투앙 대로를 따라 내려온 다음 성문을 지나 묘지에 이르렀다. 묘지는 새하

---

85 그 당시 파리는 외적의 침입으로부터 파리를 보호하기 위해 1841~1844년에 세워진 성벽('티에르 성벽')으로 둘러싸여 있었다.

얀 담으로 둘러싸인 커다란 공터였다. 잡초들이 무성하고 마구 파헤쳐진 땅은 울퉁불퉁했고, 묘지 안쪽에는 메마른 나무들이 일렬로 늘어선 채 시커먼 가지들로 하늘을 더럽히고 있었다.

장례 행렬은 물러진 땅을 헤치고 나아갔다. 이제 비가 내리기 시작했다. 사람들은 소나기를 맞으며 조그만 예배당에서 달려올 신부를 기다려야 했다. 샤를로는 공동묘지 한구석에서 잠들게 될 것이었다. 바람에 쓰러진 십자가들과 빗물에 썩어 버린 화관들이 묘지 곳곳에 널려 있었다. 이곳은 교외의 굶주림과 추위가 쌓이게 한 시신들이 북적거리는, 황폐해지고 마구 짓밟힌 가난과 죽음의 땅이었다.

이제 모든 게 끝났다. 샤를로는 무덤 깊숙한 곳에 잠들었고, 부모는 축축한 진흙땅에 무릎을 꿇을 수조차 없어 그대로 그곳을 떠났다. 비가 계속 내리고 있어 모리소 씨는 동료들과 이웃들에게 포도주 상점에 가서 한잔할 것을 권했다. 빈민 구제소에서 받은 10프랑 중 아직 3프랑이 남아 있었다. 그들은 이 리터의 포도주와 브리 치즈를 먹었다. 그다음에는 모리소 씨의 동료들이 포도주 이 리터를 샀다. 그런 다음 파리로 돌아올 때는 모두가 기분이 아주 좋았다.

5장 농민

장루이 라쿠르 씨는 일흔 살이다. 그는 늑대가 출몰하고 주민이 백오십 명밖에 안 되는 외딴 마을 라 쿠르테유에서 태어나 그곳에서 늙어 갔다. 그는 평생 라 쿠르테유를 벗어나 본 적이 거의 없었다. 육십 킬로미터쯤 떨어진 앙제[86]에 딱 한 번 가 본 게 다였다. 그것도 아주 젊었을 때의 일이라 이젠 기억조차 나지 않았다. 그는 아들 앙투안과 조제프 그리고 딸 카트린, 이렇게 세 자녀를 두었다. 딸은 결혼했다가 남편이 죽는 바람에 열두 살짜리 아들 자키네와 함께 다시 아버지 곁으로 돌아왔다. 그들 가족은 손바닥만 한 땅뙈기를 부쳐 입에 풀칠하면서 벌거벗지 않을 정도로만 근근이 살아갔다. 마을의 극빈층에 속하지는 않았지만 힘겹게 일해야 먹고사는 건 마찬가지였다. 곡괭이질을 열심히 해야 수프라도 먹을 수 있었고, 포도주 한 잔을 마시려면 그만큼 땀을 흘려야 했다.

조그만 골짜기 깊숙한 곳에 위치한 라 쿠르테유는 마을을 가두고 감추는 듯한 숲으로 사방이 둘러싸여 있었다. 마을이 너무 가난하다 보니 성당조차 없었다. 레 코르미에에서 오는 신부가 미사를 집전했는데, 거리가 팔 킬로미터나 되다 보니 보름에 한

---

[86] 앙제(Angers)는 파리에서 삼백 킬로미터쯤 떨어져 있다.

번씩만 왔다. 낡아 빠진 스무여 채의 집들은 길을 따라 무질서하게 흩어져 있었다. 문 앞에서는 암탉들이 배설물을 긁어 댔다. 어쩌다 낯선 이가 지나갈 때면 몹시 진귀한 광경을 구경하듯 마을의 모든 부인네들이 고개를 길게 빼고 바라보곤 했다. 햇볕 속에서 뒹굴던 아이들은 겁먹은 짐승처럼 소리를 지르며 도망갔다.

지금까지 라쿠르 씨는 한 번도 아팠던 적이 없었다. 그는 떡갈나무처럼 크고 손마디가 굵었다. 오랫동안 햇빛에 피부가 익고 갈라진 그는 나무의 색과 강인함과 평온함을 떠올리게 했다. 그는 나이가 들어가면서 점점 말수가 줄어들었다. 이젠 말이 필요 없다고 생각되어 더는 말을 하지 않았다. 그의 시선은 언제나 아래를 향해 있었고, 몸은 일을 할 때처럼 굽어 있었다.

작년까지만 해도 그는 자기 아들들보다 기운이 좋았다. 그는 힘든 일을 도맡아 했으며, 그를 잘 알고 두려움에 떨게 하는 듯한 그의 밭에서 묵묵히 일했다. 그런데 두 달 전 어느 날 갑자기 밭고랑에서 옆으로 쓰러진 라쿠르 씨는 두 시간이 넘도록 부러진 나무 몸통처럼 꼼짝 못 하고 누워 있어야 했다. 다음 날 그는 다시 밭으로 나가려고 했다. 하지만 느닷없이 양팔에서 힘이 죽 빠져나갔고, 땅도 더 이상 그의 말을 듣지 않았다. 그의 아들들은 고개를 저었고, 그의 딸은 그를 집에 붙들어 두려고 했다. 하지만 노인이 고집을 부리는 통에 자키네에게 그를 따라가게 했다. 행여 할아버지가 쓰러지면 아이가 소리를 지를 수 있도록.

"게으름뱅이야, 너 여기서 뭐 하는 거냐?" 라쿠르 씨가 그의 곁을 떠나지 않는 아이에게 말했다. "난 너만 할 때 벌써 밥벌이를 했다."

"할아버지, 전 할아버지를 지키는 거예요." 아이가 대답했다.

그 말에 충격을 받은 듯 노인은 더 이상 아무 말도 하지 않았다. 저녁에 집으로 돌아온 그는 자리에 누워 다시는 일어나지 못했다. 다음 날 두 아들과 딸이 밭에 나가기 전에 그를 보러 왔다. 그는 움직이는 기척이 전혀 없었다. 노인은 침대에 누워 두 눈을 뜬 채 깊은 생각에 잠긴 듯했다. 그는 피부가 두껍고 햇볕에 짙게 그을린 탓에 그의 안색을 살피기가 힘들었다.

"좀 어떠세요, 아버지? 많이 편찮으신 거예요?"

그는 그르렁거리면서 아니라고 고개를 저었다.

"그래도 밭에는 안 나가실 거죠? 우리끼리 가도 돼요?"

노인은 그러라며 고개를 끄덕였다. 추수가 시작되어 많은 손이 필요했다. 오전 중에 일을 마치지 못하면 폭풍우가 몰아쳐 쌓아 놓은 곡식 단을 쓸어가 버릴지도 몰랐다. 자키네도 자기 어머니와 삼촌들을 따라가고 라쿠르 씨는 혼자 남았다. 저녁에 자녀들이 집으로 돌아왔을 때도 그는 여전히 침대에 누운 채 무언가 골똘히 생각하는 듯 두 눈을 뜨고 있었다.

"지금은 좀 어떠세요, 아버지? 많이 안 좋으세요?"

그랬다, 많이 안 좋았다. 그는 신음 소리를 내면서 고개를 절레절레 저었다. 아버지에게 뭘 해 드릴 수 있을까? 카트린은 포도주를 약초와 함아버지를 죽게 할 수도 있었다. 하지만 그건 너무 독해서 아버지를 죽게 할 수도 있었다. 조제프가 내일 다시 생각해 보자고 하자 모두 자러 갔다.

다음 날 추수를 하러 가기 전에 두 아들과 딸은 잠시 침대 앞에 서 있었다. 확실히 노인은 많이 아파 보였다. 그들은 이렇게 오래 누워 있는 아버지의 모습을 본 적이 없었다. 아무래도 의사를 불러와야 할 것 같았다. 문제는 루즈몽까지 가야 한다는 것이었다. 루즈몽은 이십사 킬로미터나 떨어져 있어 왕복 사십팔 킬로미터를 오가야 했다. 그러자면 하루 일을 망치게 될 터였다. 자식들이 하는 말을 듣고 있던 노인은 언짢은 듯 몸을 꿈틀거렸다. 그는 의사가 필요 없었다. 뭐 하러 비싼 돈을 쓴단 말인가.

"정말 싫으세요?" 앙투안이 물었다. "그럼 우리 일하러 가도 돼요?"

물론 그들은 일하러 가도 되었다. 그들이 함께 있다고 해서 그에게 뭘 해 줄 수 있겠는가 말이다. 그 자신보다 더 돌봐야 하는 것은 땅이었다. 그가 죽는다고 해도 그것은 그와 선한 신 사이의 일일 터였다. 하지만 수확을 못 하면 모두가 고통받게 될 것이었다.

그렇게 사흘이 지났고, 자녀들은 매일 아침 밭으로 떠났다. 홀로 남은 라쿠르 씨는 목이 마르면 단지에서 물을 마셨다. 그는 지쳐 쓰러져 한쪽 구석에 방치된 채 죽어 가는 늙은 말과도 같았다. 그는 육십 년을 일만 하고 살았다. 그러니 이젠 떠나도 되었다. 자리를 차지한 채 자식들에게 짐이 되는 것 말고는 더 이상 그가 할 수 있는 게 없었다. 삐걱거리는 나무를 베는 것을 망설일 필요가 있겠는가?

자식들도 별로 슬퍼하지 않았다. 땅이 그들로 하여금 이런 것들을 순순히 받아들이게 한 것이다. 그들은 땅과 너무나 가까이 있어서 땅이 노인을 다시 데리고 가는 것을 원망할 수 없었다. 그들이 할 수 있는 거라곤 아침저녁으로 한 번씩 잠깐 들여다보는 것뿐이었다. 이러다가 그가 다시 일어나면 그에게 아직 기력이 남아 있기 때문일 터였다. 하지만 그가 이대로 죽는다면 그의 몸속에 이미 죽음이 자리 잡고 있어서일 것이었다. 약도 십자가도 그 무엇도 그의 몸에서 죽음을 몰아낼 수는 없었다. 암소라면 치료해 볼 수도 있겠지만. 암소를 살려 내면 적어도 400프랑은 버는 셈이니 말이다.

저녁에 라쿠르 씨는 눈짓으로 자녀들에게 수확에 관해 물었다. 그들이 곡식 단의 개수를 헤아리면서 날이 좋아 일이 수월했다고 이야기하자 노인은 눈을 껌뻑였다. 그들은 또다시 의사를 데려와야 하나 고민했지만 아무래도 거리가 너무 먼 것으로 결론이 났다. 자키네는 가다 말 게 뻔하고, 남자들은 일을 내팽개칠 수 없었다. 라쿠르 씨는 예전 동료였던 산림 감시원만 불러달라고 했다.

그보다 나이가 많은 니콜라 씨는 성촉절(聖燭節)[87]에 일흔다섯 살이 되었다. 그는 아직도 포플러나무처럼 자세가 꼿꼿했다. 불려 온 그는 고개를 갸웃거리면서 병자 옆으로 와 앉았다. 아침부터 말을 할 수 없었던 라쿠르 씨는 흐릿한 조그만 눈으로 그를 응시했다. 본래 말수가 적은 니콜라 씨도 아무 할 말이 없어 그를 바라보기만 했다. 두 노인은 이처럼 한 시간가량 아무 말 없이 서로를 마주 보았다. 어쩌면 이렇게 다시 볼 수 있음을 감사하게 생각하면서 그들이 함께했던 아득한 옛일들을 떠올렸는지도 몰랐다. 바로 그날 저녁, 수확을 마치고 돌아온 자녀들은 아버지가 침대에 누운 채 허공을 응시하며 뻣뻣하게 죽어 있는 것을 발견했다.

그랬다, 노인은 손발 하나 까딱하지 않은 채 누워 있던 그대로 숨을 거두었다. 그는 자기 앞으로 마지막 숨을 내쉬면서 거대한 들판에 작은 숨결 하나를 더했다. 체념하고 어딘가로 숨어든 짐승처럼 아무도 성가시게 하지 않은 채 홀로 소박한 생을 마감한 것이다. 그러면서도 어쩌면 자녀들에게 자기 시신을 처리하는 골치 아픈 일을 겪게 하는 것을 유감으로 생각했을지도 몰랐다.

"아버지가 돌아가셨어." 장남인 앙투안이 동생들을 부르며 말했다. 그러자 조제프와 카트린 그리고 자키네까지 그의 말을

---

[87] 매년 2월 2일로, 성모 마리아가 율법에 따라 예루살렘의 성전에서 아기 예수에 대한 정결 의식을 치른 것을 기념하는 가톨릭의 축일이다.

반복해 말했다.

"아버지가 돌아가셨어."

아버지의 죽음에도 그들은 전혀 놀라는 기색이 없었다. 자키네는 궁금한 듯 목을 길게 뺐고, 딸은 손수건을 꺼냈고, 두 아들은 햇볕에 그을린 얼굴이 약간 창백해진 채 엄숙한 표정으로 아무 말 없이 방 안을 오갔다. 그래도 참 오래 버텨 오신 아버지! 그런데도 아직 이렇게나 건장하신 모습이라니! 자녀들은 그런 생각으로 서로를 위로하며 튼튼한 가족의 자손이라는 자부심을 느꼈다.

밤에는 열 시까지 고인 곁에 머물다가 모두 자러 갔다. 라쿠르 씨는 다시 혼자가 되었다. 여전히 두 눈을 뜬 채로. 동이 트자마자 조제프는 신부에게 알리기 위해 레 코르미에로 떠났다. 앙투안과 카트린은 아직 들여놓아야 할 곡식 단들이 있어 아침에 밭으로 향했다. 고인의 시신은 자키네에게 지키게 했다.

아이는 꼼짝도 하지 않는 할아버지와 있기가 지루해 수시로 동네 거리로 나가 참새들에게 돌을 던지거나 행상인이 두 이웃 부인네 앞에서 머플러를 펼쳐 보이는 것을 구경했다. 그러다 문득 할아버지가 생각나 얼른 집으로 돌아갔다. 시신이 여전히 움직이지 않는 것을 확인한 자키네는 다시 나가 개 두 마리가 싸우는 것을 구경했다. 그가 문을 열어 두는 바람에 암탉들이 들어와 유유히 침대 주위를 돌아다니면서 다져진 땅바닥을 부리로 세게 쪼았다. 붉은 수탉 한 마리는 몸을 추켜세우고 목을 길게 빼면서 노인이 왜 거기 있는지 이해 못하겠다는 듯 잉걸불 같은 눈을 크게 떴다. 신중하고 영리한 수탉은 해가 뜬 뒤에는 노인이 계속 누워 있지 않는다는 것을 잘 알고 있었다. 수탉은 노인의 죽음을 알아차린 듯 나팔 소리 같은 낭랑한 울음소리를 뱉어 냈다. 암탉들은 꼬꼬댁거리고 땅바닥을 쪼면서 하나씩 밖으로 나갔다.

레 코르미에의 신부는 오후 네 시경에나 도착할 거라고 알려 왔다. 아침부터 수레와 바퀴 등을 만드는 목수가 톱으로 나무를 자르고 못을 박는 소리가 울려 퍼졌다. 아직 소식을 모르는 이들이 그 소리를 듣고 말했다. "저런! 라쿠르 영감이 그예 세상을 떴나 보군." 라 쿠르테유 사람들은 그 소리가 무엇을 뜻하는지 잘 알고 있었다. 앙투안과 카트린은 집으로 돌아왔다. 추수가 모두 끝났고, 그 결과는 더없이 만족스러웠다. 최근 몇 년간 올해처럼 곡식이 잘 여문 적이 없었다. 가족들은 각자 할 일을 하면서 참을성 있게 신부를 기다렸다. 카트린은 불에 수프를 올려놓았고, 조제프는 물을 길어 왔다. 그들은 자키네를 보내 묘지에 구덩이가 파였는지 확인하게 했다. 신부는 오후 다섯 시가 되어서야 어린 조수 한 명과 함께 이륜 포장마차를 타고 나타났다. 라쿠르 씨 집 문 앞에서 내린 그는 종이로 싼 영대(領帶)[88]와 제의를 꺼내 입으

---

[88] 가톨릭에서 성사를 집행할 때 사제가 목에 걸쳐 무릎까지 늘어뜨리는 헝겊 띠를 가리킨다.

면서 소리쳤다.

"서두르세요! 일곱 시까지는 돌아가야 합니다."

하지만 서두르는 사람은 아무도 없었다. 고인의 자녀들은 들것을 들고 갈 맘씨 좋은 이웃 두 사람을 찾아와야 했다. 마을 사람들은 오십 년간 낡아 빠지고 좀 먹고 빛이 바랜, 똑같은 들것과 똑같은 검은 천을 사용해 왔다. 목수가 가져온 관에 노인을 옮긴 것은 아이들이었다. 관의 널빤지가 어찌나 두꺼운지 그 속에서 빵을 반죽해도 될 정도였다. 행렬이 떠나려고 하자 자키네가 달려와 아직 구덩이가 덜 파였지만 출발해도 된다고 소리쳤다.

그러자 신부가 맨 앞에서 성경의 라틴어 구절을 큰 소리로 읽으면서 걸어갔다. 어린 조수가 성수채가 담긴 구리 성수반을 들고 그 뒤를 따랐다. 마을 중간쯤 가서야 보름마다 미사가 열리는 곡물창고에서 아이 하나가 나왔다. 아이는 막대 끝에 커다란 십자가를 매단 것을 들고 행렬의 선두에 섰다. 시신이 놓인 들것을 든 농부 둘이 그 뒤를 따랐고, 가족들이 그다음으로 걸어갔다. 다른 마을 사람들도 조금씩 행렬에 합류했다. 마지막으로 맨머리와 맨발에 흐트러진 옷차림을 한 한 무리의 아이들이 맨 끝에서 걸어갔다.

묘지는 라 쿠르테유의 반대편 끝에 있었다. 가는 동안 농부들은 길 한가운데서 두 번이나 들것을 내려놓아야 했다. 그들은 행렬이 잠시 멈춘 동안 잠시 숨을 돌리고 손바닥에 침을 뱉었다. 그리고 다시 출발하자 단단한 땅에 부딪히는 나막신 소리가 울려 퍼졌다. 그들이 묘지에 도착했을 때에도 구덩이는 아직 다 파여 있지 않았다. 구덩이 안쪽에서 작업 중인 인부는 보였다 안 보였다 하면서 규칙적으로 흙을 바깥으로 퍼냈다.

    화창한 태양 아래 잠들어 있는, 참으로 평화로운 묘지가 아닌가! 묘지를 둘러싼 산울타리에는 작은 새들이 둥지를 지어 놓았다. 그곳에는 나무딸기가 무성하게 자라나 해마다 9월이면 아이들이 와서 열매를 따 먹었다. 마치 모든 것이 제멋대로 자라나는 허허벌판 속의 정원 같았다. 묘지 안쪽으로는 커다란 까치밥나무들이 보였고, 한쪽 구석에 있는 배나무는 떡갈나무만큼이나 커다랗게 자라나 있었다. 묘지 한가운데에는 양옆으로 늘어선 보리수나무들이 시원한 산책로를 제공해 주었다. 여름이면 마을 노인들이 그곳의 나무 그늘 아래에서 파이프 담배를 피웠다. 사람의 손길이 닿지 않은 야생의 땅에는 기다란 풀들과 근사한 엉겅퀴가 무성했고, 나지막한 꽃밭에서는 나비들이 팔랑거리며 노닐었다. 또한 이글거리는 태양 아래 메뚜기들이 타닥거렸고, 떨리는 듯한 열기 속에서 똥파리들이 윙윙거리며 날아다녔다. 묘지를 지배하는 정적은 생명으로 끓어올랐고, 개양귀비의 붉은 핏속으로 망자들이 마지막으로 맛보는 즐거움인, 기름진 대지의 수액이 흘러드는 소리가 들리는 듯했다.

    인부가 구덩이의 흙을 계속 퍼내는 사이에 사람들은 관을 그

옆에 내려놓았다. 십자가를 들고 온 소년은 시신의 발치에 그것을 꽂았다. 맨 앞에 서 있던 신부는 계속해서 성서의 라틴어 구절을 읽어 나갔다. 무엇보다 인부의 작업에 흥미를 느낀 조문객들은 구덩이를 둘러싼 채 삽이 오가는 것을 눈으로 좇았다. 그러다 뒤를 돌아보니 신부는 두 아이와 함께 가 버리고 없었다. 이제 기다리는 것은 가족들뿐이었다.

마침내 구덩이가 모두 파였다.

"그만하면 충분히 깊어요. 그만 됐소!" 시신을 운구해 온 농부 중 하나가 소리쳤다.

그러자 모두가 관을 내리는 것을 도왔다. 아! 라쿠르 씨는 이제 그의 안식처에서 평안할 터였다! 그는 대지를 잘 알았고, 대지도 그를 잘 알았다. 그들은 서로 어울리는 한 쌍이 될 것이었다. 오십 년도 더 전에 라쿠르 씨가 처음으로 땅에 곡괭이질을 하던 그날부터 대지는 이런 해후를 준비하고 있었던 것이다. 그들의 사랑은 이렇게 끝나게 되어 있었다. 대지가 그를 차지하여 영원히 품도록. 게다가 이 얼마나 달콤한 휴식인가! 들리는 소리라고는 풀숲에서 뛰노는 새들의 가벼운 발소리뿐이었다. 아무도 그를 밟고 지나가지 않을 것이고, 그는 아무런 방해도 받지 않고 오랫동안 자신의 안식처에서 편히 쉴 수 있을 것이었다. 라 쿠르테유에서는 일 년에 두 사람이 죽는 법이 없다. 젊은 사람들은 앞서 간 이들을 방해하지 않으면서 차례로 늙고 죽어 간다. 라쿠르 씨의 죽음은 양지바른 곳에서의 평화로운 죽음, 평온하기 그지없는 시골 한가운데서의 기나긴 숙면이었다.

    라쿠르 씨의 자녀들은 묘혈로 다가갔다. 카트린과 앙투안, 조제프는 흙을 한 줌 집어 관 위로 던졌다. 개양귀비꽃을 뜯어 온 자키네는 그것들을 함께 던졌다. 이제 가족들은 집으로 돌아갔고, 들로 나갔던 가축들도 우리로 돌아왔으며, 해가 지고 따뜻한 밤이 마을을 잠재웠다.

옮긴이 후기

꼭꼭 숨겨져 있던
에밀 졸라의 보석 같은 단편들

그녀는 매우 아름다운 여성이었다.

그들 사이에는 아무런 공통점이 없는 게 나았다.

그렇지 않다면 그녀가 그의 삶에

방해가 될지도 모르기 때문이었다.

_〈낭타〉, 32쪽

19세기 프랑스의 시인이자 비평가였던 샤를 보들레르는 1846년 일간지 『레스프리 퓌블릭(L'Esprit public)』에 기고한 칼럼 〈젊은 문인들에게 주는 조언들〉에서 이렇게 말했다. "젊은 작가들은 다른 젊은 동료에 대해 부러움이 섞인 어조로 이렇게 말하곤 한다. '멋진 데뷔야, 얼마나 행복할까!' 그들은, 모든 데뷔는 언제나 앞선 데뷔가 있기 마련이고 그들이 알지 못하는 또 다른 스무 번의 데뷔의 결과라는 사실을 생각지 못한다."

이 말은 위대한 작가, 뛰어난 이야기꾼으로 칭하는 데 이견이 없는 에밀 졸라에게도 해당된다. 에밀 졸라는 무엇보다 스무 권짜리 대작 '루공마카르 총서'의 작가로 잘 알려져 있지만, 요샛말로 '멀티플레이어'인 작가였다. 1871년에 발표한 루공마카르 총서의 첫 권 《루공가의 행운》을 필두로 하여 1877년에 출간된 《목로주점》[89]으로 커다란 스캔들을 불러일으키며 엄청난 성공을 거두기 전까지의 그의 궤적을 간단하게 살펴보도록 하자.

1859년 바칼로레아(대학 입학 자격시험)에 두 번이나 실패한 뒤 대학 진학을 포기한 졸라는 스물두 살이 되던 1862년에 아셰트 출판사(Hachette Livre)의 발송 부서에 취직했다. 1863년에는 신문에 처음으로 콩트(짧은 단편)와 기사를 발표하면서 저널리스트로서의 활동을 시작했다. 1866년 아셰트 출판사를 그만두고 전업 작가로 살아가기로 하고 시사평론가, 수필가, 문예평론가로 활발히 활동하며 미학적 신념을 펼쳤다. 졸라는 1864년에 단편집 《니농에게 주는 이야기》를 발표했고, 1865년에는 자전적 중편소설 《클로드의 고백》을, 1866년에는 평론집 《나의 증오》와 예

---

[89] 에밀 졸라의 《목로주점》은 처음으로 빅토르 위고의 《레 미제라블》의 인기를 뛰어넘은 19세기 최초의 베스트셀러였다.

술평론집 《나의 살롱》을 발표했다. 1874년에는 새로운 단편집 《니농에게 주는 새로운 이야기》를 발표했으며, 1875년에는 러시아 작가 투르게네프의 소개로 러시아 상트페테르부르크의 잡지 「유럽의 메신저」에 시사평론을 기고하기 시작했다. 졸라는 이처럼 다양한 글쓰기를 선보이는 가운데 장편소설과 더불어 그보다 짧은 콩트(conte)와 누벨(nouvelle)을 써 나갔다. 그의 천재적이고 뛰어난 필력은 이 모든 경험들이 쌓인 결과물인 것이다. 루공마카르 총서의 초기작들보다 앞서 발표된 그의 단편들이 오랫동안 소설 쓰기 수련을 위한 작품쯤으로 여겨졌었던 것은 그의 재능을 집대성한 루공마카르 총서라는 대작의 그늘에 가려져 있었기 때문이다.

1860년 무렵부터 쓰기 시작해 여러 권으로 출간된 단편 모음집에서 졸라는 온갖 장르의 이야기를 선보인다. 경이롭고 환상적이고 풍자적인 이야기, 시적이고 목가적인 이야기, 유머러스한 이야기, 픽션보다는 극화된 르포르타주에 가까운 사실적인 이야기, 그리고 작가의 자전적인 이야기들은 루공마카르 총서의 밑바탕이 될 풍부함과 강력한 상상력과 표현으로 이루어져 있다. 이처럼 다양한 작가의 스펙트럼에서 그의 트레이드마크인 '자연주의'는 상대적으로 큰 몫을 차지하지 못한다. 그리하여 독자들은 그의 단편들을 통해 익숙한 듯하면서도 낯선 에밀 졸라를 만나게 된다. 그는 1880년에 출간한 《실험소설(Le Roman expérimental)》

에서 '소설(roman)'은 더 이상 어떤 틀이 없으며 모든 장르를 휩쓸고 있다고 이야기했다. 소설은 모든 주제를 다루고, 역사를 이야기하며, 생리학과 심리학을 다루고, 정치학과 사회 경제학, 종교와 풍속 등을 연구한다. 온 세상과 자연이 소설의 영역이며, 소설은 어떤 제약도 없이 자신에게 맞는 형식과 어조를 채택하여 자유롭게 이야기 속을 오간다. 이처럼 해방된 소설 가운데서 특히 짧은 이야기들은 작가가 일종의 휴식을 취할 수 있는 공간이자 일종의 '실험실' 역할을 한다. 어떤 틀에도 얽매이지 않고, 어떤 이론이나 원칙을 대변할 필요 없이, 순간적이면서도 강렬하게 자신의 상상과 생각을 담아낼 수 있기 때문이다.

이 책《독한 사랑》에는 이처럼 작가의 휴식이자 실험 같은 짧은 이야기 열 편이 실려 있다. 그중에서 〈결혼의 방식〉과 〈죽음의 방식〉은 사실상 개별적인 이야기 아홉 편으로 이루어져 있으므로 모두 열일곱 편의 단편이 실려 있는 셈이다. 그리고 무엇보다 당시 프랑스와 프랑스인들(특히 파리지앵과 파리지엔)의 풍속도가 에밀 졸라의 펜 끝에서 생생하고 치밀하며 흥미롭게 되살아나 우리를 즐겁게 한다. 이 이야기들은 작가에게도 그랬듯이 긴 분량의 장편소설에 부담을 느끼는 독자들에게도 유쾌한 휴식이 될 수 있으리라 믿는다. 이제 이쯤에서 '단편', '짧은 이야기', '콩트', '누벨'이라는 용어들에 관해 잠깐 살펴볼 필요가 있을 듯하다.

작가의 이력에서 볼 수 있듯이 에밀 졸라의 첫 책은 단편집이었다. 그가 살았던 19세기 중후반은 가히 '단편 소설의 황금기(l'âge d'or de la nouvelle)'로 불릴 만큼 짧은 이야기들로 넘쳐 나던 시대였다. 무엇보다 인쇄술과 교통수단의 발달로 많은 신문과 잡지가 생겨나면서 발행 부수 또한 대폭 증가했고, 그로 인해 부담 없이 손쉽게 읽을 수 있는 흥미로운 다양한 이야깃거리를 찾는 독자들 또한 엄청나게 늘어났다. 이러한 사회 분위기에 힘입어 1860~1880년 사이에 졸라는 끊임없이 신문과 잡지 그리고 단편집에 짧은 이야기들을 발표하면서 뛰어난 이야기꾼의 면모를 과시했다.

짧은 글을 뜻하는 '단편'은 영어로는 'short story', 그보다 긴 중편은 'long-short story' 혹은 'novella'라고 하는데, 졸라는 자신의 짧은 이야기들을 콩트와 누벨로 구분하고 있다. '짧다'는 것은 물론 상대적인 개념으로, 보는 이에 따라 달라질 수 있겠지만, 이 책《독한 사랑》에도 분량의 차이가 나는 단편들이 함께 실려 있는 바 약간의 부연 설명이 필요할 듯하다.

에밀 졸라의 단편집은 다양한 판본이 존재하는데, 그중 가장 많은 작품이 실려 있는 '비블리오테크 드 라 플레이아드(Bibliothèque de la Pléiade)' 판[90]을 기준으로 살펴보면 다음과 같

---

[90]   Éditions Gallimard, 1976. 글씨가 작고 빽빽하기로 유명하다.

다. 작가 스스로 콩트라고 칭하는 아주 짧은 이야기들은 대략 원서로 3~5쪽 혹은 드물게 10~12쪽 정도로, 간략하게 묘사된 인물들과 단순한 구성들로 이루어져 있다. 이 책에 수록된 〈광고의 피해자〉, 〈우리를 탈출한 맹수들〉, 〈후작 부인의 어깨〉, 〈가난한 소녀들은 무슨 꿈을 꿀까〉, 〈독한 사랑〉 등이 콩트에 속한다고 볼 수 있다. 연대순으로 보면 이러한 콩트들은 대부분 졸라가 저널리스트로서 다양한 신문과 잡지에 글을 기고하거나 그들과 협업하던 시기인 1863~1872년에 쓰인 것들이다. 그 당시 그의 주 수입원은 그들 매체에서 받는 원고료와 월급이었다. 대부분 지루한 시사평론과 의회의 르포르타주를 규칙적으로 써야 했던 졸라에게 콩트는 잠깐씩 숨을 돌리며 상상의 나래를 펼 수 있는 휴식처 역할을 했을 것이다.

그는 여러 공화파 신문에 왕정주의를 반대하는 기사를 기고했다는 이유로 1872년 말 파리 언론과의 협업을 금지당했고, 그해 7월 조르주 샤르팡티에[91]와 루공마카르 총서를 새로운 조건으로 계약함으로써 좀 더 안정적인 여건하에서[92] 소설 집필에만 전

---

[91] 1846~1905. 스스로를 '자연주의 작가들의 발행인'으로 자처했으며, 특히 에밀 졸라의 작품들을 전담으로 펴낸 것으로 유명하다. 조르주 샤르팡티에는 졸라와 플로베르, 모파상의 친구였으며, 인상주의 화가들을 널리 알리는 데 힘썼던 관대한 예술 애호가로 알려져 있다. 1877년에 그의 출판사에서 펴낸 《목로주점》으로 졸라는 대성공을 거두었고, 그 인세로 메당에 저택(지금의 졸라 박물관)을 구입했다.

[92] 졸라는 선인세 명목으로 당시로서는 큰돈이었던 500프랑을 매달 선금으로 지급받았다.

넘할 수 있었다. 그리고 3년 후인 1875년에 다시 짧은 이야기로 돌아온 졸라는 이번에는 콩트가 아닌 누벨을 쓰기 시작했다. 누벨은 '비블리오테크 드 라 플레이아드' 판을 기준으로 분량이 대략 30쪽 안팎인 작품들을 일컫는다. 이 책에서는 〈낭타〉(30쪽), 〈네종 부인〉(30쪽), 〈수르디 부인〉(32쪽), 〈결혼의 방식〉(24쪽), 〈죽음의 방식〉(30쪽) 등이 누벨에 속한다고 볼 수 있다. 누벨은 분량에 있어 앞서 발표한 콩트와 현저한 차이가 있을 뿐만 아니라 그 내용과 구성에서도 달라진 것을 알 수 있는데, 이는 문학 외적인 집필 여건에 상당 부분 기인하고 있다.

에밀 졸라는 1869년에 작가 귀스타브 플로베르를 처음 만났다. 그는 플로베르가 출간한 《감정 교육》을 세세하게 분석하여 극찬한 기사를 『라 트리뷘(La Tribune)』에 실었고, 플로베르는 그 보답으로 1871년에 출간된 졸라의 《루공가의 행운》에 열렬한 찬사를 보냈다. 그 인연으로 두 작가는 탄탄한 우정을 쌓아 갔고, 졸라는 플로베르가 주관하는 문학 모임에서 러시아 작가 투르게네프를 만났다. 졸라의 루공마카르 총서 초기작들을 좋아했던 투르게네프는 그를 러시아 대중에게 소개하고 싶다는 의사를 밝혔고, 자신의 친구인 「유럽의 메신저」(자유주의 성향의 월간지) 편집장에게 그를 소개했다. 에밀 졸라와의 협업은 열렬한 환영을 받았고, 그렇게 해서 그는 1875년부터 루공마카르 총서뿐만 아니라 매달 파리에 관한 글들을 러시아 대중에게 선보이게 되었다.

그리하여 1880년 무렵 작가로서의 높아진 명성과 더불어 과도한 업무에 부담을 느낀 졸라가 그 일을 그만둘 때까지 꾸준히 프랑스의 사회적, 정치적, 문화적 삶에 관한 이야기를 30여 쪽의 기사나 단편에 담아 러시아 독자들에게 소개했다. 1872년 이전에 발표한 단편들(콩트)과 분량과 구성 면에서 확연히 다른 새로운 단편들(누벨)은 이런 맥락에서 탄생하게 된 것이다.

여러 면에서 작가 자신을 떠올리게 하는 〈낭타(Nantas)〉는 졸라처럼 자신의 힘과 의지를 믿고 그에 따라 살고자 하는 인물이다. 그런 면에서는 환경과 유전적 기질의 굴레를 벗어나기 힘든 루공마카르가(家)의 인물들과는 정반대의 인물이라고 할 수 있다. 〈낭타〉의 1장 마지막에서 낭타가 파리를 향해 "파리, 넌 이제 내 거야!"라고 외치는 장면은 발자크의 《고리오 영감》의 마지막에서 파리를 향해 "이제 넌 내 거야!"라고 외치는 라스티냐을 떠올리게 한다. 인간의 강력한 의지와 힘을 이야기하면서 동시에 그것들로도 통제할 수 없는 뜨거운 사랑의 정념을 그리고 있는 〈낭타〉는 1878년 9월 「유럽의 메신저」에 먼저 발표되었고, 프랑스에서는 1879년 7월 『르 볼테르(Le Voltaire)』에 처음 공개되었다. 졸라가 한창 《나나》를 집필하던 중이었다.

〈네종 부인(Madame Neigeon)〉은 1879년 6월 「유럽의 메신저」에 '어떤 파리지엔'이라는 제목으로 먼저 발표되었고, 프랑스에서는 1884년 3월 졸라의 두 번째 단편집 《나이스 미쿨랭》에 등장했다. 주인공인 화자를 혼란에 빠뜨리는 네종 부인은 아마도 에밀 졸라의 여주인공들 중에서 가장 당혹스럽고 영리한 '유혹의 기술'을 구사하는 여성이 아닐까 싶다. 하지만 그녀는 동시에 더없이 충실한 아내이자 두 아이의 어머니였다. 파리 사교계의 풍속에 어두운 지방의 귀족 아들 조르주 드 보쥘라드(주인공이자 화자)는 호된 경험을 하고 나서야 그 사실을 깨닫는다. 〈네종 부인〉은 그가 씁쓸한 자신의 첫 번째 '감정 교육'[93]을 되돌아보는 이야기인 것이다.

〈수르디 부인(Madame Sourdis)〉은 졸라의 살아생전에는 책으로 나오지 못했다. 1880년 4월 같은 제목으로 「유럽의 메신저」에 먼저 발표되었고, 1900년 5월 1일 「라 그랑드 르뷔(La Grande Revue)」에 실렸으나 책으로 처음 나온 것은 졸라 사후인 1928년이었다. 어째서 〈수르디 부인〉은 프랑스에서 그토록 늦게 출간되었을까? 사람들은 졸라와 도데 부부의 우정에서 그 이유를 찾고자 했고, 그 가설은 완전하지는 않더라도 어느 정도 타당성이 있었다. 졸라는 생전에 〈수르디 부인〉의 소재를 알퐁스 도데와 그의 아내 쥘리아의 삶에서 얼마간 빌려왔음을 드러내고 싶어 하지 않

---

[93] 귀스타브 플로베르는 1869년 11월 《감정 교육, 한 청년의 이야기(L'Éducation sentimentale, histoire d'un jeune homme)》를 출간했다. 〈네종 부인〉은 짧은 이야기에 담아낸 에밀 졸라식 '감정 교육'인 셈이다.

았다. 도테 역시 수르디처럼 젊었을 때 '자습 감독'을 지냈고, 무엇보다 도테의 아내 쥘리아가 그의 집필에 도움을 주었다는 사실을 부인할 수 없었다. 도테는 당시에는 치유 불가능한 병인 매독으로 평생 고통받다가 1897년 12월 6일에 세상을 떠났다. 따라서 졸라가 자신의 동료이자 친구였던 도테가 〈수르디 부인〉의 행간을 읽을 것을 염려했다는 가설이 더욱 힘을 받게 되었던 것이다. 졸라가 루공마카르 총서에서 그려 보였던 다양한 성격의 여성 가운데, 순종적인 여성과 강인하고 독립적인 여성의 경계에 있는 듯한 수르디 부인(아델)은 작가가 여성에 대해 지닌 이중적인 이미지를 대변하는 대표적인 여성이 아닐까.

> 결혼이란 얼마나 이상야릇한 제도인가! 인류를 남자와 여자, 두 진영으로 나누어 서로에게 맞서도록 무장시킨 뒤 "평화롭게 살라!"는 말과 함께 그들을 같이 살게 하다니!
> _〈결혼의 방식〉, 227쪽

에밀 졸라는 〈결혼의 방식(Comment on se marie)〉 서문의 마지막을 이렇게 끝맺고 있다. 〈결혼의 방식〉은 1876년 1월에 「유럽의 메신저」에 처음 발표되었다. 작가는 이 이야기를 통해 단지 오랫동안 이어져 온 남녀 간의 갈등을 보여 주려고 했던 것일까? 졸라의 설명처럼 그는 그 시대의 남성과 여성이 '서로 다른 언어'

를 사용하는 것을 관찰하기를 넘어서서 결혼이라는 신성한 유대를 깨뜨리는 상호 간의 몰이해가 어디에서 비롯되었는지를 알고자 했다.

〈결혼의 방식〉의 원제인 'Comment on se marie'를 직역하면 '어떻게 결혼할 것인가'가 되는데, 이는 오늘을 사는 현대인들에게도 여전히 유효한 질문이 아닐 수 없다. 졸라는 '자연주의'로 불리는 사실주의의 새로운 형식을 통해 인간의 삶을 더없이 충실하게 재현해 내고자 했고, 그를 위해 소설의 기교를 버리고, 더 이상 과거의 영웅이 아닌 특정한 환경 속에서 살아가는 인간을 그리는 데 중점을 두었다. 치밀한 사전 조사와 세심한 관찰을 바탕으로 인간을 지배하고 움직이게 하는 법칙들을 규정하고자 했던 것이다. 이런 관점에서 볼 때 결혼이야말로 죽음과 더불어 인간의 본성과 기질을 가장 잘 드러내는 삶의 중요한 단계이자 사건이 아닐까. 〈결혼의 방식〉에는 신랄한 유머를 포함한 결혼의 네 가지 풍경이 귀족, 부르주아, 상인, 서민의 순으로 펼쳐진다. 결혼이라는 똑같은 사건이 포함한 긴장감이 각자가 속한 사회적 계층에 따라 다르게 드러나고 구체화하는 것이다.

1876년 8월에 발표된 〈죽음의 방식(Comment on meurt)〉에서는 여기에 농민이 하나 더 추가된다. 이 두 이야기에서는 화려한 부촌에 사느냐 또는 초라한 빈촌에 사느냐, 다시 말해 각자의 사회적, 경제적 상황에 따라 어떤 이유와 어떤 방식으로 결혼하고 살아가며, 어떻게 죽는지가 그려진다. 에밀 졸라는 그가 집착했던 결혼과 죽음이라는 인생의 중요한 두 사건을 통해 한 사회의 풍경과 더불어 인간의 본성과 살아가는 방식에 대해 질문하고 있는 것이다.

그 밖에도 짧지만 결코 적지 않은 생각거리를 우리에게 던져 주는 이야기 〈광고의 피해자(Une victime de la réclame)〉가 있다. 누가 이 이야기를 지금으로부터 160년 전(1866년)에 처음 발표된 것이라고 생각할까? 앞서 살펴본 대로 에밀 졸라는 22세였던 1862년 아셰트 출판사[94]의 발송 부서에 들어갔고, 1864년에는 출판사의 홍보 책임자가 되었다. 아셰트라는 커다란 출판사에서 출판과 마케팅에 대한 노하우를 체득한 졸라는 무엇보다 마케팅에 포함된 '광고'라는 것의 허상과 과장, 그리고 광고에 끊임없이 노출돼 살아가는 사람들의 모습에 주목했다. 작가가 블랙 유머를 곁들여 씁쓸하게 그리고 있는, 맹목적으로 광고를 추종하는 젊은이의 불행이 단 하루, 아니 단 몇 시간도 광고를 접하지 않고는 살기 힘든 지금의 현대인의 모습과 무엇이 다를까?

---

[94] 아셰트 출판사는 1826년 루이 아셰트가 처음 설립했고, 수차례의 합병을 거치면서 2004년 이후 프랑스에서 가장 큰 출판 그룹이 되었다.

'나의 인생 계획은 이미 다 정해져 있다. 나는 내 나이에 맞는 혜택을 무조건 받아들이기만 하면 된다. 세상의 진보에 발맞춰 나아가면서 행복하게 살려면 아침저녁으로 신문과 광고를 읽고 그 훌륭한 길잡이들이 내게 충고하는 대로 하면 될 것이다. 그것들 속에 진정한 지혜가 있고, 그것들을 따라 사는 것만이 유일하게 행복해질 수 있는 길이기 때문이다.' 그때부터 클로드는 신문 광고와 광고 포스터를 자기 인생의 규범으로 삼았다. 그것들은 확실한 그의 안내자가 되어 주었고, 모든 일에서 그가 결정하는 것을 도왔다. 그는 광고가 커다란 목소리로 그에게 추천하지 않는 것은 아무것도 사지 않았고, 아무것도 하려고 하지 않았다.

_〈광고의 피해자〉, 120쪽

또한 에밀 졸라는 이 책에 실린 〈우리를 탈출한 맹수들(Une cage de bêtes féroces)〉 외에도 동물(개, 고양이, 말 등)을 주제로 한 여러 편의 단편을 발표한 바 있다. 작가의 이런 면모는 우리에게 잘 알려지지 않았지만, 그는 생전에 지극한 동물 사랑으로 유명했고 학대받고 버려진 동물들의 고통에 누구보다 마음 아파했다. 졸라는 작품 속에서뿐만 아니라 언론 기사와 생활 속에서의 실천으로 동물의 권익을 열렬히 옹호했으며, 특히 1896년『르 피가로(Le Figaro)』에 기고한 기사 등으로 동물보호협회(la Société protectrice des animaux)로부터 감사장을 받기도 했다. 졸라는 〈우리를 탈출한 맹수들〉이라는 짧은 이야기 속에서 동물들의 눈에 비친 인간의 잔인함과 호전성을 희화화하고 있다.

단편선의 표제작인 〈독한 사랑(Un mariage d'amour)〉은 독(毒)한 사랑의 이야기이다. 독한 사랑에서 헤어나지 못해 독한 짓을 저지르고 그 때문에 결국 독을 먹고 죽는 독한 이들의 이야기인 것이다.[95]

이 밖에도 루공마카르 총서의 《목로주점》이나 《제르미날》에서처럼 빈민 노동자를 향한 애정 어린 시선으로 가난한 이들의 세상과 제2제정 시대의 호사스러운 세상의 괴리를 강조한 〈후작부인의 어깨(Les épaules de la marquise)〉와 〈가난한 소녀들은 무슨 꿈을 꿀까(À quoi rêvent les pauvres filles)〉도 주목해 볼 만하다.

이 책에 실린 열 편의 단편은 때로는 르포르타주(기록문학)를 떠올리게 하는 치밀한 리얼리티와 낭만과 환상 사이를 오가며 우리에게 짧은 이야기의 매력을 한껏 느끼게 해 주고 있다. 에밀 졸라를 사랑하는 번역가로서, 에밀 졸라라는 작가를 몰랐던 독자도, 그의 대작 루공마카르 총서를 한 권도 읽지 않은 독자도 이 책을 읽고 나면 어느새 그의 세계를 더욱 궁금해하는 열렬한 팬이 되어 있지 않을까 하는 작은 바람을 가져 본다. 오래전부터 구상해 왔지만 세상에 선보일 기회가 없었던 에밀 졸라의 단편선을 예쁜 책으로 펴낼 수 있게 해 주신 북커스 출판사와 편집부에 깊은 감사를 전하고 싶다.

2025년 신록이 우거지는 계절에

박명숙

---

95   이 책의 장 표제지 이미지는 표제작 〈독한 사랑〉에서 영감을 받아 거미줄을 형상화한 것이다.

에밀 졸라 연보

1840년   4월 2일 파리에서 베네치아 출신 이탈리아인 토목기사 프랑수아 졸라와 보스 출신 직공의 딸 에밀리 졸라(결혼 전 성은 오베르) 사이에서 태어나다.
1843년   엑상프로방스로 이사하다. 아버지가 댐과 도수로 건설 공사를 담당하다.
1847년   아버지가 폐렴으로 사망하고, 극심한 생활고에 시달리다.
1848년   기숙사에서 훗날 각각 저널리스트와 조각가가 되는 마리우스 루, 필리프 솔라리와 친구가 되다. 2월 혁명으로 루이 필리프의 7월왕정이 종식되고, 제2공화국이 들어서다. 루이 나폴레옹 보나파르트가 프랑스 최초의 대통령으로 선출되다.
1851년   12월 2일 루이 나폴레옹 보나파르트가 프랑스 최초의 대통령으로 선출되다.
1852년   엑상프로방스의 부르봉 중학교에서 장바티스탱 바유와 폴 세잔을 알게 되다. 빅토르 위고와 알프레드 드 뮈세에 심취하다. 12월 2일 제2제정이 선포되고 루이 나폴레옹 보나파르트가 나폴레옹 3세 황제로 즉위하다.
1852년   1853년부터 1869년까지 파리 지사 오스만이 오늘날 파리 모습의 근간이 되는 대대적인 도시 정비 사업을 단행하다.
1858년   어머니와 함께 프로방스를 떠나 프랑스에 정착하고 생루이 고등학

	교에서 학업을 지속하다. 바유, 세잔과 편지를 주고받다.
1959년	8월과 11월 연이어 바칼로레아에 실패하고 학업을 포기하다.
1860년	일거리를 찾지 못해 어렵게 생활하다. 세잔과 함께 화가들과 친분을 쌓고, 몰리에르, 몽테뉴, 셰익스피어, 상드, 미슐레 등을 탐독하다.
1861년	프랑스 출생 외국인 자녀 자격으로 프랑스 국적을 취득하다.
1862년	아셰트 출판사의 발송 부서에 취직하다.
1863년	신문에 처음으로 콩트(단편소설)와 기사를 발표하며 저널리스트로서 활동을 시작하다.
1864년	아셰트 출판사의 홍보 책임자가 되면서 신문사, 작가들과 다양한 친분을 쌓다. 스탕달과 플로베르에 심취하고 사실주의 작가들, 화가들과 가깝게 지내다. 《니농에게 주는 이야기(Contes à Ninon)》를 발표하다. 런던에서 최초로 '국제노동자협회'가 결성되다.
1865년	리옹의 『르 프티 주르날』과 『르 살뤼 퓌블릭』에 정기적으로 사설을 기고하다. 첫 소설이자 자전적 중편 소설 《클로드의 고백(La Confession de Claude)》을 발표하다. 희곡 습작을 하다. 훗날 아내가 된 가브레일 알렉상드린 멜레는 처음 만나다.
1866년	전업 작가로 전향하다. 시사평론가, 수필가, 평론가로 활발하게 활동하며 미학적 신념을 펼치다. 평론집 《나의 증오(Mes Haines)》와 예술평론집 《나의 살롱(Mon Salon)》, 소설 《죽은 여인의 소원(Le Voeu d'une morte)》을 발표하다. 세잔을 비롯한 화가들과 벤쿠르에서 머물다.
1867년	최초의 자연주의 소설 《테레즈 라캥(Thérèse Raquin)》과 연재소설 《마르세유의 신비(Les Mystères de Marseille)》를 발표하다. 센강 좌안의 바티뇰에 정착하다.
1968년	서문이 추가된 《테레즈 라캥》의 재판이 출간되다. 소설 《마들렌 페라(Madeleine Férat)》를 발표하고, 공화파 신문 『라 트리뷘』에 기고하다. 샤를 르투르노의 《정념의 생리학》, 프로스페르 뤼카 박사의 《자연 유전의 철학적·생리학적 개론》을 읽고 루공마카르 총서의 마지막 권인 《의사 파스칼》의 영감을 얻다. 루공마카르 총서 집필 계획을 세우고, 라크루아 출판사와 열 권짜리 루공마카르 총서에 대한 계약을 맺다.

	마네가 자신의 예술을 옹호해 준 답례로 졸라의 초상화를 그려 주다.
1869년	《루공가의 행운(La Fortune des Rougon)》(루공마카르 총서 1권)의 집필을 시작하다. 플로베르와 친교를 맺다.
1870년	가브리엘 알렉상드린 멜레와 결혼하다. 프로이센·프랑스 전쟁의 발발과 스당 전투의 참패로 제2제정이 무너지다. 제3공화국이 선포되고 국민방위군 정부가 성립되다. 신문 창간과 행정 참여의 뜻을 품고 마르세유와 보르도로 떠나다.《루공가의 행운》이 『르 시에클』에 연재되기 시작하다.
1871년	3월 18일부터 5월 28일까지 72일간 파리 코뮌이 세워지다. '피의 일주일'이라고 불린 시가전 끝에 코뮌이 붕괴하다. 파리로 돌아와 여러 신문에 파리 코뮌에 관한 글을 기고하다.《루공가의 행운》이 출간되다. 『라 클로슈』에《쟁탈전(La Curée)》(루공마카르 총서 2권)을 연재하던 중 검열 당국에 의해 중단되다.
1872년	공화파 신문들에 왕정주의를 반대하는 기사를 기고하다. 루공마카르 총서를 샤르팡티에 출판사와 새로 계약하다.《쟁탈전》이 출간되다. 투르게네프, 알퐁스 도데와 친분을 맺다.
1873년	《파리의 배 속(Le Ventre de Paris)》(루공마카르 총서 3권)을 발표하다.《테레즈 라캥》을 각색한 연극이 실패하다.
1874년	《플라상의 정복(Le Conquête de Plassans)》(루공마카르 총서 4권),《니농에게 주는 새로운 이야기(Les Nouveaux Contes à Ninon)》를 발표하다. 희곡《라부르댕가의 상속자들(Les Héritiers Rabourdin)》이 실패하다. 말라르메, 모파상과 가까이 지내다.
1875년	《무레 신부의 과오(La Faute de l'abbé Mouret)》(루공마카르 총서 5권)를 발표하다. 투르게네프의 소개로 상트페테르부르크의 잡지 「유럽의 메신저」에 시사평론을 기고하다.
1876년	《외젠 루공 각하(Son Excellence Eugène Rougon)》(루공마카르 총서 6권)를 발표하다. 과격한 성향의 공화파 신문 『르 비앵 퓌블릭』에《목로주점(L'Assommoir)》을 연재하지만 6개월 후 중단되다. 문학잡지 「라 레퓌블리크 데 레트르」에 다시 연재를 시작하다.

1877년　《목로주점》(루공마카르 총서 7권)을 출간하다. 즉시 큰 화제를 불러일으키며 엄청난 상업적 성공을 거두다. 4월 16일 폴 알렉시, 레옹 에니크, 앙리 세아르, 모파상, 위스망스가 트라프 레스토랑에 졸라와 에드몽 드 공쿠르, 플로베르를 초대함으로써 자연주의 학파의 탄생을 알리다.

1878년　현재는 에밀 졸라 박물관으로 운영 중인 파리 근교 메당의 저택을 구입하다. 그때부터 파리와 메당을 오가며 대부분의 작품을 그곳에서 집필하다. 《사랑의 한 페이지(Une Page d'amour)》(루공마카르 총서 8권)를 출간하다.

1879년　《목로주점》을 각색해 랑비귀 극장에서 상연하고 대성공을 거두다. 『르 볼테르』에 《나나(Nana)》(루공마카르 총서 9권)를 연재하다.

1880년　《실험소설론(Le Roman expérimental)》, 《나나》를 출간하다. 알렉시, 에니크, 세아르, 모파상, 위스망스 등 자연주의 작가들과 함께 만든 소설 모음집 《메당 야화(Les Soirées de Medan)》를 출간하다. 절친한 친구 뒤랑티와 플로베르, 그리고 어머니가 연이어 세상을 떠나면서 깊은 상실감에 빠지다.

1881년　평론 모음집 《자연주의 소설가들(Les Romanciers naturalistes)》, 《연극에서의 자연주의(Le Naturalisme au théâtre)》, 《문학 자료들(Documents littéraires)》을 발표하다.

1882년　《집구석들(Pot-Bouille)》(루공마카르 10권)을 선보이다. 『르 피가로』에 게재한 시사평론을 모은 《캠페인(Une Campagne)》, 단편집 《뷔를 대위(Le Captaine Burle)》를 발표하다. 친구 알렉시가 졸라의 전기를 출판하여 더욱 유명해지다.

1883년　『질 블라』에 연재한 《여인들의 행복 백화점(Au Bonheur des Dames)》(루공마카르 총서 11권)이 출간되다. 《집구석들》이 연극으로 각색 초연되어 대성공을 거두다.

1884년　《삶의 기쁨(La Joie de vivre)》(루공마카르 총서 12권), 단편집 《나이스 미쿨랭(Naïs Micoulin)》을 발표하다. 광산 노동자들에 관한 소설 《제르미날(Germinal)》을 쓰기 위해 앙쟁 광산에서 자료를 수집하다. 『질 블라』에 《제르미날》(루공마카르 총서 13권) 연재를 시작하다.

1885년   《제르미날》을 출간하다. 평단으로부터 걸작이라는 찬사를 받았으나 검열 당국에 의해 소설의 연극 상연이 금지되다.

1886년   《작품(L'Oeuvre)》(루공마카르 총서 14권)을 발표하다. 소설의 주인공이 자신을 모델로 한 것으로 생각한 세잔이 절교를 선언하다. 다음 작품 《대지(La Terre)》(루공마카르 총서 15권)를 준비하기 위해 어머니의 고향 보스 지방을 여행하다.

1887년   《대지》를 발표하다. 도데와 공쿠르 형제의 은밀한 부추김을 받은 본탱, 로스니, 데카브, 마그리트, 기슈 등 자연주의 성향의 젊은 작가 다섯 명이 『르 피가로』에 졸라를 비판하는 공개서한 '5인 선언서'를 발표하다. 이 일로 공쿠르 형제, 도데와 소원해지다. 《쟁탈전》을 각색한 5막짜리 연극〈르네(Renée)〉가 초연되다.

1888년   《꿈(Le Rêve)》(루공마카르 총서 16권)을 발표하다. 《제르미날》을 연극화한 작품이 검열로 순화되어 무대에 오르자 이에 실망해 초연 참석을 거부하다. 레지옹 도뇌르 슈발리에(5등급) 훈장을 받다. 스물한 살의 침모 잔 로즈로와 연인 사이가 되다. 이 무렵부터 사진에 관심을 갖고 1900년 파리 만국박람회를 찍은 르포르타주를 비롯해 19세기 후반의 귀중한 사진 기록을 남기다.

1889년   잔 로즈로가 딸 드니즈를 낳다.

1890년   《인간 짐승(La Bête humaine)》(루공마카르 총서 17권)을 발표하다. 아카데미프랑세즈 회원으로 처음 입후보하다. 이후 1897년까지 여러 차례에 걸쳐 입후보를 거듭하지만 끝내 회원으로 받아들여지지 못하다.

1891년   《돈(L'Argent)》(루공마카르 총서 18권)을 발표하다. 문인협회장에 만장일치로 선출되다. 1900년까지 거듭 피선되며 저작권 보호를 위해 힘쓰다. 《꿈》이 알프레드 브뤼노 작곡의 오페라로 각색돼 성황리에 초연되다. 잔 로즈로가 아들 자크를 낳다. 아내 알렉상드린이 이 사실을 알게 되어 불화가 심해지지만, 절대 가정을 버리지 않겠다고 설득하여 상황이 무마되다. 졸라 사후에 두 자녀를 졸라의 호적에 올리다 (알렉상드린과 졸라 사이에는 자녀가 없다).

1892년　《패주(Le Débâcle)》(루공마카르 총서 19권)를 출간하여 엄청난 판매 부수를 기록하다. 8월과 9월에 루르드와 프로방스, 이탈리아를 여행하다.

1893년　《의사 파스칼(Le Docteur Pascal)》(루공마카르 총서 20권)을 출간하다. 루공마카르 총서의 완간을 축하하는 성대한 연회가 불로뉴 숲에서 열리다. 당시 문교부 장관 레몽 푸앵카레에 의해 레지옹 도뇌르 오피시에(4등급)로 격상되다. 단편소설 〈방앗간의 공격(L'Attaque du Moulin)〉이 오페라로 초연되다.

1894년　삼부작 소설 '세 도시 이야기(Les Trois Villes)'의 첫 권《루르드(Lourdes)》를 발표하다. 프랑스 육군 대위였던 유대인 알프레드 드레퓌스가 간첩 누명을 쓰고 종신유형을 선고받다.

1895년　드레퓌스가 강제로 불명예 전역당하고 프랑스령 기아나의 '악마의 섬'으로 유배되다.

1896년　'세 도시 이야기' 2권《로마(Rome)》을 발표하다. 당시 사회에 팽배한 반유대주의에 반대하는 〈유대인들을 위하여(Pour les Juifs)〉를 비롯한 글들을 차례로 『르 피가로』에 기고하다. 피카르 대령이 드레퓌스가 무죄이며, 에스테라지 소령이 진범임을 알아내다.

1897년　드레퓌스의 무죄를 확신하고, 드레퓌스 사건의 재심을 요구하는 언론 캠페인을 벌이다.

1898년　진범 에스테라지가 무죄를 받자 1월 13일 『로로르』에 당시 대통령 펠릭스 포르에게 보내는 공개서한 〈나는 고발한다(J'Accuse…!)〉를 발표하다. 이로 인해 프랑스 전역이 정치적·이데올로기적 논쟁에 휘말리다. 국방부로부터 명예훼손죄로 고발당하다. 여러 차례 재판을 거쳐 베르사유 최고법원으로부터 1년형과 벌금형을 선고받고 수훈자 자격을 박탈당하다. 런던으로 망명하다. '세 도시 이야기' 3권《파리(Paris)》를 출간하다.

1899년　드레퓌스 사건의 재판이 재개되다. 11개월의 망명 생활을 끝내고 프랑스로 돌아오다. 드레퓌스는 또다시 유죄 선고를 받지만 사면되다. 4부작으로 계획한 소설 '네 복음서(Quatre Évangiles)'의 첫 권《풍요(Fécondité)》를 발표하다.

1900년　드레퓌스 사건과 관련한 모든 사실에 대해 사면법이 공포되다. 이에 따라 박탈된 수훈자 자격이 자동 복권되다.

1901년　드레퓌스 사건과 관련한 팸플릿과 기고문 열세 편을 모은 《전진하는 진실(La Vérité en marche)》을 출간하다. '네 복음서'의 2권 《노동(Travail)》을 출간하다. 좌파와 프랑스 사회당의 장 조레스를 비롯해 평단의 열렬한 찬사를 받고, 여러 노동자 단체들이 《노동》 출간을 기념하며 연회를 베풀다. 오랜 친구 알렉시가 사망하다.

1902년　메당에서 여름을 보내고 9월 28일 파리로 돌아오다. 29일 아침 가스 중독으로 사망하다. 아내 알렉상드린은 살아남다. 에밀 졸라의 죽음이 반(反)드레퓌스파에 의한 암살이라는 설이 있다. 10월 5일 장례식이 거행되다. 아나톨 프랑스가 아카데미프랑세즈 대표로 "그는 인간적 양심의 위대한 한순간이었습니다"라는 조사를 읽다.

1903년　드레퓌스 사건에서 영감을 받은 '네 복음서' 3권 《진실(Vérité)》이 사후 출간되다. 마지막 권 《정의(Justice)》는 초안 상태로 남다.

1906년　드레퓌스가 무죄 선고를 받고 복권되어 육군에 복직하다.

1908년　6월 4일 유해가 국립묘지 팡테옹으로 이장되다.

에밀 졸라 단편선
독한 사랑

초판 1쇄 발행 2025년 7월 25일

지은이 에밀 졸라
옮긴이 박명숙

주간 이동은
편집 김주현
미술 임현아 김숙희 박소원
마케팅 장기석 성스레
제작 전우석 박장혁

발행처 북커스
발행인 정의선
마케팅 이사 사공성
이사 전수현

출판등록 2018년 5월 16일 제406-2018-000054호
주소 서울시 종로구 평창30길 10 (03004)
전화 02-394-5981~2(편집) 031-955-6980(마케팅)
팩스 031-955-6988

이 책은 저작권법에 의해 보호를 받는 저작물이므로 무단 전재 및 복제를 금지하며, 이 책의 내용 전부 또는 일부를 이용하려면 반드시 저작권자와 북커스의 서면 동의를 받아야 합니다.

ISBN 979-11-90118-92-7 (04080)
　　　979-11-90118-84-2 (04080) (세트)

• 값은 뒤표지에 있습니다.
• 파본이나 잘못된 책은 구입하신 서점에서 교환해 드립니다.